BASTEI
LÜBBE
TASCHENBUCH

Titel in der Regel auch als E-Book erhältlich

Charlotte Lovejoy

DER SÜNDE VERFALLEN

Erotischer Roman

Aus dem Englischen von
Sandra Green

BASTEI
LÜBBE
TASCHENBUCH

BASTEI LÜBBE TASCHENBUCH
Band 17 162

1. Auflage: Dezember 2014

Dieser Titel ist auch als E-Book erschienen

FSC
www.fsc.org
MIX
Papier aus verantwortungsvollen Quellen
FSC® C006701

Vollständige Taschenbuchausgabe

Deutsche Erstausgabe

Titelillustration: © shutterstock/vikpit;
© shutterstock/Kiselev Andrey Valerevich
Umschlaggestaltung: Jana Rumold
Satz: Urban SatzKonzept, Düsseldorf
Gesetzt aus der Palatino
Druck und Verarbeitung: CPI – Ebner & Spiegel, Ulm
Printed in Germany
ISBN 978-3-404-17162-0

Für das Zwillingsmädchen, das jeden Scherz versteht

Eine Einführung

In der die Gründe für diese Geschichte erklärt werden & auch gewisse Ansichten der Autorin über die sinnliche Erziehung von Heldinnen

Die Unschuld von Frauen ist ein weit überschätzter Zustand, und zudem auch noch ein überflüssiger. Männer werden immer versuchen, das weibliche Geschlecht in diesem unwissenden Status zu halten, damit sie ihren Vorteil denen gegenüber wahren können, die von der Natur bereits ausgestattet sind, zärtlicher und sanfter zu sein, mehr Verzierung als Wirkung.

Und nun sage ich Ihnen, liebe Leser, schauen Sie mal in Ihr Herz und antworten Sie ehrlich auf diese Frage: Ist Unschuld nichts anderes als der Mangel an Wissen? Wie kann eine Frau sich auf den Pfad der Rechtschaffenheit begeben, wenn sie niemals von der Sünde in Versuchung geführt wurde oder wenigstens zu zweifeln begann, um dann klüger als zuvor auf den Weg zum Guten zurückzukehren? Und weiter: Warum ist es besser, dass Frauen unerfahren und uninformiert bleiben und niemals die Köstlichkeiten schmecken können, die Lüste und Freuden, die nur die Liebe bringen kann?

Da wir nun einmal in einer selbstgefälligen Welt leben, wird es jene geben, die die Heldin dieser Seiten nicht als wirkliche Heldin betrachten, sondern als ein niederes, unwürdiges Wesen verurteilen, sie werden in ihr eine Schlampe, ein Flittchen sehen, eine Konkubine und Kurtisane. Aber um fair zu bleiben: Miss Marianna Wren steht auch für viele andere Dinge, sie ist das leuchtende Beispiel einer Frau, die etwas aus sich macht, die über ihr Schicksal triumphiert und stets fröhlich ist.

Um es kurz zu fassen: Sie steht für den süßen Wirrwarr, in dem sich jede Frau befindet, und deshalb hat sie verdient, dass wir die Heldin in ihr sehen.

Und wie alle guten (und schlechten) Heldinnen es verdienen, beginnt ihre Geschichte mit einer verlorenen Unschuld und einer gefundenen Liebe ...

Erstes Kapitel

In dem die Heldin vorgestellt wird & schon bald die Bekanntschaft mit dem Helden und mit dem schelmischen Gott Eros macht

Die Sommersonne hing noch tief am Himmel in Devonshire, und die Schatten der Eichen, die die Wiesen säumten, lagen schwer auf dem Tau der hohen Gräser. Aber es war kein gewöhnlicher Morgen, denn in diesen Gräsern lag ein schreiender, weiblicher Säugling.

Das bedauernswerte Neugeborene wusste noch nichts von Männern, und selbst sein Vater, der es gezeugt hatte, weigerte sich, ihm seinen Namen zu geben. Von der Liebe einer Mutter wusste unser Baby auch nicht viel mehr, denn die arme Frau wusste keinen besseren Ausweg für das Kleinkind, als es nach drei Tagen an einer einsamen Wegkreuzung auszusetzen.

Das zarte Baby hatte keine Nahrung mehr erhalten, und der einzige Schutz vor den Elementen war eine verschlissene Decke. Und wäre sie nicht für größere Dinge bestimmt gewesen, hätte sie nicht überlebt, sie wäre verhungert und ausgetrocknet, oder von wilden Hunden zerfleischt worden, und es würde keinen geben, der um das kleine Mädchen trauerte.

Aber an diesem besonderen Sommertag sandte das Schicksal Lady Catherine Worthy in ihrer Kutsche an diese Wegkreuzung. Verängstigt durch die donnernden Geräusche der mit Eisen beschlagenen Räder, schrie das Baby noch lauter, und die Stimme klang so schrill, dass Lady Worthy darauf aufmerksam wurde. Die Lady stieß den Kopf durch das Kutschfenster und war verärgert, weil sie das Babygeschrei für das Kreischen eines Achsenbruchs ihrer Kutsche hielt, der wahrscheinlich dem Stellmacher anzulasten war, weil er sie mit der letzten Rechnung übers Ohr gehauen hatte.

»Stopp! Bleib sofort stehen!«, rief sie dem Kutscher zu. »Halt sofort an!«

Die große Kutsche rumpelte zu einem quietschenden Halt, aber das Geräusch war immer noch da, es klang jämmerlich und irritierend. Ihre Ladyship lehnte sich weiter aus dem Fenster und winkte ihrem Diener zu, der die Reise hinten auf dem Kutschkasten zubrachte.

»Du da hinten«, rief sie. »Jemand hat einen jungen Hund ausgesetzt. Er hat sich da hinten im hohen Gras versteckt. Lauf zurück und bring ihn her, aber schnell! Ich hasse nichts mehr als diesen miesen Typen, der einen jungen Hund wie Abfall wegwirft.«

Der Diener trottete den Weg zurück und hob keinen Welpen auf, sondern einen Säugling. Bestürzt schaute er zur Kutsche, während er das zappelnde (und feuchte) Bündel auf Armeslänge hielt, damit seine piekfeine Uniform mit den silbernen Litzen nicht besudelt wurde.

»Es ist kein Hündchen, Mylady«, rief er. »Es ist ein Baby.«

»Ein Baby?«, sagte die Lady mit Enttäuschung in der Stimme. »Bestimmt kein Hündchen?«

»Nein, Mylady«, sagte der Diener und starrte vorsichtig auf das bedauernswerte Kind in seinen Armen. »Soll ich es trotzdem zu Ihnen bringen, Mylady?«

»Ein Baby.« Ihre Ladyship seufzte schwer. »Nun ja, ich schätze, wir können es nicht einfach da liegen lassen, sonst wird es von Wildschweinen gefressen, und dann hat der Himmel wieder eine Seele verloren. Ist es ein Junge oder ein Mädchen?«

Mit einem groben Finger hob der Diener die Windel an und vergewisserte sich mit Blick und Finger vom Geschlecht des Säuglings; er sollte der Erste von vielen sein, der diese Stelle des Kindes betrachtete. »Ein Mädchen, Mylady«, rief er.

»Ein Mädchen.« Ihre Ladyship seufzte wieder. »Wie auch immer«, sagte sie dann, »unsere Christenpflicht ist es, sich derer anzunehmen, die nicht für sich selber sorgen können. Wir werden sie deshalb behalten, und am kommenden Sabbat soll sie getauft werden.«

Und so kam der kleine Findling wegen der Wohltätigkeit von Lady Catherine in den Haushalt von Worthy Hall. Sie wurde von den Bediensteten betreut, und bei der Taufe gab man ihr den Namen Mary, und sie wurde der Mutter des Herrn gewidmet. Die Lady nannte alle ihre weiblichen Angestellten Mary. Als Nachname wurde ihr Wren gegeben, denn ihre Ladyship fand dies als einen passenden Namen für ein junges Waisenkind. Er klang kurz, bescheiden und fleißig.

Doch Lady Catherines sorgsames Planen ging nicht auf. Als Mary Wren aufwuchs, konnte man nur wenig von Bescheidenheit erkennen. Ihr Temperament ließ keine Demut zu, und obwohl sie häufig von ihren Höhergestellten mit dem Stock gezüchtigt wurde, konnte man sie nicht zum Schweigen bringen, wenn ihr selbst oder anderen Unrecht und Unfairness widerfuhr.

Mary selbst hatte am meisten unter der Ungerechtigkeit zu leiden. Während sie sich abplagte, alle Aufgaben zu erfüllen, die ihr als jüngste Küchenmagd aufgetragen wurden, und sie vor Anbruch des neuen Tages aufstehen und mit der Arbeit beginnen musste, hatten die Köchin oder Mrs. Able, die Haushälterin, nie ein gutes Wort für sie übrig. Egal, wie hart Mary arbeitete, sie konnte es niemandem recht machen, und sie verzweifelte, wenn sie daran dachte, welches Zeugnis man ihr geben würde, wenn sie sich mal traute, ihre Stelle zu verlassen und in einem anderen Haushalt zu arbeiten.

Am wenigsten bescheiden war Marys Kleidung. An ihrem sechzehnten Geburtstag war sie zu einer seltenen Schönheit herangereift, wunderhübsch anzuschauen. Sie hatte eine makellose Haut und blühte auf wie eine Damaszenerrose. Ihre Haare waren dunkel und gelockt; sie hatte ebenmäßige Zähne, und ihre Augen strahlten wie die hellsten Saphire.

Ja, aus ihr war eine gut aussehende junge Frau geworden; ihre Brüste waren groß und fest, und ihre Taille hätte man leicht mit beiden Händen umschließen können. Trotz ihrer schmucklosen Dienstmädchenkluft mit der Haube zog sie die Blicke der Männer jeden Alters an, ganz egal, wohin sie ging.

Man möge bitte zur Kenntnis nehmen, dass Mary im zarten Alter von sechzehn Jahren noch eine Jungfrau war, eine Unschuld im wahrsten Sinne des Wortes. Sie suchte nicht die Bewunderung, die ihr überall begegnete, und sie war ihr auch nicht einfach im Umgang. Stattdessen waren ihr diese Aufmerksamkeiten lästig, und manchmal schämte sie sich sogar, sodass sich ihre Wangen vor Verlegenheit rot färbten.

Es war also nicht überraschend, dass die Lakaien und Pferdepfleger und andere Männer des Personals diese Schwäche von Mary ausnutzten, wann immer sie eine Gelegenheit dazu erhielten. Sie quälten sie sogar jeden Sonntag in der den Dienern vorbehaltenen Bank in der Kirche, wenn sie heimlich in Marys Pobacken kniffen oder beim Hinknien flink das Brusttuch vom Busen fischten, damit neugierige Augen mehr von den weichen Rundungen sehen konnten.

Und als an einem schönen Sommermorgen die anderen Frauen in der Küche kicherten und sich Dinge über einen jungen Gentleman zuflüsterten, der zu einer Besuchergruppe gehörte, hielt sich Mary zurück und konzentrierte sich auf ihre Aufgabe, die Bohnen aus den Schoten zu drücken, die für das Mittagessen des Personals vorgesehen waren.

»Man sagt, dass Lady Nestor nirgendwo übernachtet, wenn Mr. Lyon nicht an ihrer Seite ist«, sagte Betty, ein Zimmermädchen, als sie mit der Geziertheit einer wahren Lady an ihrem mit Wasser verlängerten Tee nippte. »Ihre Ladyship meint, ihr Leben wäre wertlos ohne seinen Rat und seine Hilfe, so sehr ist sie auf den jungen Gentleman angewiesen.«

»Oh, ich kann mir vorstellen, wie seine Hilfe aussieht«, sagte Susannah, eine der Küchenhelferinnen. »Ich habe diesen Johnny Lyon gesehen, er ist ein gut aussehender Bursche, und ich habe auch gesehen, wie Ihre Ladyschaft um ihn herumscharwenzelt, obwohl sie alt genug ist, seine Mutter zu sein. Und seine Hilfe besteht in erster Linie darin, sie mit seinem strammen Schwanz zu beglücken.«

»Aber doch nicht vor dem Mädchen, Susannah«, raunte Betty, obwohl sie herzhaft lachte. »Verdirb Marys unschuldige Ohren nicht.«

Ob nun unschuldig oder nicht, Marys Ohren hatten genug gehört. Mr. John Lyon war eine Vollwaise wie sie, und er war von Lady Nestor aufgezogen worden, der ältesten Freundin von Lady Catherine. Aber während Lady Catherine aus ihrem Findling nur eine Dienerin heranzog, hatte Lady Nestor das ungewöhnliche Talent ihres Waisenkindes bemerkt, und sie hatte für seine Bildung gezahlt, die sich nicht von anderen jungen Gentlemen unterschied. Sie hatte ihn für den Dienst der Kirche vorgesehen, aber ihr Personal und auch die Frauen im Haushalt von Worthy Hall fanden, dass er viel zu gut aussah, um ihn auf der Kanzel zu verschwenden.

Das war alles, was Mary von Mr. Lyon wusste, und sie war nicht darauf aus, mehr über ihn zu erfahren. Sie hatte genug gehört. Sie senkte den Kopf und tat so, als lauschte sie nicht – eine List, die die beiden anderen Frauen sofort durchschauten.

»Diese unschuldigen Ohren?« Susannah warf ihr Messer in die Luft und fing es wieder auf. »Ha! Mary ist nicht besser als wir. Du wirst es noch erleben. Bald wird irgendein hübscher Junge scharf auf sie sein, dann kitzelt er sie zwischen den Beinen, und sie wird schon auf dem Boden liegen, die Röcke hoch gezogen, und alles geschieht schneller, als ich es erzählen kann.«

»Nein, so ist es nicht«, rief Mary, und ihr Kopf steckte immer noch tief über der Bohnenschüssel. »Ich habe Lady Catherine mit einer Hand auf der Heiligen Schrift versprochen, dass ich Jungfrau bleibe, bis ich heirate. Und ich lasse mich auch nicht zur Sünde verführen.«

»Versprechen, die so dümmlich sind, muss man einfach brechen, Mary«, sagte Betty freundlich. »Du solltest keine Schwüre leisten, die du nicht einhalten kannst, auch wenn Ihre Ladyship das verlangt.«

»Ich würde sie gern mal testen«, sagte Susannah. »Mr. Lyons Kaffee ist fast fertig, Mary. Du wirst ihm den Kaffee in den Salon bringen.«

Betty riss den Mund weit auf. »Mary kann unmöglich hinaufgehen«, rief sie empört. »Sie gehört zum Küchenpersonal.«

»Dieses eine Mal kann sie die Treppe hinaufgehen«, sagte Susannah, die sich den Test nicht entgehen lassen wollte. »Mr. Lyon wünscht sich Kaffee, er hat schon mehrfach danach geklingelt, und Mary ist die Einzige in der Küche, die seinen Befehl ausführen kann. Es sei denn, du bist zu schüchtern für eine solche Aufgabe, Mary?«

»Mr. Lyon jagt mir keine Angst ein.« Mary stellte die Bohnenschüssel geräuschvoll auf den Tisch und band ihre Schürze ab. »Er ist auch nur ein Normalsterblicher, ein Mann aus Fleisch und Blut, sonst nichts.«

»Oh, ja, er hat Fleisch genug«, sagte Betty und gluckste. »Reizvolles Männerfleisch. Aber ich wette, dass selbst ein Dienstmädchen wie du bald herausfindet, was sich mit diesem Fleisch alles anstellen lässt. Geh jetzt, nimm das Tablett und sieh zu, dass dir die Ladyship nicht über den Weg läuft.«

»Und denk dran, gleich zu uns zu kommen, wenn du deinen Auftrag abgeschlossen hast. Wir wollen alles hören, wirklich alles.« Susannah streckte ihre Zunge heraus und strich sich über die Lippen. Betty war von der Geste so überrascht, dass sie erneut in fröhliches Lachen ausbrach.

Sie krächzten wie zwei Krähen, was Mary verfolgte, als sie die Hintertreppe hinaufging, das Tablett in beiden Händen. Dass ihre Kolleginnen sich derart über sie amüsierten, verwirrte sie, und ihr gingen eine Menge von Sprüchen durch den Kopf, die sie hätte sagen sollen, um das Necken ein für alle Mal zu beenden. Bisher hatte sie noch kein Junge oder Mann verführen können. Warum sollte sie dieses Mal schwach werden?

Aber als sie die Halle betrat, hatte sich ihr Ärger über die beiden abgekühlt. Test oder nicht – sie hätte hier nicht sein dürfen. Deshalb hastete sie jetzt über die schwarzen und weißen Marmorfliesen, direkt auf den Salon zu. Ihr schlichtes Kleid aus grober Baumwolle passte nicht zur Pracht der Einrichtung, und selbst die gemalten Gesichter der Worthy-Ahnen an den Wänden schienen aus ihren Goldrahmen höhnisch zu lächeln über ihre Bekleidung.

Sie würde die Folgen ihres Tuns büßen müssen, wenn Lady Catherine sie erwischte. Noch mehr fürchtete sie die

Bestrafung durch den Butler, der Mr. Punch hieß, und auch von Mrs. Able, der Haushälterin, denn diese beiden trugen ihre Nasen höher als ihre Herrin. Wenn sie von ihnen erwischt wurde, musste sie mit einer gehörigen Tracht Prügel rechnen, und außerdem würde man ihr zusätzliche Arbeit auferlegen.

Solche Bedrohungen trieben sie noch mehr zur Eile an, und als sie vor der Tür stand und gegen das Holz klopfte, war sie völlig außer Atem.

»Herein«, kam die tiefe Männerstimme von drinnen.

Sie balancierte das Tablett mit einer Hand, während die andere Hand den Türknopf drehte, und gleichzeitig drückte sie mit einer Hüfte gegen die Tür. Aber weil es ein warmer Tag war, oder auch, weil Mary sich ungeschickt anstellte – die Tür klemmte und ließ sich nicht öffnen. Mary fürchtete, von Mr. Lyon beschimpft zu werden, weil es so lange dauerte, bis er seinen Kaffee und die Kekse genießen konnte, deshalb schwang sie mit aller Kraft die Hüfte gegen die Tür.

Dies war freilich der Moment, in dem die Tür beschloss, sich nun ganz leicht zu öffnen, und Mary flog mit dem Kopf voraus in den Salon, und dabei hatte sie alle Mühe, das Tablett zu balancieren. Sie konnte die Kaffeekanne und die leckeren Kekse retten und stürmte tiefer in den Salon, den Blick unentwegt auf ihr Tablett gerichtet.

Auf dem Silber der Kaffeekanne konnte sie ihr entsetztes Gesicht sehen. Schließlich bekam sie ihre Beine wieder unter Kontrolle und hielt das Tablett mit einem glücklichen sanften Lächeln in beiden Händen. Sie hatte es geschafft und seufzte vor Erleichterung.

Aber oh, welche Gefahr erwartete sie jetzt erst, viel übler als ein Stolpern oder sogar als ein Hinfallen.

»Haben Sie sich verletzt, Miss?«, fragte er, seine Stimme

voller Sorge um ihr Wohlergehen. »Haben Sie sich wehgetan?«

Mary schaute von der Kaffeekanne hoch, und wieder wäre sie fast gefallen, diesmal in die endlose Weite der grünen Teiche, die die Augen des Gentlemans waren. Sie brachte keinen Ton heraus und konnte nur nicken, um auf die Fragen dieses Herrn zu antworten, während sie mit großen Augen das Gesicht und die ganze Gestalt des Mr. Lyon wahrnahm.

Er war nicht so schön wie ein perfekter Adonis, und er hatte auch nicht die muskulöse Figur eines Kriegers, die ihn als Herkules hätte auszeichnen können, und doch besaß der junge Gentleman, der vor ihr stand, mehr Charme und maskuline Anmut als jeder andere Mann, dem sie bis heute begegnet war.

Vielleicht zwanzig Jahre alt, war er von hoher Gestalt und gut gewachsen, die Schultern breit, der Bauch flach. Mary bewunderte die festen Muskeln von Schenkeln und Brustkorb, die man häufig bei Reitern feststellen konnte. Er war elegant gekleidet und trug einen dunkelgrauen Anzug, der das Meeresgrün seiner Augen nur noch betonte, und statt der Londoner Mode zu folgen und eine Perücke zu tragen, zeigte er seine eigenen Haare; die vergoldeten Locken wurden von schwarzen Seidenbändern gehalten.

»Sind Sie sicher, dass Sie sich nicht verletzt haben?«, fragte er mit ernsthafter Sorge.

Wieder konnte Mary nur nicken. Mr. Lyon lächelte, und dabei sah man ein Grübchen in seiner Wange, und das arme hingerissene Mädchen fühlte, wie es zu schwanken begann.

Er spürte ihre Schwäche und nahm ihr das Tablett ab, um es auf einem kleinen Tisch hinter sich abzustellen. Dann nahm er mit großer Behutsamkeit ihren Arm und führte sie zum nahen Sofa, das neben einem hohen Fensterbogen stand.

»So«, sagte er, als er sich neben sie setzte. »Atmen Sie jetzt tief ein und aus, dann wird es Ihnen bald wieder gut gehen.«

Mary schloss die Augen und wandte sich dem offenen Fenster zu, während sie tief einatmete, wie er ihr geraten hatte. Als sie dann wieder bei Kräften war, schlug sie die Augen auf, und sie musste feststellen, dass die Brise das Halstuch weggeweht hatte, und ihre Brüste, die kaum von Mieder und Korsettstangen gehalten werden konnten, jetzt unverzeihlich entblößt vor ihm lagen.

Mr. Lyon hatte seine Augen weit aufgerissen und starrte auf dieses freche, schamlose Bild, das sich ihm bot. Seine Lippen waren fest zusammengepresst, sodass Mary fürchtete, er hätte das Atmen vergessen.

»Oh, oh, Sir, bitte verzeihen Sie mir«, stammelte sie, während sie hastig versuchte, die Blöße wieder zu bedecken. »Ich hatte nicht die Absicht, mich Ihnen so unanständig zu zeigen, vor allem, da Sie doch ein Mann der Kirche sind.«

»Noch nicht, meine Liebe, noch nicht«, sagte er und schaffte es nur mit Mühe, den Blick zu heben und in ihr Gesicht zu schauen. »Unserem Herrn zu dienen ist mein größtes Anliegen, aber ich muss noch eine Zeitlang studieren, bevor ich mich endgültig entscheide.«

»Ja, Sir«, sagte Mary, »ich habe gehört, dass Mylady großes Vertrauen in Sie setzt.«

»Ihre Ladyship ist allzu großzügig«, sagte er und strich mit den Fingerkuppen über seine Schläfe. »Ich kann nur hoffen, dass ich ihr Vertrauen auch erfüllen kann.«

Sie lächelte scheu. »Ich bin sicher, dass sie allen Grund hat, Ihre Fähigkeiten zu bewundern, Sir.«

»Ihre Ladyship ist zu gütig.« Er hob die Schultern und lächelte in seiner charmanten Bescheidenheit, die man selten bei attraktiven Männern findet. »Aber Sie können mir vielleicht helfen.«

Mary nickte eifrig, zu eifrig und bereit, ihm alle Wünsche zu erfüllen.

»Ich brauche Zuhörer, verstehen Sie?«, begann er. »Jemand, der mir zuhört und dann meine Arbeit kritisiert und mir aufzeigt, wo es noch Schwächen gibt, damit ich sie ausmerzen kann.«

»Oh, Sir«, sagte sie traurig, »ich bin nur das einfache Dienstmädchen, das in der Spülküche arbeitet, und ich weiß nichts von literarischen Dingen.«

»Unsinn«, widersprach er. »Selbst ein Einsiedler in seiner Höhle verfügt über einen bestimmten Geschmack. Sie sind geeigneter für diese Aufgabe, als es irgendein Student in Cambridge wäre, da bin ich mir sicher. Wie heißen Sie eigentlich?«

»Ich bin Mary, Sir«, sagte sie und errötete wieder, als er sie anschaute. »Mary Wren, Sir.«

»Und ich bin John Lyon, ganz der Ihre, Miss Mary Wren.« Er grinste und zwinkerte ihr zu, als wollte er ihr zeigen, wie albern es war, sich als Dienstmädchen gering zu schätzen.

»Ja, Mister Lyon.« Sie lachte vor Entzücken, denn bisher hatte niemand sie »Miss Wren« genannt. Wie angenehm das in ihren Ohren klang, und wie ganz besonders süß das klang, wenn es aus seinem Mund kam!

Er lachte mit ihr. »Eine bessere Zuhörerin kann ich mir gar nicht vorstellen.«

Zu Marys Kummer erhob er sich vom Sofa, aber dann wurde sie beruhigt, weil er nur ein paar beschriebene Seiten vom Schreibtisch nahm und sich dann wieder neben sie setzte. Es war ein kleines Sofa, und als er die Kissen zwischen ihnen ans Ende schob, damit er mehr Platz hatte, pressten seine Knie gegen ihre. Sie sagte nichts, denn sie wollte nicht unhöflich sein, und sie konnte auch nicht ausweichen, weil sie schon in der Ecke saß.

»Ich habe über die Versuchung Evas durch die Schlange geschrieben«, sagte Mr. Lyon und hob die Hand mit den Blättern. Er legte eine Pause ein und schaute Mary an. »Sie kennen doch die Geschichte von Eva und Adam, ihrem Mann?«

»Oh, ja, natürlich, Sir«, antwortete sie prompt. Es gefiel ihr, wie sein Knie gegen ihres drückte und wie eine solche Berührung eine wunderbare Erregung in ihr auslöste. »Adam und Eva lebten im Garten Eden, bis die Schlange Eva verlockte, in den Apfel der Sünde zu beißen. Da schickte Gott das Paar hinaus in die Finsternis.«

»Sehr gut, Miss Wren.« Er schien überrascht und erfreut zu sein, dass sie die Geschichte so präzise erzählte, wie es jeden Mann erfreut, wenn er eine Frau kennen lernt, die begreift, wie verlockend eine Sünde sein kann. »Das war eine gute und kurze Zusammenfassung.«

Sie lächelte und labte sich an seinem Lob. »Lady Catherine hat dafür gesorgt, dass ich lesen und schreiben lernte, daher konnte ich die Heilige Schrift lesen.«

»Dann haben Sie genug Wissen, um meine Zuhörerin zu sein, Miss Wren.« Er schaute wieder auf die beschriebenen Blätter und drehte sich zur Seite, damit das Licht durchs Fenster auf die Seiten fiel. Die Sonne sank unter die Bäume, und um die letzten Strahlen aufzufangen, musste er sich auf dem Sofa zur Seite neigen, und ein Arm ruhte auf dem Sofarücken, gleich hinter ihren Schultern.

»Nun denn«, begann er, das Gesicht zu einem akademischen Grollen verzogen. »Meine These ist, dass Eva nicht anders konnte, als sich der Versuchung zu ergeben, weil das in der Natur der Frauen liegt.«

»Es liegt in der Natur der Frauen, schwach zu sein?«, rief Mary. »Sie wollen den Fall der Menschheit und den Auszug aus dem Paradies auf die Schwäche einer Frau zurückführen?«

»Ja, so ist es, in der Tat«, sagte er. »Das ist allgemein anerkannt, Miss Wren. Adam besaß eine stärkere Entschlossenheit und hätte der Versuchung der Schlange widerstanden. Wenn ich nun fortfahren darf ...«

»Nein, das dürfen Sie nicht«, rief Mary und vergaß sich fast in ihrer Empörung. »Nicht, ehe Sie zugeben, dass Männer genauso schwach sein können wie Frauen.«

»Ist das so?« Er lehnte sich näher an Mary, sodass sein Brustkorb gegen ihren Arm drückte. Ihre Gesichter berührten sich fast. »Halten Sie Ihre Behauptung für so stark, dass Sie einen Beweis riskieren wollen?«

»Einen Beweis, Sir?«, fragte sie und verstand seine Frage nicht. Ihre Unwissenheit ging nicht so weit, seine Nähe nicht zu spüren und das schnelle Schlagen ihres Herzens nicht zu bemerken. Ihre Haut begann sich an den Stellen zu wärmen, an denen sie sich berührten, und plötzlich fühlte sie sich zu ihm hingezogen und spürte eine Bereitschaft für etwas, was sie noch nicht kannte. »Und was meinen Sie damit, Sir?«

»Oh, es ist ein ganz einfacher Test, meine Süße.« Seine Stimme klang tief und verlockend, und seine Worte schienen wie Federn, die über ihre Wangen huschten. »Sie bemühen sich, so gut Sie können, mich in Versuchung zu führen, und ich werde mein Bestes geben, um Ihnen zu beweisen, dass der Mann das stärkere Geschlecht ist und Ihnen widersteht.«

Sie runzelte die Stirn für eine Weile, denn ein solches männliches Argument hatte sie noch nie gehört. Zugleich nahm sie wahr, dass sie immer tiefer gegen die nachgebende Sofalehne gedrückt wurde. Vielleicht lag das auch an Mr. Lyons Schmeicheleien.

»Runzeln Sie nicht die Stirn, Mary«, sagte er sanft, beinahe ein wenig besorgt. »Damit führen Sie doch keinen Mann in Versuchung.«

»Mir war gar nicht bewusst, dass ich die Stirn in Falten legte, Sir.« Sie schaute hoch zu ihm und lächelte ihn an, und gleichzeitig legte sie eine Hand auf seine Wange. »Gerade in Ihrer Gegenwart habe ich keinen Grund, die Stirn krauszuziehen.«

Er erwiderte ihr Lächeln und strahlte sie an. Wie ein Regenbogen nach einem Gewitter, dachte sie.

»Ah, Mary, Sie sind so süß. Sie bringen mich so weit, dass ich nicht nur an Verführung glaube, sondern auch an die Liebe.«

»An Liebe, Sir?«, fragte sie und war verdutzt, ein solches Wort aus seinem Mund zu hören, denn schließlich kannten sie sich erst seit kurzem. »Sind Sie verliebt, Sir?«

»In Sie, liebe Mary«, flüsterte er, und dann schob er einen Arm um ihre Taille, um sie festzuhalten. »Ich war verloren in dem Moment, in dem Sie durch diese Tür traten.«

Bevor Mary eine Antwort geben konnte, küsste er sie schon. Es war das erste Mal, dass sie einem Mann solche Freiheiten gestattete. Seine Lippen spielten mit ihren, und sie empfand eine glühende Hitze, die sie noch nie in ihrem Leben gespürt hatte. Sie keuchte vor Überraschung, als sie diese unbekannten Sensationen wahrnahm, und sie öffnete die Lippen weiter, um tiefer Luft holen zu können.

Er missdeutete die geöffneten Lippen und begriff die Geste als besondere Einladung. Er stieß die Zunge zwischen ihre Lippen und duellierte sich mit ihrer Zunge, sicher und unfehlbar wie Amors Liebespfeil.

Ja, Liebe, dachte Mary. So musste sich die Liebe anfühlen. Die Gedanken in ihrem Kopf drehten sich immer schneller, und sie fürchtete, jeden Moment ohnmächtig zu werden, während sie sich an Mr. Lyons klammerte, um nicht über die Armlehne des Sofas zu fallen. Ihre Finger gruben sich tief in seine Schultern, als ginge es um ihr Leben.

Sie spürte, wie seine Hand zwischen ihre Körper glitt und listig unter ihr Brusttuch schlich, und gleich darauf drangen die Finger unter das Mieder. Und obwohl ihr Gewissen aufschrie gegen solche Frechheiten, hatte ihr Herz das Wort ›Liebe‹ gehört, jenes zauberische Gefühl, das der Schlüssel zu den meisten Jungfrauenschößen war.

Bei Mary war das nicht anders. Sie spürte, wie er gegen ihre einengende Kleidung stieß, und sie fühlte, wie ihre heranreifenden Brüste von seinen Händen gedrückt und gerieben wurden. Sie hatte sich immer gewundert, warum Männer so fasziniert von diesen Hügeln waren, während sie wusste, dass sie dazu dienten, Babys zu ernähren.

Es dauerte nicht lange, bevor sie eines Besseren belehrt wurde. Sie seufzte auf, als seine kundigen Finger ihre Liebkosungen begannen und ihr zartes Fleisch neckten, bis die Brustwarzen steif und stolz hervortraten. Sie schmiegte sich an ihn, denn sie wollte mehr von ihm spüren, obwohl sie nicht wusste, worin dieses Mehr bestand. Sie hielt die Luft an und wand sich unter ihm. Was sie spürte, war unvorstellbares Entzücken.

»Sehen Sie doch, wie Sie mich in Versuchung führen, Mary«, sagte er, während sein Atem gegen ihre Kehle blies. »Ich möchte wirklich stark sein, aber die Liebe macht mich schwach. Ihre Liebe, Mary, und – oh, was ist denn das, meine Süße?«

Wieder weiteten sich seine Augen vor Überraschung, als er

sich leicht zurücklehnte. Sie wusste sofort, was er wahrgenommen hatte, und auf der Stelle baute ihr Eifer ab. Sie versuchte verzweifelt, ihre Blöße zu bedecken.

»Keine falsche Scham, Mary, bitte. Unter Liebenden gibt es keine Scham«, sagte er und hielt ihr Handgelenk fest, damit sie ihre Hand nicht mehr schützend vor ihr Geschlecht halten konnte. »Was für ein köstliches Geheimnis hast du da versteckt, meine Liebe?«

»Aber Sie können mir doch nicht vorwerfen, mich bedecken zu wollen, Sir«, rief Mary und rutschte weg von ihm, um ihre Kleider zu ordnen. »Oh, bitte, Sir, ich schäme mich so.«

Er hatte ihr Muttermal entdeckt, ein wunderbares Mal in der Nähe der linken Brustwarze, das immer schon da gewesen war, seit sie sich erinnern konnte. Das Mal hatte die Form eines kleinen Herzens, nicht weit vom richtigen Herz entfernt, das gewaltig in ihr schlug.

Trotz Marys völliger Unschuld hatte sie immer geglaubt, dass Mutter Natur sich ausgerechnet für diese Stelle ihres Körpers entschieden hatte, weil sie Besonderes mit ihr vorhatte – sie nahm das Mal als Beweis für ihr lüsternes Temperament. Das Muttermal hatte sie immer schon gequält, und bis zu diesem Moment hatte sie sorgsam darauf geachtet, es anderen in ihrer Umgebung nicht zu zeigen.

Aber jetzt hatte sie – zu ihrem Entsetzen – zugelassen, dass Mr. Lyon ihr Geheimnis entdeckt hatte. Sie war leichtsinnig gewesen und würde dafür büßen müssen.

»Warum bist du nur so schüchtern? Es ist das schönste Muttermal, das ich je gesehen habe«, sagte er ehrlich. »Venus selbst muss sich diese Stelle an deinem Körper ausgesucht haben, denn dort wird es nur dein Liebhaber sehen können.«

Mary schaute ihn von der Seite an, die Arme über den Brüsten gekreuzt. Sie fühlte sich unbehaglich. »Dann finden Sie es nicht hässlich, Sir?«

»Ach, meine Ärmste, wie könnte ich so ein schönes Mal für hässlich halten?«, rief er. »Hat es jemals eine Frau gegeben, die Venus auf diese Weise ausgezeichnet hat? Hat sich jemals ein Mann so geehrt gefühlt, dass ihm dieses faszinierende Bild zuteilwurde?«

»Sind Sie sicher, Sir?«, fragte sie, immer noch zweifelnd. »Es ist nicht Mitleid, das Sie so sprechen lässt?«

»Natürlich nicht«, erklärte er von Herzen. »Komm, ich werde dir den Beweis für meine Aussage liefern. Zeige mir noch einmal das Mal, und ich werde nicht müde, es zu küssen. Das wird dir meine Bewunderung beweisen.«

Nun, sagte sie sich, das war eine Anfrage, die sie ihm durchaus gewähren durfte, und dann schob sie das Mieder mit zitternden Händen erneut zur Seite. Sie zeigte ihm nicht nur das herzähnliche Mal, sondern auch die linke Brust. Sie murmelte still vor sich hin, um ihre Ängstlichkeit zu überwinden. Er drückte seine Lippen auf diese Stelle.

Vom Mal huschte sein Mund zur Brust selbst und leckte über den rosigen Nippel. Zuerst saugte er die Brustwarze mit den Lippen in seinen Mund, dann wischte er mit der Zunge darüber, während er mit der Hand die andere Brust bespielte.

Überwältigt von Sensationen, schloss sie vor lauter Scham die Augen. Sie bemühte sich zu verstehen, was mit ihr geschah. Mr. Lyon hatte nichts gemeinsam mit den Lakaien und Pferdepflegern, die sie mit ihren Anzüglichkeiten ärgerten. Und für Mary stand jetzt auch fest, dass Mr. Lyon die spitzen Bemerkungen nicht verdient hatte, die von den älteren Frauen in der Küche stets zu hören waren. Er war ganz eindeutig ein Gentleman, der auf ihre Empfindsamkeiten achtete und sie mit großem Respekt behandelte.

Sie seufzte ganz lieb und überließ sich seinen Berührungen, während sie einen Arm um ihn legte. Sie hatte noch nie einem Gentleman (und auch keinem anderen Mann, muss man hinzufügen) diese intimen Vertraulichkeiten und Freiheiten erlaubt.

Es verwunderte sie, dass sich sein Körper so viel anders anfühlte als ihr eigener. Seine Muskeln fühlten sich härter an, als sie seine Muskeln in den Armen und Schultern spürte. Er hatte nichts dagegen, dass sie seinen Körper erforschte, und offenbar hatte er ähnliches Verlangen wie sie.

Sie traute sich weiter vor und schlüpfte mit der Hand unter sein Jackett bis hinunter zu den Breeches. Dabei entdeckte sie die runden, festen Backen seines Gesäßes, umschmiegt von der feinen Wolle seiner Breeches. Sie spreizte die Finger, und entzückt stellte sie fest, dass die Backen ihre Hände ausfüllten. Er begann, laut zu stöhnen, und hörte auf, an ihrem Nippel zu saugen.

»Oh, Sir, habe ich Sie verletzt?«, flüsterte sie atemlos. Es wäre schrecklich, wenn sie ihn nicht weiter erforschen könnte. »Habe ich irgendwas falsch gemacht?«

»Nein, nein, überhaupt nicht«, sagte er und atmete genauso schwer wie sie. »Komm, ich werde dich führen.«

Geschickt löste er sich von ihr, aber nur so lange es dauerte, bis er ihre Hand auf die Beule seiner Hose legen konnte.

»Da«, sagte er. »Da spürst du den Beweis für das, was du mit mir angestellt hast.«

Sie sah es, fasste hin und war beeindruckt. Sie hatte natürlich die Pferdepfleger und die Fuhrmänner gesehen, die zu betrunken oder zu faul waren, um ein stilles Örtchen aufzusuchen, und deshalb an den Mauern der Ställe ihr Wasser abschlugen, und dabei waren ihr die männlichen Glieder nicht unbekannt geblieben; es waren verschrumpelte, schlaffe Exemplare, die bestenfalls vom jeweiligen Besitzer als schön empfunden werden konnten.

Aber hier hatte sie nun den Beweis, dass Mr. Lyons Glied aus feinerem Fleisch und Blut zusammengesetzt war. Die Knöpfe des Hosenstalls waren geöffnet, und der harte Stab zuckte stolz und reckte sich. Eine solche Länge mit einem solchen Umfang hatte Mary noch nicht gesehen.

Angesichts dieser Entblößung errötete Mary, mehr aus Aufregung und weniger aus Schamgefühl. Wieder griff Mr. Lyon nach ihrer Hand und führte sie zurück zu seinem sich reckenden Schaft.

Sie berührte ihn behutsam aus lauter Neugier, und das reichte auch schon, um ihm ein neues Stöhnen zu entlocken. Diesmal zog sie sich nicht zurück, sondern strich mit der Hand an der zuckenden Schlange entlang. Sie konnte die Hitze durch das Tuch seiner Hose spüren. Er stieß mit dem Schaft von unten hoch, und mit jedem Anheben der Hüften konnte sie ein bisschen kräftiger seinen noch verborgenen Schatz streicheln.

Es verwunderte sie, dass ihre eigene Lust anstieg, während sie ihn massierte, als empfänden ihre sexuellen Mittelpunkte eine starke Sympathie füreinander. Ihr Herz schlug schneller, und ihre entblößten Brüste wurden schwerer und empfindlicher. Obwohl die Fenster des Zimmers geöffnet waren und eine leichte Brise hereinwehte, bildete sich in ihrem Bauch eine große Hitze aus, als würde ihr Unterleib von einem Fieber ergriffen, das die Sehnsucht in ihr noch vergrößerte. Sie fühlte sich seltsam geschwollen an, sogar klamm, und sie lechzte fast unerträglich danach, sich selbst zu berühren.

»Sie leiden, Sir«, flüsterte sie, die Augen weit geöffnet, das

Atmen wie abgehackt, die Schenkel fest zusammengepresst, weil sie ihre eigene Ergriffenheit im Zaum halten wollte. »Aber mir geht es auch so. Mir ist, als ob ich durchs Feuer ginge, Sir, als leckten mich Flammen von innen ...«

»Mary ...«

Er brach ihren Satz mit Küssen ab, die jetzt fordernder kamen, nicht mehr nur zärtlich. Er drückte sie noch ein bisschen fester gegen die Sofalehne. Die Wolle seines Jacketts rutschte über ihre Nippel, und auch diese Berührung bot für einige Sekunden eine süße Qual.

Sie wand sich weiter nach oben gegen seinen Brustkorb und suchte nach mehr, obwohl sie das, was sie suchte, nicht beschreiben konnte. Sie fühlte den Wind durch die Fenster blasen und spürte ihn auf der nackten Haut oberhalb der Strümpfe, während Mr. Lyon versuchte, Schürze und Petticoats beiseitezuschieben, damit er sich an ihrem Geschlecht ebenso delektieren konnte wie an ihren Brüsten.

Als er seine Knie zwischen ihre Schenkel zwängte, um sie für sein Vorhaben weiter zu öffnen, hieß Mary ihn willkommen und rutschte ihm entgegen, damit er einen besseren Zugang zu ihrem kleinen Juwel fand.

Durch ihre fiebrige Not stellten sie sich beide ungeschickt an, und dann warfen sie ihre Vorsicht mit den Kleidern ab. Ihr Brusttuch und die weiße Mütze fielen zuerst auf die Kissen und dann auf den Boden. Sein Jackett verlor zwei Knöpfe, als er hastig versuchte, das Kleidungsstück abzulegen.

Niemand kümmerte sich darum, und niemand dachte an die möglichen Folgen des Leichtsinns. Noch vor einer Stunde hatte sie Mr. Lyon kaum gekannt, und jetzt konnte sie an nichts anderes denken als an die Lust, die der gut aussehende Gentleman bei ihr auslöste.

Mit großem Bedacht führte Mr. Lyon seine Finger zu den

Innenseiten ihrer Schenkel, dann fühlte sie, wie er ihre Härchen kraulte, bevor er sich ihr kleines, brennendes Pfläumchen vornahm. Sie hielt die Luft an, als seine geschickten Finger sie teilten und öffneten. Das geschah auf eine Weise, die sie nie für möglich gehalten hatte.

Die Feuchtigkeit, die sie in sich gesammelt hatte, ließ seine Finger leicht in sie hineingleiten. Sie nahm ihn auf und führte ihn durch den glitschigen, honigsüßen Kanal. Sanft strich er über den kleinen Fleischknoten, der ihre Lust steuerte. Diese Berührungen ließen Mary immer wieder die Luft anhalten, und sie hielt seine Hand am Gelenk fest – jetzt nur nicht aufhören, überhaupt niemals aufhören. Sie kam sich wie eine Jägerin vor, die ihre Beute witterte.

Sie wölbte sich wieder seiner Hand entgegen, und er presste die Finger tiefer hinein in die Ritze. Mary hielt sich an seinen Schultern fest. Ihre Knie wurden von seinen kräftigen Unterarmen gehalten, und wenn ein Stöhnen über ihre Lippen kam, dann war es ein fröhliches Hosianna, weil sie dabei war, sich von ihrer Unschuld zu befreien.

Aber dann hörte sie ein anderes Geräusch, das von der Diele in dieses Zimmer drang. Eine Stimme, die Mary aufs Tiefste erschrecken ließ. Sie riss die Augen weit auf, stieß Mr. Lyon von sich und sprang auf die Füße. In aller Hast stellte sie ihr Äußeres wieder her, sie zupfte an den Röcken und arrangierte das Mieder und setzte sich die Mütze wieder auf.

»Was, zum Teufel …?«, wollte der Gentleman auf dem Sofa wissen. Seine Stimme klang harsch und enttäuscht, weil seine Lust nicht erfüllt werden konnte.

»Es ist nicht der Teufel, Sir, es ist der Butler«, rief sie verzweifelt mit ihrer Jungmädchenflüsterstimme. »Er geht durch alle Zimmer und lässt die Jalousien herunter, damit die Sonne nicht eindringen kann. Das macht er jeden Nachmittag, und falls er mich hier findet, so weit von der Küche entfernt, wird er mich ausschimpfen und verprügeln und ...«

»Reg dich nicht auf, meine Süße«, sagte Mr. Lyon, und seine grünen Augen funkelten aus Verärgerung. Er erhob sich ebenfalls und knöpfte seine Breeches zu. »Ich sorge dafür, dass du keine Schläge von diesem garstigen Menschen ertragen musst, jedenfalls nicht meinetwegen.«

Aber Mary wollte es nicht darauf ankommen lassen, denn der Butler war von kräftiger Statur. Sie wollte lieber an weitere heimliche Zusammenkünfte mit Mr. Lyon denken, denn ihr wunderbares Kennenlernen hatte doch gerade erst begonnen.

»Bitte, unternehmen Sie nichts«, sagte sie atemlos und rückte ihr Mieder zurecht, damit es wieder ihre Brüste bedeckte. Hinter dem Sofa bückte sie sich nach dem Halstuch. »Denken Sie doch bloß an den Skandal, bitte, Sir. Ich könnte es nicht ertragen, wenn Sie meinetwegen Ihre glorreiche Zukunft in Gefahr brächten.«

Er blickte finster drein, aber plötzlich begriff er die Logik ihrer Argumentation.

»Dann musst du fliehen«, sagte er, Bedauern in der Stimme. »Aber du musst mir schwören, meine Liebe, dass du mich nie vergessen wirst.«

»Ich Sie vergessen?«, rief Mary und schüttelte den Kopf. »Niemals, Sir.«

»Dann komm doch diese Nacht zu mir, wenn alle anderen schlafen«, bedrängte er sie und griff wieder nach ihren Handgelenken. Er nahm sie in seine Arme. »Wir können uns im Garten treffen, oder im Obstgarten. Vielleicht auch auf dem Speicher über den Ställen.«

Sie schüttelte den Kopf. Ihre Ohren lauschten immer noch

nach Mr. Punchs Schritten. »Ich kann mich an all diesen Orten nicht sehen lassen, Sir. Die anderen lassen mich nicht aus den Augen. Aber was ist mit Ihrem Schlafzimmer in der ersten Etage?«

Sein Ausdruck verfinsterte sich wieder. »Mein Zimmer liegt den Gemächern von Lady Nestor zu nahe. Sie ist eine herzensgute Frau und ist sehr auf mein Wohlergehen bedacht, aber sie ist wachsam wie eine Katze.«

Als er den Namen seiner Wohltäterin aussprach, musste Mary schuldbewusst an ihre eigene Retterin denken. Sie hatte Lady Catherine ein Versprechen gegeben, das nun wie ein schwerer Stein auf ihrem Gewissen lag. Es war Mary überhaupt nicht schwergefallen, ihre Jungfernschaft bis zur Hochzeit zu erhalten, denn sie hatte weit und breit keine Gefahr gesehen. Aber Mr. Lyon war eine Gefahr, so gut aussehend und klug und rücksichtsvoll, wie er war. Was Besseres konnte sich keine Jungfrau wünschen. Jetzt glänzten Tränen in Marys Augen, als sie an ihr gebrochenes Versprechen dachte.

Auf diesem Sofa hatte sie einen frommen Christenmenschen dazu verlockt, mit ihr zu sündigen. Lüstern hatte sie die Beine gespreizt, damit er sie aufgeilen konnte, und im Gegenzug hatte sie sein Glied gestreichelt, als wäre es ein unnachahmliches Spielzeug. Schlimmer noch war die Tatsache, dass sie ihr Tun nicht bereute – sie bedauerte nur die Unterbrechung durch die Schritte des pflichtbewussten Butlers. Ganz sicher würde ihre Seele schon in der Verdammnis schmoren.

»Oh, Sir, ich kann nicht«, flüsterte sie sorgenvoll. »Ich kann es wirklich nicht.«

Er schlug mit der Faust gegen seine Brust, genau an der Stelle seines Herzens. »Zweifelst du an mir, Mary? Zweifelst du an meiner Liebe?«

»Nein, nein, Sir, das ist es nicht«, versicherte sie ihm und hob seine Hand von der Brust an ihre Lippen. »Es ist nur ... also, ich habe geschworen ... oh, verdammt, da ist Mr. Punch! Ich muss gehen, Sir, sonst ertappt er mich, und ich muss das Haus verlassen.«

Sie beugte sich vor und küsste ihn rasch, ein gestohlener Kuss von ihm.

»Ich werde versuchen, dass wir uns noch mal treffen, lieber Sir, und das bald«, versprach sie im verzweifelten Flüsterton. »Das meine ich ganz ehrlich.«

Dann schlüpfte sie aus dem Zimmer, bevor der freundliche Gentleman noch etwas sagen konnte, vielleicht weitere süße Worte, die sie noch mehr verwirrt hätten. Aber schon während ihres Weglaufens überlegte sie, wann sie ihn das nächste Mal sehen könnte.

Sie konnte an nichts anderes mehr denken, denn Mr. Lyon war ihre große Liebe, und so plante sie auf jeder Stufe der Treppe zur Küche die Möglichkeiten einer weiteren Begegnung, und natürlich ahnte sie nicht, dass sie durch ihre Lüsternheit einen irreparablen Schaden nehmen würde.

Zweites Kapitel

In dem Mary über die amouröse Natur der Schwäne erfährt, was sie der selbstlosen Unterrichtung von Mr. Lyon zu verdanken hat

Im Laufe der folgenden Tage nahm sich Mary vor, der Anziehungskraft von Mr. Lyon zu widerstehen; das war für sie selbst richtig, und auch für Mr. Lyon. In der kurzen Zeit, die sie miteinander verbracht hatten, war ihr bewusst geworden, wie sehr sie der Lust des Fleisches erlegen war. Sie hatte auch erkannt, dass ihr eigenes Fleisch sehr schwach und empfänglich war, was ihr deutlich wurde, als sie ihn so intensiv gestreichelt hatte. Deshalb würde es klüger sein, sich gar nicht in die Gefahr einer weiteren Begegnung zu begeben.

Dies war ein nobles Vorhaben, das sich auch leicht ausführen ließ, jedenfalls leichter, als man erwarten konnte. Obwohl Mary und Mr. Lyon beide unter dem breiten Schieferdach von Worthy Hall wohnten, hatten sie kaum eine Gelegenheit, sich tagsüber zu begegnen.

Als Küchenmädchen wurde von Mary erwartet, dass sie sich ausschließlich im Erdgeschoss aufhielt und sich niemals den Bewohnern oder den Gästen zeigte. Ebenso galt als selbstverständlich, dass Mr. Lyon als Gentleman – oder als jemand, der fast einer war – sich nie in der Nähe der Küche, der Vorratsküche oder irgendwo in den Räumen im Keller, in denen das Personal untergebracht war, sehen ließ.

Und wie Marys Tage und manchmal auch bis in die Nacht

hinein von den Forderungen der Köchin beherrscht wurden, so war Mr. Lyon dazu verdammt, nach Lady Nestors Pfeife zu tanzen; er musste mal eine Stola holen, dann verlangte sie, dass er ihr laut vorlas oder das Fenster schloss, wenn sie über Durchzug klagte, oder sie wollte, dass er ihr einen Tee braute – jedenfalls lauter Dinge, die ihn davon abhielten, Mary zu suchen.

Doch wie die Dichter so klug geschrieben haben – die Liebe findet immer einen Weg. Und wenn zur Liebe noch die Sehnsucht kommt, wie es in diesem Fall zutraf, dann war kein Kraut dagegen gewachsen. Obwohl Mary und Mr. Lyon durch die Standesunterschiede und durch die Haustreppen voneinander getrennt waren, gelang es ihm trotzdem, ihr seine Verehrung zu beweisen.

Als er am Sonntagmorgen an der Bank des Dienstpersonals vorbeiging – Bewohner, Gäste und Gesinde trafen sich zum Morgengebet –, warf er Mary einen so feurigen, sehnsuchtsvollen Blick zu, dass es fast ein Wunder war, dass die kleine Kapelle nicht Feuer fing und abbrannte.

An einem anderen Morgen sah er von seinem Schlafzimmerfenster aus, wie Mary einen großen Kübel mit Spülwasser aus der Küche über den Hof trug. Er schrieb rasch einen Zettel mit den Worten ›Vergiss die Liebe nicht‹, faltete ihn und warf ihn hinaus aus dem Fenster. Der Zettel flatterte hinunter auf den Steinboden, auf dem sie stand.

Noch gefährlicher war ein weiterer Versuch, ihr seine ewige Liebe zu zeigen. Er hatte einen der Pferdepfleger als Helfer gewonnen, der einen kleinen Strauß mit Schlüsselblumen auf ihr Bett gelegt hatte, wo sie ihn abends finden würde.

Im Gegenzug unternahm Mary nichts, was ihn ermutigen könnte. Es wäre schön, wenn man daraus schließen möchte, dass ihr tugendhafter Entschluss über die Verlockung triumphiert hätte, die Mr. Lyon darstellte. Schön ja, aber es stimmte nicht. Denn trotz guter Absicht konnte Mary nicht aufhören, an Mr. Lyon zu denken, an sein Lächeln, an seine Küsse, sogar (schamloser Weise) an seinen zuckenden Penis.

Sie dachte an ihn, sobald Mrs. Able sie in der Stunde vor dem Einsetzen der Dämmerung weckte, und sie dachte an ihn, wenn sie Karotten schälte oder Zwiebeln hackte, und sie dachte natürlich jeden Abend an ihn, wenn sie sich schlafen legte und sich rastlos vor Verlangen von einer Seite des schmalen Betts auf die andere wälzte.

Ihre größte Angst wurde nicht von dem Gedanken ausgelöst, ob sie seiner Verführung würde bestehen können, sondern von der Möglichkeit, dass er gezwungen sein würde, Worthy Hall mit Lady Nestor zu verlassen, bevor ihre Sehnsucht erfüllt wurde. Und so bestanden ihre Tage aus Gram und fiebrigem Verlangen.

Aber dann erbarmte sich das Schicksal dieser beiden liebenden Menschen und sorgte dafür, dass die Situation erheblich gelindert wurde.

Eines Nachmittags trug das Hausmädchen Rebecca ein großes Teetablett die Treppe hoch, um Lady Catherine und Lady Nestor zu bedienen. Als sie den Salon betrat, das Tablett in beiden Händen, konnte sie Lady Nestors kleinen schwarzbraunen Spaniel nicht sehen, der auf sie zuschoss und zwischen ihre Füße krabbelte. Der Hund verfing sich in Rebeccas Röcken und brachte sie zu Fall, und so fand sich Rebecca auf dem Boden wieder, umgeben von einem Schauer teuren Porzellans, heißem Tee, der aus der Kanne lief und einem jaulenden Hund.

Der Spaniel musste einen guten Schutzengel haben, denn er entkam dem Chaos unverletzt, obwohl eine schluchzende

Lady Nestor so entnervt über den Beinahe-Tod ihres Schoßhundes war, dass sie sich sofort auf ihr Zimmer begab und den ganzen Nachmittag im Bett verbrachte.

Rebecca hatte weniger Glück; sie litt an einem verstauchten Knöchel und hatte sich den Arm dicht am Gelenk gebrochen; das waren Verletzungen, die ihre Weiterbeschäftigung unmöglich machten. Lady Catherine blieb keine andere Wahl und sie schickte sie zurück zu ihrer Mutter, die sich um Rebecca kümmern und sie gesundpflegen würde.

Aber eines Menschen Unglück kann das Glück eines anderen sein. Wieder blieb Lady Catherine keine andere Wahl und sie erhob Mary in die Position eines Hausmädchens. Man gab ihr ein besseres Kleid, das noch nicht mit hässlichen Flicken besetzt war, und Schuhe, die eine Ledersohle hatten, damit sie nicht im Teppich hängen blieben und keine Löcher in den Holzboden drückten.

Man gab ihr auch eine hübsche Haube mit kleinen Rüschchen, die ihr Gesicht rahmten, und sie wurde gemahnt, ihre Haare stets unter der Haube zu verstecken. Es gab überhaupt viele Ermahnungen; sie durfte den Blick nicht heben, wenn sie einem aus der Oberschicht begegnete, und sie sollte darauf achten, dass Hals und Hände stets frisch gewaschen waren. Wenn sie gegen eine dieser Regeln verstieß, ließ man sie wissen, würde Lady Catherine nicht zögern, sie aus dem Haus zu schicken.

Keine dieser Warnungen lösten bei Mary irgendwelche Bedenken aus. Jetzt hatte sie sich aus der Küche über die Treppen erhoben, und sie hatte nicht die Absicht, jemals wieder zurückzugehen. Sie würde alles dafür tun, ihre wunderbare neue Position nicht zu gefährden. Wenn sie sich geschickt anstellte, würde sie eines Tages vielleicht sogar zur Kammerzofe befördert.

Als erste Arbeit wurde Mary verpflichtet, die Bücher des verblichenen Lord William (Lady Catherines Bruder) in der Bibliothek abzustauben. (Da sie jung und nicht verheiratet waren, hatte der Marquis of Conover das stattliche Worthy Hall an seine beiden Kinder vererbt. Dort konnten sie bis zum Ende ihrer Tage wohnen.)

Es war ein segensreiches Erbe, vor allem, weil die Geschwister beschlossen hatten, nicht zu heiraten, damit keine fremden Menschen je in Worthy Hall leben konnten. Die Bibliothek wurde stets in hohen Ehren gehalten, auch als Erinnerung an Lord William und seine Büchersammlung.

Für Mary, der noch nie gestattet worden war, auch nur einen Fuß auf den Boden des Zimmers zu setzen, war Lord Williams Bibliothek ein wundersamer Ort. Die hohen Rücken der Stühle waren mit rotem Leder bedeckt. Sie waren alle auf den offenen Kamin gerichtet, als wollten sie den Besucher locken, ein wenig länger zu verweilen.

Stumme Porträts von früheren Adligen und die besten Bilder von gefleckten Jagdhunden wechselten sich an den Wänden mit Spiegeln ab, die in goldenen Rahmen steckten. Die Fensterläden waren zugezogen, um Bücher und Bilder vor den Strahlen der untergehenden Sonne zu schützen, was für eine wunderbar gefilterte Luft sorgte. Hohe Regale waren mit in Leder gebundenen Büchern entlang der Wände zu sehen, und über jedem Regal thronte die kleine weiße Büste irgendeines berühmten Worthy aus längst vergangener Zeit.

Mit tiefer Ehrfurcht starrte Mary auf die vielen Bücher. Man hatte ihr das Lesen beigebracht, das gehörte zu Lady Catherines Verdiensten, denn sie bestand darauf, dass alle ihre Bediensteten in der Lage waren, die Heilige Schrift zu lesen.

Außer der Bibel hatte Mary noch ein anderes Buch gelesen

(und das war ganz gewiss keine Heilige Schrift, sondern eine aufregende Romanze, deren Seiten vom vielen Lesen schon vergilbt waren. Eine Besucherin hatte den Roman zurückgelassen, und seitdem machte er die Runde unter den Haus- und Küchenmädchen). Und nun sah sich Mary mit so vielen Büchern konfrontiert, die vor Wissen wahrscheinlich nur so strotzten, ein Wissen, das sie nie haben würde, und das war schon eine entnervende Erkenntnis für Mary. Entnervend waren auch die Weisungen, die Mrs. Able ihr aufgetragen hatte.

»Ihre Ladyschaft möchte, dass wir die Bücher Seiner Lordschaft mit Gansfedern abstauben«, erklärte ihr die Hausdame. »Du lässt die Federn über die obere Kante der Bücher gleiten, aber nicht weiter, als du die Federn führen kannst. Du lässt alle Bücher stehen, wo sie sind, und niemals wirst du ein Buch herausholen. Ihre Ladyschaft würde sofort erkennen, welches Buch du an dich genommen hast, und dann würdest du aus dem Haus getrieben. Konzentriere dich auf deine Arbeit, und verrichte sie immer allein. Sollte ich erfahren, dass du dich hier mit männlichen Dienstboten triffst, dann fliegst du auch deshalb aus dem Haus.«

»Ja, Ma'am.« Feierlich nahm Mary den Wedel mit den Gansfedern an sich. Man sah ihm deutlich an, dass es sich wirklich um einen Gansflügel handelte, er war dem Tier entnommen und dann getrocknet worden. Mary fand es ziemlich grausig, den Flügel als Staubwedel zu benutzen, aber das würde sie niemals zu Mrs. Able sagen.

»Nimm dir zuerst die Bücher in diesem Regal vor«, sagte die Hausdame und beobachtete Mary bei der Arbeit. »Ich werde in einer halben Stunde zurückkommen, um mich über den Fortschritt deiner Arbeit zu erkundigen.«

Mary knickste respektvoll, als die Hausdame ging, und sie

hörte, wie auf der anderen Seite der Tür ein Schlüssel umgedreht wurde; jetzt war sie eingeschlossen. Aber das Abstauben war weit weniger beschwerlich, als Pfannen zu schrubben, in denen eine Hammelkeule gebraten worden war. Bewaffnet mit einem Gansflügel, wandte sich Mary um und begann entschlossen mit ihrer neuen Aufgabe – aber diese Entschlossenheit sollte nur von kurzer Dauer sein.

Sie hatte gerade mit der Arbeit begonnen, als sie sich im goldgerahmten Spiegel sah, der zwischen zwei Fenstern an der Wand hing. Sie legte eine Pause ein und war vom eigenen Spiegelbild verdutzt. Sie lächelte scheu. Natürlich hatte sie ihr Bild schon mal in einem kleinen Taschenspiegel gesehen, und auch in den Scheiben der Fenster in der Küche. Aber sie hatte sich noch nie lange betrachten können, erst recht nicht von Kopf bis Fuß. Das kam ihr unbehaglich vor, als würde sie eine Fremde im Spiegel sehen.

Sie steckte den Gansflügel in die Tasche, wobei die Federn aus der Hüfttasche abstanden, als wäre es ihr eigener Flügel. Sie starrte in den Spiegel und drehte eine Pirouette, sodass ihre Röcke flogen. Sie verfolgte die Bewegungen im Spiegel. Ungeschickt, weil unerfahren, beugte sie sich vor und probierte einen Knicks, und dabei rauschten ihre Röcke, wie sie es bei den ehrenwerten Damen der Gesellschaft gesehen hatte.

Das verwaschene blaue Leinen ihres Kleids (denn es war nur für sie ein neues Kleid) ließ ihre Augen noch größer werden, und ihre Haut erinnerte an frische Sahne. Aber dann wurde ihr klar, dass es hier nicht um ihre Eitelkeit ging. Lady Catherine würde von ihr erwarten, dass sie fleißig mit dem Abstauben beschäftigt war, und stattdessen spreizte sie sich wie ein Pfau.

Doch sie konnte sich auch jetzt nicht zusammenreißen und

fuhr mit den Handflächen an ihrem Mieder entlang. Sie freute sich über das Korsett, das nach ihren Maßen gefertigt worden war und ihre Taille auch unter der Schürze viel schmaler wirken ließ. Sie konnte es nicht erwarten, Mr. Lyon ihre neue Aufmachung zu zeigen.

Sie hatte zugesehen, wie sich die anderen Frauen in den Quartieren für die Bediensteten fein gemacht hatten, bevor sie ihre Freunde oder Ehemänner trafen, und sie war ihrem Beispiel gefolgt; sie zog den Halsausschnitt und das Halstuch ein wenig tiefer, damit sie noch verlockender aussah. Durch die engen Schnüre des Korsetts wurden ihre Brüste nach oben gedrückt, fast so, als würden sie dem Betrachter präsentiert. Eine tiefe Röte fiel auf ihr Gesicht, als sie sich daran erinnerte, wie Mr. Lyon sie bewundert – nein, sogar verehrt – hatte – mit Fingern, Lippen und Zunge.

Wieder einmal rief sie sich den Nachmittag mit ihm in Erinnerung. Ihr Herz schlug schneller, und ihre Lippen teilten sich, wenn sie sich die wunderbaren amourösen Erlebnisse immer wieder vorstellte.

Sie stand immer noch vor dem Spiegel, tauchte mit einer Hand unter das Mieder und schmiegte die Finger um die beiden stattlichen Bälle ihrer Brüste. Wenn sie die Augen schloss, konnte sie sich vorstellen, dass es Mr. Lyons Hände waren, die sie streichelten.

Sie drehte sich ein wenig zum Spiegel, bis sie ihr Muttermal sehen konnte, das kleine Herz, und betrachtete es mit neuem Interesse. Mr. Lyon hatte es als Beweis für ihre Schönheit gehalten, und dass es zum Bewundern da war. Er hatte es geküsst und gesagt, dass sie es selbstbewusst tragen und nicht unter ihrer Kleidung verstecken sollte.

Jetzt besah sie sich das Mal noch einmal, und Mr. Lyon hatte Recht gehabt; es war nicht zum Schämen da, sondern eher zum Verlocken. Die Vorstellung, dass sie das herzförmige Mal demnächst zeigen würde, löste einen kleinen Schauer der Erregung bei ihr aus.

Leicht rieb sie ihre Handflächen über ihre Nippel, genau, wie Mr. Lyon es getan hatte. Sie nahm die Warzen zwischen Daumen und Zeigefinger, bis sie steif und hart wurden, genau wie bei Mr. Lyon. Sie spürte, wie das Blut durch ihre Adern floss und wie sich zwischen ihren Schenkeln ein Feuer auszubreiten begann. Je mehr sie ihre Brüste koste, desto höher loderten die Flammen in ihrer kleinen Muschi.

Sie fühlte dieselbe köstliche Spannung, die zu flattern begann und sich immer weiter in ihrem Körper ausdehnte. Sie betrachtete sich im Spiegel, schloss die Augen und stellte sich vor, dass Mr. Lyon in der Nähe war.

Obwohl Mary sich in diesen Momenten im Reich der Träume befand, so hörte sie doch, wie der Messingknopf der Tür umgedreht wurde, und dann schwang die Tür auch schon weit auf. Sie hielt die Luft an und floh auf die andere Seite des offenen Kamins, wo sie sich hinter einer der großen Marmorplatten versteckte. Hastig schob sie das Mieder wieder über ihre Brüste und schickte ein Gebet zum Himmel, dass es nicht Mrs. Able war, die dort hereinkam.

Sie wusste genau, wenn es die Hausdame war, dann würde sie noch an diesem Tag nach Hause geschickt werden, denn sich auf diese lüsterne Art zu betätigen ...

»Mary?«

Ihr Gebet war erhört worden, und sie sah sich plötzlich mit Mr. Lyon konfrontiert, und er sah noch viel besser und männlicher aus als bei ihrem letzten Zusammentreffen. Er lächelte sie an, ganz reizend, ein bisschen schelmisch, ein bisschen ungezogen. Dieses Lächeln hatten nur wahre Gentlemen drauf.

»Ja, Sir, ich bin's.« Ihr Gesicht brannte heiß vor Scham und Schuldgefühlen, und in ihrer Verwirrung senkte sie den Kopf und schaute auf die Fußbodenbretter, und die Hände blieben stocksteif an den Seiten. »Ich war beim Staubwischen, Sir. Die Bücher Seiner Lordschaft.«

Wie leicht ihr doch die Lüge über die Lippen kam! Und wozu? Was würde geschehen, wenn er sie durchschaut oder gar mitangesehen hatte, wie sie ihre eigenen Brüste reizte, gerade vor diesem hohen Spiegel? Wurde sie durch ihre errötenden Wangen verraten? Was war, wenn er ahnte, dass sie sich selbst Lust verschaffen wollte – mit ihren Gedanken bei ihm?

»So ist es Recht, süßes Mädchen«, sagte er leise. Seine Freundlichkeit ließ nicht zu, an Böses zu denken, und die Dankbarkeit ließ ihr die Tränen in die Augen schießen. »Ich werde dich bei deiner Arbeit nicht stören. Ich bin nur hier, weil ich ein Buch mit Predigten für Lady Nestor holen soll.«

»Ja, Sir«, sagte sie und fühlte sich elend. Sie sah zu, wie er sich nach einem höheren Regal streckte, und dabei fiel ihr auf, wie breit und kräftig seine Schultern unter dem maßgeschneiderten Anzugsjackett waren und wie knackig sein Po in den engen grauen Breeches wirkte.

»Ja, Sir«, wiederholte sie. »Sie sind gekommen, weil Sie ein Buch über Predigten für Lady Nestor holen wollen. Oh, Sir, wie falsch war es von mir, sich nach Ihnen zu sehnen, wo doch Ihre Ladyschaft Sie dazu auserkoren hat, Sie auf die Kanzel zu bringen und zu einem Leben der Ehre zu führen.«

Ihm war seine Verwirrung anzusehen, als er jetzt über seine Schulter zu ihr schaute. »Wer hat dir das denn gesagt?«

»Das sagen alle, Sir«, sagte sie und konnte ihre Trauer darüber nicht verbergen. Kein Wunder, dass er sich mehr für die verstaubten alten Bücher interessierte statt für sie. Aber es war doch wahr – was für eine Verschwendung, so einen freundlichen und attraktiven Mann in irgendein altes Pfarrhaus zu verbannen, wo er der Gemeinde dienen musste. »Wir haben gehört«, fuhr sie fort, »dass es Lady Nestors größter Wunsch ist, Sie in ein hohes kirchliches Amt zu empfehlen, damit sie weiterhin die Kontrolle über Sie ausüben kann.«

Er drehte sich zu ihr um. »Das ist es, was Lady Nestor vorschwebt, ja. Aber ich stelle mir meine Zukunft ganz anders vor.«

»Nein, Sir?« In ihrer Stimme stieg Hoffnung auf, und dann traute sie sich, die andere Frage zu stellen, die ihr unter den Nägeln brannte. »Verzeihen Sie mir, wenn ich so offen mit Ihnen spreche, Sir, aber man erzählt sich auch, dass Lady Nestor noch andere Dienste von Ihnen erwartet. Stimmt das, Sir?«

Er lächelte, aber es wurde eher eine Grimasse des Widerwillens. »Du willst wissen, ob ich ein weiteres Schoßhündchen bin, das ihre Wunden leckt. Ist es das, was du wissen willst?«

»Oh, Sir, aber so habe ich das nicht gesagt.«

»Aber du hast es so gemeint«, hielt er ihr entgegen und stieß einen schweren Seufzer aus. »Ich weiß von den Gerüchten, die mich und Lady Nestor betreffen. Es gibt Menschen, die der Meinung sind, dass ich ihr auf eine bestimmte Art dienlich bin und als Gegenleistung von ihr gefördert werde. Aber so ist es nicht, Mary, und darauf gebe ich dir mein Wort.«

»Aber weiß Lady Nestor von Ihren Plänen?«

»Ich werde es ihr sagen, wenn meine Zeit gekommen ist, sie zu verlassen«, sagte er. »Ich schulde Lady Nestor viel, denn sie hat mich nach besten Kräften gefördert, deshalb würde ich ihr auch niemals Böses zufügen wollen und immer größtmögliche Rücksichtnahme walten lassen.«

»Sie sind also entschlossen?«

»Ja«, sagte er fest. »Mein Leben – und mein Herz – darf zurzeit nur mir gehören, bis ich irgendwann einem Weg folge, der mir neue Einsichten aufzeigt.«

»Oh, Sir!« Nachdem sie das von ihm gehört hatte, konnte sie wieder ein reines Gewissen haben. Mary war derart erleichtert, dass ihr erneut Tränen in die Augen schossen.

»Ja, es stimmt«, fuhr er fort. »Es wird nicht mehr lange dauern. Dann werde ich das Haus von Lady Nestor verlassen. Ich muss auf meinen eigenen Beinen stehen. Mein Plan ist es, nach London zu gehen, Mary. Ja, dahin werde ich gehen. Mein Glück und mein Ruhm warten in London auf mich.«

»London«, hauchte Mary ehrfürchtig. Für sie, die ihre ganze Zeit in Devonshire verbracht hatte, klang London so unerreichbar wie eine Stadt im Märchen. »London«, hauchte sie noch einmal.

Mr. Lyon sah das Leuchten in ihren Augen und interpretierte es falsch.

»Zweifelst du an mir, Mary?«, fragte er mit einem Ausdruck von Selbstgerechtigkeit. Er stieß eine Faust gegen seine Brust, gleich über dem Herzen. »Zweifelst du an meiner Liebe zu dir, oder an meiner Anbetung?«

»Meine Liebe« – gibt es überhaupt noch andere Schlüssel, um das Herz einer Frau (und ihre Unschuld) aufzuschließen? Hat man je von einem anderen Mann gehört, der einen schnelleren Weg zur Glückseligkeit mit irgendeinem Mädchen gefunden hätte, als mit dem Versprechen ewiger Liebe?

Mary schnappte nach Luft und drückte beide Hände gegen ihre Wangen, überwältigt von der Macht seiner Zauberformel, die so neu in ihren Ohren klang.

»Wie können Sie nur an so etwas denken, Sir?«, rief sie. »Wie könnte ich jemals an Ihrer Liebe zweifeln? Sie ist unerschütterlich, genau wie meine Liebe zu Ihnen.«

»Liebste«, sagte er und nickte feierlich, als hätte er gerade den entscheidenden Eid geschworen. »So soll es sein zwischen einem liebenden Paar. Nur die Liebe kann unsere Herzen und unsere Leidenschaft lenken, damit wir die Freuden erleben können, die wir verdienen. Es ist die Macht der Liebe.«

Sie klatschte glücklich in die Hände. »Oh, ja, Sir, die Macht der Liebe.«

»Ja, meine Liebe.« Er nickte wieder, und diesmal schien das Nicken seine Entschlossenheit auszudrücken. »Ich bin mir ganz sicher. Meine Studien haben mich gelehrt, dass die Anglikanische Kirche sich zwar vorbildlich um die Seele kümmert, aber von den Freuden des Fleisches nichts wissen will.«

»Oh, Sir.« Marys Begeisterung erhielt einen Dämpfer, als sie das hörte. Ihre ganze Erziehung beschränkte sich auf das, was man ihr in der kleinen Gemeindekirche in der Nähe von Worthy Hall erzählt hatte, und während sie Geschichten über die Liebe als vollkommen perfekt empfand, verstand sie die Einschränkung zur Seele nicht. »Verzeihen Sie mir, Sir, aber was Sie da sagen, klingt heidnisch.«

»Meinst du das wirklich, Mary?«, fragte Mr. Lyon und zog eine Braue hoch. »Du bist ein kluges Mädchen, Mary, und es wird dir bestimmt schon aufgefallen sein, dass nur wenig in unserer Welt eindeutig richtig oder ganz falsch ist, sondern eine Mischung von beidem.«

»Nein, das weiß ich nicht«, sagte sie wankelmütig.

»Nun, dann hast du es jetzt gehört«, sagte er gut gelaunt, und er unterstrich das Gesagte noch mit einer bestimmten Handbewegung. »Wenn alles weiß wäre, würdest du es wissen, und wenn alles schwarz wäre, wüsstest du es auch. Aber meistens haben wir es mit einem Grauton zu tun.«

Sie furchte die Stirn angesichts seiner verblüffenden Logik. »Wenn Sie das so sagen, Sir, können wir das Richtige nicht immer vom Falschen unterscheiden, und dann kann es sein, dass das Falsche richtig und das Richtige falsch ist?«

»Erinnere dich an das letzte Mal, als wir hier zusammen waren«, sagte er. »Erinnere dich, wie du dich gefühlt hast, welche herrlichen Gefühle deinen Körper begeistert haben. Manch einer würde sagen, dass das falsch war, sogar sündig, aber kann so etwas Schönes falsch sein?«

»Ich weiß es nicht, Sir«, sagte sie mit schleppender Zunge und versuchte, einen Sinn in dem zu erfassen, was er sagte. »Aber wenn die Heiden …«

»Die Heiden haben das besser begriffen als wir«, sagte er. Er drehte sich um und ließ den Blick über die Buchrücken schweifen. Dann zog er einen Band aus dem Regal und blätterte die Seiten durch. Als er die gesuchte Stelle gefunden hatte, ging er zu Mary. »Unsere Vorfahren, die Griechen und Römer, waren das, was wir heute Heiden nennen. Sie verehrten ihre Götter nicht in Kirchen, wie wir das tun, aber sie verstanden den Sinn der Lust, ganz egal, wie verschlungen ihre Pfade waren. Hier, schau dir diese Bilder mal an.«

Er stellte sich neben Mary und hielt ihr die aufgeschlagenen Seiten unter die Augen. Auf der einen Seite standen viele große Buchstaben in einer Sprache, die sie nicht kannte, das reinste Kauderwelsch für sie, aber auf der anderen Seite prangte ein Bild, das keiner Erklärung bedurfte.

Eine schöne Frau ruhte sich auf einer grasbedeckten Kuppe aus. Ihr goldenes Haar war geflochten, und so konnte man die Perlen an ihren Ohren sehen und weitere Perlen als Halskette.

Die Frau war nackt und würde bald von einem enormen weißen Schwan begattet werden.

So schockierend das Bild auch sein mochte, es konnte kein Zweifel daran bestehen, dass die Frau von einer tiefen Leidenschaft ergriffen war. Ihr Kopf neigte sich ein wenig zur Seite, und die vollen Lippen teilten sich in der Ekstase. Sie hatte die Knie weit gespreizt und ein wenig angehoben, um dem Schwan einen leichteren Zugang zu ihrer lechzenden geheimen Stelle zu verschaffen.

Der Rücken der Frau beugte sich durch, und jeder Muskel war angespannt, während sie auf die Erlösung wartete, während der Vogel den langen Hals krümmte, um an ihren strotzenden Nippeln zu knabbern.

»Gefällt dir das Bild?«, fragte Mr. Lyon – eine Frage, die keiner Antwort bedurfte, weil Mary es nicht fertigbrachte, den Blick von der Darstellung zu wenden. Mr. Lyon hielt das Buch so direkt vor sie hin, als wäre das Bild ein unwiderstehliches Angebot.

»Ich ... aber das ist nicht möglich, Sir«, stammelte sie und errötete vor Scham, während sie unentwegt auf das Bild starrte. »Ich habe den Truthahn auf dem Hof gesehen und die Hähne, die sich auf die Hühner stürzen, auch den Erpel, wie er die Gänse bediente, aber nie war es so etwas ...«

»Natürlich nicht«, stimmte er zu. »Das ist kein gewöhnlicher Schwan, sondern der antike Gott Zeus, der sich in einen Schwan verwandelt hat, um Leda zu verführen, die Königin von Sparta. Ihr Ehemann, der König, wertete den Vorfall als Vergewaltigung, aber wenn man sieht, wie aufgewühlt die Lady ...«

»Ja, das sehe ich auch, Sir«, wisperte Mary. Die Hitze, die sie vorhin schon in sich gespürt hatte, kehrte wieder zurück, sie war noch wärmer als vorhin; ihre Handflächen schwitzten, und ihr Herz schlug schneller. Wer hätte gedacht, dass es in dieser Bibliothek von Worthy Hall solche Bücher mit solchen Bildern gäbe? Lady Catherine wusste bestimmt nichts davon, sonst hätte sie die Bücher längst verbrannt, aber Mary war sehr froh, dass sie das nicht getan hatte. »Ja, ich sehe es, Sir.«

»Das wusste ich, Mary«, sagte er und trat näher an sie heran, immer noch das Buch mit der aufgeschlagenen Seite in den Händen. »Ich gebe zu, dass es sich um eine absurde Vorstellung handelt, dass ein Schwan sich mit der Königin von Sparta vergnügt, aber ich wusste, dass es dir gefallen würde.«

Er hielt das Buch jetzt mit einer Hand fest und strich mit der freien Hand über die Seite, als wollte er die lüsterne Königin streicheln und die blasse Seide ihrer Haut spüren.

»Achte auf die Haltung der Königin, Mary«, sagte er. »Siehst du, wie sie ihre Beine über die Flügel des Schwans spreizt, um ihn tiefer in sich aufzunehmen? Sie hat die Füße verschlungen, um ihn in dieser Position zu halten, denn auf diese Weise hat sie mehr von ihm. Das ist auch die Position, in der ein Mann seine Geliebte haben möchte. Das zeigt ihm, wie sehr sie sich nach seinem Schwanz sehnt. Dieses Bild ist wirklich ein kostbares Kleinod. Ich wette, du kannst beinahe selbst die Wonnen der Königin spüren, nicht wahr, Mary?«

»Eine schöne Phantasie, Sir.« Sein Ärmel streifte ihren nackten Arm, und sie erschauerte, selbst von einer so lässigen Berührung. »Ich sehe, wie es ihr gefällt.«

Sie konnte alles sehen, und sie konnte es auch fühlen. Sie fühlte, wie ihr eigener Körper schmerzte und danach lechzte, auch diese Erlösung zu finden wie die Königin. Es spielte keine Rolle, wie unwahrscheinlich die Umarmung sein mochte – Mary wollte auch diese Erfahrung der Lust erleben.

Ruhelos presste sie ihre Schenkel zusammen, dann lösten sie sich wieder, um sie erneut zu schließen. Aber dieses Pressen war falsch und leer, kein Ersatz für einen echten, leidenschaftlichen Geliebten aus Fleisch und Blut, wobei sie natürlich an den Gentleman dachte, der hinter ihr stand.

»Ja, Mary, ich wusste, dass du begreifst, was Leda in diesen Momenten fühlt«, sagte er, beugte sich vor und flüsterte in ihr Ohr: »Ja, ich wusste es – aber oh, meine Liebe, was ist das denn?«

Zu ihrem Entsetzen hatte er den Gansflügel entdeckt, den sie zum Abstauben gebraucht und dann achtlos in ihre Tasche gesteckt hatte. Er hielt den Flügel in der Hand und lachte leise, denn die Verbindung vom Schwan und dem Gefieder einer Gans war so zufällig, dass man nur lachen konnte.

»Oh, Sir!« Sie löste sich von ihm und war schrecklich aufgeregt, weil ihr Staubwedel mehr als irgendwas sonst den Unterschied ihrer Stände deutlich machte. »Der Flügel ist dazu da, die Bücher abzustauben, Sir, jedenfalls hat Lady Catherine das so vorgesehen. So tief der Flügel reicht, soll ich über die Bücher streichen, und wenn ich das nicht gründlich mache, muss ich damit rechnen, dass ich aus dem Haus geschickt werde.«

»Mary, Mary, meine kleine süße Mary«, sagte er und folgte ihr mit der aufgeschlagenen Seite des Buchs. »Du willst doch nicht vor mir davonlaufen, oder?«

Sie blieb sofort stehen. Ihr Atem kam stoßweise. Das Sonnenlicht, das durch die Schlitze in den Fensterläden fiel, legte sich wie ein Streifen über ihre blonden Haare. Seine Augen dagegen blieben in den Schatten, und sein Mund wölbte sich zu einem Lächeln.

Er tupfte mit dem Gansflügel gegen seine Lippen, als würde ihm das helfen, sich etwas einfallen zu lassen. »Du hast doch keine Angst vor mir?«, fragte er.

»Nein, Sir.« Sie hob ihr Gesicht. Sie wollte tapfer sein, und seine Fragen fand sie seltsam aufregend. Seine Befragung hatte schon begonnen, als er ihr das Bild gezeigt hatte. Sie hörte das Blut durch ihre Adern rauschen, und die inzwischen vertraute Hitze breitete sich zwischen ihren Schenkeln aus. Das bewirkte er bei ihr, und warum sollte sie Angst vor ihm haben?

»Ich fürchte mich nicht vor Ihnen, Sir, jetzt nicht und auch davor nicht«, sagte sie. »Es ist nur so ... ich schämte mich, als Sie den Gansflügel in meiner Tasche entdeckt haben, weil das der Beweis war, dass ich nicht gearbeitet habe.«

»Du schämst dich, weil du dich ein wenig entspannt hast?«, fragte er. »Und aus keinem anderen Grund?«

»Nein, Sir«, sagte sie, aber noch während sie das sagte, verfärbten sich ihre Wangen wieder tiefrot, weil sie daran denken musste, wie sie sich berührt hatte, bevor er in die Bibliothek getreten war. »Aus keinem anderen Grund.«

»Bist du sicher, Mary?«

Sie senkte wieder den Blick und wich seinem fragenden Blick aus, aber jetzt sah sie die dicke Beule in seinen Breeches, auf die ebenfalls ein kleiner Sonnenstrahl fiel. Wenn er sie erregt hatte, dann traf das auch für sie zu. Was für ein schönes Spiel sie miteinander begonnen hatten!

Langsam hob sie den Blick, begegnete seinem und lächelte zaghaft.

»Ja, Sir«, sagte sie. »Ich bin sicher, dass es nur diesen Grund gab.«

Er trat noch einen Schritt näher auf sie zu, und jetzt wurde die ganze attraktive Gestalt von der Sonne beschienen, und seine Augen funkelten grün mit einer Mischung aus Erregung und Vergnügen.

»Dann zeige es mir«, murmelte er leise. »Zeige mir die Wahrheit.«

Drittes Kapitel

In dem sich Mary als kluge Schülerin in allem erweist, was sie unternimmt, wenn auch nicht immer zur Zufriedenheit ihrer Herrin

Mary sah zu, wie Mr. Lyon das Buch weglegte und einen Arm nach ihrem Arm ausstreckte. Sie ließ sich heranziehen, und er drehte sie so, dass ihr Rücken gegen seine Brust gezogen wurde, und ihre Schenkel und der Po schmiegten sich an seine Breeches und gegen den harten Penis.

Als sie aufschaute, fiel ihr sofort auf, dass er einen Platz ausgewählt hatte, von dem aus sie sich im Spiegel sehen konnten. Jetzt füllten ihre beiden Gestalten den in Gold gerahmten Spiegel aus, in dem Mary vorhin nur sich selbst gesehen hatte. Er legte einen Arm um ihre Taille und hielt sie fest, damit sie nicht entwischen konnte.

Aber Mary dachte gar nicht daran, vor ihm zu fliehen. Er hatte ihr Blut schon durch das Bild und seine unanständigen Bemerkungen in Aufruhr gesetzt, und jetzt, da sein Körper sich so fest an ihren klammerte, konnte sie an nichts anderes mehr denken.

»Betrachte dich selbst im Spiegel, Mary«, flüsterte er, und seine Lippen waren so dicht an ihrem Ohr, dass jedes Wort zu einer Liebkosung ihrer Haut wurde. »Das hast du doch vorhin auch getan, bevor ich hereingekommen bin, nicht wahr?«

»Jaaaa«, sagte sie, und ihr Geständnis war kaum mehr als ein schauderndes Seufzen.

»Das habe ich mir gedacht.« Mit seiner freien Hand zog er das Halstuch auf eine Seite und schob das Mieder weiter nach unten, und jetzt schwangen ihre Brüste wie vorhin, als sie allein gewesen war. Die Stäbe im Mieder drückten die Brüste hoch, und ihre blasse Haut zitterte.

»Du hast dich im Spiegel bewundert, nicht wahr, meine Liebe?«, fragte er. »Hast du gedacht, wie schön deine Brüste sind, so voll und rund? Und dieses verborgene Herz – hat es je einen so positiven Beweis einer leidenschaftlichen Natur gegeben? Ich brauche nur deine Nippel zu entblößen, und schon werden sie hart für mich. Schau sie mal an, Mary, sie sind so fest und rot wie kleine Beeren. Hast du an mich gedacht, dass sie so aufrecht stehen?«

Sie traute ihrer Stimme nicht, deshalb brachte sie nur ein Nicken zustande. Sie legte den Kopf tiefer zurück und ließ ihn auf seiner Schulter ruhen.

»Ja, du hast an mich gedacht, Mary«, fuhr er fort und knabberte leicht an der Stelle hinter ihrem Ohr. »Das ist gut so, du kleines Kätzchen.«

Er stieß seine Hüften gegen die Zwillingsbacken ihres Hinterns, damit sie die ganze Länge seines Penis spüren konnte. Selbst durch die verschiedenen Stofflagen hindurch musste sie seine Erregung spüren. Der Instinkt sagte ihr, dass sie seinen Stoß erwidern musste, und dabei rieb sie sich an seiner Länge; eine stumme Einladung, auch wenn sie noch nicht wusste, zu was.

Stöhnend zog er sie näher an sich heran. »Aber es war auch das Bild, das dich so heißgemacht hat, nicht wahr, Mary? Das Bild der Königin von Sparta, die in ihrer Gier die Beine geöffnet hat, um den Schwan in sich aufzunehmen.«

Sofort sah sie das Bild wieder vor sich, und keuchte überrascht auf. Er hielt den Gansflügel, der zum Abstauben gebraucht wurde, und strich damit über ihren Hals.

Trotz aller Männer, die sie bewundert hatten, war sie nie überzeugt gewesen, besonders schön zu sein. Aber jetzt empfand sie in Gegenwart von Mr. Lyon ein geiles Gefühl, das sie einfach nicht leugnen konnte.

Sie sah reif und verlockend aus, als seine von der Sonne gebräunten Finger den Gansflügel über ihre samtene Haut streicheln ließen. Sie stand mit der Schulter an ihn gelehnt; ihre vollen Brüste waren entblößt, und ihr Gesicht und die Augen leuchteten vor Verlangen. In diesem Moment begriff sie auch, warum die Diener und Pferdepfleger sie umschwirrten wie Bienen die Clematis. Welcher Mann würde sie nicht begehren, wenn sie sich so verlockend präsentierte?

»Denkst du noch an den Schwan, Mary?«, fragte er. Seine Stimme klang tief und rau. »Denkst du daran, wie sehr Leda begehrte, von Zeus genommen zu werden?«

Wie konnte sie nicht daran denken, wenn er sein Streicheln fortsetzte? Sie presste fest die Augen zu, schmiegte ihren Rücken gegen seine Brust und öffnete sich für seine Liebkosungen. Da war wieder die Lust, und diesmal spürte sie, wie sie anschwoll und nass und heiß wurde. Sie war so voller Sehnsucht, dass sie sich kaum zu atmen traute.

Er strich mit dem Gansflügel an ihrer Brust entlang und neckte sie, indem er zunächst den Nippel aussparte, aber dann erfüllte er ihr Sehnen und zog die Federn über die Brustwarze, hin und her und immer wieder. Sie stöhnte laut. Der köstliche Moment war kaum zu ertragen.

»Leise, meine liebe Mary, sonst wird man dich noch hören.« Geschickt drückte er eine Hand auf ihren Mund, um ihre Schreie zu dämpfen.

Sie küsste seine Hand, schmeckte seinen Geruch und nagte ein wenig mit den Zähnen an seiner Hand. Er ließ den Gansflügel fallen und griff mit einer Hand unter ihre Röcke. Er zog das Leinen hinauf bis zur Taille, dann schob er es zur Seite, um auch ihren Unterleib zu entblößen.

»Öffne deine Augen, Mary«, wies er sie im Flüsterton an. »Ich will dein Gesicht sehen, wenn ich dich zum ersten Mal zum Kommen bringe.«

Sie gehorchte und sah ein sehr ungewöhnliches Bild. Wie ein Rahmen lag das blaue Leinen um sie herum, sie sah ihre dunklen Strümpfe. Ihre Schenkel leuchteten hell und zitterten leicht, denn Mr. Lyon strich über den Busch dunkler Haare, die ihre Muschi umgaben. Er teilte sie mit kundigen Händen, dann strichen die Finger an den geschwollenen Labien entlang, bevor er sie fester drückte.

Die Lippen ihrer geheimen Stelle begannen zu glühen, als er das in Flammen stehende Fleisch massierte. Sie saugte den Atem ein und gab einen wimmernden Laut von sich, während sie sich mit ihm wiegte und gleichzeitig vermied, dass er noch weiter in sie eindringen konnte.

»Wehr dich nicht, Mary«, mahnte er sie. »Halt dich nicht zurück. Lass es kommen.«

Er drückte kräftiger gegen sie und drang tiefer ein. Plötzlich hätte sie sich gar nicht mehr gegen ihn wehren können, auch wenn sie es gewollt hätte. Eine schaudernde Lust überkam sie wie eine Welle und nahm alles mit, was sich ihr in den Weg stellte. Sie schrie gegen seine Hand, und ihre Knie wurden weich wie Pudding, und wenn er sie nicht gehalten hätte, wäre sie zu Boden geglitten.

»So ist es gut, mein süßes Mädchen«, flüsterte er, schob ihre Haare aus der Halsbeuge und küsste sie. Sie konnte die honigfeine Würze ihrer Lust an seinen Fingern riechen; es musste die köstlichste Würze sein, die sie je wahrgenommen hatte. »Ja, du hast es geschafft.«

Sie war erschöpft und verwirrt wie noch nie in ihrem Leben, denn für ihren Körper war dies eine einmalige Erfahrung. Sie drehte sich um, weil sie in sein Gesicht sehen wollte, schlang die Arme um seinen Hals und belohnte ihn mit vielen kleinen Küssen, die er wahrlich verdient hatte.

Aber die Küsse, mit denen er sich revanchierte, hatten nichts Süßes an sich. Sein Mund presste sich fest auf ihren und schien ungeduldiger denn je zu sein. Er forderte mehr von ihr, während er mit einer Hand wieder unter ihre Unterröcke griff und über diese geheime Stelle zwischen ihren Schenkeln rieb.

Mit Hast und Dringlichkeit, geboren aus seinem eigenen Verlangen, stieß er sie zurück gegen die Wand. Sein Gesichtsausdruck zeigte eine wilde Entschlossenheit, und von seinem sonstigen Charme war nichts mehr zu sehen. Das freundliche Gesicht war verzerrt und angespannt. Er küsste sie wieder hart auf den Mund, während seine Hände ihren Unterleib erforschten.

Für einen kurzen Moment stießen ihre Körper an der Wand zusammen, dann löste er sich von ihr, um seine Breeches aufzuknöpfen und den zuckenden Penis herauszulassen. Marys Atem hörte sich von ihrem ersten Orgasmus noch abgehackt an, und ihre Finger zitterten, als sie nach unten griff, um ihm bei den Knöpfen seiner Hose zu helfen.

Ihre Schüchternheit war verflogen, jedes Gefühl von Schicklichkeit vergessen. Sie wusste, was jetzt folgen würde – Mädchen vom Land wussten, wie es bei den Tieren zuging –, und trotzdem zeigte sie keine Abwehr, und sie hatte auch keine Angst. Warum sollte sie auch? Der erste Geschmack von Lust und Liebe war so herrlich gewesen, dass sie nun das ganz große Fest des Vergnügens kennen lernen wollte.

»Oh, Sir, wie liebe ich Sie doch«, wisperte sie glühend, als er ihre Röcke zur Seite schob. »Wie sehr ich ...«

»Hölle und Verdammnis!«, rief er aus und zog sich abrupt zurück. »Schnell, verzieh dich! Das ist die Stimme von Lady Catherine!«

Jetzt konnte Mary auch die Stimme hören, es war nicht nur Lady Catherine, sondern auch seine Lady Nestor, die sich im Korridor unterhielten und offenbar vorhatten, die Bibliothek zu besuchen.

»Allmächtiger, ich bin ruiniert«, rief Mary, schob Mr. Lyon von sich und versuchte, ihre Kleider wieder in einen ordnungsgemäßen Zustand zu bringen.

»Hier«, sagte er und reichte ihr den Gansflügel, mit dem die Schelmereien begonnen hatten. »Du musst so tun, als wärst du intensiv mit dem Abstauben beschäftigt. Aber mach schnell, mein Mädchen.«

Sie trat hastig vor die Regale, in denen die Bücher standen, die sie abzustauben hatte, und Mr. Lyon stellte das Buch mit dem Bild der lüsternen Königin zurück ins Regal. Rasch fuhr er sich mit gespreizten Fingern durchs goldblonde Haar und zupfte an seinem langen Jackett, das die Schwellung in seinen Breeches bedeckte. Er hatte sich gerade wieder gefangen, als die Tür hinter ihm aufschwang und die beiden Ladys eintraten.

»Ah, hier sind Sie, Sir.« Lady Nestor segelte mit ihren schwungvollen Röcken in die Bibliothek. Sie glaubte, wenn ihre Reifröcke weit genug von den Hüften abstanden, würden die Augen des Betrachters ihre gedrungene Gestalt nicht wahrnehmen. »Ich habe schon überlegt, ob wir nicht die Hunde nach Ihnen schicken sollen.«

»Ich entschuldige mich, wenn ich Ihnen Ungemach bereitet habe, Mylady«, antwortete er und neigte den Kopf. »Aber ich war abgelenkt – ja, sogar verführt – von den ausgezeichneten Büchern in Lord Williams Bibliothek.«

Mary schaute bei diesen Worten von ihrem Knicks hoch, verdutzt, dass Mr. Lyon diese doppeldeutige Antwort gab, die der Wahrheit sehr nahekam. Das konnte kein Zufall sein. Bestimmt hatte er das gesagt, damit sie sich an seiner Schlagfertigkeit ergötzte, egal, wie gefährlich es war.

Er ging davon aus, dass Lady Catherine nicht viel über die Bücher ihres Bruders wusste, und ebenso würden die beiden Ladys nicht ahnen können, wie er noch vor wenigen Minuten verführt worden war – oder wie er verführt hatte. Oh, was für ein spitzbübischer Gentleman er doch war, dachte Mary. Was für ein durchtriebener, charmanter Gentleman!

Und dann schaute sie zu ihm und sah, wie er ein Buch über Predigten in der Hand hielt und Lady Catherine strahlend anschaute, die ihn darauf mit einem gütigen, stolzen Lächeln bedachte.

»Sie haben ja so Recht, Mr. Lyon. Sie werden in diesem Zimmer ganz hervorragende Beispiele für gute, sinnreiche Predigten finden.«

Lady Catherine und Lady Nestor waren etwa gleichaltrige Ladys, alte Freundinnen, aber auch Rivalinnen. Ohne Ehemänner oder Kinder, mit denen sie sich sonst hätten streiten können, rieben sie sich an religiösen Fragen auf – und nun auch an Mr. Lyon. »Ich nehme an, dass Sie solche Schätze in Lady Nestors Haus nicht haben finden können.«

»Mr. Lyon mangelt es in meinem Haus an nichts, meine Liebe«, sagte Lady Nestor schnippisch. »An absolut nichts.«

Lady Catherines Lächeln wurde breiter; sie bezog tiefe Genugtuung aus der Tatsache, dass sie den ersten Stich gesetzt hatte. »Natürlich muss man dir hoch anrechnen, dass du großzügig warst und gegeben hast, was du konntest. Aber mein verstorbener Bruder war in den klerikalen Kreisen so bekannt für seine theologische Sammlung, dass altgediente Kirchenmänner sogar aus London gekommen sind, um seine Bücher zu bestaunen.«

»Bitte, bitte, meine Damen, ich möchte nicht, dass Sie um meinetwegen streiten.« Mr. Lyon hob eine Hand zum Frieden – es war die Hand, dachte Mary, die sie eben so geschickt gereizt hatte. Seit die Frauen die Bibliothek betreten hatten, schien Mary für ihn nicht mehr zu existieren, was sie auch erwartet hatte, und auch die Ladys hatten bisher keinen Blick für sie übriggehabt. Dienstmädchen sollten in der Anwesenheit von Höhergestellten unsichtbar bleiben.

Mary begriff also, um was es ging. Für sie war es ein Segen, dass sie gebückt in der Ecke stehen konnte, den Kopf gesenkt. Aber viel länger würde sie das nicht aushalten. Ihre Knie zitterten immer noch, ihr Herz schlug viel zu schnell, und zwischen ihren Schenkeln spürte sie den Nektar, den Mr. Lyon hervorgelockt hatte.

»Ich bezweifle keinen Augenblick, Mylady«, fuhr Mr. Lyon fort, »den ruhmreichen Wert dieser Sammlung.« Dabei verbeugte er sich vor Lady Catherine. »Auf den Seiten dieser Bücher kann man die vielseitigsten Inspirationen erleben, selbst, wenn man unerfahren ist.«

Mit den Inspirationen meinte er wahrscheinlich das Bild von Leda mit dem heißen Schwan, dachte Mary, und wieder musste sie an sich halten, um nicht herauszuplatzen. Das Krächzen in ihrer Kehle konnte sie nicht ganz unterdrücken.

Lady Catherine beschrieb eine Drehung und starrte Mary an. »Was, um alles in der Welt, ist denn in dich gefahren,

Mädchen? Du bist doch nicht krank? Ich kann dich hier oben nicht dulden, wenn du unpässlich bist.«

»Hast du vielleicht versucht, dich bei diesem Gentleman einzuschmeicheln, Mädchen?« Argwöhnisch blickte Lady Nestor zu Mary und dann voller Besitzerstolz auf Mr. Lyon, und sie wirkte entschlossen, ihren Schützling unter ihre Fittiche zu nehmen wie ein Falke sein Junges. »Du bist nicht die erste Schlampe, die sich das herausgenommen hat, und auch dir wird es nicht gelingen. Nein, nein, unser Mr. Lyon wird von dir und deinesgleichen nicht in Versuchung geführt, das steht fest.«

»Ich bin sicher, dass das Mädchen keine unlauteren Absichten hegt, Mylady.« Mr. Lyon war einen Schritt vorgetreten, als er Mary verteidigte. »Die ganze Zeit, in der ich mich hier aufgehalten habe, hat sie unermüdlich ihre Arbeit erledigt.«

»Dank Ihnen, Sir.« Jetzt konnte Mary das erste Mal den Kopf heben, und ihre Blicke trafen sich. So riskant dieses neckische Spiel auch sein mochte, sie war bereit, die Herausforderung anzunehmen. Allein schon die Tatsache, dass sie in der Anwesenheit der beiden Ladys das Wort ergriff, war schockierend genug, doch das gefährliche Spiel fand sie nicht weniger aufregend als er. Mr. Lyons Gegenwart verlieh ihr Mut, und sie wollte ihm zeigen, dass sie nicht das scheue Spülküchenmädchen war, das ihm beinahe den Tee über die Füße geschüttet hatte. »Es ist mir eine Freude, jede Aufgabe zu einem guten Ende zu führen, ganz egal, um welche Arbeit es sich handelt, Sir.«

Seine grünen Augen blitzten vor Begeisterung, aber das übrige Gesicht blieb gelassen. »Freude zu vermitteln ist eines der schönsten Geschenke, die ein Mann erhalten kann.«

»Bitte um Vergebung, Sir«, setzte Mary nach und strich

über den Gansflügel, um ihn daran zu erinnern, »aber Freude ist auch für Frauen ein begehrtes Geschenk.«

»Sei nicht so dreist, Mädchen«, rief Lady Nestor scharf. »Du nimmst dir diesem Gentleman gegenüber zu viel heraus. Er ist ein herzensguter Mensch und hat viel Toleranz. Er ist eine heilige Person und wird sich von einem gewöhnlichen Dienstmädchen nicht beeinflussen lassen.«

Lady Catherine zog hörbar die Luft ein, bevor sie voller Hochmut sagte: »Es tut mir leid, meine liebe Freundin, aber der Fehler liegt auch in Mr. Lyons Jugend und Unerfahrenheit begründet, nicht nur bei Mary. Er muss seine Stellung in der Gesellschaft erst noch erkämpfen, wie auch Mary noch lernen muss, ihren Stand zu begreifen. Wenn er jemals eine eigene Gemeinde anführen will, muss er lernen, dass solche Vertraulichkeiten mit den unteren Schichten nicht möglich sind und nur ins Unglück führen.«

Mr. Lyon beugte den Kopf, als wollte er Wiedergutmachung betreiben, aber dann sagte er: »Mylady, ich bitte um Nachsicht, dass ich anderer Meinung bin. Mein Ziel ist das Wohlergehen auch so junger Menschen wie Mary – so heißt du doch?«

»Ja, Sir«, sagte Mary und knickste wieder, um ihm ihre Bereitschaft für weitere Wohltaten zu zeigen. »Ja, Sir, mein Name ist Mary.«

»Ich danke dir, Mary«, sagte er und wandte sich wieder an die Ladys. »Ungeachtet der Unterschiede unserer Stände, betrachte ich es als vornehmste Aufgabe, alles Notwendige zu tun, um Marys Erziehung fortzusetzen.«

»Oh, Sir, Sie sind ja so gnädig«, sagte Mary. »Ich meine, ich kann mir nicht alles selbst beibringen, deshalb wäre es wunderbar, wenn Sie mich unterrichten könnten.«

Er nickte und hob einen Finger an seine Nase, und dort

musste er ganz sicher ihre Säfte riechen können, die sie bei ihrem Höhepunkt vergossen hatte. »Während man einige Dinge auch allein lernen kann, gibt es andere Bereiche, die einen anderen Mitwirkenden erfordern, wenn man erfolgreich und zufrieden sein will.«

»Sei dankbar, Mädchen, und bedanke dich bei Mr. Lyon für das, was er dir geben will«, sagte Lady Nestor und klatschte ihren zusammengeschobenen Fächer gegen Marys Arm. »Es gibt nicht viele Gentlemen, die so großherzig sind, selbst einem Dienstmädchen Teile ihres Wissens mitzuteilen.«

»Ja, Mylady, ich bin sehr dankbar«, sagte Mary und sah absichtlich Lady Nestor an und nicht Mr. Lyon, denn sie fürchtete, dass sie wegen der Doppeldeutigkeit des Dialogs laut lachen müsste. »Er wird bei allem, was er mir beibringt, eine willige Schülerin in mir haben.«

»Selbsterkenntnis ist eine Wissenschaft, über die nur wenige Menschen verfügen«, sagte Mr. Lyon und fuhr fort, das Zitat zu ergänzen: »Aber wie beim Stein der Weisen handelt es sich dabei um ein Geheimnis, das bisher noch nicht gelöst werden konnte.«

Lady Catherine sah in sein ernstes Gesicht. »Bitte, mir ist der Satz irgendwie geläufig, Mr. Lyon. Ich weiß, dass diese Worte von einem anderen Philosophen stammen.«

»Aber meine Liebe, ich wundere mich, dass du das Zitat nicht zuordnen kannst«, rief Lady Nestor aus, eifrig bemüht, die frühere Scharte auszuwetzen. »Das ist die Eröffnung der ›Ursünde‹, ein Essay vom wunderbaren, göttlichen Augustus Montague Toplady. Ein äußerst kluger Mann, dieser Mr. Toplady, und rechtschaffen war er auch, der calvinistischen Religion sehr verbunden.«

»Toplady!«, rief Mary erstaunt aus. Sie konnte sich nicht zurückhalten. »Top-Lady, Sir?«

»Ja, du dummes, unverschämtes Ding«, schalt Lady Nestor. »Mr. Toplady ist ein Gentleman von enormer Wertschätzung und berühmt wegen seiner schönen Hymnen. Sicherlich musst selbst du das Lied ›Der Fels der Jahre‹ gehört haben.«

»Es wird genug Möglichkeiten geben, Mary mit den Kostbarkeiten von Mr. Toplady bekannt zu machen«, sagte Mr. Lyon und hielt das Buch hoch, das er vom Regal geholt hatte. »Aber ich halte es für meine Pflicht, heute mit dieser aufbauenden Predigt zu beginnen, die unter dem Motto der Barmherzigkeit steht. Wenn Sie mir erlauben, sie laut vorzulesen.«

»Barmherzigkeit«, sagte Lady Catherine mit ehrfürchtiger Stimme, als hätte sie das Konzept selbst erfunden. »Was für ein passendes Thema für unsere Diskussionen.«

Mr. Lyon lächelte die beiden Damen freundlich an, und mit der Aussicht auf trostreiche Lektüre und eine Predigt im sonnigen Garten, gurrten die Ladys um die Wette. Sie wirkten wie zwei schwerfällige, zufriedene Tauben. Er verbeugte sich vor ihnen, als sie in gespannter Erregung zur Tür gingen, und Mary war längst vergessen.

Aber sobald die anderen außer Hörweite über den Flur gingen, blieb Mr. Lyon noch eine Weile im Zimmer. Sein ernstes Gesicht war verschwunden, denn das gehörte zum Prediger.

Mary sah ein ganz anderes Gesicht – sie sah den Gentleman, der ihr Lust, Freude und Liebe versprochen hatte – ja, Liebe, und das war mehr, als sie sich bisher erträumt hatte. Er grinste sie an, winkte ihr zu und leckte mit der Zunge an seinen Fingerspitzen, um ihre Süße noch einmal schmecken zu können.

Dabei hatte Marys Erziehung gerade erst begonnen.

Viertes Kapitel

In dem sich Mary von einem
höchst beunruhigenden Teil verabschiedet,
ihrer Jungfernschaft, & im weiteren Verlauf
diverse überraschende Dinge über sich selbst erfährt

Nachdem sie die letzte Feuerstelle im Salon gereinigt hatte, hastete Mary hinunter in die Küche. Es war fast neun Uhr, und um diese Zeit erwartete Lady Catherine das Frühstück für sich und ihre Gäste. Mary musste die Schürze wechseln und eine Haube über die Haare streifen, und vorher musste sie sich noch die Hände waschen, denn der Ruß konnte sehr hartnäckig zwischen den Fingern kleben, bevor sie mit dem Frühstückstablett die Treppe hinaufeilte.

Mr. Lyon kam meistens zuerst zum Frühstück. Wenn das Glück ihr hold war, könnte sie ein paar Momente allein mit ihm verbringen. Seit ihrer letzten Begegnung mit den doppeldeutigen Sätzen in der Bibliothek vor drei Tagen hatten sie keine gemeinsame Zeit miteinander gehabt, aber viele beschwörende, sehnsuchtsvolle Blicke wurden gewechselt, und einmal gelang es ihr sogar, einen Kuss von ihm zu stehlen – oh, was für ein mitreißender Kuss –, als sie sich im Kräutergarten getroffen hatten, während Lady Nestor den Abort aufsuchte.

Aber darüber hinaus hatten sie kaum Gelegenheiten, sich zu begegnen. Es war eindeutig genug, dass die beiden Ladys sowohl ihn wie auch sie mit Arbeit zudeckten, damit sie gar nicht erst auf dumme Gedanken kämen.

Marys Frustration und Sehnsucht wuchsen ins Unermessliche, bei Tag und Nacht konnte sie an nichts anderes denken, und sie ahnte, dass Mr. Lyon auch so litt wie sie.

Sie raffte die Röcke auf einer Seite zusammen, damit sie schneller die Treppe hinunterlaufen konnte. Sie ließ den Eimer mit der Schlacke draußen vor der Küchentür stehen, dann lief sie an der Köchin vorbei und an Susannah, dem Küchenmädchen. Beide waren schon damit beschäftigt, das Gemüse fürs Mittagessen zu putzen.

»Ich wasche mich, Ma'am, und hole dann die Frühstücktabletts ab.« Mary zog ihre mit Ruß verschmierte Schürze aus und lief in die Spülküche, um sich zu waschen. In der Küche war es merkwürdig still, denn eigentlich hätte man sich um das Frühstück der Herrschaften kümmern müssen. Mary geriet ins Grübeln. »Mr. Punch hat doch nicht jemand anders geschickt, oder? Hat er selbst das Frühstück gebracht?«

Die Köchin schniefte verächtlich. »Wo hast du nur deinen Kopf, Mädchen? Lady Catherine und die anderen haben ihr Frühstück jeweils auf ihren Zimmern eingenommen. Schon vor einer Stunde, denn sie wollen heute ausreiten.«

»Sie wollen ausreiten?« Mary blieb stehen, die schmutzige Schürze in ihren Händen. »Sie sind also gar nicht mehr da?«

»Ach, sie sind schon lange weg.« Die Köchin deutete mit einem Messer aufs Fenster. »Sie wollen sich Friedhöfe und Grabsteine ansehen, sagt Mr. Punch. Da, Mary, kannst du sehen, wie die Pferdepfleger den Hof wieder ordnen, nachdem die Kutsche und die Pferde weg sind. Das heißt aber auch, dass wir heute weniger arbeiten müssen.«

Mary war untröstlich über die nicht genutzte Chance, Mr. Lyon noch einmal ganz für sich zu haben. Sie starrte hinaus auf den Hof und auf die Ställe. »Und sie sind alle weg? Den ganzen Tag oder noch länger?«

»Die beiden Ladys und dieser hübsche junge Mann, Mr. Lyon, den Ihre Ladyschaft mitgebracht hat. Aber wie lange sie sich die Toten unter der Erde ansehen wollen, werden sie mir wohl nicht erzählen.« Sie hatte einen kräftigen Arm auf ihren Kittel gehoben und betrachtete Mary neugierig. »Warum interessiert dich das überhaupt, Mary? Warum sollte es dich kümmern, wohin die Ladys weg sind und was sie tun wollen?«

»Das ist nicht so, Ma'am.« Was sie interessierte, war der Aufenthaltsort von Mr. Lyon, und das bewegte sie so sehr, dass sich ihre Augen mit Tränen der Frustration füllten. Sie wusste, wie sich der Adel verhielt, und Lady Catherine und ihre Gesellschaft konnten sich spontan entscheiden, in ein anderes Haus der Oberschicht einzukehren, und wenn alles gegen sie verlief, würden sie dort bis zu zwei Wochen verbringen, vielleicht sogar noch länger.

Wenn es ganz schlimm für Mary kam, würde Lady Nestor entscheiden, gar nicht erst nach Worthy Hall zurückzukehren und stattdessen mit ihrem Schützling, Mr. Lyon, in ihr eigenes Haus zu fahren. Dann würde Mary ihn nie wieder sehen. Wie stand es dann mit der Liebe? Mit der Leidenschaft?

»Mary?«, fragte die Köchin. »Welchen Gedanken läufst du hinterher?«

»Nichts, Ma'am«, entfuhr es Mary. »Nein, wirklich nicht.«

Während sie das sagte, senkte Mary den Kopf, um ihre Tränen zu verbergen. Dann stürzte sie hinaus in die Spülküche, um ihren Schmerz nicht vor den neugierigen Augen der Köchin zu zeigen, und auf Mitleid konnte sie gern verzichten. Sie warf ihre zusammengeballte Schürze gegen die Wand, barg ihr Gesicht in die Hände und ließ ihrem Elend freien Lauf.

Letzte Woche hatte sie mit Eifer versucht, ihrer Arbeit in

der neuen Position gerecht zu werden, aber jetzt bedeutete sie ihr nichts mehr. Da oben, das war sinnlose Arbeit, die nicht mehr attraktiv war für sie. Mr. Lyon war wie ein Fieber, eine Krankheit in ihrem Blut, und sie konnte an nichts anderes mehr denken.

»Was ist denn los, Mary?« Susannah war in die Spülküche gekommen und drückte leise die Tür hinter sich zu. »Wo ist deine Fröhlichkeit geblieben? Was ist geschehen, dass du plötzlich weinen musst?«

»Ich kann es dir nicht sagen«, antwortete Mary, und frische Tränen rollten ihre Wangen hinunter. »Es ist ein Schicksal, aber ich kann nicht darüber reden.«

»Ah, ich kann mir denken, um was es geht.« Susannah nahm Mary bei den Schultern und drehte sie so, dass sie ihr ins Gesicht schauen musste. »Ich habe gehört, wie die Pferdepfleger von dir und Mr. Lyon erzählt haben. Du hast ihm erlaubt, dich zu küssen und Hand anzulegen, wann immer die beiden Ladys nicht zugeschaut haben.«

»Und was, wenn das stimmt?« Mary schüttelte die Hände Susannahs ab. »Mr. Lyon liebt mich, und ich liebe Mr. Lyon.«

»Liebe!« Es hörte sich so an, als hätte Susannah das Wort ausgespuckt, als wäre es das verrufenste Wort, das sie kannte. »Hast du deinen Verstand verloren? Weißt du nicht, welchem Stand du angehörst? Meinst du, du kannst dich mit ihm vergleichen? Denk mal darüber nach, und dann solltest du dich mal fragen, ob so ein Mann eine von uns lieben kann.«

»Er ist ein Gentleman«, beharrte Mary, »und er ist um mein Wohlergehen besorgt.«

»Das, was ihn wirklich interessiert, sitzt zwischen deinen Beinen«, sagte Susannah frei heraus. »Hast du ihn denn schon an dich rangelassen?«

Mary hob ihr Kinn. Sie wollte nicht, dass ihre Liebe zu Mr. Lyon in den Schmutz gezogen wurde, aber sie wollte auch nicht zugeben, dass sich bisher relativ wenig zwischen ihnen abgespielt hatte. »Das ist meine Affäre, meine und Mr. Lyons, und du hast nichts damit zu tun.«

»Deine Affäre und Mr. Lyons«, bestätigte Susannah, »aber ich wette, dass er sich nichts daraus macht. Himmel, du hast nicht einmal das Recht, deinen Namen zusammen mit seinem auszusprechen. Einer wie er hat nur seinen Vorteil im Kopf. Glaubst du, dass er alle Vorteile aufgibt, die er von Lady Nestor erhält? Mr. Lyon. Haha. Er ist mehr Floh als Löwe. Er wird Ihre Ladyschaft ausnutzen, solange sie sich ausnutzen lässt, und dann wird er eine Gönnerin finden, die noch reicher ist als sie. Denk an meine Worte, Mary. Er wird seine Frauen nach ihrem Vermögen aussuchen, und eine kleine namenlose Närrin wie du bedeutet ihm nichts.«

»Aber er liebt mich«, beharrte Mary. »Er schwört es.«

Susannah verzog entsetzt den Mund. »Und was ist mit deinem Schwur, den du geleistet hast? Lady Catherine verlangt, dass du Jungfrau bleibst. Wenn die Lakaien und Pferdepfleger schon reden, wird es nicht lange dauern, bis es sich herumgesprochen hat. Sobald Ihre Ladyschaft erfährt, dass du dich mit ihm vergnügt hast, wird sie dich ohne Federlesens direkt aus dem Haus schicken, und du verlierst die beste Position, die du in unserer Grafschaft finden kannst.«

»Vielleicht bin ich für mehr bestimmt, als für diese Grafschaft«, sagte Mary, denn schließlich wollte auch Mr. Lyon auf einer größeren Bühne stehen, und Mary wollte bei ihm sein. »Vielleicht ist mir vorherbestimmt, mein Glück in London zu finden.«

»In London!« Susannah schüttelte den Kopf. »Mary, was hast du nur mit deinem Verstand angestellt? Es gibt nur eine

Möglichkeit, dass eine Frau ihr Glück in London findet, und keine ehrenwerte Frau würde auch nur daran denken. Hölle und Verdammnis, das ist es, was unverheiratete Frauen in der Hauptstadt finden.«

»Nicht, wenn Mr. Lyon und ich zusammen nach London gehen«, sagte Mary zuversichtlich. »Dann brauche ich auch nicht ...«

»Ah, hier seid ihr, träge und schwatzhaft wie immer.« Mrs. Able drückte die Tür weit auf. »Ihre Ladyschaft zahlt euch nicht gutes Geld, damit ihr faulenzen könnt wie die Königin von Sheba. Susannah, hilf der Köchin. Mary, zieh eine saubere Schürze an, dann hinauf zum Bettenmachen.«

»Das soll ich selbst tun, Ma'am?«, fragte Mary überrascht. Bisher war ihr nur gestattet, unter den strengen Blicken der Hausverwalterin die Betten zu machen, denn es gab genaue Anweisungen von Lady Catherine, wie die Laken ohne Falten gestreckt wurden, und die Tagesdecke mit den Quasten musste glatt gezogen werden.

»Aye, natürlich, Mary. Wer denn sonst?« Mrs. Able schüttelte mürrisch den Kopf, dann klatschte sie in die Hände. »Beeilt euch gefälligst, ihr faulen Mädchen! Nur weil Lady Catherine nicht zu Hause ist, glaubt ihr wohl, dass ihr eure Arbeit nicht erledigen müsst.«

Rasch fand Mary eine saubere Schürze, dann lief sie hastig die Treppen hoch. Lady Nestors Zimmer war das erste, ganz vorn im Haus. Durch die Fenster konnte sie die lange Auffahrt sehen, über die Lady Catherines Kutsche kommen würde und die auch Mr. Lyon nehmen würde, wenn die Zeit seines Besuchs zu Ende sein würde. Sie begann, das Bett zu machen, und seufzte schwer. Wenn sie nur schon daran dachte, dass sie nicht mehr unter einem Dach mit ihm war, wurde ihr das Herz ganz schwer. Sie klopfte die Kissen aus.

Der Tag schloss sich ihrer Stimmung an, es war grau, und der Himmel war bedeckt. Es würde bestimmt bald zu regnen beginnen. Was für ein Tag, Friedhöfe zu besuchen. Was war in die Ladys gefahren, dass sie sich diesen Sport ausgesucht hatten?

In Mr. Lyons Zimmer fühlte sich Mary noch trauriger. Alles war leer in ihr. Das Zimmer war erheblich kleiner als die Gemächer, die Lady Nestor bewohnte, denn obwohl er Worthy Hall als Gast besuchte, wurde er doch nur als etwas besser als ein Diener beurteilt, und natürlich konnte man in diesem Stand kein wahrer Gentleman sein.

Trotzdem schlief er in einem richtigen Bett, komplett mit Tagesdecke und Kissen sowie einer flauschigen Decke, und neben dem Bett standen Bienenwachskerzen. Auf seinem Waschbecken lag eine Duftseife, und Mary fand, dass es ein äußerst luxuriöses Zimmer war, fast wie ein Palast.

Als Mary die Laken und die Decke zurückschlug, nahm sie seinen Körpergeruch wahr, üppig und männlich, der noch in den Leinenlaken festgehalten wurde. Sie schloss die Augen, atmete tief ein und stellte sich vor, dass er hier bei ihr wäre.

Die Bilder in ihrem Kopf waren so lebhaft, so realistisch, dass sie vor lauter Sehnen aufstöhnte und sich aufs Bett warf. Sie barg das Gesicht in die Laken und wälzte sich lüstern über seine Schlafstatt. Sie stellte sich vor, mit ihm das Bett zu teilen. Sie sah seinen schönen maskulinen Körper vor sich, tief im Schlaf versunken. Wenn sie doch nur einen Weg wüsste, zur Nachtzeit die Treppe hochzuschleichen, um ihn im Schlaf zu überraschen, damit sie die Glückseligkeit erleben könnten, nach der sie sich so vehement sehnten.

»Mary?«

Sie schnappte nach Luft und fuhr sofort hoch, zunächst noch überzeugt, dass sie noch phantasierte. Aber da im Türrahmen stand der liebe Mr. Lyon, sein gut aussehendes Gesicht so erstaunt, wie Mary es auch war.

»Oh, Sir, verzeihen Sie mir«, sagte sie und glitt vom zerwühlten Bett. Entschuldigungen für anmaßendes Verhalten waren Mary geläufig, sie gehörten zu ihrem Leben als Dienstmädchen dazu. »Ich wollte nur das Bett machen und die Laken glätten und ein bisschen aufräumen. Ich habe nicht damit gerechnet, dass Sie so schnell zurückkommen ...«

Er lächelte, und dieses Lächeln half ihr, sich wieder gut zu fühlen. Er begriff auch, dass sie jetzt eine Möglichkeit hatten, die der Zufall ihnen in den Schoß gelegt hatte. »Bist du allein, meine Süße?«

»Aye, bin ich.« Mary nickte eifrig. Ihre Schuldgefühle waren so gut wie verschwunden und wurden durch ganz andere Emotionen ersetzt. Ihn jetzt hier umarmen zu können, in seinem Schlafgemach, das war, als wäre ihr köstlichster Traum Wirklichkeit geworden. »Die anderen arbeiten heute unten, weil Sie und die Ladyschaften nicht im Haus waren. Sind Lady Catherine und Lady Nestor auch wieder zurück?«, fragte sie mit bangem Herzen.

»Ich habe Ihre Ladyschaften in einem Gasthaus zurückgelassen. Sie wollten dort Tee trinken. Ich wurde vorgeschickt, um ihnen wärmere Mäntel gegen den aufkommenden Regen zu holen.«

Er schloss die Zimmertür und verriegelte sie. »Und so kommt es, dass wir beide ganz allein sind, liebste Mary.«

»Ja, das sind wir.« Sie grinste schelmisch und rutschte auf den Rand des zerwühlten Betts. »Wird man nicht ungeduldig auf Sie warten?«

»Nun, irgendwann wird man auf mich warten.« Er warf seinen Hut mit der umgestülpten Krempe und dann das schneidige Jackett auf einen nahen Stuhl. Nach und nach öffnete er die kleinen Messingknöpfe seiner Weste. »Aber bis dahin bleibt uns noch genug Zeit.«

Mary blubberte vor Erregung und legte sich zurück aufs Bett. Sie stützte sich auf die Ellenbogen und schaute zu, wie er sich entkleidete. Schuhe, Strümpfe, Weste und Breeches schüttelte er mit wahnsinniger Geschwindigkeit ab, und sie gluckste vor Entzücken, denn sie sah Teile von ihm, die er so lange versteckt gehalten hatte.

Seine Beine waren muskulös und gut geformt; Waden und Arme waren stark ausgeprägt wie bei allen Reitern. Als er sein Halstuch öffnete, konnte sie auf seine krausen Brusthaare sehen. Wichtiger noch – sie konnte trotz des langen Hemdschoßes die stolzen Umrisse seines Schafts sehen, der steif von seinem Körper abstand.

Für sie.

»Komm mal her, Mädchen, lass mich nicht die ganze Arbeit verrichten«, sagte er. Sein Atem rasselte, als hätte er Mühe zu atmen. »Oder muss ich dich auch noch aus deinen Kleidern schälen?«

Sie lachte, nahm die Haube ab und ließ die Haare über ihre Schultern fallen. Dann richtete sie sich auf, beugte sich anmutig über ein Bein und ließ die Röcke über die rauen dunklen Strümpfe fallen, wodurch sie die blasse Haut darüber entblößte. Wenn sie auch noch unerfahren war, so wusste sie doch, welche Wirkung diese kleinen Gesten hatten.

Ohne aufzuschauen, hörte sie, wie er sich räusperte und dann einen bewundernden Seufzer ausstieß. Sie stand immer noch über ein Bein gebeugt da, denn sie wollte ihre Schuhe aufschnüren und ausziehen, aber seine Geduld war erschöpft.

»Komm her, Mary«, sagte er, und er klang wie ein Mann, der sich nicht mehr lange beherrschen konnte. »Ich bin hart wie Stahl für dich.«

Er war bei ihr, noch bevor ihr klar wurde, wie es weitergehen sollte. Er schob sie auf den Rücken und küsste sie mit einer Dringlichkeit, die sie bisher noch nicht so empfunden hatte. Keine süße Finesse, kein zartes Werben. Nur ein Mann, der sie besitzen wollte. Er war auch schwerer, als sie vermutet hatte, schwer und lang, und viel, viel stärker als sie.

Aber als sie sich unter ihm bewegte, war der erste Schock schon verflogen, und sie empfand etwas ganz anderes. Ihr Blut wurde heiß, und ihr Herz begann zu rasen. Dies hatte nichts mehr mit den neckenden Berührungen der Vergangenheit zu tun, wenn er sie streichelte und auf der Klippe zum Orgasmus stand.

Dies war es, was sie wollte, wonach sie lechzte, und als er ihre Unterröcke über ihre Hüften zog, zog sie ihm das Hemd aus. Nach so vielen Tagen Vorspiel gab er sich jetzt erst gar nicht damit ab. Er löste sich einen Moment von ihr, öffnete sie mit den Fingern und strich leicht über Labien und Klitoris, um sie für sich vorzubereiten, und dann dirigierte er die Kuppe seines Schafts in ihre Pussy.

Sie hatte die Luft angehalten und fühlte Lust und Verwunderung. Sie hatte sein Glied und den schweren Beutel darunter mit den Fingern gestreichelt, aber der Schaft fühlte sich jetzt ganz anders an, jetzt, da er langsam in sie eindrang, sie füllte und streckte.

Er schlang die Arme um ihre Knie und hob ihre Hüften an, um mit einem entschlossenen Rhythmus in sie zu fahren. Sie schnappte nach Luft, als sie von bisher unbekannten Gefühlen ergriffen wurde. Sie hob den Oberkörper an, um sehen zu können, wie und wo sich ihre Körper vereinten.

Sie schaute begehrlich zu, wie seine Hüften vorstießen und sich dann zurückzogen. Er bohrte sich unglaublich tief in sie hinein, und wenn er dann wieder ausholte, sah sie seinen harten Schaft, mit ihren und seinen Säften bedeckt. Es war ein faszinierendes Bild, wahrscheinlich das faszinierendste, das es überhaupt gab. Sie keuchte und schnappte wieder nach Luft. Sie hatte keine Worte, um ihm zu sagen, was sie fühlte.

Obwohl sie nicht wirklich wusste, was sie tat, begann sie, sich mit ihm zu bewegen; sie folgte seinen Bewegungen, als wäre er ihr Tanzpartner. Überrascht stellte sie fest, dass ihre Lust noch intensiver wurde, wenn sie sich von ihm führen ließ. Es war eine Lust, die sie schon bei den früheren Begegnungen erlebt hatte, nur war sie jetzt noch hundert Mal, nein, tausend Mal besser.

Sie spürte nicht die Schmerzen, die Jungfrauen angeblich haben sollten, und sie fand auch kein tränenreiches Bedauern, von dem immer in den alten Balladen die Rede ist, die oft in der Küche zu hören waren. Ein kurzes Brennen, als ihr Häutchen durchstoßen wurde, das war alles.

Nein, sie empfand nur diese köstliche Spannung, die sich von ihrer Muschi durch den ganzen Körper zog. Er keuchte und stöhnte lauter, weil er die meiste Arbeit zu verrichten hatte, und sie antwortete mit ihren eigenen Geräuschen der Lust. Sie schlang die Beine um seinen Körper, und die Finger gruben sich tief in seine Schultern. Sie lechzte nach der Erlösung, die ihr aber bisher versagt geblieben war.

»Hier, Mary, hier«, keuchte er, nahm ihre rechte Hand und schob sie zwischen ihre verschwitzten Körper, damit sie an die Stelle ihrer Vereinigung geraten konnte. »Jetzt kannst du uns beide verwöhnen.«

Er ergriff ihre Hand und rieb ihre Finger über die geschwollenen Lippen und den kleinen Knopf dazwischen, und sofort hatte sie das Gefühl, explodieren zu müssen. Sie rutschte unter ihm mal nach rechts, mal nach links und erfreute sich an der Lust ihrer Vereinigung.

»Ah, Sir«, sagte sie, nachdem sie wieder sprechen konnte, »haben wir Zeit, das noch mal zu tun?« Ihre Augen strahlten vor Glückseligkeit.

»Gib mir ein wenig Zeit, damit ich meine Reserven aktivieren kann«, antwortete er und rollte sich von ihr. Er legte den Kopf auf seinen Arm. Er atmete schnell, als hätte er an einem Laufwettbewerb teilgenommen. Seine Haare waren feucht und fielen ihm in die Stirn. »Und sage mir die Wahrheit, Mary Wren. Du hast mir gesagt, dass du noch deine Unschuld hast und dass ich dein erster Mann wäre.«

Sie riss die Augen weit auf. »Das stimmt doch auch«, rief sie empört. »Ich meine, bis eben war ich Jungfrau.«

Er lächelte, aber nicht so charmant und offen, wie sie es sich gewünscht hätte. »Verzeih mir, meine Liebe, aber du hast ... ich meine, du hast auf mich einen erfahrenen Eindruck gemacht, deshalb sind mir Zweifel gekommen.«

»Du zweifelst?« Sie löste sich von ihm und kniete sich aufs Bett. Sie zog die Röcke wieder hoch, und da war ein stummer Beweis, den sie für ihre Verteidigung brauchte – auf dem weißen Leinen eines Unterrocks gab es eine beschmierte Stelle mit ihrem Blut und seinem Samen. »Jetzt sagen Sie noch einmal, dass ich Sie belogen habe, Sir.«

Er starrte auf den Unterrock, ein wundersamer Ausdruck auf seinem Gesicht. »Das ist die Wahrheit, Mary«, sagte er bedächtig, »denn ich bin unangemeldet zu dir gekommen, du hättest also nicht irgendwas arrangieren können. Ich muss dich um Verzeihung bitten.«

»Angenommen, Sir«, sagte sie, obwohl sie nicht wirklich besänftigt war. »Aber da Sie sich offenbar so gut auskennen – gehört es zu Ihren Hobbys, Jungfrauen zu verführen?«

»Kaum.« Er streckte einen Arm aus und zeichnete mit einem Finger die Umrisse des nackten Oberschenkels nach.

Er konnte von ihrer Nacktheit nicht genug bekommen. »Aber da du ein großes Talent in den Künsten der Venus bist, ist mein Irrtum vielleicht nachvollziehbar.«

»Ein großes Talent, Sir?« Mary runzelte die Stirn, weil sie nicht sicher war, ob dies ein Kompliment war oder nicht. Sie hatte sich großartig gefühlt, ganz ohne Zweifel, und wenn er endlich damit aufhörte, weiterzuplappern, wäre sie gern in die zweite Runde gegangen. »Ich verstehe nicht, Sir.«

»Es ist eigentlich ganz einfach«, sagte er nachdenklich. »Es gibt Frauen, die in der Lage sind, die beste Quittenmarmelade herzustellen, oder die wahre Künstler darin sind, Stickereien zu fertigen. Aber du – du bist im Bett eine Göttin.«

»Tatsächlich, Sir?« Das hörte sich nun viel eher nach einem Kompliment an, und ihre Laune wurde besser. »Eine Göttin?«

»Venus oder Aphrodite, das kommt darauf an, ob man die römischen Mythen bevorzugt oder die griechischen. Gemeint ist in beiden Fällen die Göttin der heidnischen Liebe.«

»Liebe, Sir?«, wiederholte sie, wobei sie das Wort heidnisch ignorierte. »Lieben Sie mich denn, Sir?«

»Habe ich das nicht eben erst bewiesen?«, fragte er. »Ah, Mary, Mary, ich habe noch nie eine Frau wie dich gehabt.«

Jetzt gluckste sie glücklich. Himmel, sie war eine Göttin der Liebe! Ihr ganzes bisheriges Leben lang war sie gescholten worden, weil sie etwas falsch gemacht hatte und was sie alles nicht konnte. Es war wunderbar zu hören, dass sie ein Talent hatte, das sie von anderen Frauen unterschied. Nun gut, es war nicht gerade ein Talent, was sich öffentlich bekanntmachen ließ, aber wenn es Mr. Lyon gefiel, dann sollte es ihr recht sein.

Ihre Haare fielen ihr vors Gesicht, als sie sich über ihn beugte, um ihn zu küssen. »Vielleicht waren nur Sie es, der mich dazu verführt hat, so geschickt vorzugehen«, überlegte sie. »Ich meine, Sie sind ein ausgezeichneter Lehrer.«

»Ja, das ist durchaus möglich«, gab er zu, und Stolz schwang in seiner Stimme mit. Seine Brust schwoll an wie bei einem Hahn, der gerade vom Huhn abstieg. »Aber du hast auch eine seltene Qualität, die ich nicht wirklich in Worte fassen kann, Mary. Du bist schön, das steht fest, aber die Welt ist voller schöner Frauen, und viele von ihnen sind kalt wie Eiszapfen, wenn sie unter einem Mann liegen. Das trifft auf dich aber nicht zu. Es hat etwas mit deiner Art zu tun, als wärst du geboren, um Freude zu geben und zu empfangen.«

»Vielleicht ist das so«, murmelte sie. »Ich habe keine Ahnung, wer meine Eltern sind oder was sie sich von mir gewünscht hätten. Lady Catherine hat mich gefunden, und es gab keinen einzigen Hinweis auf meine Abstammung.«

»Nun, dann war es eben das Blut vom Olymp«, sagte er grinsend und schlüpfte mit einer Hand unter ihr Mieder, um ihre Brüste zu streicheln. »Du bist ein bislang unbekanntes Wesen, das Zeus selbst gezeugt hat. Er hat dich in einer englischen Landschaft ausgesetzt, um Aufruhr unter den sterblichen Männern auszulösen. Ich wette, dass dieses kleine Herz Beweis genug ist – ein Kuss vom Göttervater persönlich.«

Er ließ seinen Worten auch Taten folgen und küsste ihr Muttermal, und danach lutschte er auch den rosigen Nippel, was sie stöhnen und seufzen ließ.

»Du brennst so heiß, meine Süße«, murmelte er. »Es ist fast ein Wunder, dass ich nicht qualme wie ein ausgebranntes Holzscheit.«

»Aber Sir, das wäre so schade um Sie«, hauchte sie, bevor sie lachend begann, seinen Schaft zu reiben, bis er wieder aufrecht stehen konnte. »Als ausgebranntes Holzscheit müsste ich sie zusammen mit dem Staub wegfegen, wenn ich den Rost gesäubert habe.«

Er lächelte, und seine Augen schauten verschwommen. »Es gibt keinen Sir mehr unter uns, meine Süße. Nenn mich John, wie es die anderen auch tun.«

»Dann werde ich dich Johnny nennen«, sagte sie, »damit ich anders bin als die anderen, die dich kennen.«

Er lachte und stieß seinen Schaft gegen ihre Hand. »Du bist tatsächlich anders als alle anderen. Du bist meine Venus.«

Sie schaute ihn durch ihre Wimpern an und war wahnsinnig stolz auf die neue Vertrautheit mit ihm. »Ich werde immer sein, wie du mich haben willst – oh, Allmächtiger! Sir, hören Sie doch mal! Mr. Punch ruft meinen Namen.«

Sie konnte sich nicht erinnern, sich jemals so schnell bewegt zu haben. Innerhalb von Sekunden hatte sie die Haare gebändigt und wieder die Haube aufgesetzt. Sie schüttelte ihre Röcke nach unten, während John seine Kleider vom Boden aufsammelte und sich in den Raum mit der Bügelmaschine verdrückte.

Im nächsten Moment wurde die Tür geöffnet, und das Bild, das sich Mr. Punch bot, war unschuldig genug: Sie schlug das Federbett zurück.

Sie hielt das eine Ende des Federbetts noch in der Hand, als sie respektvoll vor dem Butler knickste. »Ja, Mr. Punch?«

»Hast du Mr. Lyon gesehen, Mary?«, fragte der Butler, ziemlich ungehalten. »Ist er hier gewesen?«

Ihre Augen weiteten sich. »Er war nicht hier, Mr. Punch.« Es war eine kleine Notlüge, denn tatsächlich war Mr. Lyon nicht *hier* gewesen, sondern da *drüben*.

»Verdammt, dieser unzuverlässige Kerl«, knurrte Mr. Punch. »Er ist die Treppe hinaufgelaufen, um bestimmte

Dinge für die beiden Ladys mitzunehmen, aber er ist noch nicht zurückgekehrt, und die Kutsche wartet auf ihn.«

»Ich habe keine Ahnung, wo er sein könnte, Mr. Punch.« Sie brauchte es auch nicht zu ahnen, denn sie wusste es. Himmel, wie konnte John diese Scharade aushalten, ohne laut aufzulachen? »Wenn ich ihn sehen sollte, können Sie versichert sein, dass ich ihm Bescheid sage.«

»Braves Mädchen, Mary«, sagte Mr. Punch. »Ich kann die Kutsche nicht den ganzen Tag blockieren, nur weil es ihm so gefällt. Sage ihm, dass er sofort zu mir kommen soll.«

Mary lächelte versonnen, und natürlich konnte Mr. Punch nicht ahnen, dass es noch aus ihr tropfte und dass sie nichts mehr wünschte als das, was Mr. Lyon ihr anbieten konnte. Sie war schließlich die Göttin der Liebe, nicht wahr?

»Ja, genau das werde ich ihm sagen«, versprach sie. »Ich werde dafür sorgen, dass Mr. Lyon sofort kommt.«

Und holla, sie wusste auch schon, wie sie das Versprechen umsetzen konnte.

Fünftes Kapitel

In dem Mary die angenehmste Art entdeckt, den Tisch für das Sonntagsessen zu decken & in dem ihre Lustschreie auf den Felsen der Wohlanständigkeit zerschellen

Auf dem Land gibt es eine alte Redensart, dass man sich über verschüttete Milch nicht aufregen soll. Der tiefere Sinn liegt darin, dass man Dinge, die passiert sind, nicht ändern kann, und alles Lamentieren wird nicht helfen. Viel gescheiter ist es, nach vorn zu schauen und nicht mehr zurück.

In diesem Stadium befand sich Mary ganze zwei Wochen lang nach der Entjungferung durch John Lyon. Nicht einmal weinte sie über verschüttete Milch, und sie klagte auch nicht, was sie aufgegeben hatte.

Im Gegenteil – ihr kam es so vor, als hätte sie durch den Verlust der Unschuld einen viel größeren Zugang zur Welt mit all ihren Freuden und Abenteuern gewonnen, und John würde ihr kundiger Führer sein. Ihr altes Gelübde, das sie Lady Catherine zuliebe abgelegt hatte, war so sehr vergessen, dass sie sich nicht einmal erinnerte, diesen Schwur überhaupt geleistet zu haben. Mary fühlte absolut keine Reue.

Die beiden Wochen wurden zu einem ständigen Abenteuer des Exzesses, noch aufregender, weil sie und John gezwungen waren, sich an ein Minimum von Wohlanständigkeit zu halten. Er las Gottesdienste und Predigten für die beiden Ladyschaften, dann stahl er sich weg, um sich mit Mary zu erfreuen.

Weil ihre gemeinsame Zeit so knapp bemessen war, hielten sie sich nicht lange mit Worten oder überflüssigen Komplimenten auf, sondern warfen sich wie wilde, vom Teufel besessene Tiere in die aufnahmebereiten Arme.

An einem Nachmittag hatte er sie in der Molkerei genommen, wo ihr heißes Fleisch das Fensterbrett aus Marmor gewärmt hatte, und dann trieben sie es umgeben von den Gerüchen frischer Milch, Sahne und Butter.

An einem Abend waren sie in den Apfelgarten gegangen, und aus lauter Übermut hatte sich Mary in eine Schubkarre des Gärtners gelegt, hatte die Röcke hochgeschlagen und ihren Po hoch in die Luft gereckt, eine deutliche Einladung im blassen Mondschein.

Noch riskanter wurde ihr Spiel, als sie nachmittags zurück in die Bibliothek gingen, während die Ladys sich vorm Essen in ihre Gemächer zurückgezogen hatten. John hatte sich in einen Ohrensessel von Lord William gesetzt. Mary hatte rasch seine Breeches aufgeknöpft, um seinen ungeduldigen Schaft zu befreien. Sie kletterte voller Grunzen und Seufzer an Bord und hielt sich an seinen Schultern fest.

Sie hatte die Knie weit gespreizt und schaffte es, seinen zuckenden Schwanz immer tiefer in sich aufzunehmen. Mit schelmischen Blicken nannte er sie »Mrs. Toplady«, wie der von Lady Nestor so verehrte Kirchenmann. Er verdoppelte seine Sünde noch, indem er nach dem Essen eine Predigt von Mr. Toplady rezitierte, während Mary mit dem Aufräumen des Tischs beschäftigt war. Die Gefahr, entdeckt zu werden, erhöhte noch die Würze ihres Treibens und spornte sie beide an, noch waghalsigere Treffen zu vereinbaren.

Natürlich war es unmöglich, ihr Treiben vor den Bediensteten geheim zu halten. Innerhalb weniger Tage gab es nur wenige vom Personal, die nicht wussten, dass Mr. Lyon und

Mary Wren die tollkühnsten Dinge trieben. Obwohl Mary von niemandem darauf angesprochen wurde, fiel ihr doch auf, wie es abrupt leise wurde, wenn sie einen Raum betrat, oder man bedachte sie mit entsetzten oder zornigen Blicken, für die Mrs. Abel, die Haushälterin, besonders bekannt war.

Aber gleichzeitig begriff Mary, dass Mrs. Abel die heimliche Liebesaffäre mit Mr. Lyon ignorierte, statt sie nach Hause zu schicken, denn dann wäre sie gezwungen, Ersatz zu suchen. Und wenn die Haushälterin den Ladyschaften eröffnen musste, welche Intrige sich unter ihren Augen abspielte, würde sie beiden Ladys großen Kummer zufügen und eventuell sogar ihre jahrelange Freundschaft gefährden.

Nein, dachte Mary und hätte einen Wochenlohn darauf gewettet, dass Mrs. Abel und Mr. Punch beschlossen hatten, nichts zu sehen und so lange den Mund zu halten, wie es ihnen möglich war – zum Besten für Lady Catherine.

Die Tatsache, dass Mary die Situation begriff und entsprechend ausnutzte, zeigte auch, wie sehr sie sich verändert hatte, seit sie die Geliebte von Mr. Lyon geworden war. Sie war erfahrener geworden, wenn auch nur in ihrem kleinen Umfeld.

Mr. Lyon lobte sie überschwänglich, was dazu führte, dass ihr die Meinungen der anderen mehr oder weniger egal waren. Ihr kam es nur auf ihr eigenes Vergnügen an. Sie verhielt sich nicht dreist oder schlampig, und sie malte auch die Lippen nicht rot an, und sie ging ihrer Arbeit, die man ihr auftrug, immer noch gewissenhaft nach.

Ihre Veränderungen kamen subtiler daher. Sie trug immer noch ihr züchtiges Leinenkleid und das Halstuch, das zu ihrer Kleidung gehörte, aber jede ihrer Bewegungen verriet eine sinnliche Anmut und eine Selbstsicherheit, die dafür sorgten, dass ihr schlichtes Kleid einen größeren Zauber ausstrahlte als die goldenen Seidenkleider im Harem eines Paschas.

Sie errötete nicht mehr bei der geringsten Kleinigkeit, und sie kicherte auch nicht mehr über alberne Dinge. Es war, als wäre sie innerhalb weniger Stunden vom Mädchen zur Frau geworden, und nun entdeckte man ihre seltene Schönheit, die sie zuvor hinter einer Maske verborgen hatte.

Halb scherzend und halb verzweifelt hatte John vorhergesagt, dass Männer sich bereitwillig in den Ruin stürzen würden, nur um eine Nacht in ihrer Muschi sein zu dürfen. Sie hatte gelächelt, aber nicht gelacht, und zum ersten Mal hatte sie in dieser Nacht von einem Leben geträumt, das weit hinter den warmen Mauern von Worthy Hall lag.

Ihre Attraktion war so auffallend, dass Mr. Punch sie nicht mehr unbegleitet aus dem Haus gehen ließ, weil er fürchtete, sie könnte von herumreisenden Banden entführt werden. Mr. Lyon wurde von jedem anderen Mann beneidet, von Männern aus allen Schichten, jedenfalls von denen, die gehört hatten, dass ihm die Liebe dieses Juwels gehörte. Die anderen Mädchen, die lange Zeit Marys Freundinnen gewesen waren, scheuten jetzt vor ihr zurück, als hätten sie Angst, angesteckt zu werden.

Aber Mary wusste es besser. Sie war nicht krank und konnte niemanden anstecken, und sie war glücklicher, als sie je in ihrem Leben gewesen war. Sie war schließlich die Göttin der Liebe, und sie hatte gerade erst begriffen, welche Macht die Liebe haben konnte.

An jedem Sonntag wurde von jedem im Haushalt von Worthy Hall erwartet, dass er am Gottesdienst in der kleinen Kapelle teilnahm, die ganz in der Nähe lag. Lady Catherine legte großen Wert darauf, und sie ließ keine Entschuldigung gelten. Natürlich konnte man das Haus nicht sich selbst überlassen, auch nicht die einzelnen Feuerstellen, denn das Sonntagsessen musste zubereitet und zur alten ländlichen Traditionszeit um drei Uhr nachmittags serviert werden. Deshalb musste einer der Bediensteten zu Hause bleiben, aber jede Woche war es ein anderer Diener, der den Sabbat im Haus verbleiben musste, damit niemand einen größeren Schaden an der Seele nehmen konnte.

Gegen Ende des Monats oblag es Mary, allein das Haus zu hüten. Durchs Fenster sah sie der Kutsche nach, in der die beiden Ladys und John Lyon saßen, gefolgt von einer Kutsche mit den weiblichen Bediensteten und Mr. Punch, während die Lakaien, Gärtner, Pferdepfleger, Stalljungen und Knechte zu Fuß gehen mussten.

Es war kein langer Weg zur kleinen Kapelle, und weil es warm und ein schöner Tag war, setzte sich bei denen, die ganz hinten gingen, so etwas wie Feierlaune durch, und während Mary zuschaute, wünschte sie, bei ihnen zu sein.

Obwohl sie nicht mehr so unsicher und nervös war, wenn sie auf den oberen Etagen arbeiten musste, gefiel es ihr überhaupt nicht, allein zu sein. Das mochte sich dadurch ergeben haben, dass sie als Baby ausgesetzt wurde, jedenfalls fand sie das Haus einen einsamen Ort, in dem jeder Schritt ein Echo auslöste, wenn sie allein war.

Pflichtbewusst erledigte sie alle Aufgaben, die sie von der Köchin erhalten hatte, dann zog sie die Gewichte der Uhr auf, damit der Braten regelmäßig vor dem Feuer gedreht wurde. Sie sammelte die Brotkrumen auf und gab sie in den Käfig der drei Kanarienvögel, die der ganze Stolz der Köchin waren. Meistens saßen sie auf den Bambusstangen im Käfig, der direkt beim Fenster stand.

Sie braute sich einen Tee, dann glättete sie Mr. Punchs Londoner Tageszeitung und breitete sie auf seinem Platz aus, damit er von den Ereignissen in der Hauptstadt und von den Prominenten erfuhr, zu welchem königlichen Ball sie gegangen waren und was sie im Palast getragen hatten.

Ob John später auch zu solchen Bällen eingeladen würde, wenn er nach London ging? Er hatte geschworen, dass sein Leben sich in diesen Kreisen abspielen würde, sobald er Lady Nestor verlassen hatte, um sein eigenes Glück zu versuchen. Ob sie selbst mit ihm gehen durfte, wenn sie ein Seidenkleid trug und ein Rubinhalsband? Ah, ihre Zeit im Haus wäre viel vergnüglicher, wenn Johnny ihr Gesellschaft leisten würde.

Als die hohe Standuhr oben im Flur die volle Stunde anschlug, wobei jeder Schlag von einem Echo im einsamen Haus verfolgt wurde, legte sie die Zeitung weg und verriegelte die Küchentür. Ihre letzte Aufgabe konnte sie nicht länger hinauszögern, und so ging sie widerwillig die Treppe hoch, um den Tisch fürs Mittagessen zu decken. Sie pfiff, so laut sie konnte, um sich Mut zu verschaffen.

Das Esszimmer im ersten Stock war mit einer grünen Farbe gestrichen, und die Stühle waren mit gelben Stoffumhängen geschützt. Vom Esstisch konnte man hinaus in den Blumengarten schauen. Die hohen Fenster waren weit geöffnet, damit die leichte Brise hereinwehen konnte. Der wunderbare Duft von Rosen und die kräftige Sommersonne wärmten den Raum.

Mrs. Abel hatte ein frisches Tischtuch zurückgelassen, es war noch zusammengefaltet. Mit großer Vorsicht breitete Mary das Tuch über der Mahagoniplatte aus. Lady Catherine legte großen Wert darauf, ein sauberes, frisch aus der Bügelpresse kommendes Tischtuch zu präsentieren, besonders am Sabbat. Mary glitt mit den Innenflächen ihrer Hände über das

Tuch, um die Falten zu glätten und neue im schneeweißen Tuch zu verhindern. Sie nahm die Stühle von der Wand und trug sie behutsam zum Tisch. Sie achtete darauf, dass die Stuhlbeine nicht über den Holzboden kratzen konnten.

Lady Catherine würde vor Kopf sitzen, flankiert von Lady Nestor und John. An diesem Sonntag würde auch Pastor Graver dabei sein, der stets eingeladen wurde, solange er Predigten hielt, die Lady Catherine gefielen.

Da niemand da war, um es zu sehen, beugte sich Mary über den Sitz von Johns Stuhl und küsste den Stoff, ein heimlicher kleiner Tribut, über den sie schelmisch lächelte. Sie sehnte sich nach ihm und wollte ihn in sich spüren – aber er würde noch größere Qualen in dieser steifen Gesellschaft leiden. Er musste sich wahrscheinlich bemühen, wach zu bleiben.

Dann begann sie, auf jeden Platz das erforderliche Besteck zu legen; Gabel, Messer, Löffel. Eine glänzende Schüssel stand schon auf dem Tisch, ebenso eine viereckige längliche Platte aus leuchtendem Ton sowie ein quadratisches Tablett, auf dem eine zusammengefaltete Serviette lag.

Nach einer Weile trat Mary einige Schritte zurück, um sich einen Überblick zu verschaffen. Dabei fiel ihr ein Mann im Spiegel auf, der über dem Kamin hing. Ihr Johnny! Er war gerade durch die Gartentür hereingekommen!

Jedes Mal, wenn sie ihn sah, mochte sie kaum glauben, wie unwahrscheinlich gut er aussah. Wenn er sie als Göttin bezeichnete, musste auf ihn der junge Adonis zutreffen. Seine Gesichtszüge waren glatt, bestimmt von der männlichen Schönheit und seinem Charme. Die Sonnenstrahlen leckten an seinen blonden Haaren, sodass es so aussah, als hätte er einen Heiligenschein. Viele kleine Locken fielen ihm an diesem heißen Tag in die feuchte Stirn.

»Ah, mein Liebster!«, rief sie aus, drehte sich um und lief ihm entgegen. Sie warf ihre Arme um seine Schultern. »Ich habe die Kutsche gar nicht gehört.«

»Ja, ich konnte es nicht erwarten, dich wiederzusehen, Mary.« Er nahm sie in die Arme und küsste sie so hungrig, als wäre er mehrere Wochen lang weg gewesen und nicht erst eineinhalb Stunden.

»Du bist meinetwegen früher aus der Kirche gegangen?«, fragte sie atemlos, und innerlich jubilierte sie mehr, als sie sich anmerken lassen wollte, weil er ihretwegen ein solches Risiko eingegangen war.

»Der Gottesdienst war zu Ende«, sagte er und schlüpfte mit einer kundigen Hand unter ihr Mieder, um ihre Brüste zu streicheln. »Ihre Ladyschaft hat noch jemanden zum Essen eingeladen, deshalb habe ich angeboten, früher nach Hause zurückzukehren, um dich darauf vorzubereiten, ein zusätzliches Gedeck aufzulegen.«

»Wie zuvorkommend von dir«, murmelte Mary und schmiegte sich noch etwas fester an ihn. Sie ließ sich von der Hitze begeistern, die sich jetzt schon in ihr ausbreitete. Sie schob ihre Hand tiefer und legte sie auf die Schwellung seiner Hose. Er war schon hart für sie, und je heftiger sie den Schaft durch die Hose rieb, desto stärker wurde auch ihre Erregung. »Noch eine Dame, oder so ein unanständiger Schelm wie du?«

»Nur ein langweiliger, aufgeblasener Typ, ein Captain vom Indien-Handel.« Er strich mit den Händen über ihre Hüften, während die Finger sich in ihren Backen verfingen. Er zog sie näher an sich heran und nahm Maß. Voller Eifer spreizte sie die Beine, und selbst durch das Gewirr der Röcke konnte sie die Hitze seines Schafts spüren, der gegen ihre feuchte Spalte drückte. »Captain Tidwell hat nichts, was dich interessieren könnte, meine Liebe. Gewiss nichts wie das hier.«

»Warum sollte ich auch nur einmal in seine Richtung schauen, wenn ich dich habe?« Mary knabberte lustvoll an seinem Ohrläppchen. »Haben wir Zeit, mein Johnny? Ich meine, haben wir Zeit genug?«

»Wir haben immer Zeit.« Er küsste sie härter und inniger, und ihr wurde ganz schwindlig von seinem Streicheln. »Zur Hölle, Mary, aber ich kann nicht mehr ohne dich sein.«

»Bitte, das liegt ganz bei dir«, flüsterte sie. Blindlings begann sie, seinen Hosenstall aufzuknöpfen. Himmel, was sie inzwischen alles gelernt hatte! Die Belohnung sprang ihr freudig entgegen, wenn auch noch kurz von seinen Hemdschößen verborgen. Sie nahm ihn in die Hand, heiß und samten, und das Auge weinte für sie. Sie ließ sich auf die Knie nieder und wollte ihn mit der Zunge quälen, aber er hatte andere Pläne, zog sie hoch und drückte sie rückwärts.

»Hier«, sagte er und hob sie auf den Rand des Esstisches. Einen schrecklichen Moment lang konnte sie nur daran denken, dass sie auf Lady Catherines frischer Sonntagstischdecke saß, und ihr Po würde nicht zu glättende Falten hinterlassen, und natürlich würde dieser Teil der Decke gebraucht aussehen, sowohl auf dem Platz Ihrer Ladyschaft wie auch auf dem leeren Platz von Lord William.

John begann damit, ihre Beine zu spreizen. Er strich mit den Handflächen über die Innenseiten ihrer Knie, und schon war das zerknüllte Leinen unter ihr vergessen. Er strich verspielt über ihre Öffnung und fand die Passage bereits glitschig vor – sie war für ihn bereit.

Sie langte hinunter zwischen ihre Körper, um ihm bei der Einführung zu helfen, und dann wurde sie geschüttelt, als er sie mit einem heftigen Stoß füllte. Sie neigte die Hüften, glitt auf dem Tisch hin und her und beugte die Arme, um sich festzuhalten. Sie schlang die Beine hoch über seine Arme, damit sie ihn noch tiefer in sich aufnehmen konnte.

Ihre Haube war nach vorn gerutscht und saß auf der Augenbraue, und als sie sie wieder auf den Kopf schob, sah sie im runden Spiegel das bezaubernde Bild, das sie beide abgaben. Ihre blauen Röcke waren ausgebreitet wie eine offene Blume, und das weiße Tischtuch bildete den Hintergrund. Sie konnte auch ihre Beine sehen, die sich auf seinem Rücken kreuzten, etwa auf Taillenhöhe, und dabei sah sie das dunkle Jackett seines Anzugs, während er in sie hineinpumpte.

Sie nahm den Geruch ihrer Geschlechtsorgane wahr, der sich mit dem schweren Duft der Rosen vermischte, und natürlich hörte sie auch ihre Schreie und sein Stöhnen sowie das dumpfe Dröhnen der dicken Hummeln.

Seine Stöße wurden kürzer und energischer, und sie wusste seine Kraft zu schätzen. Sie setzte ihre inneren Muskeln ein, mit denen sie ihn liebkosen konnte. Er beugte den Kopf über ihren, die Augen geschlossen, während er sich konzentrierte, und ein einzelner Schweißtropfen fiel von seiner Stirn auf ihre Wange. Sie konnte das unvermeidliche Finale spüren, und ihre Hände hielten sich am Tischtuch fest und fertigten unbewusst kleine Rosetten mit dem weißen Leinen.

Sie war jetzt dem Höhepunkt ganz nahe, und es konnte nicht mehr lange dauern, bis sie ihren Preis gewinnen würde. Sie öffnete wieder die Augen und wollte sich im kritischen Moment im Spiegel erleben.

Aber stattdessen sah sie die entsetzten Gesichter von Lady Catherine und Lady Nestor und wusste sofort von ihrem eigenen Ruin.

Noch an diesem Tag wurde Mary aus Worthy Hall weggeschickt.

Ihr letztes Treffen mit Lady Catherine war nicht sehr angenehm. Ihre Ladyschaft war so wütend, dass ihre Schienbeine vor Zorn zitterten und dass mindestens jedes dritte Wort vom Speichel geschluckt wurde. Trotzdem konnte Mary noch hören, dass die Lady sie verfluchte, dass sie ein undankbares blasphemisches Geschöpf war, unverbesserlich, verdorben und herumhurend. Eine Kreation des Teufels.

Mary durfte das blaue Kleid behalten, was nicht auf die Großzügigkeit von Lady Catherine zurückzuführen war: Sie konnte keinem anderen Mädchen ihres Haushalts so ein böses, beschmutztes Kleid anbieten.

Man gab ihr nur ein paar Minuten, um die wenigen Habseligkeiten in ihrem Zimmer in einen Leinenbeutel zu packen, dann musste sie sich in den Türrahmen stellen und zulassen, dass Mr. Punch ihre Sachen durchwühlte, damit sichergestellt war, dass sie nichts gestohlen hatte.

Sie erhielt keinen Lohn für ihre Arbeit, und man gab ihr auch kein Empfehlungsschreiben mit, das ihr geholfen hätte, wieder eine Stelle zu finden. Es wurde ihr untersagt, sich von den anderen Bediensteten zu verabschieden, weil man Angst hatte, sie könnte die auch noch verderben. Als Mr. Punch sie ein letztes Mal die Hintertreppe hinunterführte, kam es ihr so vor, als hätte das Haus (und alle, die darin wohnten) schon vergessen, dass sie jemals existiert hatte.

Doch als sie allein die lange Straße entlangging, der nächstgelegenen Stadt entgegen (es war nicht wirklich eine Stadt, eher ein Dorf, aber weil der Ort nach Lady Catherines Familie Worthington genannt wurde, musste man wohl glauben, dass es sich um eine Stadt handelte), hielt Mary den Kopf hoch und ließ sich auch von dem Schicksalsschlag nicht entmutigen.

Dabei musste sie zugeben, dass es auch noch schlimmer hätte enden können. Sie war weder geschlagen, ausgepeitscht oder gebrandet worden, alles Strafen, zu denen Lady Catherine als ihre Herrin durchaus berechtigt war.

Sie war auch nicht vor den Magistrat der Grafschaft gebracht worden, wo man ihr wegen des liederlichen Verhaltens eine Haftstrafe aufgebrummt und sie vielleicht sogar in Eisen gelegt hätte. Oder man hätte sie in irgendeine Strafkolonie geschickt. Ihre einzige Strafe war ihre Freiheit, dachte sie lächelnd, und das war nun wirklich keine echte Strafe.

Zweifellos war auch John aus seiner angenehmen Position entfernt worden, denn der Zorn von Lady Nestor hatte noch heißer gebrannt als der von Lady Catherine. Mary würde den letzten Blick auf ihn ihr ganzes Leben lang nicht vergessen – er wurde von ein paar Lakaien aus dem Esszimmer geschleift, während er versuchte, seine Breeches zuzuknöpfen, aber nur mit einer Hand, denn die andere Hand brauchte er, um Lady Nestors Schläge abzuwehren. Die Lady agierte eher wie ein Fischweib auf dem Markt von Billingsgate, und nicht wie ein respektiertes Mitglied der Kirche.

Mary seufzte und wischte sich eine Träne aus dem Auge. Es war natürlich nicht fair, wie man sie behandelt hatte. Bestraft und weggeschickt und verflucht zu werden für das geringfügige Verhalten, das man ihnen vorzuwerfen hatte, war grausam, barbarisch und grausam.

Aber nun hatten sie und John die Chance auf einen Neubeginn, vielleicht sogar auf einen gemeinsamen neuen Start, wie er ihr versprochen hatte. Die Kutsche hielt am Gasthof in Worthington an, und von dort musste jeder Neubeginn ausgehen.

Nach London, hoffte sie, und Marys Stimmung hob sich, wenn sie nur daran dachte. Das glorreiche, ruhmreiche London, wo eine Göttin der Liebe viel willkommener war als irgendwo in Devonshire.

Sie hörte den kleinen Karren, der hinter ihr die Straße entlangfuhr. Die Hufe des Esels und die beiden Räder des Karrens knirschten durch den Kies des Straßenbelags. Mary wich aufs Gras aus, und der Karren fuhr langsamer und hielt dann ganz an.

»Mary Wren!« Old Abraham, der älteste der Pferdepfleger in Lady Catherines Ställen, bedeutete ihr, sich neben ihn zu setzen. Er hatte ein halbes Dutzend Körbe mit Äpfeln geladen. »Tut mir leid, dass es so kommen musste, Mary Wren, dass so ein feines Mädchen wie du zu Fuß gehen muss.«

Sie zögerte. »Wenn Ihre Ladyschaft erfährt, dass du für mich angehalten hast, Abraham, wird sie dich auch wegschicken.«

»Nein, das wird sie sich nicht trauen«, knurrte er und schob die Pfeife von einer Seite des Gaumens zur anderen. »Ich kann dich bis nach Worthington fahren, wenn du da hin willst.«

»Ich danke dir.« Mary schwang sich auf den Bock neben ihn, ihr kleines Bündel legte sie auf den Schoß. »Ich bete dafür, dass Mr. Lyon auch jemanden findet, der so großzügig ist und ihn zu mir bringt.«

»Oh, Master Lyon wird nicht zu dir kommen, und auch zu keiner anderen Lady, meine liebe Mary. Hast du das nicht im Haus erfahren?«

»Was soll ich im Haus erfahren haben?«, fragte Mary, und ihr Unbehagen stieg. »Was ist mit Mr. Lyon geschehen?«

»Nichts, Mary«, sagte er und rutschte ein bisschen auf sie zu. »Weißt du, ich nehme mal an, dass du in die große Stadt willst, und die wird Mr. Lyon nicht sehen können, er geht nämlich nach Indien. Lady Nestor hat ihn Captain Tidwell übergeben. Er wird seine Mannschaft verstärken.«

»Nach Indien!«, rief Mary entsetzt. Selbst hier auf dem Land wusste man, dass Indien am anderen Ende der Welt lag. »Wie kann sie so etwas tun?«

»Ah, Mary, Mary, du weißt doch, dass die Adligen mit Leuten wie uns machen können, was sie wollen«, sagte er und legte eine knochige tröstende Hand auf ihr Knie. »In den Augen Ihrer Ladyschaft hat er schwer gesündigt, und nun muss er dafür büßen.«

»Aber das war doch nur, weil er mich liebt!«, rief sie. »Es war meine Schuld, nicht seine.«

»Nun reg dich mal nicht so auf, es ist doch nicht das Ende der Welt«, sagte er und nutzte Marys Kummer aus, indem er seine knochige Hand höher schob, direkt auf ihren Oberschenkel. »Er hat noch Glück, dass Lady Nestor ihn nicht den Presspatrouillen übergeben hat. Ich habe gehört, dass der junge Mann diese Nacht in einem Gefängnis verbringen wird, und morgen soll er in See stechen. Du hast ihm sein letztes Abenteuer an Land verschafft, liebe Mary.«

Mary schüttelte den Kopf. Sie konnte nicht glauben, dass ihr Johnny so ein schreckliches Schicksal erleiden würde. »Oh, ich kann nicht glauben, dass so ein junger ... he, Abraham, hör jetzt auf mit dem Unsinn!«

Sie schob seine Hand von ihrem Schenkel und starrte ihn wütend an.

»Nun stell dich nicht so an«, sagte er ungerührt. »Wir wissen doch alle, was du jetzt bist.«

»Ich bin Mary Wren, und die werde ich auch immer bleiben«, sagte sie spröde.

»Nun, ich glaube, dass sich doch etwas geändert hat, Mary.« Er sah sie von der Seite an. »Du wirst es noch erleben.

Ich bin nicht der Einzige, der weiß, wenn der Laib Brot einmal angeschnitten ist, tut es nicht weh, wenn man sich auch noch eine Schnitte nimmt.«

»Und ich sage dir, dass du dich irrst«, widersprach sie. Sie packte ihr kleines Bündel und sprang vom schwankenden Eselskarren auf die Straße. Erstaunt schaute der alte Mann über die Schulter und sah, wie sie einen spöttischen Knicks machte, bevor sie in die Staubwolke geriet.

»Und einen schönen Tag noch, ihr beiden Esel«, rief sie ihnen hinterher, drehte sich und hob ihre Röcke. Sie zeigte ihnen den nackten Hintern. »Ich bin Mary Wren, und ich kann tun und lassen, was ich will.«

Sechstes Kapitel

In dem Mary lernt, wie man das eine Paradies verlieren & ein neues gewinnen kann. Sie macht die Bekanntschaft der hinreißenden Mrs. Calliope Wiles

Die Dämmerung hatte eingesetzt, als Mary endlich Worthington erreichte. Glühwürmchen huschten über die hohen Gräser, und am dunkelblauen Himmel leuchteten die ersten Sterne. Auf schnellstem Weg begab sie sich zum Gefängnis, denn sie hoffte, dort John zu sehen.

Das Gefängnis war ein kleiner Bau, nicht weit von der Schmiede entfernt, dem schönsten Haus der Straße. Im Gefängnis wohnte der Wärter, und außerdem gab es zwei Zellen für Gefangene, die meist von Räubern und Trunkenbolden belegt waren. Vor diesem Abend hatte Mary das Gefängnis nie als bedrohlich oder düster betrachtet, aber sobald sie das schmale Haus betreten hatte, begriff sie die traurige Wahrheit dessen, was Old Abraham ihr über das Schicksal ihres Geliebten erzählt hatte, und nun wurde ihr auch die Endgültigkeit bewusst, der die Häftlinge ausgesetzt waren.

»Ah, du bist also die Jezabel, die diesen jungen Gentleman ruiniert hat, eh?« Der Wärter schien sich auf über zwei Meter auszustrecken, er hatte sich breitbeinig aufgestellt, und die Arme hatte er vor der mächtigen Brust gekreuzt. So stellte er sich Mary in den Weg.

Sie wich rasch zur Seite aus und hoffte, an ihm vorbeigleiten zu können, damit sie wenigstens in die Zellen schauen konnte, aber der Berg von einem Mann blockierte sofort diese

Seite. An seinem Gürtel, der den dicken Bauch einschnürte, klirrten die Schlüssel.

»Ich habe gehört, dass er ein Kirchenmann werden sollte, bevor du ihn verführt hast. Hast du ihm nicht schon genug Unheil gebracht, du Schlampe, dass du ihn in seinem jetzigen entwürdigenden Zustand auch noch sehen willst? Willst du dich über ihn lustig machen?«

»Nein, Sir.«

Mary war müde, hungrig und erschöpft, und sie ängstigte sich vor einer Zukunft, die zunehmend unsicher geworden war. Sie hatte ihren Geliebten verloren, und sie hatte kein Zuhause mehr. Sie war mit allen garstigen Ausdrücken belegt worden, die Lady Catherine kannte, und als Krönung war sie von einem Mann, der ihr Urgroßvater hätte sein können, betatscht worden. Und nun stellte sich dieser Bulle von einem Gefängniswärter auch noch auf die Seite jener Menschen, die sie gekränkt, beleidigt und gedemütigt hatten. Sie kämpfte gegen beißende Tränen an, die sich in ihr sammelten. »Nein, Sir«, wiederholte sie, »ich will mich nicht über Mr. Lyon lustig machen.«

Er grunzte und knurrte dann: »Wie alt bist du eigentlich, du Schlampe?«

»Achtzehn, Sir«, antwortete sie. Wenn sie John wirklich sehen wollte, musste sie diesen Mann für sich gewinnen, und mit seiner Frage hatte er ihr den Schlüssel gegeben, um ihn zu öffnen. Sie hob ihre Röcke seitlich an und versuchte einen Knicks, der absichtlich misslang, um ihm zu zeigen, dass sie auch zu jung für einen Knicks war. »Ja, ich bin gerade erst achtzehn Jahre geworden, Sir.«

»Achtzehn.« Er schüttelte entsetzt den Kopf. »Dieser Bastard hätte es besser wissen müssen. Man macht nicht mit einem Mädchen in deinem Alter herum.«

»Ja, Sir.« Der Wärter schien weich zu werden, das spürte sie. Er stand jetzt mehr auf ihrer Seite als auf Johns. Nun, überraschend war das nicht für sie. Trotz seines selbstgerechten Palavers hatte er sie mit den Blicken ebenso ausgezogen, wie es die meisten Männer getan hätten.

Sie seufzte Mitleid heischend und klammerte die Hände zusammen. Sie hoffte, dass er ihre Zerknirschung aus dieser Haltung erkannte. »Haben Sie Gnade mit mir, Sir, ich bitte Sie inständig. Nur ein paar Minuten mit Mr. Lyon, das ist alles, um was ich Sie bitte. Ein paar Minuten, damit ich ihn um Vergebung angehen kann, und Gnade für mein schändliches Tun.«

»Schändliches Tun, eh?«, fragte er mit wachsendem Interesse. »Was willst du mir denn bieten, damit ich dich zu deinem Liebsten lasse?«

Mary schluckte, denn sie war nicht sicher, wie weit sie dieses Spiel treiben wollte. »Ich habe keinen Cent dabei, Sir.«

»Ich will auch keinen Cent.« Er streckte seine schwere Hand nach ihrem Mieder aus, die Finger dick und fettig wie Bratwürste. »Sind deine Titten so hübsch wie dein Gesicht?«

»Aye, Sir, das sind sie«, murmelte sie. »Aber Sie haben mir selbst gesagt, dass ich heute schon das Schicksal eines Mannes ruiniert habe, und ich will mir mit Ihrem Ruin nicht auch noch das Gewissen belasten. Nein, ich will und darf Sie nicht in Versuchung führen, Sir.«

Seine Hand erstarrte dicht vor ihren Brüsten. »In Versuchung führen«, knurrte er und focht offenbar einen Kampf mit sich aus. »Die Versuchung eines Kindes.«

»Ja, ich weiß, Sir, dass ich das bin«, gab Mary schnell zu. »Ich würde schlimmer für Sie als Eva für Adam war.«

»Wie Eva im Paradiesgarten«, sagte er und grunzte vor Bedauern. »Ich sollte dich dazu bringen, vor mir zu knien und um Gnade zu betteln, Kind. Ich sollte das wirklich tun. Aber ich werde es nicht tun. Komm mit.«

Er führte sie durch eine Tür in den nächsten Raum, der durch ein Eisengitter in zwei Zellen geteilt war. Und dort saß ihr gefangener, durchnässter Geliebter auf dem mit Stroh bedeckten Boden. Im Schein einer einzelnen trüben Laterne konnte sie sehen, dass die Sachen, die er trug, zerknittert und schmutzig waren, und seine goldenen Locken wurden nicht mehr von einer schwarzen Samtschleife gehalten, und auf der linken Wange prangte eine rot und blau unterlaufene Schwellung, die er wahrscheinlich von einem der Lakaien oder vielleicht sogar von Lady Nestor selbst hatte einstecken müssen.

»Mary!«, rief er und lief zum Gitter. »Wie bist du hereingekommen?«

»Das spielt doch jetzt keine Rolle«, sagte sie und schob ihre Arme durch die Gitter hindurch, um ihn anfassen zu können. »Oh, Johnny, mein Johnny, was können wir nur tun? Was soll aus uns werden?«

Hinter ihnen lachte der Wärter grausam. »Daran hättest du vorher denken sollen, du Schlampe.«

»Kann ich nicht ein paar Momente allein mit der Lady bleiben, Sir?«, fragte John und presste sich gegen die Gitter. »Das ist doch nicht zu viel verlangt, oder?«

»Ja, nur ein paar Augenblicke, Sir, ich bitte Sie.« Mary ließ ihren Tränen freien Lauf. »Ein paar Momente noch, dann werde ich Sie auch um nichts anderes mehr bitten.«

»Ach, du brichst mir noch das Herz«, knurrte der Wärter. »Aber ich tue das für dich. Ich gehe zum Abendessen, das ist direkt gegenüber. Und wenn ich zurückkomme, ist eure Zeit abgelaufen, aber ich stelle auch eine kleine Bedingung.«

»Alles, was Sie wollen, Sir«, rief John, aber Mary legte eine warnende Hand auf seinen Arm.

»Nun ja, es ist nur eine kleine Bedingung, wie ihr hören werdet«, erklärte der Wärter. »Ich kann diese Schlampe nicht auf dieser Seite des Gitters stehen lassen, denn da könnte sie alle möglichen Dinge anstellen, und ich kann sie auch nicht mit dir zusammen einsperren, weil sie mir ja nicht als Gefangene anvertraut wurde. Aber ich habe eine Lösung.«

Er nahm ein Paar Handschellen von einem Haken an der Wand, und bevor Mary oder John protestieren konnten, hatte er eine Schelle um Marys linkes Handgelenk geschoben und die andere Schelle durch das Gitter um Johns rechtes Gelenk geschlossen. Dann stellte er eine Sanduhr auf ein Fass vor der Zelle.

»Ich bin ein hungriger Mann«, sagte er und blickte auf die durchlaufenden Sandkörner, »ich verschlinge mein Essen und halte mich danach auch nicht länger im Gasthof auf. Wenn dieser Sand durchgelaufen ist, bin ich wieder hier, darauf könnt ihr euch verlassen.«

Er lachte wieder, stolz auf seine Lösung. Er lachte noch, als er die Tür hinter sich schloss.

»Oh, Johnny, mein Johnny.« Ihre Worte kamen hastig heraus, getrieben von den laufenden Sandkörnern. Durch den Nebel ihrer Tränen schob sie ihre Hand zu Johns. Die schweren Schellen zogen ihre Arme nach unten. »Wie kann ich dir jemals sagen, wie sehr ich es bedaure, welches Schicksal ich über dich gebracht habe?«

»Du hast nichts getan, Mary«, sagte er liebevoll, »es war meine eigene Schwäche.«

Wenn er sein Gesicht zwischen zwei Gitterstangen presste, konnte er ihre Lippen erreichen; es waren nicht die besten

Küsse, die sie je getauscht hatten, aber Mary fand sie doch unglaublich romantisch und viel erregender, als sie geglaubt hatte. Sie drückte sich fester gegen die Gitterstäbe.

»Aber wenn ich dir nie begegnet wäre«, flüsterte sie, »und wenn ich dich nie gereizt hätte, würdest du jetzt nicht hier sein.«

»Wenn ich dich nicht kennen gelernt hätte, wäre ich nicht der Mann, der ich jetzt bin.« Er griff durch die Stäbe und berührte die Unterseiten ihrer Brüste, deren Konturen er mit den Fingern nachzeichnete. »Ich hätte mir niemals dieses Ende für uns ausgemalt, aber es ist nicht so schlimm, wie es auch hätte enden können. Es heißt, dass es viele Wege gibt, um in Indien reich zu werden. Vielleicht komme ich zurück und kann dich mit Rubinen und Saphiren behängen – und dann bringe ich auch noch einen Elefanten mit, auf dem du reiten kannst.«

»Aber es ist so gefährlich da draußen ...«

»Das Leben kann überall gefährlich sein.« Seine Finger griffen jetzt unter den Stoff und umfassten ihre Brust, und mit dem Daumen rieb er über ihren Nippel, bis er hart wurde und sich aufrichtete. »Vielleicht war uns dieses Schicksal gleich von Anfang an bestimmt. Die Franzosen sind besser, was das Abschiednehmen angeht. Sie sagen nie ›good bye‹, sondern *au revoir,* bis wir uns wiedersehen.«

»Ich werde dich wiedersehen, Johnny«, sagte sie mit fester Entschlossenheit. Dabei presste sie eine Brust durch die Gitterstäbe, damit seine neckenden Finger es leichter hatten. »Dies wird nicht das letzte Mal für uns sein, nicht in diesem Leben und nicht im nächsten.«

Er nickte und küsste sie wieder. »Ich fahre nach Indien und komme als Pascha zurück, und du gehst nach London und wirst Königin.«

»Ich warte auf dich«, sagte sie atemlos. »Bis du zurückkommst.«

»Rede nicht so«, sagte er leise. »Versprich nichts, was du nicht halten kannst. Ich will dich auch nicht mit Dingen belasten, indem ich dir etwas verspreche, von dem ich heute nicht weiß, ob ich irgendwann einmal wieder eigene Entscheidungen treffen kann. Wir sind in dieser Welt, um unser Glück zu machen, ganz egal, wie. Ich könnte über viele Jahre weg sein, und vielleicht komme ich auch gar nicht wieder. Wie kann ich da erwarten, dass du deinen schönen Körper in Watte packst, bis ich zurückkehre?«

Mary nickte traurig. Sie waren beide nicht mit dem glücklichen Zufall bedacht worden, in eine wohlhabende oder adlige Familie hineingeboren worden zu sein; sie teilten das Schicksal, völlig ohne Familie zu sein.

Wenn Mary ihre Zukunft in London sah, dann aus eigenem Antrieb und mit niemandes Hilfe. Ihr einziges Kapital waren ihre Schönheit und die leidenschaftliche Natur, die ihr mitgegeben war und die sich im Moment wieder bemerkbar machte – deshalb drückte sie sich schamlos Johns Hand entgegen.

»Wenn ich die Heldin einer Ballade wäre, würde ich dir ein Leben lang treu bleiben, Johnny«, sagte sie, und dann schlüpfte sie mit der freien Hand unter den Bund seiner Breeches. »Ich würde warten und warten ...«

»Wenn du die Heldin einer Ballade wärst«, hielt er dagegen, schob ihr Mieder tiefer, um ihre Brüste weiter zu entblößen und mit der Zunge über die Nippel zu lecken, »dann hättest du mir einen Zauberschlüssel mitgebracht, um die Schellen aufzuschließen, und draußen würde ein fliegendes Pferd auf uns warten, das uns in die Freiheit bringt – oder wenigstens bis nach Schottland.«

»Ich habe etwas Besseres als einen Zauberschlüssel, ich habe das hier.« Mit der freien Hand öffnete sie die Klappe der Breeches und nahm seinen Penis heraus. Sie schlang die Finger um den warmen, harten, vertrauten Stab, wischte mit dem Daumen über die gespannte, samtene Kuppe und glitt dann hinunter zum schweren Hodensack. »Siehst du, ich habe ein Zauberschwert, mein Liebster.«

Er gluckste und drückte sich kräftig gegen ihre Hand. »Das ist wirklich Zauberei.«

»Aye, aye«, sagte sie und neckte ihn, wie er sie neckte. »Von selbst streckt es sich und wächst zu einer fabelhaften Größe. Es kann sich verwandeln, zuerst weich wie warme Butter, dann so hart wie der Stahl in Sheffield.«

»Aber es wird uns nicht von hier wegbringen.« Sein Atem kam schneller, hektischer, und seine Lider waren unter der Ölfunzel schwer geworden.

»Nicht nach Schottland«, gab sie zu. »Aber mich hat es immer zu einem wunderschönen Ort gebracht.«

Er warf einen Blick auf das Stundenglas und grinste verwegen. »Meinst du wirklich, Mary? Hier?«

»Nur, wenn du willst.« Sie fuhr sich mit der Zunge über die obere Zahnreihe, eine süße kleine Geste, von der sie wusste, dass sie ihn unwahrscheinlich reizte. »Wir haben heute Nachmittag nicht das beenden können, was so gut begonnen hatte, und ich würde dir gern eine bessere Erinnerung an mich zurücklassen, bis wir uns das nächste Mal sehen, bis zum ... wie heißt noch mal das schöne französische Wort?«

»*Au revoir.*« Er zog sie noch näher an die Gitterstäbe heran. Sie schloss die Augen und versuchte, sich jedes kleine Detail dieser Momente zu merken, dann hatte sie bis zu ihrem Wiedersehen starke Bilder im Kopf. Er küsste sie hart. Sie keuchte, als ihre nackte Brust mit dem Muttermal des kleinen

Herzens gegen die harten Stahlglieder seiner Handschelle rieb. Dadurch wurde ihre Brustwarze noch ein bisschen fester.

»Das gefällt dir«, flüsterte er. Bevor sie darauf antworten konnte, zog er die andere Seite des Mieders hinunter, dann zog er sie wieder näher an die Gitterstäbe heran und ließ sie die Kälte des Metalls zwischen ihren Schenkeln finden, während er sie küsste. Sie drückte sich gegen ihn und spürte den Gegensatz von Kälte und Wärme, sie nahm auch wahr, wie seine Hüften ruckten. Er presste seinen Stab fester in ihre Hand, womit er ihr zeigen wollte, dass er mehr haben wollte.

Das musste wie ein Tanz aussehen, dachte Mary, wie ein Tanz zwischen eingespielten Partnern. Sie ruckte an ihren zusammengebundenen Gelenken, und die einzelnen Glieder der Kette stießen gegen das Gitter, als sie ihre und seine Hand nach unten drückte. Jetzt konnte sie ihm den Rücken zuwenden, und er langte an den Stäben vorbei und hob ihre Unterröcke.

Er schob sie zur Seite und griff nach ihr. Sie öffnete die Beine weiter auseinander, und als er die Röcke über ihre Hüften geschoben hatte, konnte Mary die kühle frische Luft spüren. Sie zitterte, einmal wegen der Kälte, und dann wegen der gespannten Erwartung.

Sie beugte sich tiefer, damit er einen besseren Zugang zu ihren intimen Teilen hatte. Er streichelte sie, öffnete sie, und sie erschauerte, als er ihre vor Vorfreude feuchte Muschi gefunden hatte. Sie war bereit für ihn.

Er wusste auch, wie erregt sie wegen der ungewöhnlichen Situation war, die nur von einer leicht flackernden, öligen Funzel beleuchtet wurde. Hatten es in dieser Zelle im Gefängnis von Worthington schon mal Paare getrieben, die ebenso heiß gewesen waren wie sie jetzt? Oh, wie sie seinen Schwanz vermissen würde und seine teuflischen Ideen, die ihre Hemmschwelle so schnell abbauten.

»Noch etwas tiefer bücken, Mary«, wies er sie mit rauer Stimme an, und sie gehorchte. Sie hob ihr gebundenes Gelenk an, um ihm den richtigen Winkel anzubieten. Sie fühlte, wie die Eichel in ihre Höhle drängte; er rieb sie an den Labien entlang, aber dann kam er nicht weiter.

Mit der freien Hand auf ihrer Hüfte, um zu verhindern, dass sie kopfüber kippte, begann er, sich leicht zu bewegen. Bei jedem neuen Stoß schrie Mary auf. Sie ließ ihn wissen, wie sehr sie das brauchte. Er würde nicht lange brauchen, ganz egal, was das Stundenglas sagte, und als sie spürte, dass er dem Ende nahte, stieß sie noch ein Stückchen kräftiger gegen die Gitter, um ihn tiefer in sich aufnehmen zu können.

Es war in diesem Moment, dass sie den gezackten Teil eines Spiegels sah. Er wurde von zwei Steinen auf der gegenüberliegenden Wand gehalten. Der Spiegel war in voller Absicht dort hingestellt worden: Der Wärter konnte in seinem Büro sitzen und brauchte nur aufzusehen, um seinen Gefangenen im Blick zu haben.

Aber jetzt nutzte der Wärter den Spiegel, um ihnen bei ihrem Spiel zuzuschauen. Sein Gesicht war gerötet, und dann bemerkte Mary plötzlich, dass er sich nicht allein an ihnen verlustierte, er hatte noch andere Männer dabei; Gesichter im Schatten, die sich alle vorstellten, an Johns Stelle zu sein.

Plötzlich war ihr Orgasmus da. Die Lust raste durch ihren Körper, und wenn er sie nicht festgehalten hätte, wäre sie auf den Boden gefallen.

Sie hatte nie erfahren, ob es John bewusst war, dass sie Zuschauer hatten. Es blieb ihnen kaum Zeit zu atmen, als

Johns neuer Vorgesetzter, Captain Tidwell, gut gelaunt und polternd das Gefängnis betrat.

Er hatte genug vom Landleben und hatte entschieden, jetzt schon zur Küste zu fahren und nicht erst bei Einbruch des Morgengrauens aufzubrechen. Deshalb war er gekommen, um seinen Gefangenen abzuholen.

Tiefe Furchen gruben sich auf seine Stirn, als er feststellte, dass Mary auch bei ihm war, und dann beschimpfte er den Wärter, dass er die beiden aneinandergebunden hatte. »Das ist so, als drückte man einem Alkoholiker eine Flasche in die Hand«, schmollte der Captain.

Nun, für Mary hatte der Besuch das gebracht, was sie sich erhoffte hatte – eine letzte Begegnung mit ihrem Liebsten. Die Zeit des Abschieds war gekommen. Als der Wärter ihnen die Handschellen abgenommen hatte, empfand sie den ersten Verlust, denn John wurde abgeführt. Sie streckte sich nach ihm, um ihn ein letztes Mal zu umarmen, aber der Wärter hielt sie fest.

»Johnny, meine Liebe!«, rief sie ihm nach, und die Tränen rannen über ihre Wangen. »Oh, ich bitte euch! Nehmt ihn mir nicht weg!«

John versuchte, sich noch einmal zu ihr umzudrehen, aber die Matrosen des Captains ließen ihm keine Chance. Auch ihm schossen die Tränen aus den Augen, und es war ihm egal, wer ihn weinen sah, als die beiden kräftigen Seeleute ihn auf den Wagen hoben.

»Sei stark, mein Junge«, rief ihm der Captain zu, als er sich zu ihm in den Wagen setzte. »Besser, das Gift aus dem Körper zu holen, als es in dir toben zu lassen.«

»Vergiss mich nicht, Johnny!«, rief Mary ihm zu, während der Kutscher die Peitsche auf die Rücken der Pferde knallen ließ. »Ich werde dich immer lieben, mein Johnny!«

»*Au revoir,* Mary«, rief er, dann versagte ihm von der Bürde der Emotionen die Stimme, und er konnte nur noch einmal leise sagen: »*Au revoir,* meine Liebste.«

Sie riss sich vom Wärter los und rannte der Kutsche hinterher. Sie konnte einen letzten Blick auf Johns goldene Haare im Mondschein erhaschen, und er drehte sich noch einmal um, ihr Johnny, ihr erster Mann. Dann vertrat sie sich in einer Wagenspur und fiel mit den Knien in den Schmutz der Straße. Die Kutsche ratterte weiter, und mit ihr der Liebste.

Sie kam schwankend auf die Füße. Es war ihr egal, wer ihr von Tränen überströmtes Gesicht sah, während sie starr auf die sich entfernende Kutsche schaute. Warum sollte sie sich auch verstellen? Sie kannte niemanden mehr in diesem Land, und allen war es egal, was aus ihr wurde.

»Bist du das Mädchen, das von Lady Catherine Worthy rausgeworfen wurde?«

Die Lady – und sie schien eine zu sein – stand neben einem livrierten Diener auf der Straße und hielt eine Laterne hoch, die wie ein Leuchtturm wirkte. Sie war nicht viel älter als Mary selbst, und hinreißend schön. Sie hatte silberweiße Haare, ein katzenhaftes Gesicht und war noch hinreißender gekleidet. Selbst im schwankenden Licht der Laterne konnte Mary Wolken aus blassblauem Satin und cremefarbene Spitze sehen, dazu dunkelblaue Bänder, die wie wunderschöne Blumen zusammensteckten, und um ihren Hals lagen Perlen, so groß wie Stachelbeeren. Auch von den Ohren hingen solche Perlen. Da die Lady so plötzlich neben ihr auf der Straße aufgetaucht war, konnte Mary nicht einmal sicher sein, ob es sie überhaupt gab, oder ob sie phantasierte.

»Du hast mich vielleicht nicht verstanden«, sagte die Lady. »Bist du das Dienstmädchen, von dem ich drüben im Gasthaus so viel gehört habe? Das Mädchen, das Lady Catherine auf so gemeine Art aus dem Haus geworfen hat?«

»Aye, Ma'am, die bin ich.« Mary deutete einen Knicks an und wusste nicht, was sie tun sollte. Natürlich war sie das Gesprächsthema Nummer eins im Gasthaus; die größten, gemeinsten Verleumdungen würden über sie verbreitet. Ihr wurde ganz mulmig, wenn sie daran dachte. Aber was konnten sie gesagt haben, was diese Lady dazu brachte, sie anzusprechen?

»Nun, dann bist du also das berüchtigte Dienstmädchen«, sagte sie. »Das ist gut. Fitz, halt mal die Laterne nicht so hoch, damit ich mir das Mädchen genauer ansehen kann.«

Gehorsam trat der Diener einen Schritt vor und badete Marys Gesicht im Schein der Laterne. Sie musste blinzeln und hob eine Hand, um die Augen vor der Helligkeit zu schützen.

»Nein, bitte, versteck nicht dein Gesicht«, sagte die Lady. »Wenn ich dich als gute Freundin gebrauchen kann, muss ich mich davon überzeugen, ob du so schön bist, wie sie im Gasthaus alle gesagt haben.«

Mary ließ die Hand fallen. »Sie können eine Freundin brauchen, Ma'am?«, fragte sie langsam. »Wie soll das gehen? Wie kann ich Ihre Freundin sein?«

Aber die Frau war noch zu sehr damit beschäftigt, Mary zu bestaunen, um auf ihre Fragen zu antworten. »Lach mal so breit, wie es geht, damit ich sehen kann, ob du noch alle Zähne hast. Das ist nur eine Kleinigkeit, aber es gibt Gentlemen, die großen Wert darauf legen.«

Mary lächelte pflichtschuldig, und weil sie auf dem Land groß geworden war und sich richtig hatte ernähren können, waren ihre Zähne ebenmäßig, weiß und leuchteten wie die Perlen um den Hals der Lady. Mit einem Ärmel wischte sie sich die Tränen und den Staub aus dem Gesicht und sah die Lady so tapfer an, wie sie nur konnte.

»Man hat im Gasthaus davon gesprochen, dass du ein Findling bist«, fuhr die Lady fort. »Stimmt das?«

»Aye, Ma'am«, sagte Mary. »Aber ich verstehe noch nicht, wozu ...«

»Keine störenden Brüder oder Onkel, die auf die Idee kommen könnten, deine zweifelhafte Ehre zu verteidigen?«

Mary schüttelte den Kopf, völlig benommen von dieser Befragung. »Verzeihen Sie, Ma'am, aber ich begreife noch nicht, was Sie ...«

»Wie heißt du?«

»Mary Wren, Ma'am. Lady Catherine hat mich selbst so genannt, weil sie glaubte, dass meine Mutter diesen Namen für mich ausgesucht hätte.«

»Mit Sicherheit hatte sie dir ein besseres Schicksal gewünscht, als in die unduldsamen Hände der starrsinnigen Lady Catherine zu fallen«, sagte die Lady trocken. »Aber das wird sich jetzt ändern, wenn du willst.«

»Verzeihen Sie, Ma'am«, sagte Mary, benommen und verwirrt, »aber ich weiß nicht, ob wir was verändern sollen oder können, und wie das vor sich geht.«

»Wir werden es ändern, wenn du es willst«, wiederholte die Lady und lächelte Mary an, ein Lächeln voller Versprechen und Glückseligkeiten. »Ich bin Mrs. Calliope Wiles, und wenn du bereit bist, dein Schicksal in meine Hände zu legen, kann ich dir versichern, dass du nichts als Glück und Erfolg haben wirst.«

Siebtes Kapitel

In dem Mary eine Reise nach London beginnt & während der Reise mehr über ihre neue Wohltäterin, Mrs. Wiles, erfährt

Wie man sich leicht vorstellen kann, hatte Mary keine Ahnung, was sie von einem solchen Angebot zu halten hatte. »Bieten Sie mir eine Bleibe an, Ma'am?«, fragte sie. »Weil, wenn Sie das tun, müssen Sie wissen, dass ich Ihnen keine Referenzen vorzeigen kann, weil Lady Catherine mir keine gegeben hat.«

»Aber die Tatsache, dass diese ekelhafte Lady Catherine dir kein Empfehlungsschreiben ausgestellt hat, zeigt mir, dass du meiner wert bist.« Mrs. Wiles zog einen Fächer aus der tiefen Tasche ihres Ärmels und begann, ihrem Gesicht Luft zuzufächern. »Ich suche genau so eine junge Frau wie dich für meinen Haushalt.«

»Tatsächlich, Ma'am?« Mary mochte dieser wunderbaren Fügung kaum glauben – hatte sie wirklich in so kurzer Zeit eine neue Arbeitsstelle gefunden? »Und Sie glauben, dass ich dafür geeignet bin?«

»Ja, das glaube ich.« Mrs. Wiles lächelte wieder, und Mary erwartete fast auch ein Zwinkern, aber dann fiel ihr ein, dass eine Lady wie sie niemals zwinkerte, das war eher eine Angewohnheit in den unteren Schichten. »Ich habe hier nur angehalten, um die Pferde zu wechseln. Da kannst du mal sehen, dass wir beide großes Glück haben.«

Und so kam es, dass sich Mary exakt in der Situation

befand wie John Lyon vorhin – sie saßen mit zwei anderen Personen in einer Kutsche, während sie sich vom Ort ihrer Schande, Worthy Hall, entfernten, einer neuen Zukunft entgegen.

Die beiden Personen, die mit Mary auf dem Kutschbock saßen, waren der Kutscher selbst, der sich ausschließlich um seine Pferde und die Straße kümmerte, und Mrs. Wiles' Zofe, die Turner hieß. Sie schien sich nichts anderes als Schlaf zu wünschen. Sie schaukelte mit den Bewegungen der Kutsche hin und her, als wollte sie von ihren Träumen eingelullt werden.

Das Schweigen der beiden konnte Mary nur recht sein. In der Zeit eines halben Tages hatte sie ihr Zuhause verloren, ihre Arbeit und ihren Liebsten, und es hatte so ausgesehen, dass sie nichts und niemanden finden würde, der ihr diese wichtigen Dinge zurückbringen könnte.

Ihr ganzes Sein schien zu schmerzen vor lauter Verlusten, vor Einsamkeit. Nein, ein solches Leben hatte sie sich niemals vorstellen können, schließlich war sie Johns Göttin der Liebe gewesen. Deshalb hatte sie sich sofort dieser Mrs. Wiles ausgeliefert, auch wenn sie immer noch keine Ahnung hatte, welche Aufgaben sie bei dieser Dame übernehmen würde. Für den Moment genügte ihr zu wissen, dass sie bei ihr einen Platz zum Schlafen und etwas zu essen finden würde, und mit jeder Umdrehung der Kutschräder kamen sie London ein bisschen näher.

Und für den Moment war das an diesem sonnigen Tag mehr als genug.

»Sei vorsichtig, Mary«, gemahnte Turner und schaute zu, wie Mary den letzten Eimer des dampfenden Wassers in die

Wanne vor dem offenen Kamin kippte. »Mrs. Wiles legt großen Wert darauf, dass die Temperatur des Wassers genau richtig ist.«

»Ja, Ma'am«, sagte Mary und nickte. Sie war bemüht, einen guten Eindruck zu machen. Sie war noch nie eine Kammerzofe gewesen, und sie war bereit, die kleinen Handreichungen kennen zu lernen und auszuführen, auf die eine elegante Lady wie Mrs. Wiles einen Anspruch hatte.

Gewiss wäre Lady Catherine nie in einer Kutschstation abgestiegen, wie Mrs. Wiles das getan hatte. Sie hatte den Auftrag ausgegeben, den Pferden den besten Hafer zu geben, und auch die Bediensteten sollten unten in der Kneipe bestellen, was sie wollten. Sie hatte die besten Räume im Obergeschoss für sich gemietet. Sie hatte ihr eigenes Bettzeug mitgebracht, deshalb wurden die Betten abgezogen und durch ihre eigene Bettwäsche ersetzt.

Sie bestellte ein üppiges Mahl auf ihr Zimmer, damit sie ihr Essen und den von ihr ausgesuchten Wein in aller Abgeschiedenheit genießen konnte. Mit Fitz, ihrem Leibwächter, der immer ein ernstes Gesicht aufgesetzt hatte, trat sie den Abendspaziergang an, denn sie befanden sich in einer Gegend des Flusses, wo es die schönsten Trauerweiden gab. Sie nahm einen Sonnenschirm aus weißer Spitze mit, und weil an den Enden goldgelbe Quasten baumelten, verdrehten andere Gäste im Hof des Gasthauses ihre Hälse, um einen Blick oder zwei auf die attraktive Frau zu erhaschen.

Während Mrs. Wiles unter den Trauerweiden weilte, hatten die Frauen in der Küche damit begonnen, ihre Anweisungen auszuführen – sie wollte den Badezuber mit Wasser gefüllt haben, und das Wasser sollte so heiß wie möglich sein, es sollte auf den Küchenherden zum Kochen und dann die Treppe hinauf in ihr Bad gebracht werden.

»Wird Mrs. Wiles wollen, dass wir ihre Wäsche waschen?«, fragte Mary und sah zu, wie Turner ein paar Wassertropfen vom Boden aufwischte. Der Zuber selbst sah wie ein gewaltiger Eimer aus. Die einzelnen Eichenholzbretter waren zusammengefügt und wurden von einem Eisenring gehalten. Das Innere des Zubers war mit einem Stoff gepolstert, wahrscheinlich eine Maßnahme gegen durchsickerndes Wasser, fand Mary, die vom Zuber ganz begeistert war.

Sie begann, die Ärmel ihres Kleids aufzurollen, und schaute sich im Zimmer nach der Wäsche um. »Ich meine, sie legt bestimmt auch großen Wert auf ihre Wäsche, sonst würde sie nicht solche Umstände wegen des Wassers machen.«

Turner sah Mary konsterniert an. »Ja, kann man wohl sagen«, meinte sie dann.

»Und trifft das auch auf Mr. Wiles zu?«, fragte Mary in ihrer Unschuld. Jeder Gentleman, der seine Ehefrau so bereitwillig unterstützt und fördert, konnte erwarten, dass auch er großzügig verwöhnt wurde. »Wenn sie so großen Wert auf ihre Wäsche legt, dann doch deshalb, weil sie ihm eine Freude machen will, nicht wahr?«

Turner wischte die Hände an ihrer Schürze ab. Ihr Ausdruck blieb reserviert und verriet nichts. »Ich klatsche nicht über Mrs. Wiles' private Angelegenheiten«, sagte sie. »Und du solltest das auch nicht tun, wenn du länger in diesem Haushalt bleiben willst.«

»Was soll sie nicht tun, Turner?« Hübsch gerötet nach ihrem Spaziergang, betrat Mrs. Wiles das Zimmer, öffnete die Bänder ihres Huts und reichte ihn Turner. »Ich werde niemanden gegen seinen Willen in meinem Haushalt festhalten.«

Turner lächelte, als wäre alles nur ein Spaß gewesen. »Sie hat nach Mr. Wiles gefragt, Ma'am, und ob Sie Ihre Wäsche in diesem Bottich waschen, um ihn zu erfreuen.«

»Ja, Ma'am.« Mary machte wieder einen Knicks, weil sie nicht wusste, was sie sonst tun sollte. »Verzeihen Sie, wenn ich was Falsches gesagt habe, ich dachte mir nichts bei der Frage.«

Mrs. Wiles lachte, ein fröhliches, angenehmes Lachen, das wie Glocken klang. »Liebe Mary! Das Wasser ist nicht für meine Wäsche bestimmt – wir brauchen es, damit du gewaschen werden kannst.«

»Ich?« Marys Stirn legte sich in Falten, und sie schüttelte den Kopf. »Ich brauche mich nicht zu waschen, Ma'am, jedenfalls nicht in so einer großen Wanne.«

»Aber natürlich, meine Liebe«, sagte Mrs. Wiles. »Du stinkst wie ein Bordell. Komm jetzt, lege deine schmutzigen Sachen ab, und dann ins Wasser mit dir.«

Turner trat vor und begann schnurstracks, Marys Kleid auf dem Rücken aufzuschnüren.

»Nein, Ma'am, nein!«, rief Mary, wirbelte herum und ging rückwärts bis zur Wand. »Das ist nicht, wie eine Wäsche sein sollte, jedenfalls nicht für eine Christin.«

»Dann kannst du mich eine Heidin nennen, denn ich kann dich in dem Zustand, in dem du jetzt bist, nicht brauchen.« Mrs. Wiles lächelte, aber es war ein entschlossenes Lächeln. »Entweder ziehst du deine Kleider aus und kletterst in die Wanne, oder du gehst jetzt sofort und kommst niemals wieder. Ich habe dir doch gesagt, dass ich niemanden gegen seinen Willen in meinem Haushalt haben will.«

Mary zögerte noch. »Ich war noch nie vor einem anderen Menschen nackt«, sagte sie. »Nicht, seit ich kein Baby mehr bin.«

»Auch nicht vor deinem schönen Liebhaber?«

Mary errötete, vor allem wegen der Erinnerung an den Verlust ihres geliebten Johnny. »Nein, Ma'am, nicht einmal vor ihm. Unsere Treffen geschahen nur heimlich, und wir hatten nie die Zeit, uns auszuziehen.«

»Ah, so war das. Ja, das tut mir leid für dich«, sagte Mrs. Wiles. »Nackt in den Armen eines ebenso unbekleideten Mannes zu liegen, seine warme Haut zu spüren, die sich an dich presst, und wie sein Glied vor Verlangen hart wird und gegen deinen nackten Schenkel stößt und deine Muschi teilt, das ist eine der größten Freuden, die das Leben dir bieten kann.«

»Ja.« Mary nickte, verblüfft über die Offenheit ihrer Ansprache. Sie hatte eine Lady noch nie über einen Gentleman so reden gehört, erst recht keine so elegante und feine Lady, wie Mrs. Wiles eine war. Aber sie hatte auch noch nie gehört, dass man sich in einem Zuber oder Bottich wusch. Vielleicht waren solche Dinge in London an der Tagesordnung.

London war ein völlig anderer Ort – nein, sogar eine ganz andere Welt – als Devon, und Mary wusste, dass sie das nicht vergessen durfte. Wenn ihre Kleider und die Röcke das einzige Hemmnis zwischen ihr und einer Anstellung bei Mrs. Wiles waren, dann wäre sie eine Närrin, wenn sie nicht tat, wozu sie aufgefordert worden war.

Sie wandte sich von Turner ab, öffnete die Schnüre ihres Kleids und zog es sich über den Kopf. Sie schnallte die Schuhe auf, öffnete die Strumpfbänder nacheinander und rollte die Strümpfe über die Beine. Sie schämte sich, als sie feststellen musste, wie schmutzig ihre Füße geworden waren. Zuletzt öffnete sie die Röcke und ließ sie auf den Boden fallen; sie bildeten eine Lache aus Leinen.

»Mach weiter«, sagte Mrs. Wiles und sah ihr mit einem größeren Interesse zu, als Mary für möglich gehalten hatte. »Bitte, du brauchst nicht meinetwegen aufzuhören. Du kannst mir glauben, dass du dich viel besser fühlen wirst, wenn du erst ganz sauber bist.«

Mary nickte, und nach einem tiefen Atemzug zog sie sich das Unterhemd über den Kopf und ließ es zu den anderen Sachen fallen. Dann setzte sie sich auf den Rand des Zubers und hielt den Atem an, als sie spürte, wie die Wärme des Wassers aufstieg. Langsam glitt sie hinein, ganz tief, bis ihre Haare vom Wasser bedeckt waren. Sie hob den Kopf leicht an, und einzelne Tropfen des warmen Wassers blieben an ihren Nippeln hängen. Sie richtete sich auf und wusste jetzt schon, dass Mrs. Wiles Recht hatte: Sie fühlte sich jetzt schon viel besser.

»Ich wasche dich.«

Turner wartete erst gar nicht auf Marys Einverständnis, sie trat vor, bewaffnet mit einem Waschlappen und einer großen Kugel mit Seife, die nach Lavendel duftete. Sie nahm sich zuerst Marys Haare vor und wusch sie so rigoros, dass Mary aufschrie und versuchte, den kräftigen Fingern auszuweichen.

»Turner, meine Liebe«, mahnte Mrs. Wiles nach einer Weile. »Ich glaube, wir sollten Mary das jetzt selbst überlassen. Du kannst gehen.«

»Ja, Ma'am.« Turner knickste, aber der Blick, mit dem sie Mary bedachte, versprach nichts Gutes. Mary runzelte die Stirn und lenkte sich damit ab, sich selbst die Haare zu waschen.

»Lass dich von Turner nicht ärgern, Mary«, sagte Mrs. Wiles und trat vor ein Sideboard, um sich einen Pokal mit Wein einzuschenken. »Ihre Loyalität zu mir kann manchmal ein bisschen nerven. Aber da wir jetzt allein sind, wirst du vielleicht nicht mehr so schüchtern sein.«

»Nein, Ma'am, nicht ...«

»Ah, damit fängt es ja schon an«, unterbrach Mrs. Wiles.

»Du musst mich Calliope nennen und nicht Ma'am. Schließlich wollen wir echte Freundinnen sein.«

»Ja, Ma... Calliope.« Mary lächelte und dachte, wie gewaltig der Unterschied zum Verhältnis zu ihrer bisherigen Arbeitgeberin, Lady Catherine, war.

»Wie süß dir der Name über die Lippen kommt, meine Liebe.« Sie zog die Nadeln aus ihren Haaren und ließ die silberweißen Locken frei über die Schultern fallen; sie erreichten fast ihre Taille. »Aber alles klingt süß aus deinem Mund. Fühlst du dich jetzt erfrischter als vorher?«

Mary nickte und quetschte das Wasser aus den Haaren. Sie sank tiefer in den Zuber hinein und schaute neugierig zu, wie ihre Brüste sich auf dem Wasser bewegten und die Oberfläche durchbrachen. Die Nippel waren vom Waschen hart und rosig geworden.

Sie konnte das Wasser auch in der Muschi spüren, die Wärme füllte sie auf eine angenehme Weise und wisperte zwischen den Lippen. Es war ein eigenartiges Gefühl, dabei von einer Frau wie Calliope beobachtet zu werden.

Sie hatte die Lippen leicht geöffnet, und ihre Augen starrten intensiv auf Marys Dreieck und auf die sanft schwingenden Brüste. Es war fast so, als würde sie von einem Gentleman angestarrt, dachte Mary. Ja, es war eigenartig, aber es war auch anregend. Wer wünscht sich nicht, so bewundernd angeschaut zu werden?

»Du glühst geradezu vor Zufriedenheit«, sagte die andere Frau und schenkte Wein aus dem Dekanter in ihren Pokal. »Wie entzückend du ausschaust, so saftig und rosig! Wie schade, dass dein Geliebter nicht hier sein kann, um dich in diesem Zustand zu sehen!«

»Ja«, sagte Mary traurig. »Aber es wird wahrscheinlich viele Jahre dauern, bis ich ihn wiedersehen kann.«

»Sehr wahr, wenn man bedenkt, wie weit Indien entfernt ist.« Sie füllte einen zweiten Pokal mit Wein und reichte ihn Mary. »Du leistest mir doch beim Trinken Gesellschaft, Mary? Wir beide, als Freundinnen?«

Mary sah auf den Pokal. Sie hatte noch nie einen Schluck Wein getrunken, und erst recht nicht mit Lady Catherine, aber sie war bereit, es zu versuchen, und außerdem war sie durstig. Sie hob den Pokal an die Lippen und trank und fand den Wein sehr angenehm und ein bisschen süß.

»Ah, er schmeckt dir«, sagte Calliope, und als erfahrene Gastgeberin schenkte sie gleich nach. »Hast du ihn sehr geliebt?«

»Mehr, als ich sagen kann«, antwortete Mary leidenschaftlich. »Ich vermisse ihn jetzt schon.«

»So war es auch mit meiner ersten Liebe«, sagte Calliope, und ihre großen blauen Augen füllten sich mit Melancholie. »Mein Galan sah so gut aus wie die Sünde, und wahnsinnig charmant war er auch. Selbst, als er mir die Unschuld nahm, musste ich ihm noch dankbar sein. Ah, was hatte er für einen schönen Schwanz! Und wie er damit umgehen konnte! Ich fühlte mich wie gebrandmarkt, als er es mir das erste Mal besorgte, und er hörte nicht eher auf, bis ich den Himmel gesehen habe.«

»Und was passierte dann?«, fragte Mary mit ehrlichem Interesse. Der Wein hatte sich durch ihre Adern gewunden und brachte sie in einen Zustand köstlicher Trägheit, die dafür sorgte, dass sie sich in Calliopes Gesellschaft noch ungezwungener fühlte. Sie hatte den Eindruck, als wären sie schon seit langer Zeit gut miteinander befreundet, deshalb liefen die intimen Geständnisse auch so offen ab. »Ist er dir treu geblieben?«

»Er war doch nur ein Mann«, sagte Calliope wehmütig,

»und es liegt nicht in der Natur des Mannes, beständig zu sein. Er musste, des Aufstiegs wegen, in eine Heirat fliehen, und das konnte ich ihm nicht verübeln. Ich selbst habe auch schon vor einer solchen Entscheidung gestanden.«

Mary nickte und glaubte, alles genau zu verstehen. »Mir geht es genauso. Wir müssen beide unser Glück machen, und für Liebe bleibt wenig Zeit.«

»Wie wahr, wie wahr«, rief Calliope. »Aber ganz egal, welche grausamen Beschlüsse das Schicksal uns schickt, ich werde ihn immer in meinem Herzen behalten, genau hier.«

Impulsiv zog sie ihr Mieder auf, entblößte eine perfekte weiße Brust und drückte ihre Handfläche über ihr Herz, als wollte es noch einmal zerbrechen.

»Was er mir gab, was er für mich tat, das werde ich immer in meinem Herzen behalten«, fuhr sie fort, die Stimme zitternd vor Emotion. »Er hat mir die körperliche Liebe gezeigt, und er hat mir Lust gebracht, und dann auch die Freude, die man sich selbst bereiten kann.«

Ihre Stimme wurde immer tiefer, und dann strich sie mit einem Finger um ihre Brust, wie es ein Liebhaber tun würde. Sie brachte Zeigefinger und Daumen zusammen, zwickte leicht in den Nippel, der sich sofort aufrichtete.

»Ja, ja«, rief Mary aus. »So war es auch zwischen Johnny und mir! Er nahm mir die Unschuld, ja, aber ich habe sie ihm gern gegeben, denn der Verlust war mit vielen schönen Gefühlen verbunden, und er hat mir auch beigebracht, wie ich mir die Lust selbst besorgen kann.«

»Dann verstehst du die verschlungenen Lüste des Fleisches«, sagte Calliope und ließ sich vor dem Zuber auf die Knie nieder. »Vom ersten Augenblick an wusste ich, meine liebe Mary, dass wir Seelenverwandte sind, was uns zu einer echten Freundschaft bringen wird.«

Sie lehnte sich über den Rand des Zubers und küsste Mary leicht und doch verführerisch auf den Mund. Es war für Mary nicht schockierend, im Gegenteil, es schien ganz natürlich zu sein. Mary schloss die Augen und öffnete die Lippen. Sie gab sich Calliope hin, deren Zunge lebhaft mit Marys spielte. Der Mund war weich wie Samt, und als Calliope eine Hand ausstreckte und Marys Brüste berührte, hielt sich auch Mary nicht länger zurück und schob die Haare zur Seite, um die kleinen festen Brüste der Calliope zu streicheln.

»Noch einen Moment, nur einen Moment, bitte«, murmelte Calliope und begann, den Rest ihrer Kleidung auszuziehen. Sie schwang die bloßen Beine über die Ränder des Zubers und glitt hinein ins Wasser, die beiden Gesichter ganz dicht beieinander. Sie küsste Mary wieder, und die hellen Haare, die über die Oberfläche tanzten, bildeten einen scharfen Kontrast zu Marys dunklen Haaren.

»Das ist ein echter Hingucker«, sagte Calliope und strich mit einer Fingerkuppe über das herzförmige Muttermal. Man sah der Frau an, dass sie fasziniert war von der eigenwilligen Form. »Das ist der Beweis, dass Venus dich auserkoren hat – du bist eine Schwester der geilen Familie.«

»Das hat mein Johnny auch immer gesagt«, murmelte Mary scheu, während Calliope offenbar nicht aufhören konnte, über das kleine Herz zu streicheln. »Johnny hat auch gesagt, dass ich eine Göttin hätte sein sollen.«

»Eine Göttin der Liebe, zweifellos«, raunte Calliope. »Komm, ich werde dich ein wenig verehren.«

Sie beugte sich weiter vor und ließ ihre Brüste über Marys reiben, Nippel gegen Nippel. Überrascht nahm Mary die neuen Emotionen wahr. Sie hatte gedacht, dass sie bei Johnny schon alles über fleischliche Gelüste gelernt hätte, aber jetzt musste sie feststellen, dass sie gerade erst begonnen hatte, die vielseitigen Möglichkeiten zu entdecken.

Während sie sich küssten, fühlte sie, wie Calliopes Hand durch das Wasser zu ihrem Kleinod griff und sanft über die vibrierende Kuppe strich, dann schlüpfte sie mit zwei Fingern hinein in die nasse Passage.

Mary keuchte auf und klammerte sich an Calliope, während die Lust in ihrem Körper noch anstieg. Wer hätte gedacht, dass sie sich von einer Frauenhand so gut fühlen würde?

»Hier, hier, hebe deine Beine an, mein Schatz«, wies Calliope sie mit atemlosem Drängen an.

Das nach Lavendel duftende Wasser spritzte hoch, als Mary ihrer Gönnerin folgte und die Füße gegen den Wannenrand drückte, was Calliope ebenso tat; ihre seidigen Beine waren miteinander verschlungen.

Calliope nahm eine Hand von Mary und führte sie zu ihrem Spalt. Sie zeigte Mary, wie sie gern berührt wurde. Sie neigte sich leicht auf die Seite und rieb sich dann an Marys Schenkel, dann noch ein wenig höher, und sie konnte ihre Muschi auf Marys Schenkel reiten.

Mary folgte ihr, sie wandte sich für einen Moment zur Seite, dann hob sie sich auf den Schenkel Calliopes. Mary stöhnte über das unerwartete Gefühl, das sie sich selbst bescherte, als sie vor und zurück über den Schenkel rieb, verstärkt von den eigenen Muskeln der Innenseite ihres Schenkels.

Calliope grinste breit, sie warf den Kopf zurück und wölbte den Rücken.

»Jetzt zusammen, Mary, wir beide zusammen«, flüsterte sie, als es ihnen gleichzeitig kam. »Oh, meine Liebste, ist das nicht eine köstliche Erfindung?«

Ja, es war eine feine Art, die Lust zu genießen, dachte die staunende Mary, als Welle auf Welle durch ihren Körper schoss und das Badewasser über die Seiten des Zubers spritzte. Es war völlig anders als das, was sie mit Johnny erlebt hatte, aber die fröhliche, durchrüttelnde Erlösung beim Finale blieb gleich; ein Erlebnis, von dem sie nie geglaubt hätte, es mal mit einer anderen Frau zu erleben.

»Na, habe ich es nicht gesagt?« Calliope sah Mary mit einem zufriedenen Lächeln an. »Ich wusste sofort, dass wir zusammenpassen.« Sie langte auf den Boden und hob ihr Weinglas auf. »Ich sehe es immer auf den ersten Blick. Oh, in London werden wir viele gute Zeiten haben.«

»Verzeih mir, bitte«, sagte Mary. »Soll ich auch so eine Kammerzofe sein wie Turner, oder …?«

»Du wirst meine Gesellschafterin sein, kein Dienstmädchen«, rief Calliope. »Wie bist du denn auf die Idee gekommen? Hast du dich noch nie in einem Spiegel betrachtet, meine Liebe? Schönheit, wie du sie hast, darf nicht dienen müssen, und wenn sie mit einer so leidenschaftlichen Natur daherkommt – oh, Mary, ich habe wunderbare Pläne für dich und für uns.«

»Welche Pläne sind das?«, fragte Mary. Sie hatte noch nie von einer Gesellschafterin gehört, aber sie hatte auch noch nicht gewusst, dass eine Frau die andere glücklich machen kann. Und wenn das ihre hauptsächlichen Arbeitsbereiche waren, dann musste sie das als einen gewaltigen Schritt nach oben betrachten, nachdem sie bisher Fisch ausgenommen und Möhren geschält hatte. »Und was wird Mr. Wiles dazu sagen, dass ich deine Gesellschafterin bin?«

»Mr. Wiles?« Calliope lachte lauthals, und wieder spritzte Wasser aus dem Zuber. »Mein Liebling Mary, es gibt so einen Menschen nicht. Ich habe mich nie mit einem Ehemann belasten müssen, und so etwas werde ich mir auch in Zukunft nicht antun, verstehst du?«

Mary schüttelte verwirrt den Kopf. »Ich kann nicht begreifen, wie du in diesem großen Stil ohne Ehemann leben kannst.«

»Oh, Mary, sei nicht so ein langweiliges Landei«, schimpfte Calliope. »Der Earl von Rogersme hält mich aus. Er ist ein feiner, großzügiger Gentleman, und er kümmert sich darum, dass ich sorglos leben kann. Alles fließt von ihm zu mir.«

»Alles?«, fragte Mary verdutzt.

»Mein Haus in London, meine Kutsche, mein Schmuck, mein Logenplatz im Theater, das Geld, das ich für die Zukunft gespart habe, und das Geld, das ich für meine Mutter auf dem Land abgezweigt habe und ihr regelmäßig schicke, und sogar das Essen und Trinken und Schlafen auf dieser Reise zahlt er.« Sie machte eine alles umspannende Handbewegung. »Wie ich schon sagte – alles.«

»Alles«, wiederholte Mary und konnte sich immer noch nicht vorstellen, dass es so einen großzügigen Gentleman gab. »Also wirklich alles«, murmelte sie.

»Ja, alles«, versicherte ihr Calliope mit einem glücklichen Lächeln. »Solange ich Seiner Lordschaft alle heimlichen Wünsche erfülle – und das übernehme ich gern, auch die ausgefallensten – und die Rolle seiner hübschen Begleiterin spiele, damit seine Freunde und auch seine Feinde vor Neid erblassen, wird er gut zu mir sein und mich belohnen.«

»Aber liebst du ihn?«, fragte Mary mit ernster Miene. »Ich meine, um ihm seine Wünsche zu erfüllen, musst du ihn doch lieben, oder?«

»Liebst du mich?«, fragte Calliope und lächelte sie an. »Und doch habe ich dir eine wunderbare Befriedigung verschafft, und du mir, dabei sind wir doch kaum mehr als Fremde.«

Mary errötete, und das war nicht das erste Mal. »Aber das war ... eh, doch etwas anderes.«

»Meinst du? Weißt du, Mary, es ist gar nicht so kompliziert. Um Lust zu geben und zu empfangen, braucht man die Liebe nicht – auch nicht für die Heirat. Liebe kann sinnvoll sein, und sie steuert neue Gefühle bei, aber unbedingt erforderlich ist sie nicht. Du kannst die Liebe für deinen ersten Mann in deinem Herzen bewahren, wo sie wie in einem Tresor schlummert, bis er aus Indien zurückkehrt, meine Liebe, aber der Rest von dir, der Rest deines schönen Körpers gehört dir, und du kannst damit anstellen, was du willst.«

Mary nickte und dachte nach. Sie erinnerte sich, dass Johnny selbst ihr so etwas gesagt hatte. Sie war zwar unerfahren, aber sie war keine Närrin, und sie begann zu begreifen, welches Teufelswerk ihre neue Freundin mit dem ihr unbekannten Earl abgeschlossen hatte. Aber wenn sie sich umschaute und die Vorzüge eines solchen Abkommens erlebte, schienen sie eher ein Geschenk des Himmels als des Teufels zu sein.

»Und du bist eine hinreißende Schönheit, Mary«, fuhr Calliope fort und spielte lässig mit den Fingern um den Weinpokal, dann ließ sie ihn für einen Moment über die Oberfläche des Wassers schwimmen.

»Du darfst das nicht vergessen, und wenn dir mal irgendeiner sagt, dass Schönheit leer sei und keinen Wert habe, höchstens als Weg der Sünde zu betrachten, dann höre nicht hin. Du musst deine Schönheit als dein größtes Talent nutzen. Es unter schmutzigen Kleidern in der Spülküche zu verbergen wäre eine Verschwendung der Talente, die der Herr dir mitgegeben hat. Du hast viel mehr davon, wenn du deine Schönheit nach London bringst, um dort zu erfahren, wie sie sich schon bald bezahlt machen wird. Und du wirst das Hundertfache von dem verdienen, was du als Dienstmädchen verdienen kannst.«

»Ich verstehe, was du meinst«, sagte Mary, völlig beeindruckt von der Klugheit ihrer neuen Freundin. Lady Catherine hatte immer aus der Heiligen Schrift zitiert, wenn sie einen Standpunkt bei ihren Angestellten durchsetzen wollte.

»So ist es, und so wird es bleiben«, sagte Calliope und fuhr mit dem Pokal im Wasser hin und her. »Mein Vater war ein gottesfürchtiger Schneider, verstehst du, und bei jedem Stich fiel ihm ein Zitat aus der Bibel ein, den ganzen Tag lang. Es hat mich genervt. Aber vergiss nie die Geschichte mit dem schwachen Faulpelz, der alle Talente, die der Herr ihm mitgegeben hat, missachtet hat – er wurde in die triste Dunkelheit geworfen, wo es nur Geheul und Zähneknirschen gibt.« Sie lachte. »Ich habe zwar nie verstanden, was das mit dem Zähneknirschen auf sich hat, aber es hört sich schlimm an, deshalb will ich nicht, dass du in deinem Leben jemals mit den Zähnen knirschen musst.«

»Das hoffe ich auch«, sagte Mary grübelnd. Ihr Leben lang war sie den Pfad gegangen, den Lady Catherine ihr vorgegeben hatte, und sie hatte ein Leben der Pflichterfüllung und der Bescheidenheit und Rechtschaffenheit geführt.

Aber dann hatte sie das erste Mal ihr Herz sprechen lassen, und sie war verflucht und verbannt worden – hinaus in das dunkle, unfreundliche Devonshire. Dabei hatte sie immer versucht, eine vorbildliche Dienerin zu sein, und was hatte ihr das eingebracht? Vielleicht war es an der Zeit, dem anderen Pfad zu folgen, vielleicht ein paar Schritte neben der Spur, dann würde sie sehen, ob das Schicksal einen Platz für eine Göttin hatte.

»In London werden die Herren dich umschwärmen«, versprach Calliope ihr. »Du wirst es sehen, Mary. Sie werden auf den Knien zu dir rutschen, und du wirst das Lächeln auf ihren Gesichtern sehen.«

»Bestimmt?« Mary konnte sich das nicht vorstellen, aber es war eine Szene, die sie gern sehen würde. Nur so zum Spaß. »Und sie rutschen auf den Knien zu mir?«

»Ganz sicher«, erklärte Calliope. »Auf den Knien. In London wirst du dir die Männer aussuchen können. Wenn du auf meine Führung hörst, wirst du bis zum Jahresende so bekannt sein wie die Königin.«

Achtes Kapitel

In dem Mary und Calliope eine fröhliche Allianz eingehen, während sie ihre Reise fortsetzen und mit einem tapferen Soldaten in den Nahkampf gehen

Am nächsten Morgen legte Calliope ansprechende Kleider für Mary aus ihrem eigenen Koffer aus. Ihre Maße ähnelten sich, und was für die eine maßgeschneidert worden war, passte auch der anderen. Es gab nur einige wenige Kleider, an denen minimale Veränderungen vorzunehmen waren.

Zuerst legte Calliope ihr ein Unterhemd aus feinstem Leinen an, es war fast durchsichtig und verhüllte nichts, sondern hob Marys intimste Reize besonders hervor. Calliopes Korsette waren Furcht erregende Konstruktionen aus Buckram und Fischbein, dieses eine verborgen unter einem betörenden pinkfarbenen Damast.

Als das Korsett um Marys Körper geschnürt wurde, hatte sich ihre Taille um mehrere Zentimeter verengt. Ihre Brüste wurden hochgedrückt und zusammengepresst. Niemand konnte sich eine verführerischere Frau vorstellen. Reifen aus Weidengeflecht waren auf beiden Hüften angebracht, wodurch die Taille noch schmaler wirkte.

Über diese Reifen schmiegte sich ein Kleid aus glänzendem kirschroten Stoff, mit vielen kleinen Rosen versetzt, und um den tiefen Ausschnitt befand sich ein Streifen aus weißer Spitze. Der schmale Spitzenstreifen setzte sich auch auf den Oberarmen fort. Das führte dazu, dass die kleinsten

Bewegungen, bei einem Gespräch zum Beispiel, voller Anmut wirkten.

Sandalen mit hohen Absätzen verliehen Marys Schritten ein verführerisches Wippen. Sie trug eine Halskette aus Korallen, und kräftige, rote Korallen leuchteten an ihren Ohren und Handgelenken.

Turner übernahm das Frisieren und schuf ein Kunstwerk aus Locken und Knoten, und nur eine einzige Liebeslocke fiel auf Marys Schulter. Auf dem Kopf hatte Turner eine winzige Kappe befestigt, eher ein Streifen von gekräuselter Spitze mit einem flachen Karrenrad aus Longhornstroh, überladen mit gelben Schleifen.

Und so hatte Mary den Gasthof über die dunklen Stufen der Hintertreppe betreten, gekleidet wie ein Dienstmädchen in speckigem Leinen, die Haare geflochten und unter einer schlichten Haube versteckt, in jeder Hand einen Eimer mit siedend heißem Wasser. Aber am Mittag des folgenden Tages schritt sie über die Haupttreppe, geschniegelt und gestiefelt, gepudert und duftend wie die feinste englische Lady, bereit, sich der Welt in neuem Glanz zu präsentieren.

Und die Welt war bereit, sie zu empfangen. Marys seltene Schönheit in ihrem unschuldigen, ungeschminkten Zustand hatte schon immer für Aufsehen gesorgt, ganz egal, wohin sie auch ging, aber dieser frische Glanz und die modische Kleidung erhoben sie zu neuen Höhen.

Der Wirt und seine Ehefrau verbeugten sich vor ihr, als sie mit Calliope hinunterschritt, was sie bisher noch nie getan hatten, als hätten sie ihren Gast noch nie gesehen und als hätten sie sie am Tage zuvor nicht herumgeschubst und beschimpft, wenn sie in der Küche nicht so gespurt hatte, wie sie von ihr erwartet hatten. Die anderen Gäste im Esszimmer erhoben sich auch von ihren Plätzen und verneigten sich, und im Hof, als Mary und Calliope in die Kutsche stiegen, hörten drei Männer mit ihrer Arbeit auf und versuchten, die beiden Ladys in ein Gespräch zu ziehen, was Calliope aber mit einigen scharfen Worten unterband.

»Warum haben wir uns nicht mit ihnen unterhalten?«, fragte Mary, als die Kutsche vom Hof fuhr. »Das waren doch richtige Gentlemen.«

»Und wenn schon«, sagte Calliope und machte eine abweisende Handbewegung. Sie löste die Hutnadeln und machte es sich auf dem weichen Ledersitz gemütlich. »Die Welt ist voller Gentlemen, und wir sind nur zu zweit. Wir können uns nicht mit allen abgeben.«

»Aber Gentlemen ...«

»Sie können nicht erwarten, dass jede Lady sie grüßt«, unterbrach Calliope sie kurz angebunden. »Weil wir schöne Frauen sind und weil sie in erster Linie Männer sind und erst in zweiter Linie Gentlemen, wollen sie natürlich mit uns ins Gespräch kommen. Aber Ladys sprechen Männer, die sie nicht kennen, höchst selten an, deshalb ist es unverfänglicher, sie gar nicht erst zur Kenntnis zu nehmen.«

»Ich verstehe«, sagte Mary, obwohl sie es nicht wirklich verstand. Sie stieß einen Seufzer aus. »Ich muss wohl noch eine Menge lernen.«

»So viel nun auch wieder nicht«, sagte Calliope und hielt die Finger einer Hand hoch, um besser aufzählen zu können. »Ladys werden begehrenswerter, wenn sie sich zurückhalten. Wenn eine Frau wie eine Lady gekleidet ist und über einen halbwegs normalen Menschenverstand verfügt, wird der Gentleman dem Bild glauben, das er sieht, und er wird sie entsprechend behandeln. Ein Gentleman ist immer bereit, mehr anzubieten für das, was er vielleicht nicht haben kann, denn das bringt ihm höhere Achtung bei seinen Freunden.

Siehst du, es ist gar nicht so schwierig, die richtigen Schlüsse zu ziehen.«

Das traf vielleicht auf Calliope zu, aber für Mary, die in den letzten vierzehn Tagen bei allem, was sie unternommen hatte, auf die Nase gefallen war, hörten sich die Regeln der Freundin wie ein Buch mit sieben Siegeln an. Doch sie wusste, dass sie damit fertig werden musste. Sie war entschlossen, den Sinn von Calliopes Weisheiten zu begreifen, wie sie auch entschlossen war, sich an Calliopes Seite ein neues Leben aufzubauen.

Marys Aufklärung wurde fortgesetzt, während die Kutsche durch die grüne Landschaft rollte. Sie erfuhr, dass das, was sie zusammen in der Wanne und danach noch einmal auf dem großen Bett getrieben hatten, als ihre Körper noch feucht waren und süß nach Lavendel dufteten, Tribadie genannt wurde, ein anderes Wort für die lesbische Liebe. Zwei Frauen verwöhnten sich gegenseitig, streichelten sich, rieben ihre Pfläumchen und waren glücklich miteinander.

Calliope vergaß nicht zu erwähnen, dass Praktiken dieser Art von den meisten Menschen verachtet wurden, weil sie nicht zur Fortpflanzung führten, und es konnte sogar geschehen, dass Frauen, die man dabei erwischte, als Hexen beschimpft wurden.

Für Calliope waren die Praktiken nichts anderes als eine amüsante Art, sich die Zeit zu vertreiben, wenn keine geeigneten Männer greifbar waren, aber sie schwor, dass es Frauen gab, die von Natur aus eher für Menschen ihres Geschlechts schwärmten und sie jedem Mann vorzogen.

Sie sagte, dass nicht nur Frauen der Unterschicht zu diesen Möglichkeiten griffen, besonders Huren, die von ihrer Arbeit im Bordell nach Hause kamen und genug von Männern und ihren Forderungen hatten, sondern auch viele echte Ladys, Ehefrauen und Töchter hochgestellter Persönlichkeiten. In vielen Fällen hatten die Ehemänner ihre Frauen aufs Land geschickt, und dort fanden sie manchmal Trost bei anderen alleingelassenen Frauen, während die Ehemänner in der Stadt nach Lust suchten.

»Hast du mich deshalb auch aufgelesen?«, fragte Mary. »Weil Seine Lordschaft dich aufs Land geschickt hat?«

»Oh, das wäre kaum möglich«, antwortete Calliope grinsend. Sie beugte sich vor und langte nach einem kleinen Fach in der Kutschentür. Sie nahm ein Dekantiergefäß heraus. »Außerdem ist Seine Lordschaft mit seiner Familie verreist, und so bin ich zu meiner Familie gegangen. Nein, ich lasse mich von keinem irgendwohin schicken.«

Sie seufzte, dann wechselte sie das Thema. »In Worthington habe ich die Leute über dich quatschen gehört. Alle im Gasthaus haben dich durch den Dreck gezogen. Wie verdorben du bist und Dinge dieser Art. Da wusste ich, dass wir Freundinnen werden könnten. Und nun sind wir es. Himmel! Wie schrecklich langweilig solche Reisen sind! Hast du Durst?«

Mary nickte und lehnte sich aus dem Kutschenfenster. Für sie war das Reisen auf diese Art immer noch ein neues, luxuriöses Abenteuer, und die unterschiedlichen Gegenden, durch die sie fuhren, boten herrliche Aussichten. Und was sie vor sich auf der Straße sehen konnte, war ausgesprochen aufregend, jedenfalls für die beiden jungen Damen, die ihren zwanzigsten Geburtstag noch nicht erlebt hatten.

»Soldaten, Calliope!«, rief Mary begeistert aus. »Das muss eine ganze Kompanie sein, und sie marschieren direkt vor uns!«

»Soldaten?« Sofort beugte sich Calliope aus dem anderen Fenster. Sie kniete sich auf ihren Sitz, damit sie den ganzen Kopf und die Schultern aus dem Fenster stecken konnte. Der Wind verfing sich in ihren Haaren, und die Nadeln lösten sich aus ihren silbernen Haaren. Locken fielen heraus und umspielten ihr Gesicht.

»Oh, ich liebe die Rotröcke, du nicht auch?«

Die Soldaten marschierten in einer schnurgeraden Reihe, sechs Mann nebeneinander, damit sie die ganze Straßenbreite einnehmen konnten. Vorab saßen drei Offiziere auf ihren Pferden. Die Sonne schien auf die glänzenden roten Uniformröcke sowie auf die schneeweißen Breeches. Die Messingknöpfe strahlten wie Gold, und die Pferde der Offiziere paradierten und tänzelten, als nähmen sie an einer Show teil.

Die Kompanie hatte offenbar kein weit entferntes Ziel vor sich, denn die beiden jungen Frauen konnten keine Wagen für Gepäck oder Essen sehen. Die Soldaten waren also unter sich, und es kam Mary so vor, als befänden sie sich unterwegs zu einem Spielplatz für kleine Jungen – oder auf der Suche nach Frauen wie Mary und Calliope.

»So viele«, murmelte Mary seufzend. »Und so viele, die gut aussehen. Alle sind groß und stark.«

»Ich habe gehört, dass sie nach ihrer Größe ausgewählt werden«, sagte Calliope. »Sie sollen sich so ähnlich sein wie Erbsen in einer Schote. Sie suchen Männer und keine Weicheier. Groß, gut aussehend und tapfer. Ich wüsste gern, ob sie sich auch mit dem ähneln, was sie in ihren Breeches tragen.«

»Du meinst ihre Waffen?«, fragte Mary lachend. »Ihre Schwerter?«

»Nein, ihre Säbel«, klärte Calliope sie auf. »Das sind britische Löwen, Mary, und sie sind bereit, ihre strotzenden Waffen zu ziehen, ob nun Speer, Pistole oder Degen. Oh, wenn wir doch nur eine Chance hätten, ihren brennenden Eifer zu prüfen.«

War es ein Wunder, dass die beiden Frauen an ihren Fenstern ausharren wollten? Sie bogen sich vor Lachen über ihre eigenen Witze.

»Wie kommen wir an ihnen vorbei?«, fragte Mary schließlich. Sie näherten sich den Soldaten, und die einzelnen Gesichter wurden deutlicher, und nun konnten sie auch einen Mann vom anderen unterscheiden. »Vielleicht kann der Kutscher über das Gras ausweichen.«

»Wir fahren genau durch die Mitte, wie immer«, sagte Calliope. »Schau mal, sie teilen sich schon. Das ist ein Gefühl wie bei den Israeliten, als Moses die Fluten des Roten Meeres teilte. Sie stellen sich an den Seiten auf. Wir könnten Adlige sein, deshalb müssen sie sich entsprechend verhalten.«

Mary machte den Hals ganz lang und hielt eine Hand gegen die Stirn, um die Augen vor der Sonne zu schützen. »Eher ein Meer von Rotröcken«, sagte sie. »Sollen wir ihnen winken und sie auf uns aufmerksam machen?«

»Oh, ich weiß genau, wie ich sie auf uns aufmerksam mache.« Calliope setzte sich mit den Pumps auf den Sitz und zog den jetzt schon großzügigen Ausschnitt noch ein wenig mehr nach unten. Die festen rosafarbenen Nippel lagen blank, und das weiße Fleisch der Brüste wurde von den Korsettstangen nach oben gedrückt. Sie lachte ausgelassen, wodurch die Brüste munter hüpften.

»Ich bringe ihnen Laune bei«, sagte Calliope. »Keine Augen geradeaus!«

Kichernd wartete sie darauf, dass die Kutsche an den Spalieren der Soldaten vorbeifuhr. Die Helmspitzen bewegten sich rhythmisch auf einer Höhe; sie sahen aus wie die eisernen Spitzen auf Zaunpfählen. Die Kompanie hielt an, während die Kutsche langsamer fuhr. Jetzt schob sich Calliopes Oberkörper blitzschnell durch das Fenster. Ihre hellen Haare wurden vom Wind zerzaust, und ihre Brüste hüpften, als sie fröhlich winkte.

»Hurra, hurra, meine tapferen Burschen!«, rief sie ihnen zu, während die Kutsche an den staunenden Soldaten vorbeizog. »Hurra, meine lieben Freunde!«

Mary wollte sich nicht überbieten lassen und zog ihr Mieder nach unten, um ihre Brüste freizulegen. Dann kletterte auch sie auf den Sitz, um den Soldaten zuzuwinken.

»Ein dreifaches Hurra den tapferen englischen Löwen!«, rief sie. »Hurra, hurra für England und den König!«

Die Sonne wärmte ihre Brüste, und da sie nicht gewohnt waren, den Strahlen und der Brise ausgesetzt zu sein, erhoben sich die Nippel wie von einer unsichtbaren Berührung. Aber viel erregender war noch, dass so viele Männer sie anstarrten, muskulöse, gestählte Männer in schicken Uniformen. Ihre Gesichter zeigten Bewunderung, Vergnügen, Überraschung – und natürlich unverhohlene Lust auf sie. Sie klatschten und johlten und brüllten, als die Kutsche vorbeigerollt war. Mary reagierte auf den Beifall und winkte ihnen zu.

Vor zwei Monaten noch wäre sie vor Scham im Boden versunken, wenn sie auch nur gedacht hätte, sich auf diese Weise zu entblößen. Vor zwei Monaten noch hätte sie eine solche Vorbeifahrt mit gesenktem Kopf über sich ergehen lassen, die Augen geschlossen, genau, wie Lady Catherine es von ihr erwartet hätte.

Und nun versuchte sie, auf den Knien ihr Gleichgewicht in der rumpelnden Kutsche zu halten. Ihre Brüste sprangen wie dickes Obst auf und ab, den Bewegungen der Kutsche geschuldet. Sie fühlte sich als begehrenswerteste Frau des ganzen Königreichs. Sie labte sich an ihrer Macht und am Vergnügen, das ihre Schönheit diesen Männern gegeben hatte.

Ihre vernachlässigte Feige erfreute sich auch an der Wärme und zog sich lustvoll zusammen, was dazu führte, dass ihre Liebessäfte immer reichlicher flossen und die Innenseiten ihrer Schenkel hinabrannen.

Was würden wohl diese grölenden Männer sagen, wenn sie das sehen könnten? Sie hatte einige junge Burschen gesehen, die sie unwillkürlich an Johnny denken ließen. Meist waren es die vollen blonden Haare, die sie an den Geliebten erinnerten, und sie fragte sich, ob sie ihm auch noch an anderen Stellen ähnlich waren. Wie viele von ihnen standen jetzt noch mit sehnsuchtsvoll erhobenen Schwänzen unter den langen Uniformröcken da? Wie viele von ihnen wären wohl bereit gewesen, sie und Calliope damit zu bedienen, wenn sie die Kutsche angehalten und ihre Wahl getroffen hätten?

Schließlich erreichten sie das Ende der fröhlich jubelnden Kompanie, die Kutsche zog weiter und ließ die Soldaten zurück. Mit einem glücklichen Lächeln ließ sich Calliope zurück auf den Sitz fallen und landete direkt neben Mary.

»Oh, das war vielleicht eine Schau!«, rief Calliope erschöpft, aber sie gluckste immer noch. »Hast du schon mal so viele gut aussehende Kerle auf einem Haufen gesehen?«

»Natürlich nicht«, sagte Mary und ließ auch einen langen sehnsuchtsvollen Seufzer hören. »Und jetzt fühle ich mich entsetzlich einsam.«

Calliope lachte und strich über die eigenen Brüste. »Einsam? Nennst du es so?«

»Also gut«, sagte Mary und sah zu, wie ihre Freundin sich über die Nippel strich, sanft mit den Fingerkuppen über die kleinen harten Spitzen fuhr, die sich unter den blonden Haaren versteckten. Es war neu für Mary, dass sie sich auch beim

Zuschauen erregte, und sie seufzte wieder und rieb mit dem Po gegen das weiche Lederkissen ihres Sitzes. »Mir ist warm.«

»Du bist lüstern«, meinte Calliope. Sie hob ein Bein und fuhr mit der Fußspitze unter Marys Röcke. Sie schob sie hinauf bis zum Knie und legte die gelb gestreiften Strumpfhalter bloß. »Sehr lüstern sogar.«

Mary nickte und grinste. »Von Leidenschaft erfasst«, schlug sie vor.

»Lüstern«, beharrte Calliope und drückte einen ihrer Nippel, wie man eine Beere drückt, wenn man ihre Süße und Reife feststellen will.

»Entflammt.«

»Feuer fließt durch deine Adern.«

»Und jeder Mann würde sich an dir verbrennen, wenn er dich anfassen würde«, sagte Mary.

»Lasziv.«

Mary lachte. »Oh, das Wort kenne ich nicht. Das muss ich mir merken.«

»Hier ist noch eins«, sagte Calliope und hob ihre Augenbrauen. »Libidinös.«

»Wo lernst du all diese Wörter?«, fragte Mary lachend. Sie konnte nicht sagen, ob die Wörter selbst so erregend wirkten oder ob es an der Art lag, wie Calliope sie aussprach.

»Von Seiner Lordschaft«, antwortete sie. »Er ist ein kluger, gebildeter Gentleman, und es amüsiert ihn ohne Ende, mir neue Begriffe für alte Dinge beizubringen, besonders, wenn es sich um unanständige ... Warum halten wir an?«

»Ich weiß es nicht.« Mary hatte keine Ahnung, was den Kutscher veranlasst hatte, die Fahrt zu drosseln, und so hob sie das Mieder wieder an, bevor sie aus dem Fenster schaute. »Ach, da ist noch ein Soldat.«

Calliope brachte ihre Kleidung auch wieder in Ordnung und steckte den Kopf weit aus dem Fenster, weil sie zum Kutscher schauen wollte. »Warum halten wir an, Smithson? Welchen Grund gibt es dafür?«

»Verzeihen Sie, Ma'am, aber ich habe das zu verantworten.« Ein Lieutenant trat von der Kutsche zur Seite, damit Calliope ihn sehen konnte. Er verbeugte sich steif, und sein Gesicht war fast so rot wie sein Uniformrock. »Ich bin vorgeschickt worden, aber ich habe mein Pferd lahm geritten und musste den Rest des Weges zu Fuß zurücklegen. Wenn Sie gestatten, Ma'am, möchte ich Ihnen gern Gesellschaft leisten und mit Ihnen nach Tilham reisen, der nächsten Stadt auf diesem Weg.«

»Oh, Himmel!«, rief Calliope und zeigte ein überraschtes Gesicht. »Haben Sie vom König selbst diese Order erhalten?«

Die Wangen des Leutnants verfärbten sich noch ein wenig dunkler. Er war jung, wahrscheinlich kaum älter als Calliope und Mary, aber es war ihnen auch klar, dass er ihnen unterlegen war, was weltliche Erfahrungen anging. Sein kindliches Kinn zeigte nur einen Hauch von Flaum, und seine Stimme brach, obwohl er sich alle Mühe gab, sie zu kontrollieren. Seine Fingernägel sahen abgenagt aus.

»Meine Anordnungen kommen von meinen Vorgesetzten, Ma'am«, sagte er vorsichtig, »man kann also sagen, dass sie auf die Krone zurückgehen.«

»Dann müssen wir Ihnen gehorchen, nicht wahr?«, sagte Calliope und schaute ihn mit weit geöffneten Augen an. »Ich würde es nie wagen, mich einem Offizier Seiner Majestät in den Weg zu stellen.«

»Danke sehr, Ma'am.« Er berührte die Krempe seines schwarzen Huts und begann, neben den Kutscher auf den Sitz zu klettern.

Aber Calliope wollte davon nichts wissen. »Nein, Sir, nein. Das kann ich nicht zulassen. Ich würde niemals einen treuen Diener des Königs draußen fahren lassen. Sie müssen in der Kutsche reisen. Miss Wren und ich heißen Sie herzlich willkommen.«

Sie gab dem Kutscher einen knappen Wink, und der sprang eifrig vom Bock und öffnete dem Lieutenant die Tür, wodurch auch er einen einladenden Blick auf Mary und Calliope erhaschen konnte.

»Verzeihen Sie, Ma'am, aber das konnte ich ja nicht ahnen«, sagte er und schluckte so heftig, dass sein Adamsapfel auf und ab glitt. »Ich kann das nicht annehmen.«

»Oh, doch, das können Sie«, sagte Mary leise. Sie hatte den Fächer aus der Tasche gezogen, und jetzt öffnete sie ihn langsam, Blatt für Blatt, und lächelte den Offizier über dem Fächer geheimnisvoll an. Diese verführerische Geste hatte sie von Calliope gelernt. »Sie stören uns überhaupt nicht. Sie sind unser Gast. Unser ehrenwerter, tapferer Gast.«

Er ließ einen gewürgten Laut hören, der sein ganzes Unbehagen ausdrückte. Seine Hand verkrampfte sich um den Griff seines Degens. Da er vorausgeritten war, wusste er nichts von dem unglaublich frivolen Benehmen der beiden Frauen, als sie an der Kompanie vorbeigefahren waren. Für ihn waren die beiden das, was sie zu sein schienen, zwei junge, unschuldige Frauen in ihrer Kutsche.

Marys Lächeln wurde breiter. Dies war fast zu einfach, aber auch so vergnüglich, dass sie sich kaum traute, Calliope anzusehen. »Bitte, kommen Sie mit uns, Sir. Wir würden uns viel sicherer fühlen, einen tapferen Soldaten als Schutz zu haben.«

»Bitte, Sir.« Calliope streckte sich und legte eine Hand auf seinen Arm, und ihre Finger zitterten leicht, als wollten sie ihm signalisieren, wie verzweifelt sie war. »Ich würde nur ungern Ihren Vorgesetzten sagen, dass Sie es abgelehnt haben, die Bitten zweier Ladys um Schutz zu erfüllen. Bitte ... oh, ja, bitte, helfen Sie uns ... helfen Sie mir und reisen Sie mit uns.«

Unauffällig hob Mary den Fächer über den Mund, um ihr Lachen zu verbergen, das um ihre Lippen spielte. Aber der Offizier hatte endlich aufgegeben und erhörte ihr Flehen, oder vielleicht hatte er auch die Verlockung erkannt, die sich ihm bei den beiden Damen bot.

Er kletterte in die Kutsche, der Kutscher schloss die Tür, und dann ging die Reise weiter. Calliope drückte sich in die Ecke ihres Sitzes, und er nahm dankend den Platz neben ihr an. Er spielte nervös mit der Scheide seines Degens, als wäre sie ein Schutzzaun zwischen ihm und der Frau.

»Wenn Sie uns nur bis Tilham begleiten, Sir, dann haben wir keine Zeit für viele Umstände.« Calliope schob die Degenscheide zur Seite, damit sie näher zu ihm rutschen konnte. Ihr Schenkel drückte sich gegen seinen. »Ich heiße Calliope, Sir, und es freut mich, Ihre Bekanntschaft zu machen.«

»Und ich bin Mary.« Mary wechselte ihren Platz und rückte auf die andere Seite des Lieutenants. »Gern zu Ihren Diensten, Sir.«

»Eh ... ja, und ich bin ganz der Ihre«, brachte er scheu heraus. Er versuchte eine Verbeugung im Sitzen, wobei seine Kappe vom Kopf fiel.

»Ach, das müssen Sie gar nicht«, sagte Mary, hob die Kappe auf, bevor er sich bücken konnte, und legte sie auf den leeren Sitz neben ihrem. »Jetzt können wir Ihr tapferes, schönes Gesicht viel besser sehen, Lieutenant ...«

»Lieutenant Alfred Hunt, die Damen.« Er gluckste nervös, und sein Blick huschte von der einen jungen Frau zur anderen. »Entschuldigen Sie, dass ich etwas schwerfällig war, aber das ist eine verwirrende Begleitung, eh?«

»Ja, ganz sicher«, schnurrte Mary und legte ihre Hand wie aus Versehen auf seine Schulter, während sie noch ein wenig näher rutschte. »Aber das Vergnügen liegt nur bei uns. Ich würde wetten, dass ein so gut aussehender Gentleman wie Sie mehr Freundinnen hat, als er zählen kann.«

»Darauf kannst du dich verlassen«, warf Calliope ein und legte ihre Hand auf seinen Schenkel. Die Finger spreizten sich, während sie mit der Hand auf und ab strich. »Ein Gentleman wie der Lieutenant wird von den Damen umschwärmt.«

»Kein Wunder, dass ich nach Luft ringen muss, seit ich hier neben ihm sitze.« Mary lächelte ihn an. Der arme Bursche wusste kaum noch, was er tun sollte. Eifer und Erregung nahmen ihn mit, und kleine Schweißtropfen bildeten sich auf seiner Stirn und auf den Brauen.

Mary fiel es seltsam schwer, die Rolle der Draufgängerin zu spielen. In der Vergangenheit, mit Johnny und den anderen, hatten die Männer sie geführt, aber dies hier ... das machte Spaß. Sie verstand, warum Calliope ihn eingeladen hatte, sie zu begleiten. Aber Tilham war nicht mehr weit entfernt. Ihnen blieb nicht mehr viel Zeit.

»Ich bin auch ganz aufgeregt, Lieutenant.« Mary nahm seine Hand – eine klamme, fleischige Pfote, aber das war egal, und legte sie auf ihre Brust und hielt sie da. »Fühlen Sie, wie schnell mein Herz schlägt, Sir?«

Was er fühlte, war nicht ihr Herz, jedenfalls wurde ihm das nicht bewusst, als sich seine Finger in das saftige Fleisch gruben. Seine Hand füllte sich mit dem weichen, runden Gewicht ihrer Brust. Instinktiv grub seine Hand tiefer und glitt unter das Mieder, bis er die nackte Haut streicheln konnte. Der Nippel härtete sich sofort gegen seine raue Handfläche.

Er hatte noch nie etwas von Finesse gehört, und sehr geschickt war er auch nicht, aber es war trotzdem die ersehnte Berührung eines Mannes, und sie erinnerte sich an John Lyon und musste daran denken, was sie mit ihm verloren hatte.

Aber bevor sie sich in ihren traurigen Gefühlen wälzen konnte, küsste er sie, es war ein sehr nasser Kuss, der eher geeignet war, sie zu ertränken als zu verführen. Sein Mund schnappte sich ihre Lippen und kaute darauf herum, als hätte er noch nie zuvor geküsst. Erst als sie den Kuss erwiderte und ihm zeigte, was sie von ihm erwartete, fand sie, dass er ein strammer Soldat war, eifrig bemüht, seine Attacke zu reiten.

Aber noch gab er sich mit seinem Kuss ab und mit allem, was er damit verbinden konnte. Er ruckte gegen sie, rieb sich an ihr und stieß seine Zunge voller Kraft in ihren Mund. Dabei keuchte er seltsam, als hätte er irgendwie vergessen zu atmen, weil ihn der Kuss zu sehr beschäftigte.

Unerfahrenheit konnte viel entschuldigen, aber das nicht. Während ihre Lippen noch miteinander rangen, öffnete Mary ein Auge, um sich zu vergewissern, ob Calliope vielleicht der Grund für sein seltsames Verhalten war.

Das traf tatsächlich zu. Überrascht begriff Mary, dass Calliope den Hosenlatz der Uniformhose des Lieutenants geöffnet und seinen Schwanz herausgeholt hatte, ein langes, gut in der Hand liegendes Exemplar.

Aber Calliope war nicht damit zufrieden, die stramme Armee-Muskete nur zu streicheln und zu reiben. Nein, Calliope hatte den Kopf in seinen Schoß geborgen und so viel des Schafts im Mund aufgenommen, wie sie fassen konnte. Der silberne Kopf hüpfte auf und ab, während sie den Penis des Soldaten so tief wie möglich in die Kehle saugte.

Fasziniert öffnete Mary auch das andere Auge. Kein Zweifel, dass Calliope diese Demonstration als weiteren Teil von Marys Ausbildung (vielleicht auch als Erfahrung für den Lieutenant) betrachtete. Wer hätte sich vorstellen können, dass eine solche Aktion überhaupt möglich wäre? Genoss ein Mann diese Behandlung mehr, als sich im Fötzchen einer Frau auszutoben, oder war dies nur eine weitere Variante der sexuellen Spielchen, ähnlich dem Treiben mit einer anderen Frau?

Calliopes Lippen spannten sich über das Glied des jungen Offiziers, das stark geschwollen war und von ihren geschminkten Lippen purpurn glänzte. Es stieß immer wieder in den willig geöffneten Mund.

Ihre Finger hielten ihn an der Wurzel gepackt und spielten mit seinen Bällen. Wie seine Hüften vor und zurück ruckten und wie sie sich beim Zustoßen aus dem Sitz erhoben, stand für Calliope fest, dass der Soldat sich seiner Krise näherte.

Abrupt löste er sich von Marys Mund, und sein Gesicht war verzerrt, als litte er starke Schmerzen. Seine Finger verkrampften sich so heftig um ihre Brust, dass sie überrascht aufschrie, und genau in diesem Moment begleitete er seinen Erguss mit einem donnernden Röhren. Er bewegte seine Arme wie Dreschflegel, seine Beine zitterten, aber Calliope hielt ihn fest und nahm alles brav in ihrem Mund auf.

Entsetzt schien er erst eine Weile später zu realisieren, was er getan hatte, und so schnell er konnte, zog er sich aus ihrem Mund zurück.

»Oh, verzeihen Sie, Ma'am. Das heißt, ich muss mich bei Ihnen beiden entschuldigen«, stammelte er, und hektisch griff er nach seinem Glied, das inzwischen abgeschlafft zwischen seinen Schenkeln lag, und stopfte es zurück in die Breeches.

Calliope lächelte verwegen und wischte sich den Mund mit einem Taschentuch ab, das mit Spitze umsäumt war.

»Sie brauchen sich für nichts zu entschuldigen, Sir«, sagte sie. »Es sei denn, Sie finden es unpatriotisch, dass ich Ihnen Ihr Vergnügen auf die französische Art besorgt habe. Wenn das Ihre Sorge sein sollte, dann können Sie Ihren Freunden sagen, dass Sie zwei englische Ladys getroffen haben, die bereit sind, ihre Loyalität zur Krone zu demonstrieren.«

Die Kutsche hatte angehalten, und der Fahrer klopfte aufs Dach. »Tilham, Ma'am.«

»Ich muss gehen«, sagte der Lieutenant und stieß die Tür auf. Er stolperte die Stufen hinunter. Seine Hemdzipfel lugten noch aus der Hose, und die Scheide des Degens klopfte gegen seinen Oberschenkel. Es war ein Glück für ihn, dass seine Vorgesetzten nicht da waren, um ihn zu begrüßen, denn sie hätten sofort gewusst, was er getrieben hatte.

»Ihre Kappe, Sir«, rief Mary ihm nach und streckte den Arm hinaus, um sie ihm anzureichen. Sie musste noch ihr Mieder richten, das er aus der Fasson gebracht hatte, und als er die Kappe nahm, starrte er wie ein verzauberter Mann auf ihre Brüste. Die Augen blickten verschwommen, und Speichel rann aus einem Mundwinkel.

»So, jetzt können Sie Ihre Kleidung richten.« Mary versuchte nicht zu lachen. Sie nahm ihm die Kappe wieder ab und setzte sie quer über seinen Kopf, dann strich sie mit den Händen über seinen Uniformrock, damit er so adrett wie möglich aussah. »Sie haben Nachrichten zu überbringen, nicht wahr?«

»Ja, Ma'am.« Er schüttelte sich ein wenig, was Mary an einen Hund erinnerte, und verbeugte sich dann. »Ja. Natürlich. Stets zu Diensten, Ladys, und noch einen guten Tag.«

Sie schauten ihm nach, wie er sich müde über die Straße

schleppte, aber er konnte nicht verhindern, dass er ermattet aussah, was das Recht jedes Mannes war, der sich auf diese Weise verausgabt hatte.

Mary seufzte, während sie ihr Mieder richtete. »War das wirklich die französische Art, oder ist das deine eigene Erfindung gewesen?«

»Nicht einmal ich habe das erfunden«, sagte sie und strich mit der Zunge über ihre Lippen. »Ich habe gehört, dass es die einzige Art ist, in der die Franzosen miteinander verkehren. Aber englische Gentlemen mögen diese Art ebenfalls, jedenfalls als Abwechslung, und du solltest sie dir auch aneignen, denn sie gibt dir die Macht über die Männer und ihre Schwänze.«

»Mag Seine Lordschaft es auch auf diese Weise?«, fragte sie neugierig.

»Er ist ein Mann, nicht mehr und nicht weniger. Natürlich gefällt ihm diese Variante.« Calliope hob die Schultern. Sie schaute immer noch dem Lieutenant nach. »Denk doch nur mal an unseren Burschen von eben. Was für eine Geschichte er heute Abend seinen Kameraden zu erzählen hat!«

»Sie werden ihm kein Wort glauben.« Mary lächelte listig. »Oder vielleicht glauben sie ihm. Dann werden wir berühmt. Die geilen Weiber von Tilham.«

»Ach, lieber nicht«, knurrte Calliope. »Warte nur, bis wir in London sind, dann, Miss Wren, wirst du erfahren, was es heißt, berühmt zu sein.«

Neuntes Kapitel

In dem Mary endlich
in der großen Stadt von London ankommt &
die Sehenswürdigkeiten kennen lernt,
auch die in Mrs. Wiles' Schlafzimmer

Vor dieser Woche waren Marys Erfahrungen mit städtischem Leben die wenigen Häuser und Geschäfte, die sie in Worthington gesehen hatte. Nichts hatte sie auf London vorbereiten können, und als die Kutsche sich langsam der großen Stadt näherte, begriff sie, wie wenig sie von der Welt wusste.

»Ich hasse diesen letzten Teil der Reise«, schimpfte Calliope und plumpste in den Polstersitz. Sie kreuzte die Arme über der Brust, ein Bild absoluter Langeweile. »Ich wette, wir könnten zwanzig Meilen irgendwo auf dem Land zurücklegen in der Zeit, die es braucht, zwanzig Schritte in der Stadt zu schaffen. Nicht, dass ich je auf die Idee käme, aber zu Fuß ist man fast schneller als mit der Kutsche.«

»Ich habe noch nie so viele Menschen auf einem Haufen gesehen«, murmelte Mary und schaute fasziniert aus dem Fenster. »Ich habe in meinem ganzen Leben noch nicht so viele Menschen gesehen.«

Die Geschwindigkeit der Kutsche näherte sich der Nullgrenze, obwohl der Kutscher sein ganzes Geschick einsetzte, um die Pferde durch die Menge zu manövrieren, die alle Straßen zu besetzen schien. Nicht nur, dass die Wege schmaler geworden waren, sie wurden auch von einer Unzahl von Häusern, Geschäften, Tavernen und Kirchen begrenzt. Und alle Menschen der Stadt schienen sich am gleichen Ort zusammengefunden zu haben.

Mary sah Karren, vollgeladen mit Körben voller Äpfel, und andere mit Käfigen, in denen schnatternde Gänse eingesperrt waren, unterwegs zu den Märkten der Stadt, und andere Wagen kamen ihnen entgegen, beladen mit Kisten von Schiffen, die Güter aus fernen Ländern enthielten.

Der Lärm war entsetzlich; die frustrierten Fahrer beschimpften sich gegenseitig, und alle schimpften auf die Fußgänger. Zum wilden Getöse trugen auch die langen Messinghörner bei, mit denen die Kutschen ausgerüstet waren, und natürlich die Schreie des verängstigten Viehs, das durch die Straßen zum Markt getrieben wurde.

Postkutschen, Eselskarren und Kaleschen, die nur von einem Pferd gezogen wurden, sowie viele einzelne Reiter rangen um ihren Platz auf der Straße, und mittendrin Calliopes Kutsche. Aber die Fußgänger waren in der Überzahl; Melkerinnen, die ihre hohen Kannen auf dem Kopf balancierten; Laufburschen mit einem Papierbündel unter den Armen, auf dem sie sich die verschiedenen Aufträge notiert hatten; tätowierte Seemänner mit ihren geteerten Haarzöpfen und ihrer Habe in Segeltuchsäcken auf dem Rücken; Hausierer und Lumpensammler, Näherinnen und Schreiner, Fiedler und Bauerntöchter, alle auf dem Weg in die größte Stadt des Königreichs.

»Wohin sind die wohl alle unterwegs?«, murmelte Mary. »Ich meine, haben die alle ein Zuhause in dieser Stadt?«

»Ich weiß es nicht, und es ist mir auch egal«, sagte Calliope barsch und verächtlich. »Solange sie nicht vor meiner Tür auftauchen, interessieren sie mich nicht. Das heißt, falls ich meine Haustür je wiedersehe. Bei diesem Schneckentempo werden wir nicht vor Einbruch der Dämmerung zu Hause sein, und dann bleibt mir wenig Zeit, um mich für Seine Lordschaft vorzubereiten.«

»Wird Seine Lordschaft heute Abend vorbeikommen?«, fragte Mary. Seit sie sich Calliope angeschlossen hatte, war sie neugierig auf den Mann geworden, denn sie hatte viel über den Gönner ihrer Freundin gehört, aber wenig Konkretes. Sie freute sich darauf, den Earl kennen zu lernen.

»Ja, das wird er«, sagte Calliope. »Heute ist Dienstag, und dienstags diniert er immer mit seiner jüngeren Schwester. Er muss Ausreden erfinden, um anschließend nicht mit seinem widerlichen Schwager trinken zu müssen, und kommt stattdessen zu mir. Ich unterhalte ihn dann bis genau drei Uhr morgens, dann kehrt er nach Hause zurück. Seine Lordschaft ist pünktlich und zuverlässig wie die Glocken von Westminster. Solche Eigenschaften lobe ich mir bei einem Mann.«

»Mir dauert es zu lange, bis ich ihn kennen lerne«, rief Mary aufgeregt. »Ich habe noch nie einen richtigen Earl gesehen, und erst recht ist mir noch keiner vorgestellt worden.«

»Nun, heute wirst du auch keinen sehen«, sagte Calliope. »Seine Lordschaft hat es mir seit zwei Wochen nicht mehr besorgt, deshalb nehme ich an, dass er heute Abend besonders feurig sein wird. In einer solchen Stimmung hat er keinen Sinn für andere Gesellschaft. Außerdem weiß ich noch nicht, wie ich dich ihm erklären soll.«

»Erklären soll?«, wiederholte Mary, mehr als ein wenig verletzt. Sicher, ihre Freundschaft war von kurzer, wenn auch stürmischer Dauer, aber sie hatte geglaubt, ihre gegenseitige Zuneigung bräuchte keine Erklärung. »Was gibt es denn da zu erklären?«

»Nun, alles.« Calliope blinzelte mit ihren großen blauen Augen, in denen Verständnislosigkeit stand. »Ich kann nicht einfach mit dir auftauchen und nur sagen, dass ich dich auf der Straße aufgelesen habe.«

»Aber das ist die Wahrheit!«

»Ja, aber wer würde das glauben?«, fragte Calliope. »Das ist vielleicht eine akzeptable Erklärung für Moses im Binsenkörbchen, aber nicht für eine Person in deiner Größe und mit deinen Reizen.«

Mary sagte nichts, sie war zu überwältigt von ihren Gefühlen, um sprechen zu können. Sie hatte diesen Aspekt ihres Zusammentreffens noch gar nicht bedacht. Warum sollte sie auch? Als ausgesetzter Säugling war sie von Lady Catherine aufgenommen worden, aber sie hatte bisher nicht darüber nachgedacht, dass auch ihre neue Freundin sich als ihre Gönnerin betrachtete.

In ihrem kurzen Leben zweimal verstoßen und zweimal aus Wohltätigkeit gerettet zu werden war kaum eine angenehme Enthüllung, die ihr da ins Gesicht geschmettert wurde.

»Verzeihen Sie, Ma'am, dass ich so viel Ihrer Zeit in Anspruch genommen habe«, sagte sie mit zittriger Stimme. »Mir war nicht bewusst, dass ich eine solche ... nun ... Last für Sie bin, und ich bin gern bereit ...«

»Ach, nun stell dich nicht so an«, unterbrach Calliope sie heftig. »Du gehst nirgendwohin. Ich meine nur, wenn wir dich auf die richtige Weise in London einführen wollen, müssen wir dich darauf vorbereiten. Die Welt wird sich nur einmal für dich interessieren, dann ist das Interesse an der Neuen weg, ganz egal, wie schön du bist.«

»Oh«, sagte Mary und schnüffelte aufgeregt. »Das ist was anderes.«

»Ja, das ist es«, sagte Calliope versöhnt. »Zuerst müssen wir uns einen neuen Namen für dich ausdenken. ›Mary Wren‹ klingt nach Trockenheit und Tugend.«

»Das hatte Lady Catherine auch beabsichtigt.«

»Sie hat einen bewundernswerten Riecher«, sagte Calliope. »Kannst du dir vorstellen, der Earl würde sich in eine schlichte Jane Greene ebenso stürmisch verlieben können wie in eine Calliope Wiles?«

Mary schüttelte den Kopf. Sie konnte sich auch nicht vorstellen, dass die überirdisch schöne Calliope auf den Namen Jane hörte.

»Kann ich mich Marianna nennen?«, fragte sie scheu und erinnerte sich an die Heldin eines Liebesromans, der vor einiger Zeit unter dem Personal von Worthy Hall die Runde gemacht hatte. »Der Name hat mir immer gefallen.«

»Marianna«, murmelte Calliope, dachte nach und sprach den Namen wieder aus, als wollte sie ihn auf ihrer Zunge testen. »Marianna. Marianna. Kein schlechter Anfang. Meine liebe Marianna. Hört sich gut an. ›Darf ich dir meine Cousine vom Lande vorstellen, Miss Marianna Wren?‹«

Mary – oder Marianna, die sie in diesem Moment wurde – lachte und klatschte vor Entzücken in die Hände. »Ich fühle mich sehr geehrt, Mrs. Wiles.«

Calliope blinzelte. »Ich auch, Miss Wren. Aber das ist erst der Anfang. Um mehr als begehrt zu werden, musst du Jungfrau sein. Nichts lässt einen Gentleman großzügiger sein als eine Jungfrau vom Lande.«

»Aber ich bin keine Jungfrau mehr«, rief Marianna und war überrascht, dass Calliope überhaupt auf diesen Gedanken kam. »Das weißt du doch.«

»Ja, aber der einzige Gentleman, der das weiß – dein Mr. Lyon –, ist unterwegs nach Indien«, hielt Calliope entgegen. »Die anderen werden es glauben, weil sie es glauben wollen und weil du eine Aura von Unschuld ausstrahlst. Du brauchst nur eine Spülung mit Alaunwasser, um deine Passage wieder enger zu machen. Das ist ganz einfach, und die armen dummen Kerle werden nichts merken.«

Mary runzelte die Stirn und ließ sich das, was ihre Freundin sagte, durch den Kopf gehen. Sie dachte, sie wäre mehr als willens gewesen, die Restriktionen abzulegen, die Lady Catherine ihr eingebläut hatte, aber einige der neuen Freiheiten, die Calliope ihr anbot, belasteten ihr Gewissen mehr als andere.

»Es scheint nicht fair, so zu lügen«, sagte sie schließlich.

Calliope seufzte ungeduldig. »Ist der Gemüsehändler auf dem Markt, der seine Orangen in Wasser einlegt, damit sie fülliger aussehen, unfair? Ist der Fleischer, der seine Koteletten so hinlegt, dass sie größer und dicker scheinen, unehrlich? Oder der Händler, der seine Wolle so besprüht, dass sie wie Seide aussieht? Das alles gehört zum Geschäft, meine Liebe, und jeder erwartet das mehr oder weniger.«

»Aber sollte ein Gentleman sich nicht in mich verlieben, so, wie ich bin, und nicht, wie er mich gern hätte?«

»Es ist nicht anders als deine Frisur aufzuhübschen oder ein besonders schönes Kleid anzuziehen«, sagte Calliope. »Oder willst du mal ausprobieren, wie viele Gentlemen hier in London einen Blick auf dich werfen, wenn du alte, verschmutzte Kleidung eines Dienstmädchens anziehst und deine verdreckten grauen Haare wie eine Melkerin nach hinten kämmst und in einem Dutt zusammenfasst?«

Sie beugte sich vor und legte eine Hand auf Mariannas Knie. »Ich weiß, es mag sich schräg anhören, aber so läuft das nun mal in der Welt. Die Gentlemen wissen, dass sie auf eine gewisse Weise von uns Frauen getäuscht werden, aber dann denken sie an die Schönheit ihrer Ehefrauen, an ihre klugen Kinder oder daran, wie tapfer sie sich in der Schlacht geschlagen haben, an der sie gar nicht teilgenommen haben. Oder an die gute Figur, die sie bei ihrer Rede im Oberhaus gemacht haben.«

»Das stimmt«, sagte Marianna bedächtig. »Gentlemen sagen nicht immer die Wahrheit. Und sie benehmen sich auch nicht immer ehrenvoll.«

Calliope schniefte und hielt ihre Verachtung nicht zurück. »Fast nie«, sagte sie. »In Liebe und Vergnügen ist alles fair, Marianna. Ich habe meine Jungfernschaft dreimal verloren, an drei verschiedene Gentlemen, und nur der erste dieser Herren brachte mir nichts als Schwierigkeiten. Ah, hier sind wir. Mein eigenes kleines Haus.«

Die Kutsche hielt an, und der Fahrer öffnete die Tür. Die kleine Metalltreppe schwang herum. Calliope sprang hinunter, und man spürte, wie sehr sie sich freute, zu Hause zu sein. Marianna ließ sich etwas mehr Zeit und starrte hoch, um ›das kleine Haus‹ der Freundin zu betrachten.

In Mariannas Augen handelte es sich um ein unbeschreiblich elegantes Haus, drei Etagen in einem weißen Stein, mit drei Reihen schmaler gewölbter Fenster, einer weißen Marmortreppe und einer schwarz glänzenden Tür mit einem leuchtenden Messingklopfer.

»Das gehört dir?«, fragte sie und konnte es kaum glauben. »Du wohnst hier? Du allein?«

Calliope schaute hoch und hielt mit einer Handfläche den Hut fest. »Abgesehen vom Personal lebe ich dort allein. Und natürlich mit Seiner Lordschaft, wenn sie mich besucht. Und jetzt wohnst du auch noch da. Komm, ich zeige dir, wie es drinnen im Haus aussieht.«

Sie nahm Mariannas Hand und führte sie hinein, an einer Parade sich verbeugender oder knicksender Diener und Dienerinnen vorbei und die geschwungene Treppe hinauf.

»Dies ist mein Schlafgemach«, sagte sie, als sie die erste

Tür öffnete. Sie lief ins Zimmer und warf sich auf ihr Bett, dann schaute sie Marianna an und lachte. »Jetzt verstehst du, warum mich diese entsetzlichen Gasthöfe zu nerven begannen. Ist dies nicht ein entzückendes Gemach?«

»Oh, ja, das ist es«, hauchte Marianna, die sich mit großen Augen im Zimmer umsah. »Ja, wirklich.«

Ein solches Schlafgemach hatte sie noch nie gesehen. Alles im Zimmer war in verschiedenen Schattierungen von Silber und Rosa gehalten – jene Farben, die Calliope auch an sich selbst bevorzugte. Den größten Raum nahm natürlich das Bett ein, es stand leicht erhöht da, sodass man glauben konnte, es wäre eine Bühne oder stünde im Schaufenster eines feinen Geschäfts.

Wenn man bedachte, wie Calliope an das Haus geraten war, schienen solche Gedanken durchaus angemessen zu sein, und wie auf der Bühne oder im Schaufenster hingen von der Bettdecke die rosafarbenen Quasten herab, und die Schnitzereien in den Bettpfosten waren mit silbernen Amoretten ausgeschmückt, als sollten sie auf ihre eigene Weise auf den wertvollen Preis hinweisen, der (meistens) im Bett lag.

»Dir gefällt also mein Bett?«, fragte Calliope grinsend, trat die Schuhe von den Füßen und schob sich auf dem Bett höher, bis sie mit dem Kopf in den Berg von mit Federn gefüllten Kissen fiel. »Das ist meine Domäne, mein Königreich, mein Himmel auf Erden.«

Sie lachte wieder, dann rutschte sie vom Bett und trippelte auf den Strümpfen zu Marianna, nahm sie bei der Hand und sagte: »Komm, komm! Wenn ich schon eine vorbildliche Gastgeberin für meine liebe Cousine vom Lande sein will, muss ich dich zu deinen beiden Zimmern führen, um ganz sicher zu sein, dass du mit allem zufrieden bist.«

Mariannas Schlafzimmer befand sich direkt neben Calliopes, und wenn auch das Bett aus Mahagoni nicht ganz so elegant war und die Farbe Blau vorherrschte, so war das Zimmer viel moderner ausgestattet als jedes auf Worthy Hall.

»Das soll für mich sein?«, fragte Marianna verwundert und strich leicht und nur mit den Fingerspitzen über das glänzend polierte Holz der Frisiertoilette, als fürchtete sie, von der Großartigkeit des Möbelstücks versengt zu werden. »Du willst mich hier als deinen Gast aufnehmen?«

»Ja, doch«, antwortete Calliope strahlend. »Und du bist überhaupt erst mein erster Gast. Seine Lordschaft ließ mich erst vor vier Monaten hier wohnen, deshalb sind auch alle Möbel so neu.«

Beinahe scheu suchte sie in Mariannas Gesicht nach einer Reaktion. »Gefällt es dir? Ist es so, wie du es dir vorgestellt hast?«

»Wie könnte es anders sein?« Überwältigt zog Marianne ihre Freundin in die Arme und drückte sie an sich. »Du hast mir eine wunderbare Freundschaft gezeigt.«

»Oh. Marianna«, rief Calliope und küsste sie auf die Wange. »Ich gebe dir doch nur, was du verdienst.«

Tränen der Dankbarkeit quollen in Mariannas Augen auf. »Aber du kennst mich doch kaum.«

»Ich weiß genug«, sagte Calliope und strich mit einer Handfläche liebevoll über die Wange der Freundin. »Zuerst habe ich nur auf ein Bauchgefühl reagiert, das war mir bewusst, aber ich wollte dich nicht länger im Kummer ertränkt sehen, nur weil du so unsterblich verliebt bist. Du bist eine schöne Unschuld, und die schönen unschuldigen Mädchen landen oft in ziemlich widerlichen Gegenden in London. Du wärst vielleicht aus dem Worthington Bus ausgestiegen und wärst sofort von einem Bordellbesitzer in Empfang genommen worden, den du als solchen gar nicht erkannt hättest – bis du dich in einem Käfig irgendwo in Covent Garden wiedergefunden hättest, nackt, halb betäubt und eingesperrt. Dein Besitzer hätte dich gezwungen, jeden pockennarbigen Bastard zu ficken, der ein paar Münzen übrig hat. Das wünsche ich mir für keine Frau, besonders nicht für dich, meine Liebe.«

»Aber das ist dir doch nicht widerfahren, nicht wahr?«, fragte Marianna betroffen. Sie fühlte sich in diesem Augenblick als die Naive vom Lande, als die Calliope sie bezeichnet hatte. Sie wusste so gut wie nichts von der Welt, und es konnte gut möglich sein, dass sie in einem solchen Käfig in den Hurenhäusern von Covent Garden gelandet wäre. Sie konnte ihrer Wohltäterin nicht dankbar genug sein, sie gerettet zu haben. »Du warst nie in Covent Garden, oder?«

»Dem Himmel sei Dank, nein«, sagte Calliope mit einem sichtbaren Schauder. »Ich bin auf die gleiche Art wie du ›ruiniert‹ worden, und auch ich war sehr glücklich, aber meine Eltern haben mich als ›Hure‹ verflucht und mich für immer aus ihrem Haus gejagt und jede weitere Verantwortung für mich abgelehnt. Ich war genauso naiv wie du, als ich in der Stadt ankam, aber ich hatte eine Freundin da, sie war älter als ich, doch ich kannte sie, weil sie in unserer Straße gewohnt hatte. Sie hat mich bei sich aufgenommen und mich aufgeklärt, wie ich dich jetzt aufkläre. Wenn ich jetzt freundlich zu dir bin, Marianna, dann gebe ich nur die Freundschaft wieder, die sie mir entgegengebracht hat. Sie hat mich vor Schaden bewahrt und half mir, die richtigen Dinge zu tun.«

»Was ist aus ihr geworden?«

»Mein Darling Juno?« Calliope lächelte in liebevoller Erinnerung an ihre Wohltäterin. »Ah, sie hat das Geld genommen, das sie sich bei einem in sie vernarrten Herzog verdient hatte, und sich damit eine Taverne in Bath gekauft. Sie ist jetzt da im Süden mit einem Weinhändler verheiratet und führt das Leben einer wohlanständigen Christin. Jetzt schau dir das mal an. Das habe ich dir noch nicht gezeigt.«

Sie trat an die Wand, die Mariannas Schlafzimmer von ihrem eigenen Gemach trennte, und blieb vor einem Regal im chinesischen Stil stehen. Sie schob die Porzellanfigur eines tanzenden Äffchens zur Seite, und dahinter tat sich eine Öffnung auf wie ein Astloch in einem Brett. Sie beugte sich vor, um durch das Loch zu sehen, und winkte dann Marianna heran, damit sie auch mal hindurchschauen konnte.

»Da«, sagte sie, als Marianna ein Auge gegen die Öffnung presste. »Jetzt hast du den perfekten Blick auf mein Bett, nicht wahr?«

»Aber ja«, sagte Marianna verblüfft. Das Guckloch war so angelegt, dass man die ganze Länge und Breite des pinkfarbenen Betts sehen konnte, ohne jede Einschränkung durch Bettpfosten oder anderes Mobiliar. »Doch warum sollte ich ...?«

»Du wolltest doch mehr von Seiner Lordschaft erfahren, oder nicht?«, fragte Calliope listig. »Wie willst du ihn besser kennen lernen, als ihn in meinem Bett zu beobachten?«

Im ersten Moment war Marianna schockiert. Die meisten Menschen würden intime Akte dieser Art lieber im Geheimen ausführen, und die Vorstellung, dass sie Calliope mit ihrem Earl heimlich beobachten sollte, fand Marianna beschämend und pervers.

Aber je länger sie darüber nachdachte, desto aufregender fand sie die Idee, und beschämend konnte sie es auch nicht mehr finden. Sie war neugierig. Sie erinnerte sich, wie sie sich und John auf Lady Catherines Esstisch flüchtig im Spiegel gesehen hatte, aber sie hatte kaum Zeit gehabt, und an ihre einzelnen Positionen hatte sie gar nicht gedacht. Sie war nur die Darstellerin in einer sexuellen Handlung gewesen und nicht die Zuschauerin, aber das Wissen, dass andere sie beobachteten, hatte dem Akt zusätzliche Würze verliehen – und ihr noch mehr Lust.

Wieder schaute sie durch das Guckloch aufs Bett und stellte sich vor, dass das Oberbett zur Seite geworfen wurde und Kissen und Laken vom sich windenden nackten Paar völlig in Unordnung gebracht waren. Wie würde es sein, den beiden zuzuschauen? Würde sie ihre Lust teilen, wenn sie Zeugin der Kopulation wurde? Was würde sie empfinden, hier, auf der anderen Seite der Wand?

Schon begann sie, die Wärme der Erregung zu spüren, ihr Blut erhitzte sich, und ihr Herz schlug schneller, während sie sich immer neue Bilder ausmalte. Sie konnte sich Calliope mit ihren wunderschönen weißen Gliedmaßen vorstellen, die Augen geschlossen und den Kopf in Ekstase zurückgeworfen, aber der Earl war für Marianna noch ein Phantom, von dem sie zunächst kein Bild hatte.

»Es wird dir doch gefallen, uns zuzuschauen?«, fragte Calliope leise. Ihr Mund verzog sich zu einem verlockenden Lächeln. »Der Gedanke allein lässt schon die Röte in dein Gesicht steigen. Aber das wird nur der Anfang für uns sein, nur der Anfang, und dann machst du mit, ja?«

Sie schauten beide zur Tür, wo der Diener stand.

»Verzeihen Sie, Ma'am«, sagte er, bevor Calliope etwas fragen konnte. »Aber die Kutsche Seiner Lordschaft fährt gerade in die Straße ein.«

»Doch nicht jetzt!«, jammerte Calliope und griff mit beiden Händen in ihre Haare. »Wie kann er es wagen, so früh zu kommen? Ich sehe entsetzlich aus – er darf mich in diesem Aufzug nicht sehen. Bring ihn in den Salon und sorge dafür, dass er alles erhält, wonach sein Herz begehrt. Erkläre ihm, dass ich mich von den Strapazen der Reise erholen muss, aber ich komme sofort zu ihm, sobald ich mich für ihn hergerichtet habe.«

Der Diener verbeugte sich und ging, und Calliope wandte sich wieder an Marianna. »Ich muss dich heute Abend allein lassen, meine Freundin. Wende dich ans Personal, wenn du irgendwas brauchst, und morgen, verspreche ich dir, führe ich dich durch London. Jetzt muss ich gehen.«

»Aber wenn ich ...«

»Entschuldige, aber ich kann Seine Lordschaft nicht warten lassen«, unterbrach Calliope sie und zwinkerte ihr zu. »Aber wenn es dir langweilig wird, dann vergiss nicht, uns ein wenig zuzuschauen.«

Durch ihre hastigen Bewegungen raschelten die Petticoats, dann lief sie auf den Strümpfen aus dem Zimmer. Fast gleichzeitig trat ein Dienstmädchen ein und brachte ein leichtes Abendessen auf einem Tablett herein. Kaltes Hühnerfleisch, süße Brötchen, Käse, Pfirsiche, feiner französischer Champagner, alles appetitlich hergerichtet auf dem Tisch neben dem Fenster.

Marianna schaute dem Dienstmädchen zu; es war ein eigenartiges Gefühl für sie, und es drängte sie, dem Mädchen dabei zu helfen, schließlich war es noch gar nicht so lange her, dass sie Aufgaben dieser Art zu erfüllen hatte.

Das Mädchen wandte sich ihr zu und machte einen Knicks. Sie war relativ klein und hatte eine gedrungene Figur, und das flache Gesicht war von Pocken verunstaltet; eine Kombination, die es ihr fast unmöglich machen würde, einen Mann zu finden, auch wenn sie offenbar ein freundliches Wesen hatte.

Dies war der einzige Unterschied zwischen ihnen, dachte Marianna, und dieser Gedanke beunruhigte sie. Sie war schön, während dieses Mädchen eher unscheinbar war, und deshalb konnte sie sich an Pfirsichen laben und Champagner aus einem Kristallkelch schlürfen, und das andere Mädchen musste sie bedienen.

»Mrs. Wiles hat mir aufgetragen, Ihnen auszurichten, dass Sie Nachtkleider und einen Morgenmantel in der Kommode finden, Miss«, sagte das Mädchen und stand unschlüssig da, die Hände vor der Schürze gefaltet. »Mrs. Wiles sagt, Sie sollen sich ganz wie zu Hause fühlen.«

Marianna nickte und wusste nicht genau, was sie tun sollte. »Wie heißt du?«

»Betty, Miss«, sagte das Mädchen fröhlich und knickste wieder. »Kann ich noch etwas für Sie tun, Miss?«

Es wäre Marianna am liebsten gewesen, wenn sich Betty mit ihr zum Essen an den Tisch gesetzt hätte, um ihr Gesellschaft zu leisten, statt sie wie eine falsche Lady zu behandeln. Aber Marianna wusste natürlich, dass dies ein unmögliches Verhalten wäre. Sie musste lernen, sich an ihre neue Situation zu gewöhnen. Die normale Vertrautheit, die sie mit dem anderen Personal gekannt hatte, würde es nun nicht mehr geben.

Aus ihr war Marianna geworden, und sie befand sich auf dem Weg nach oben – im Gegensatz zu Betty, die kaum eine Chance hatte, dass eine vergleichbare Karriere auf sie wartete. Sie überlegte noch, wen sie mehr in Verlegenheit brachte, wenn sie Betty an den Tisch einlud, Calliope oder Betty selbst.

Mit einem Seufzer wandte sie sich an Betty und sagte: »Nein, danke«, dann setzte sie sich mit einem schwungvollen Anheben der Röcke, was sie sich von Calliope abgeschaut hatte, an den kleinen Tisch. »Du kannst gehen, Betty.«

»Ja, Miss.« Das Mädchen knickste wieder, zog die Tür hinter sich zu, und Marianna war das erste Mal allein, seit sie mit Calliope aus Worthington geflohen war. Schlimmer noch, sie war allein, hatte keine Verantwortung und nichts zu tun.

Sie knabberte am Hähnchen, und bevor sie den Pfirsich aß, zeichnete sie mit der Gabel irgendein Muster in die flaumige Haut. Sie trank die Karaffe mit dem Champagner leer. Sie drehte den Stuhl, damit sie aus dem Fenster auf die Straße und einen kleinen eingezäunten grünen Rasen mit ein paar Bäumen schauen konnte. Die Grünfläche bildete die Mitte des Platzes von Häusern, die alle so aussahen wie Calliopes.

Es war früher Abend, und es gab nicht viel zu sehen, ein paar Kutschen, ein paar Leute, die ihre Hunde spazieren führten, und den Mond über den Dachspitzen. Sie hatte nichts mehr von Calliope und ihrem Earl gehört, und sie fragte sich, ob sie ausgegangen waren. In den anderen Häusern brannten auch nur wenige Lampen; es schien, als hätten sich die meisten Bewohner bereits in die Schlafgemächer zurückgezogen, und mit einem traurigen Seufzer beschloss Marianna, sich auch für die Nacht vorzubereiten.

Sie zog sich aus und warf das Nachthemd über, nachdem sie ihr Kleid gewissenhaft über den Rücken eines Stuhls drapiert hatte. (Alte Gewohnheiten starben schwer, aber sie hätte ihr Kleid nicht zerknüllt auf dem Boden liegen lassen können, damit Betty es später aufhob.) Sie blies die Kerze aus und kletterte ins Bett, aber sie ließ die Vorhänge offen, damit sie durchs Fenster den Mondschein sehen konnte.

Zunächst konnte sie keinen Schlaf finden, weil ihr Kopf voller Gedankenfetzen war. Sie hatte noch nie allein geschlafen, und das Bett kam ihr riesig und leer vor. Im Zimmer war es viel zu leise. Wie würde es sein, ein solches Haus zu besitzen, sie ganz allein? Findlinge besitzen keine Häuser, wie sie auch keine Familien besitzen, und die Vorstellung, dass dieses Haus Calliope gehörte, wollte Marianna nicht in den Kopf.

Mit traurigen Gedanken dachte sie an John und an seinen letzten Rat, den er ihr mit auf den Weg gegeben hatte – sie sollte nach London gehen und die Göttin werden, die sie war. Sie begriff erst jetzt, was er damit gemeint haben könnte. Aber würden ihre Schönheit und ihre leidenschaftliche Natur einem welterfahrenen Londoner Gentleman genügen? Konnte sie einen Gentleman finden, der bereit war, sie so üppig zu belohnen wie Calliopes großzügiger Earl? Würde jemand sie überhaupt begehrenswert finden?

Schließlich fiel sie in einen unruhigen Schlaf, verfolgt von albernen Träumen. Sie sah sich gefangen in einem riesigen Federbett in der Mitte einer belebten Londoner Straße, und Bettler und Laufburschen machten sich lustig über sie, während sie versuchte, den sie umschlingenden Laken und Kissen zu entkommen.

Dann wachte sie plötzlich auf und spürte ihr Herz klopfen. Immer noch verängstigt setzte sie sich aufrecht hin und wusste zunächst nicht, wo sie war. Der Mondschein, der ins Zimmer fiel, brachte ihr Gedächtnis allmählich zurück, und sie erinnerte sich, wie sie in dieses Zimmer gelangt war. Jetzt wusste sie auch, dass ihr Bett sie nicht verschlingen würde. Dann hörte sie das gedämpfte Murmeln von Stimmen ganz in der Nähe, unterbrochen von Calliopes glockenhellem Lachen. Die Stimmen kamen aus dem Nachbarzimmer, aus dem Schlafgemach ihrer Freundin.

Das Guckloch. Marianna schlüpfte aus dem Bett und hastete durchs Zimmer. Vorsichtig drückte sie ein Auge gegen die Öffnung in der Wand. Was sie sah, nahm ihr für einen Moment den Atem.

Das rosa Bett wurde von einem halben Dutzend Kerzen in

silbernen Leuchtern angestrahlt, und die flackernden Lichter warfen dramatische Schatten gegen die Wände und auf die Bettvorhänge.

Mitten im Bett kniete Calliope, das Gesicht Marianna zugewandt. Sie war nackt, abgesehen von ihren rosa Strümpfen, grünen Strumpfhaltern und grünen Seidenpantoffeln mit hohen Absätzen. Winzige Brillanten funkelten in ihren Haaren, eigens für den Abend angelegt, aber inzwischen wogten sie wirr durcheinander.

Ihre blasse Haut glühte wie poliertes Elfenbein im Kerzenlicht, und ihre Nippel und Lippen leuchteten viel dunkler als vorher. Sie kniete da, die Schenkel weit gespreizt, und die kurzen krausen Härchen zwischen den Beinen glommen silbern. Ihre Augen hatten den typischen Schlafzimmerblick, schwere Lider, der Blick unscharf. Ihre Lippen schienen geschwollen und vor Erregung leicht geöffnet.

Sie würde ein wunderschönes Bild abgeben, aber es war ein Bild, das Marianna schon gesehen hatte. Neu für sie war die zweite Person: Hinter Calliope kniete der Earl of Rogersme. Er war kaum größer als die Frau, aber er hatte einen bulligen Brustkorb und war so kräftig gebaut, dass Calliope fast zerbrechlich neben ihm wirkte. Mit den dunklen Augen und seiner Hakennase erinnerte er Marianna an den Satyr in den frivolen Bildern, die John ihr in dem Buch gezeigt hatte, in dem sie auch das Bild von Leda und dem geilen Schwan gesehen hatte.

Er drückte eine Wange gegen die Seite von Calliopes Hals, hatte einen Arm um ihre Brüste gelegt und eine Brust in die volle Hand genommen, während die andere Hand an ihr Schenkeldreieck fasste. Die Finger versanken in das weiche Fleisch. Er trug nichts außer dem schwarzen Seidenband, das seine dunklen Haare zusammenhielt, und hingerissen sah

Marianna dem Spiel seiner Muskeln in Armen und Beinen zu, als er die Hüften immer näher an den Po ihrer Freundin schob.

Calliope hingegen bewegte sich auf und ab und rieb die runden Backen ihres Pos gegen seinen harten Penis, den Marianna aber noch nicht durchs Guckloch sehen konnte. Calliope stützte ihre Hände auf den gespreizten Schenkeln ab, beugte sich vor und verrenkte den Kopf, um ihn über die Schultern anzuschauen. Sie grinste ihn verwegen an und krümmte den Rücken, damit sie ihm nicht nur den Po, sondern auch ihre Feige präsentieren konnte. Voller Lust strich sie mit den Labien an seinem gespannten Schwanz entlang.

Der Earl stöhnte und packte ihre Hüften, weil er ihre Reize nicht länger ertragen konnte.

»Kleine heiße Katze«, knurrte er mit fast erstickter Stimme. »Jetzt will ich dich richtig haben, Callie.«

Er wartete nicht auf ihre Einladung, sondern schob sie auf dem Bett weiter vor, bis sie sich auf Händen und Knien abstützen konnte. Sie lachte vor Erregung, tief und verlockend, und rutschte nur noch ein wenig zur Seite, weil sie wusste, dass sie Marianna damit den Blick bot, den auch Seine Lordschaft hatte. Ihr Pfläumchen glitzerte von ihren Säften.

Jetzt konnte Marianna auch die Kronjuwelen des Earls sehen. Der Schaft leuchtete purpurn voller Ungeduld und stieß aus dem dichten Busch zwischen seinen Schenkeln hervor, flankiert von den zuckenden Bällen. Er betrachtete Calliope einen kurzen Moment lang, labte sich an ihrer Schamlosigkeit und versenkte den Schaft dann tief in ihren willigen Körper.

Calliope schrie voller Entzücken auf und wackelte mit dem Po, um ihn tiefer in sich aufzunehmen. Er hielt ihre Hüften gepackt und versetzte ihr einen Stoß nach dem anderen.

Die dicken Adern und der scharlachrote Kopf des Penis glänzten nach jedem Schub mehr von ihren Säften. Sein Gesicht war verzerrt vor purer Lust, und jetzt sah er wirklich wie ein Satyr aus. Er atmete schwer und grunzte vor Anstrengung.

Auf der anderen Seite der Wand konnte Marianna sich nicht dazu bringen, wegzuschauen. Sie wusste nicht, ob es Calliope bewusst war, dass sie eine Zuschauerin hatten, oder ob sie und der Earl nicht nur für sich selbst diese Darstellung lieferten, sondern auch für die eventuelle Dritte.

So konnte sie nicht anders, als fasziniert auf das Bild zu starren, wie die Freundin den Schaft des Geliebten mit hingerissener Leidenschaft aufnahm. Marianna hörte die durchschüttelnden Seufzer und die sinnlos geplapperten Rufe der Lust, und natürlich wünschte sie sich, selbst an Calliopes Stelle zu sein. Auf den Knien zu liegen, den Po in die Höhe gereckt, und zu spüren, wie die Pussy vom Penis des Earls gestreckt und gefüllt wurde, wie er sie an den Hüften packte und geschickt über ihre empfindlichsten Stellen zwischen den geschwollenen Lippen rieb. Ja, sie wollte auch so geöffnet sein, so verletzlich.

Marianna zitterte vor miterlebtem Verlangen, und ihre Brust spannte sich. Ohne den Blick zu wenden und ohne darüber nachzudenken, schob sie das Nachthemd auf eine Seite und fand bald einen Rhythmus, den auch die Frau und der Mann auf der anderen Seite aufgenommen hatten.

Sie wollte auch von dieser Wildheit erfasst werden, wollte diese Leidenschaft spüren, wollte sich diesem Feuer und dieser Kraft ausliefern, und als Calliope schließlich aufschrie und auf den Bauch fiel, weil sie sich nicht mehr in ihrer Position halten konnte, als es ihr kam, ging es Marianna auch so; ihre Knie knickten ein, und sie ließ sich auf den Boden sinken.

Die Zuckungen ihrer Erlösung ließen ihren Körper erschauern, und durch die geschlossenen Augen sah sie immer noch die Bilder des sich windenden Paares. Was für ein süßer Moment der Lust aus zweiter Hand.

Sie konnte ihre Stimmen im Zimmer nebenan hören, jetzt gedämpft. Das Lachen der Freundin war ihr vertraut, als Calliope versuchte, ihren Geliebten zu einer zweiten Runde zu überreden. Aber Marianna konnte ihre Stirn nur noch gegen den kühlen Gips der Wand pressen, Erleichterung für ihren fiebrigen Körper.

Irgendwie gelang es ihr, durchs Zimmer zu kriechen und ihr einsames Bett zu finden. Unter den Decken rollte sie sich wie ein Ball zusammen. Sie versuchte, an Johnny Lyon zu denken, aber dieser Gedanke brachte wenig Trost und nur noch mehr Elend. Die Freundin und ihren Earl zu beobachten war keine Befriedigung gewesen. Sie wollte mehr als die falsche, leere Lust, viel mehr, und sie wollte den Mann finden, der ihr dieses Mehr bieten konnte.

Sie wollte alles, und sie würde erst Ruhe geben, wenn sie ihn gefunden hatte.

Zehntes Kapitel

*In dem Marianna in London
erste Spuren hinterlässt & entdeckt,
dass dort alle Dinge möglich sind,
besonders im umsichtigen Friseurgeschäft*

Calliope hielt sich an ihr Versprechen und begann am anderen Morgen damit, Marianna in London zu präsentieren. In Calliopes Kutsche begannen sie eine Rundreise zu den angesehensten Schneiderinnen und Juwelieren. In jedem Geschäft betonte Calliope, dass Marianna ihre Cousine war und gerade vom Land in der Stadt eingetroffen war. Dann fuhren sie im gemütlichen Tempo durch den Park, und Calliope begrüßte jeden Reiter, den sie kannte – was so gut wie jeder Reitersmann war, dem sie begegneten.

»Wie ist es nur möglich, dass du so viele Menschen in London kennst?«, fragte Marianna, als sie ein weiteres Paar grinsender Gentlemen passierten. »Himmel, ich würde Kopfschmerzen davon bekommen, mir so viele Namen und Gesichter merken zu müssen.«

Calliope lachte fröhlich und ließ den Elfenbeingriff ihres Sonnenschirms durch die behandschuhten Finger kreisen.

»Ich kenne nicht alle, wirklich nicht«, sagte sie. »Dir kommt das nach deiner kleinen Welt in Worthington nur so vor. Und zum Glück kenne ich auch nur die männliche Hälfte Londons, was es für mich um einiges leichter macht. Die höfliche weibliche Hälfte wird nicht einmal zugeben, dass es mich gibt, ganz zu schweigen davon, mich zu kennen.«

»Aber warum soll das so sein?«, fragte Marianna in perfekter Ahnungslosigkeit. Aber ihr war aufgefallen, dass die anderen Kundinnen in den Geschäften ihnen den Rücken zugewandt hatten, als hätten sie die Pocken. Die Reaktion erinnerte sie an das Verhalten ihr gegenüber in Worthy Hall, als die anderen Dienstmädchen herausgefunden hatten, dass sie und Mr. Lyon ein Paar waren.

Doch hier in London kannte sie niemand, und niemand konnte etwas über die vergangenen Skandale wissen, und doch betrachtete man sie mit genau dieser zornigen Verachtung. Die Blicke mussten Calliope gelten. »Wie kann man dich verurteilen, wenn sie gar nicht wissen, wie du bist?«

»Aber sie wissen, was ich bin«, sagte Calliope, und ihre Lippen wölbten sich zu einem Lächeln. »Sie wissen, dass ich die Art Frau bin, die ihre Männer – Ehemänner, Väter oder Söhne – besser amüsieren kann als sie selbst, und dabei auch noch mein eigenes Vergnügen finde. Offenbar halten sie dich auch für eine wie mich. Ich weiß nicht, woran sie es erkennen. Vielleicht geben wir irgendeinen Duft der Ruchlosigkeit ab, den nur die ganz Braven erschnüffeln können.«

»Ich wette, dieser Duft muss sich in den Nasen der Gentlemen unwahrscheinlich süß ausmachen«, sagte Marianna lachend. »Ich meine, du brauchst nur zu sehen, wie sie uns anstarren.«

»Oh, ja, hinreißend süß. Die armen Kerle spüren die Steifheit ihrer Schwänze, bevor sie überhaupt wissen, was sie ausgelöst hat«, sagte Calliope und verdrehte die Augen. »Ich bin sicher, dass sie spekulieren, wer du bist, und sie werden sich fragen, in welchem Club der Stadt sie dich finden können. Du wirst dir bald einen aussuchen können, der dir dein Bett wärmt.«

Marianna nickte nachdenklich. Alles, was sie an diesem

Tag gesehen hatte, sowie das dramatische Schauspiel gestern Abend ließen sie hoffen, dass Calliopes ›bald‹ nicht mehr lange auf sich warten ließ. »Egal, wer es ist. Ich hoffe, dass er so nett ist wie dein Earl.«

»Seine Lordschaft ist ein netter Kerl, nicht wahr?« Calliope lächelte wie die Katze, die absichtlich die Milch verschüttet hatte, um sie auflecken zu können. »Du hast uns gestern Abend also zugeschaut.«

»Du hast es mir selbst angeboten!«, rief Marianna. »Du hast mir das Guckloch gezeigt, sonst hätte ich nie ...«

»He, mal langsam, liebe Freundin. Ich wollte dich nur ein bisschen necken.« Calliope legte eine Hand auf Mariannas Arm. »Natürlich bin ich davon ausgegangen, dass du uns zuschauen würdest. Du wolltest Seine Lordschaft sehen, und ich wollte, dass du dir diesen Wunsch erfüllst. Was hältst du denn von ihm als Mann?«

Mit dieser Frage hatte Marianna nicht gerechnet. Sie wusste zwar, dass ihre Freundin nicht unbedingt verliebt in ihren Earl war, aber sie betrachtete ihn mit einem gewissen Besitzerstolz, deshalb antwortete Marianna mit besonderer Vorsicht. »Er ... eh ... scheint ein sehr potenter Mann zu sein.«

»Oh, ja. Das kann man nun wirklich von Seiner Lordschaft sagen.« Calliope beugte sich vor und winkte jemandem aus dem Fenster zu. »Sonst wüsste ich auch nicht viel mit ihm anzufangen. Aber schau mal, jetzt kannst du deine Komplimente gleich an den Mann bringen. Hallo, Mylord, hier sind wir!«

»Er ist hier?« Verlegen strich sich Marianna über die Haare, dann glättete sie ihre Röcke. Die Kutsche hielt schon an, und sie konnte einen Blick auf den Earl hoch zu Pferde werfen. Er ritt auf die Seite der Kutsche.

»Oh, mein liebster, allerliebster Lord!« Eifrig steckte Calliope den Kopf und die Schultern durchs Fenster, um den Earl küssen zu können, dann schlüpfte sie auf die Bank zurück, und ihre Unterröcke raschelten. Jetzt steckte er den Kopf durchs Fenster und revanchierte sich mit einem Kuss. Sie sahen aus wie Schauspieler in einer italienischen Komödie. Schließlich hatte der Earl genug Verstand, seinen Hut vom Kopf zu nehmen, bevor er sich weiter durchs Fenster lehnte. Sein rosiger Kopf nahm die ganze Öffnung ein.

»Guten Tag, meine lieben Ladys, einen guten Tag«, sagte er, und dabei grinste er breit und wölfisch. Er behielt den Ausdruck bei, als er Marianna anschaute – der Blick war so wölfisch, dachte sie, dass er sie am liebsten aufgefressen hätte.

»Mylord, darf ich Ihnen meine Cousine, Miss Wren, präsentieren?«, sagte Calliope. »Miss Wren, der Earl von Rogersme.«

»Es ist mir ein Vergnügen«, sagte er und langte ins Innere der Kutsche, um Mariannas Hand wie einen Preis zu schütteln. »London ist ein viel schönerer Ort, da Sie jetzt hier sind, Miss Wren. Sie beehren uns doch für eine längere Zeit, hoffe ich.«

»Oh – oh, ja, Mylord«, stammelte sie. Trotz allem, was sie in den vergangenen Wochen gesehen und getan hatte, errötete Marianna heftig. Als sie den Earl das letzte Mal gesehen hatte, war er nackt gewesen und hatte ihre Freundin bestiegen, und dabei hatte er geschnauft und gegrunzt wie der Dorfbulle. Ihn jetzt zu erleben, tadellos gekleidet in seinem Reitdress, die Haare zurückgekämmt mit einer schicken Locke, das Musterexemplar eines englischen Adligen, war eine größere Verlegenheit, als ihn gestern Abend durchs Guckloch zu beobachten.

Aber als er ihre Hand an seine Lippen führte, der Blick seiner dunklen Augen auf ihre gemeinsamen Finger gerichtet, spürte sie einen Schauer des Verlangens, der durch ihre Adern raste – ein Verlangen, das ihr als Verrat an ihrer Freundin vorkam. »Das heißt, ich werde so lange bleiben, wie meine … eh … Cousine mich als Gast aufnimmt.«

»Du kannst bleiben, solange du willst«, sagte Calliope fröhlich, scheinbar unberührt von der Reaktion Seiner Lordschaft. »Ich genieße deine Gesellschaft viel zu sehr, Marianna.«

»Wer würde das nicht, Callie«, sagte der Earl, während sein hungriger Blick von Mariannas Gesicht zum provozierend präsentierten Busen glitt, »wenn deine Gesellschaft so berauschend schön ist wie Miss Wren?«

Er drückte Mariannas Finger anzüglich, ein Signal seines Interesses, das sie selbst durch die Handschuhe nicht falsch interpretieren konnte. Oh, ja, er war ein sehr potenter Mann. Der Druck seiner Hand um ihre Finger verriet seine Kraft, seine Entschlussfreude und vor allem seine Lust, und auf einmal erinnerte sie sich, dass sein vibrierender Schaft auch diese Qualifikationen gezeigt hatte.

Sie spürte, wie ihr Körper schamlos auf ihn reagierte; ihre Brüste wurden schwer, und ihre Pussy wurde heiß und schwoll an, als wollte sie sich auf einen Mann vorbereiten, und Marianna konnte nicht anders und presste ihre Schenkel zusammen – eine kleine, private Liebkosung.

Privat – ja, aber nicht unbemerkt. Der Earl hatte gesehen, wie sie ihre Beine bewegt hatte, und auch das sanfte Rascheln ihrer Petticoats und die veränderte Stellung ihrer vorn offenen Slipper zeigten ihm an, was sie da heimlich trieb. Und er wusste auch, welche Rolle er dabei spielte. Sein Lächeln wurde breiter, und sein Ausdruck ließ Marianna wissen, dass er sie für ein nicht abgeneigtes Mädchen hielt. Sie errötete wieder.

»Besuchen Sie uns doch heute Abend, Mylord«, sagte Calliope, und ihre Stimme mit dem samtenen Schnurren gab eine Bestätigung der erwartungsvollen Haltung des Earls wieder. »Wir sind zu Hause. Wir beide, Mylord.«

»Ihr könnt euch auf meine Anwesenheit verlassen. Einen schönen Tag noch euch beiden.«

Er ließ Mariannas Hand los, zog den Kopf ein und wich wieder durchs Fenster zurück, in dem Marianna ihn sah, als wäre er sein eigenes Porträt mit Rahmen. Er blinzelte wegen der Sonne und setzte seinen schwarzen Biberhut wieder auf.

Als er zurück in den Sattel stieg, flatterten die Rockschöße auf, und die eng sitzenden Breeches zeigten die attraktiven Kurven seines Hinterns sowie die Spannung in seinen muskulösen Lenden. Marianna konnte sich auch an sie noch gut erinnern, denn sie waren in der Nacht in überzeugendem Einsatz gewesen. Sie beugte sich ein wenig vor, als könnte sie nicht genug von ihm sehen.

Er nahm die Zügel in die Hand, schaute zur Kutsche zurück und bekam gerade noch mit, wie Marianna ihm nachschaute. Er lächelte, stieß die Zungenspitze lüstern durch die Zahnreihen, dann lachte er und ritt davon.

Entsetzt rutschte Marianna auf dem Sitz tiefer. Das war das zweite Mal, dass er sie dabei erwischt hatte, mehr Interesse an ihm zu zeigen, als schicklich war.

»Ich wusste, dass ihr beide euch gut verstehen würdet«, sagte Calliope und zeigte ein durchaus freundliches Lächeln. Sie nahm eine der hellen Liebeslocken und wickelte sie um einen Finger, als wären sie ein seidenes Band. Sie schaute auf die Locke, die sie mehr zu interessieren schien als Marianna. »Ich wusste, dass du dich in ihn verlieben würdest, als ich dich das erste Mal gesehen habe, und du hast gesehen, dass ich Recht hatte. Ich habe es ihm auch gesagt.«

Marianna stockte der Atem. »Was hast du ihm sonst noch gesagt?«

»Ach, nicht viel«, antwortete Calliope lässig. »Dass du meine Cousine bist. Dass du dir einen Namen in der Stadt machen und Herzen brechen willst. Dass du sehr schön und sehr jung bist. Und natürlich, dass du eine Jungfrau bist. Das allein hätte schon genügt. Männer wie Seine Lordschaft nutzen ihre Phantasien, um sich ein Bild des Mädchens nach ihren Träumen zurechtzulegen.«

»Aber ich bin nicht mehr so jung«, wandte Marianna ein. »Ich meine, ich bin fast so alt wie du.«

Calliope hob die Schultern. »Seine Lordschaft ist doppelt so alt. In seinen Augen bist du die neueste Jungfrau in der Stadt, und das allein zählt für ihn.«

Mariannas Stirn legte sich in Falten. Sie war völlig verwirrt. »Und dir ist es egal, dass er Interesse an mir zeigt?«

»Warum sollte mich das stören, meine Liebe?«, fragte Calliope amüsiert. »Ich mag dich, und ich mag Seine Lordschaft. Ihr beide mögt mich. Deshalb ist es doch nur logisch, dass ihr beide euch ebenfalls mögt. Stell dir doch nur einmal vor, auf welche Arten wir uns vergnügen können – zu dritt.«

Sofort musste Marianna an das stürmische Kopulieren denken, das sie gestern Abend im Nebenzimmer gesehen hatte, und wie sehr sie sich gewünscht hatte, an Stelle der Freundin in diesem Bett zu liegen.

»Aber ich dachte, ich sollte so tun, als wäre ich eine Jungfrau«, sagte sie und konnte ihre Irritation nicht verbergen. »Wie soll das gehen, wenn ich bei dir und dem Earl mitmache?«

»Weil es, meine liebste Freundin, viele Arten des Vergnügens gibt, ohne sich voll hinzugeben.« Sie lächelte, streckte eine Hand aus und verhakte die Finger mit Mariannas. »Das musst du doch schon gelernt haben, seit du bei mir bist.«

Aber Mariannas Gedanken gingen in eine andere Richtung. Sie dachte daran, wie sehr sie und ihre Freundin sich ergänzten. Ihre dunklen Haare bildeten einen herrlichen Kontrast zu Calliopes silbernen, und ihre längeren Beine und ihr geschmeidiger Körper waren der ideale Gegensatz zu den feineren Gliedmaßen der ›Cousine‹.

Ihr fiel auch ein, wie Calliope sie lange im Laternenschein auf der Straße nach Worthington betrachtet hatte, bis sie sicher sein konnte, dass sie nicht ins Kreuzfeuer einer Familienfehde geriet, bevor sie ihre Freundlichkeit anbot. Ja, sie hatte Marianna seither sehr freundlich und großzügig behandelt, aber erst jetzt wurde ihr das Motiv klar.

»Du hast mich für Seine Lordschaft ausgesucht, nicht wahr?«, fragte sie leise. »Von Anfang an. Du hast mich aufgenommen und hierhin gebracht, weil du genau wusstest, dass Seine Lordschaft mich begehren würde.«

»Liebe, kluge Marianna«, sagte Calliope mit einem Seufzer, dann zog sie ihre Finger aus Mariannas Hand zurück, und ihre natürliche Fröhlichkeit schwand wie die leblosen Segel bei Windstille.

»Ich will es nicht leugnen, denn du hast die richtigen Schlüsse gezogen«, fuhr Calliope fort. »Seine Lordschaft ist mir gegenüber stets sehr großzügig gewesen, aber es ist nicht immer leicht, einen so erfahrenen Gentleman auf Dauer zu amüsieren. Ich muss immer fröhlich und charmant sein, mich lüstern und geil geben, um ihn bei Laune zu halten. Als ich dich das erste Mal sah, dachte ich nur daran. Aber seit ich dich besser kennen gelernt habe, will ich viel mehr für dich, als nur meine Partnerin zu sein, den Earl zu erfreuen. Ich denke da an einen Freund Seiner Lordschaft, er ist ein Marquis, und er würde gut zu dir passen.«

»Ein Marquis?«, wiederholte Marianna, denn sie war sich nicht ganz sicher, was ein Marquis war. Sie wusste nicht einmal, ob das gut oder schlecht war.

Calliope deutete Mariannas Verunsicherung falsch, und wieder stieß sie einen wehmütigen Seufzer aus. »Da haben wir's. Wie kann ich auch annehmen, dass du mir noch über den Weg traust? Dabei ist es die Wahrheit, aber ich habe Verständnis dafür, dass du mich hasst und mich am liebsten verlassen würdest.«

»Oh, Calliope, nein!«, rief Marianna. »Ich würde dich nie verlassen, jedenfalls nicht wegen einer solchen Lappalie. Du hast mich nie belogen, hast nie mit falschen Karten gespielt, und stattdessen warst du die Freundlichkeit selbst, was andere Menschen, die sich als rechtschaffen betrachten, nicht von sich behaupten können.«

»Aber trotzdem hast du deine Zweifel«, erinnerte Calliope sie, »und das ist auch dein Recht.«

»Aber so habe ich das nicht gemeint«, sagte Marianna, nahm die Hand der Freundin und drückte sie liebevoll. »Ich habe nachgefragt, weil ich tatsächlich gewisse ... eh, gewisse Gefühle für Seine Lordschaft empfinde, doch ich möchte dich nicht verletzen, und ich will auch nicht, dass Neid oder Eifersucht zwischen uns aufkommen.«

Jetzt öffnete sich Calliopes Gesicht zu einem breiten Lächeln. »Aber das habe ich mir doch von Anfang an gewünscht. Eine Spielerei, die der Lust dient, mehr nicht. Liebste, liebe Marianna! Kein Wunder, dass wir uns so gut verstehen.«

»Und so wird es auch bleiben«, sagte Marianna und küsste die Freundin sanft auf die Wange – die Besiegelung eines Versprechens. »Ich habe meinen Liebsten schon an die andere Seite der Welt verloren, da werde ich doch nicht meine liebste Freundin auch noch verlieren wollen.«

Da nun alles zwischen ihnen geklärt war, kehrten die beiden zu Calliopes Haus zurück und vertrieben sich die Zeit mit Klatsch, Gerüchten und Lästereien. Sie sahen sich noch einmal die Dinge an, die sie an diesem Tag in den Geschäften gekauft hatten, dann nahmen sie ein leichtes, stärkendes Essen zu sich, bevor sie sich lang fließende Seidenmäntel anzogen und sich auf die Ankunft des Earls vorbereiteten.

»Weißt du, es ist auch möglich, dass Seine Lordschaft uns heute überhaupt nicht beehrt, Marianna«, warnte Calliope vor zu hohen Erwartungen. Sie saß sehr gerade und still auf einem hohen Stuhl, während Turner ihr die Haare frisierte und die langen Strähnen mit Zuckerwasser einrieb, bevor sie sie behutsam um die eisernen Rollen wickelte, die vom Feuer erhitzt worden waren. Es war ein gefährliches Unterfangen.

Wenn die Rollen zu heiß waren, würden die Haare versengen und brechen, und wie jede andere Lady, die was auf sich hielt, hatte Calliope aus schmerzlicher Erfahrung gelernt, was geschah, wenn sie sich unerwartet bewegte und die heißen Rollen Stirn oder Nacken berührten.

»Ganz egal, wie sehr wir ihn angelockt haben – und ich finde, das ist uns gut gelungen –, könnte er durch andere Verpflichtungen abgehalten werden«, fuhr Calliope fort.

»Das kann ich nicht glauben«, rief Marianna. Sie saß auf dem Bett und hatte die Knie angezogen. Weil ihre Haare von Natur aus kraus waren und weil sie außerdem die ungekünstelte Jungfrau spielen sollte, blieben ihr die Qualen des Frisierens erspart. »Seine Lordschaft ist ein großartiger Gentleman. Wenn einer wie er nicht das tun kann, was er will, dann frage ich, wer denn sonst?«

»Selbst ein Mitglied des Oberhauses hat Familie«, wandte Calliope ein und ließ einen dramatischen Seufzer hören. »Obwohl er behauptet, seine Frau absolut nicht zu lieben, denn er wurde von seinem Vater gezwungen, sie zu heiraten, damit die Titel und Besitzungen zusammengelegt werden konnten, trottet er brav zu ihr, wenn sie nur mit dem kleinen Finger winkt.«

Verdutzt legte sich Mariannas Stirn in Falten. Sie hatte nie darüber nachgedacht, was es bedeutete, wenn eine Gräfin einen Earl heiratete, oder dass sie als Ehefrau bestimmte Rechte hatte, die eine Mätresse nicht brechen konnte. Ihr kam das sehr ungerecht vor, wenn sie im Moment auch noch nicht wusste, ob Calliope unter dem Unrecht litt oder die bestimmende, ungeliebte Gräfin. Ganz sicher war es nicht Seine Lordschaft.

»Aber wenn er deine Gesellschaft vorzieht«, sagte Marianna grübelnd, »dann sollte er doch kommen, nicht wahr?«

»Er sollte«, sagte Calliope heftig, und es zuckte in ihren Brauen; die einzige Reaktion, die sie sich gestattete, weil die heißen Rollen so nah an ihrem Gesicht waren. »Und er würde auch kommen, wenn er weiß, was gut für ihn ist.«

»Ich würde mich von keinem Gentleman so behandeln lassen«, verkündete Marianna. »Das ist nicht höflich.«

»Es ist nicht nur unhöflich«, murmelte Calliope, »aber so behandeln alle Männer ihre Frauen. Sie sind wie die stolzen Hähne, regen sich über eine Kleinigkeit auf und besteigen das nächste Huhn.«

»Mein Johnny war aber nicht so«, sagte Marianna mit leicht zitternder Stimme. »Er hat mich nicht herumkommandiert und auch nicht gesagt, was ich tun und was ich lassen soll.«

»Was für ein seltenes Juwel unter den Männern du doch

gefunden hast«, sagte Calliope seufzend und strich mit den Fingern über eine ihrer Locken. »Manchmal habe ich das Gefühl, als wäre Mylord der Hüter eines ganzen Stalls von anderen, nicht so hoch angesiedelten Hähnen. Es geht nicht nur um seine Adelsfreunde im Oberhaus, sondern auch um seine Clubs, seine Manager, seine Anwälte und Bänker, um die Männer, die sein Geld anlegen, die seine Ställe beaufsichtigen und seine Liegenschaften verwalten, um seine Söhne und wahrscheinlich sogar um die Burschen, die seine Stiefelsohlen schwärzen – oh, ja, er kann dir tausend Dinge nennen, die er tun muss – und auch tausend Gründe, warum er nicht kommen konnte.«

»Aber du bist doch das Wichtigste in seinem Leben, sollte man annehmen«, bemerkte Marianna. »Du hältst seinen Schwanz bei Laune.«

»Und höchstwahrscheinlich nehme ich meine Pflichten ernster als die meisten anderen.« Calliope hielt einen Spiegel mit einem kurzen Stiel in der Hand, als Turner eine letzte Strähne zur Seite bog. »Das ist wunderbar, Turner. Perfekt, wie immer.«

»Danke, Ma'am«, sagte Turner und legte die Rollen zurück in einen Eimer mit Sand, damit sie abkühlen konnten. Sie hielt noch einen Moment inne und zog die Vorhänge vor, denn es war spät genug geworden, und die letzten Sonnenstrahlen waren hinter den Häusern verschwunden.

»Soll ich jetzt das Rasiermesser bringen, Ma'am?«, fragte sie, während sie ein paar Kerzen gegen die Dämmerung anzündete.

»Ist es an der Zeit?«, fragte Calliope, und ihre Augen leuchteten vor Erregung. »Jetzt?«

»Ich glaube ja, Ma'am«, antwortete Turner. »Alles ist vorbereitet.«

»Ein Rasiermesser, Calliope?«, fragte Marianna neugierig. »Wozu brauchst du ein Rasiermesser?«

»Nur Geduld, meine Liebe, du wirst es bald erfahren.«

Sie erhob sich anmutig von ihrem Stuhl, und ihr blauer Seidenmantel blähte sich gegen die nackten Beine auf, als sie durchs Zimmer zum Waschtisch schritt. Als sie zurückkehrte, setzte sie sich nicht mehr auf den Stuhl, sondern in den Sessel und verrückte ihn ein wenig, damit sie Marianna genau gegenüber saß. In ihrer Hand hielt sie eine kleine Porzellanschale, in der ein kleiner Pinsel mit Silbergriff lag.

Mit raschen Bewegungen der rechten Hand rührte sie den Pinsel in der Schale hin und her, bis es zu schäumen begann. Der vertraute Duft von Lavendel stieg auf. Calliope hielt den Pinsel hoch, der mit dem Schaum wie eine exotische Blume aussah. Sie sah Marianna grinsend an.

»Seine Lordschaft hat diesen Pinsel eigens für mich anfertigen lassen«, sagte sie stolz. »Er besteht aus Dachshaaren, also nicht aus den gewöhnlichen Wildschweinborsten. Es gibt keinen weicheren Pinsel, und der Griff ist aus Silber.«

»Ein hübsches Spielzeug, ja«, sagte Marianna. »Aber ich verstehe immer noch nicht …«

»Oh, du wirst es bald sehen«, unterbrach Calliope sie, »und dann wirst du auch den wunderbaren Kitzel von Meister Dachs fühlen.«

Mit der Finesse einer Tänzerin zeigte sie den großen Zeh auf Marianna und hob das Bein in die Luft, ehe sie es über die Lehne des Sessels legte. Sie schob den Bademantel auseinander, und darunter konnte Marianna die Pussy sehen. Die kurzen silbernen Härchen und die klaffenden Lippen wurden von der blauen Seide umrahmt.

Trotz ihrer herzlichen Freundschaft spürte Marianna, wie sie angesichts der schamlosen Pose Calliopes errötete, aber sie war auch erregt und fragte sich, was jetzt noch folgen würde, denn sie hatte inzwischen gelernt, dass es bei Calliope immer noch ein Extra gab.

Sie brauchte nicht lange zu warten. Calliope öffnete den Mund zu einem listigen, wissenden Lächeln und rutschte im Sessel noch ein wenig tiefer. Sie nahm den Pinsel in die Hand, immer noch voll des süßen Schaums, und strich die Dachshaare über ihre Pussy. Sie schäumte die ganze Region ein, neckte die Pussy mit kleinen verspielten Kreisen und rieb den Schaum zu einer dicken Schneeschicht.

Ihre Lippen teilten sich, ihr Atem kam keuchender, und die dicken Lider legten sich immer mehr über die Augen. Dabei hörte sie nicht auf, mit dem Pinsel über die Labien und die Klitoris zu streicheln und Mariannas Reaktion aufzunehmen.

»Kitzelt es nicht ganz schrecklich?«, fragte Marianna mit heiserer Stimme. Sie lehnte sich auf dem Bett weiter vor, der Freundin entgegen, und strich Calliopes Haarsträhnen hinter die Ohren. »Mag es Seine Lordschaft, wenn du dich so gründlich wäschst?«

»Es geht nicht so sehr ums Waschen, meine Liebe, obwohl ich annehme, dass das auch ein bisschen zum Vergnügen gehört.« Sie legte den Pinsel in die Schale und stellte die Schale auf den Boden. Neben ihr stand schon Turner, die Calliope ein kleines Rasiermesser reichte, dessen Griff mit winzigen Perlen besetzt war.

Mit einer Lässigkeit, die sie beim Öffnen eines Fächers an den Tag legen würde, klappte Calliope das Rasiermesser auf. Die scharfe Stahlklinge glitzerte gefährlich mit den Perlen um die Wette. »Ich spiele nicht gern die Waschfrau, lieber den Barbier«, sagte sie.

Während sie sprach, setzte sie die Klinge an ihren Venushügel an, und mit kurzen, vorsichtigen Strichen begann sie, die einzelnen Härchen des silbrigen Pelzes zu rasieren. Fasziniert schaute Marianna zu, aber sie hielt auch den Atem an, denn sie fürchtete sich vor dem, was passieren könnte, wenn Calliopes Finger ausrutschten. Als sie fertig war, wischte sie die verbliebenen Schaumreste ab, und dann leuchtete der Schamberg in seiner Glätte, und das Pfläumchen darunter wirkte provozierend und verlockend zugleich.

Calliope hielt sich den Spiegel zwischen die Schenkel, um ihre Arbeit zu überprüfen. »Seine Lordschaft hat mich am liebsten blank, und ich halte mich daran, weil ich ihm zu Gefallen sein will. Er sagt, das sei die Art von ganz früher; die Damen in Athen und Rom waren alle unbehaart wie neugeborene Babys. Er hat mir Bilder von Statuen in den Galerien gezeigt, und da kann man es deutlich sehen. Außerdem sieht es viel verruchter aus, findest du nicht auch? Ich schätze, die Ladys der Antike wussten, wie sie ihre Gentlemen auf Touren bringen konnten. Aber komm jetzt. Du bist dran.«

»Ich?« Marianna wusste nicht, was sie sagen sollte. Damit hatte sie nicht gerechnet. »Aber ich habe noch nie ein Rasiermesser in der Hand gehabt, erst recht nicht an einer so empfindlichen Stelle!«

»Dann wird es mir eine Ehre sein, dich selbst zu bedienen«, sagte Calliope fröhlich, erhob sich vom Sessel und bot Marianna ihren Platz an. Sie strich das Kissen glatt, während sie das Rasiermesser in der anderen Hand hielt. »Nun komm schon. Ist unsere Freundschaft nicht immer ein Quell neuer Entdeckungen gewesen?«

Trotzdem hielt Marianna sich noch zurück, total verunsichert und ängstlich auf das Messer starrend. »Ich weiß nicht, Calliope ...«

»Sei tapfer, mein Liebling«, munterte die Freundin sie auf,

trat ans Bett, nahm Mariannas Hand und führte sie. »Ich kann dir versichern, dass nicht nur Seine Lordschaft auf eine blanke Pussy steht. Jeder Gentleman in meinem Bekanntenkreis kann sich vor Lust kaum noch halten, wenn er weiß, dass er es mit einer glatt rasierten Frau zu tun haben wird. Für die Gentlemen ist es wohl der letzte Schleier der natürlichen Bescheidenheit, der sich vor ihren Augen gehoben hat.«

Marianna stieß einen leisen Seufzer aus. Es entsprach ihrer Natur, Gentlemen reizen zu wollen, und außerdem hatten sich Calliopes Ratschläge auf diesem Gebiet als durchaus nützlich erwiesen und auch als luststeigernd.

»Also gut«, sagte sie, nahm ihren ganzen Mut zusammen und ließ sich erschöpft in den Sessel. »Tu, was du nicht lassen kannst, meine Freundin.«

»Du wirst es nicht bereuen«, versicherte ihr Calliope. »Ich werde auch ganz vorsichtig sein.« Sie lachte, als sie Mariannas Nachtgewand nach oben schob. »Turner, kannst du mit einer Kerze herankommen, damit ich besseres Licht habe? Ja, das ist schon viel besser.«

Sie kniete sich vor Marianna nieder und half ihr, die Pose einzunehmen, die sie vorhin im Sessel gezeigt hatte – die Beine über die Armlehnen gespreizt. Sie schob den Mantel noch etwas höher und legte Marianna bloß, und dabei strich sie mit den Handflächen über die zarten Schenkel, um die Freundin zu beruhigen.

»Du hast eine wunderschöne Pussy, meine Liebe«, sagte Calliope sanft, während sie den Pinsel durch die Seifenschale rieb, um frischen Schaum zu erzeugen. »Wie ich den Gentleman beneide, der dich zu seiner Liebsten macht.«

»Ich würde nur zu gern wissen, wer es sein wird«, seufzte Marianna. »Und ich wünschte, er wäre jetzt hier.«

Calliope lachte. »Oh, ich wette mit dir, dass er nicht mehr fern ist.«

Sie schäumte Mariannas Venushügel umsichtig mit der nach Lavendel duftenden Seife ein. Der Dachshaarpinsel war so weich, wie Calliope versprochen hatte, und in Verbindung mit der schäumenden Seife wurde jeder Pinselstrich eine erregende, neckende Berührung.

Marianna konnte nicht anders, sie rutschte ruhelos im Sessel hin und her.

»Das geht aber nicht, meine Liebe«, tadelte Calliope, als sie den Pinsel durch das Rasiermesser ersetzte. »Auch wenn du Hummeln im Hintern hast, musst du stillhalten, wenn ich mit dem Messer anfange, denn Turner sorgt dafür, dass die Klinge immer frisch geschliffen ist.«

Marianna erstarrte. Calliope blickte angestrengt, als sie mit kurzen, behutsamen Strichen über den Busch fuhr. Marianna hielt die Luft an, als die Klinge über ihre geheimste Stelle strich. Niemand hätte das Rasiermesser einfühlsamer führen können als Calliope. Marianna hatte befürchtet, die Prozedur könnte unangenehm sein, vielleicht sogar schmerzhaft, und sie hatte sich niemals vorgestellt, dass es sich so seltsam anfühlte ... so seltsam erregend.

Das Schaben der scharfen Klinge, der Duft des Lavendels, die offene Verletzlichkeit ihrer Position, Calliopes intensive Behandlung ihrer Pussy und ihre eigene konzentrierte Mühe, sich nicht zu bewegen, und selbst die teilnahmslose Turner, die ihre flackernde Kerze so nah wie möglich hielt, als wäre Marianna eine Schauspielerin auf der Privatbühne – alle diese Einzelheiten sorgten in ihrer Gesamtheit für ein einmaliges Vergnügen, das Marianna so gefangen nahm, dass sie vor dieser wunderbar intimen Szene die Augen schließen musste.

Sie warf den Kopf zurück und kämpfte gegen den fast unwiderstehlichen Drang an, die Hüften zu heben, um Erleichterung durch die köstlichen Strömungen zu finden, die durch ihren Körper rasten.

»So, da haben wir's doch, meine Liebe«, sagte Calliope. Sie klappte das Rasiermesser durch einen leichten Druck mit der Handfläche zu und griff nach einem dünnen Leintuch, um die letzten Reste des Schaums wegzuwischen. »Wir sind fertig, und du hast es überlebt. Keinen einzigen Kratzer hast du hinnehmen müssen, und du hast auch keinen Tropfen Blut vergossen. Welcher Barbier kann das schon von sich behaupten?«

Marianna riss weit die Augen auf und blickte hinunter zu ihrer blanken Stelle. Die vertrauten schwarzen Löckchen, die ihre Pussy umrahmt hatten, waren verschwunden, die Haut darunter schien glatt und weiß. Sie hatte sich in ihrem ganzen Leben noch nicht so nackt gefühlt, und sie errötete, aber nicht aus Scham, sondern aus Entzücken.

»Ich wusste doch, dass es dir gefallen würde«, rief Calliope und warf das Leintuch zur Seite.

Mit sanften Fingern rieb sie leicht über die Innenseiten von Mariannas Schenkel, dann schaute sie blinzelnd zur Freundin hoch. »Ich will dir zeigen, wie stolz ich auf meine Fertigkeit bin, meine Liebste. Ich will den Beweis meiner geschickten Arbeit küssen.«

Doch als Calliope sich auf ihren Absätzen nach vorn beugte, schwang die Zimmertür hinter ihr auf. Marianna stieß einen Schrei aus, überrascht und verlegen, rutsche im Sessel hoch und suchte hektisch nach den Schößen ihres Bademantels, um ihre Blöße zu bedecken.

Calliope hingegen veränderte ihre Position kaum und versuchte auch gar nicht, ihren fast nackten Körper zu bekleiden. Sie legte die Hände in die Hüften, und ihr Lächeln wurde frivol und breiter. Tatsächlich schien sie so gelassen zu sein, als hätte sie den Besucher erwartet – was auch zutraf, denn sie hatte, wie auch Turner, die inzwischen aus dem Zimmer geschlüpft war, die Schritte auf der Treppe gehört.

»Nur keine Aufregung, Miss Wren, nur keine Aufregung«, sagte der Earl of Rogersme und trat die Tür mit einem Fuß zu, während er seine Arme aus dem Mantel befreite.

Er hatte die lange Knopfreihe schon geöffnet, und auch die Weste darunter klaffte schon offen. Sein Halstuch hing lose. Sein Gesicht war gerötet, und in den Breeches konnte man deutlich seine Erektion sehen. »Ich habe euer Seufzen gehört, euer Sehnen nach einem Liebhaber – und hier bin ich, um meine Pflicht zu tun.«

Elftes Kapitel

In dem die engen Bande
der Freundschaft auf eine harte,
wenn auch vergnügliche Probe gestellt werden,
& Marianna eine neue Rechnungsart kennenlernt –
wie man eins aus drei macht

Verdutzt und entsetzt und von einer Fülle weiterer Emotionen ergriffen, fiel Marianna in eine lang geübte Praxis zurück und machte vor dem Earl einen Knicks. »Mylord«, stammelte sie. »Verzeihen Sie mir, aber ich habe nicht mit Ihnen gerechnet.«

»Nein?«, knurrte Lord Rogersme und verharrte reglos vor ihr, während ein Arm noch in seinem Mantel steckte. Er wandte sich Calliope zu. »Was soll das denn, Callie? Du hast mir gesagt, dass das Mädchen Bescheid weiß und bereit ist. Zur Hölle! Ich werde sie belohnen!«

»Sie ist so bereit, wie es nur geht, Mylord«, warf Calliope rasch ein und stellte sich vor Marianna, als müsste sie die Freundin beschützen. »Aber sie weiß noch nicht sehr viel.« Sie wandte sich an Marianna. »Meine liebe, süße, unschuldige Cousine, ich weiß, dass du verwundert bist über die Dinge, die wir hier in London tun, deshalb hielt ich es für angebracht, dir nicht schon vorher alle Einzelheiten zu erklären.«

Aber inzwischen hatte Marianna die Wahrheit schon begriffen, ohne sie von der Freundin zu hören. Die Position des Sessels, dem Bett genau gegenüber, sowie die zeitliche Übereinstimmung des Rasierens mit der Ankunft Seiner Lordschaft passten einfach zu gut zusammen.

»Es gibt noch ein weiteres Guckloch, nicht wahr?«, fragte sie und drehte sich um, weil sie die Wand hinter dem Bett absuchen wollte. »In dem anderen Schlafzimmer, meinem genau gegenüber, gibt es auch ein Guckloch. Und von dort aus hat Seine Lordschaft uns zusehen können.«

»Du bist ein kluges Kind, Marianna«, sagte Calliope und strahlte sie mit glücklicher Bewunderung an. Keine Spur von Reue oder Scham. Sie nahm Mariannas Hände in ihre und streichelte sie, als wäre das ihre Art, sich für die List zu entschuldigen. »Ich wollte nicht, dass du zu scheu wirst, meine Liebe. Ich wusste, dass du viel besser und natürlicher bist, wenn du nichts von einem heimlichen Zuschauer weißt.«

»Deine liebe Cousine hat jede Bewunderung verdient«, sagte der Earl, trat tiefer ins Zimmer hinein und stellte sich hinter Marianna. »Für eine Novizin war es mehr als bewundernswert. Wenn wir uns einige Male um sie bemüht haben und sie geschickt ausbilden, wird sie uns vielleicht noch alle überraschen.«

Auf einmal wurde Marianna so still wie vorhin, als Calliope das Rasiermesser in die Hand genommen hatte. Sie trug einen Seidenmantel und nichts darunter, nicht einmal die schützenden krausen Löckchen um ihre Pussy herum.

Ihre dunklen Haare fielen locker auf die Schultern, und ihre Wangen waren mit Rouge geschminkt, sodass sie überall in London als sinnliche, professionelle Schönheit erkannt worden wäre. Ein einzelner schwarzer Taftstern – der absolut letzte Modeschrei – klebte in ihrem Mundwinkel, als wäre er ein Fragezeichen zu allem, was an hübschen Worten über ihre Lippen kommen würde.

Vor ihr stand ihre liebste Freundin, vielleicht ihre einzige

Freundin, die sie nun zu übermütigen Spielen der delikatesten Art einlud. Hinter ihr, so nahe, dass sie seinen heißen, lüsternen Atem auf den Schultern spüren konnte, stand der andere Teilnehmer bei diesem Abenteuer; sie hörte ihn schnaufen und fühlte, wie er sie mit den Händen abtastete.

Es würde sicherlich ein lustvoller, prächtiger Abend werden, wenn sie sich bereit erklärte, ihnen Gesellschaft zu leisten, und wie Seine Lordschaft erklärt hatte, würde sie auch großzügig belohnt werden.

Wenn sie wollte, konnte sie immer noch gehen. Man würde sie nicht aufhalten. Sie konnte dieses Haus verlassen, diese Stadt, dieses Leben.

Wenn sie wollte ...

Und so stand unsere Heldin am Scheideweg und musste eine Entscheidung fällen. Der eine Wegweiser zeigte auf das kühne neue Leben in der Stadt, ein Leben der Lust, der Leichtigkeit und der lüsternen Entzückungen, gefördert vom freundlichen Earl, der ihr seine Belohnung versprochen hatte. Der andere Wegweiser zeigte zurück in die Gegend, aus der sie gekommen war; dort erwartete sie das strenge, harte Leben eines nie endenden Dienstes für andere, und die einzige Belohnung würde der karge Lohn sein, verbunden mit dem Wissen, dass ihre Arbeit, ganz egal, wie sie sich bemühte, nie genug sein würde.

Mariannas alte Wohltäterin Lady Catherine würde sagen, dass ihre Wahl doch nur lauten konnte, zu ihr zurückzukehren, um das Leben in Sünde zu verlassen. Für einige würde das sicherlich die einzige Entscheidung sein. Aber wie jede gute Heldin eines solchen Romans kannte Marianna bereits ihre Wahl, bevor sie die Entscheidung getroffen hatte.

Verruchtheit oder Tugend.

Vergnügen oder Plackerei.

Lüsternheit oder Bestrafung.

Göttin oder Dienerin.

Was sie gelernt hatte, oder was sie noch lernen würde.

»Du bist ein wunderschönes Geschöpf, meine Liebe«, sagte der Earl mit verführerisch tiefer Stimme. Er legte einen Arm um Marianna und schlüpfte mit der Hand unter die lose Seide ihres Mantels, bis er ihre Brust umfassen konnte.

Sie keuchte auf, überrascht von der Dreistigkeit des Earls, aber zugleich spürte sie auch, wie ihr Nippel auf seine Hand reagierte und hart wurde. Sie unternahm keinen Versuch, sich von ihm zu lösen. Warum sollte sie auch, wenn es das war, was sie wollte, wonach sie gierte?

Sie schob sich der Hand Seiner Lordschaft entgegen und lehnte sich mit dem Kopf an seine Schulter, während ihr Körper sich sanft gegen seinen schlängelte.

Und ohne weitere Gedanken hatte sie ihre Entscheidung getroffen.

»Eine eifrige Studentin, wie ich sehe«, sagte er und gluckste über ihre Reaktion. »Das gefällt mir, Miss Wren.«

Er rieb den Daumen über ihren Nippel, um sie noch ein bisschen mehr zu necken, und legte den anderen Arm um ihre Taille. Die Hand hatte die Kraft eines Schraubstocks. Rogersme war ein Mann aus Eisen, mit Armen und Beinen wie ein Hufschmied. Marianna labte sich an der Kraft, die zwischen ihnen vibrierte.

Es faszinierte sie, einen Mann vor sich zu haben, der sie zu allem zwingen konnte, was er wollte. Es ängstigte sie nicht; sie fühlte sich eher wie eine Seiltänzerin, die sich zwar immer in Gefahr befand, aber auf ihr Geschick verlassen konnte, um dieser Gefahr die Stirn zu bieten.

»Ich habe Ihnen gesagt, dass sie voller Leidenschaft ist«, sagte Calliope, die Stimme zu einem Flüstern gesenkt. »Ich habe gesagt, dass sie perfekt ist. Oh, meine liebe Cousine, wie köstlich du doch bist!«

Sie nahm Mariannas Hände, beugte sich vor und küsste sie auf die Wangen, wie man es von Cousinen erwarten konnte. Sanft strich sie auf einer Seite über Mariannas Haare, die über ihre Schulter fielen, dann löste sie mit zarten Fingern den Seidenmantel und schob ihn von den Brüsten. Eine Brust war noch von der Hand des Earls bedeckt.

Er hatte sich das feine Seidenhemd ausgezogen, und der dunkle Arm, der ihre Taille umschlang, ließ Mariannas Haut im Schein des Kerzenlichts noch heller leuchten.

Die andere Brust war die mit dem Muttermal, und mit einem gierigen Seufzer bückte sich Calliope und hauchte einen Kuss auf das kleine Herz.

»Haben Sie je etwas so Schönes und Ausgefallenes gesehen, Mylord?«, fragte sie und umspielte Mariannas Nippel mit den Fingerspitzen. »Die Natur hat sie als Venus gezeichnet.«

Er drehte sich halb um, damit er besser sehen konnte. »Kann sein, dass deine ganze Familie auf diese Art gezeichnet ist, Callie«, sagte er lachend.

»Nur die Schönen«, antwortete sie und lachte mit ihm. »Ah, meine liebe Marianna, ich bin sicher, dass du für die Liebe und die Leidenschaft geboren bist.«

Sie nahm Mariannas Brust in die Hand und begann, den Nippel zu lecken, als wollte sie an diesem fleischlichen Schrein der Göttin der Liebe huldigen. Marianna sah den hellblonden Kopf der Freundin, wie er sich auf die Brust senkte, und spürte die geschickte Arbeit der quälenden Zunge, während der Earl die andere Brust streichelte und drückte – für Marianna war es kaum noch zu ertragen.

Sie seufzte, als ihr Blut zu kochen begann und sie von der

Lust überwältigt wurde. Entspannt lehnte sie sich zurück und ließ die Hände auf seinen breiten Schultern ruhen. Sie bot den beiden Menschen ihre Brüste an – eben wie die Göttin, die Calliope in ihr sah.

Aber sie befand sich nicht allein auf der Reise zur sehnsüchtig erwarteten Erregung. Lord Rogersmes Liebkosungen wurden fordernder, und sein Atem kam hechelnder. Ungeduldig begann er, an der Seite ihres Halses zu knabbern. Er fand den präzisen Punkt unter ihrem Ohr, wo ihr Puls schlug, nagte und nippte mit den Zähnen an der empfindlichen Haut und strich dann mit der samtenen Zunge über diese Stelle. Dass der Earl und Calliope sie gleichzeitig leckten und streichelten – ah, Himmel, konnte es noch eine größere Glückseligkeit geben?

»Weißt du eigentlich, wie sehr du mich in Versuchung führst, Mädchen?«, fragte Seine Lordschaft, und dabei war seine Stimme so nah an ihrem Ohr, dass sie die Worte nicht nur hören, sondern auch fühlen konnte. »Weißt du, dass du reif zum Pflücken bist? Wie sehr du das brauchst, was ich dir in dieser Nacht noch geben kann?«

Sie antwortete nicht, aber sie schüttelte sich mit einem Seufzer der Sehnsucht. Sie hatte Calliope geschworen, dass sie ihn auf Distanz halten und den Zustand der angeblichen Jungfernschaft aufrechterhalten würde, doch je länger dieses gemeinsame Vorspiel dauerte, desto öfter fragte sie sich, ob sie wieder einen Schwur geleistet hatte, den sie nicht einhalten konnte.

Mit seiner freien Hand zog er ihren Po gegen seinen Schoß, wo sie seine harte, dicke Rute der Erektion durch die Breeches fühlen konnte. Instinktiv bewegte sie sich gegen die Stange, sie rutschte seitlich und auf und ab, bis sie den drängenden Schaft in der Kerbe ihrer Backen spürte.

Sein polterndes Grunzen erinnerte sie daran, was sie in der vergangenen Nacht gesehen und wie gut dieser dicke Schaft ihre Freundin bedient hatte, als er mit seinen Stößen in Calliopes Fötzchen ein- und ausgefahren war. Sie erinnerte sich noch gut daran, wie Calliope sich auf dem Bett gewunden und ihre ekstatischen Schreie ausgestoßen hatte. Sie war immer weiter auf dem Bett nach oben gerutscht, und schließlich hatte sie sich der gnadenlosen Kraft seiner Attacke ergeben müssen.

Und jetzt würde sie diese Kraft spüren können, diesen Schwanz mit seinen fordernden, verrückt machenden Stößen.

Sie wandte ihm das Gesicht zu, um ihn zu küssen. Er verschwendete keine Zeit mit Tändeleien, stieß seine Zunge tief in ihren Mund und duellierte sich dort mit ihrer. Es war, als wollte er sie auf den Akt vorbereiten, den er kaum abwarten konnte. Das Streicheln ihrer Brust endete damit, dass er einen Nippel mit Daumen und Zeigefinger quetschte.

Er nahm ihr Kinn in seine Finger und hielt ihr Gesicht, während er sie mit drängenden Küssen versorgte, die sie mit derselben Inbrunst erwiderte. Sie war so verloren in ihren Küssen, dass sie Calliope erst bemerkte, als sie sich zwischen sie zwängte und die Breeches des Earls öffnete. Schließlich fielen sie von ihm ab, und sein Schaft sprang ins Freie, bereit, sich ihren Berührungen zu ergeben.

»Genug«, knurrte er. Er umfasste ihre Taille, und ehe sie sich versah, fand sie sich auf Calliopes Bett wieder. Sie fiel auf den Rücken und versank tief im Federbett. Er folgte ihr sofort, stieg aufs Bett und schob mit den Knien ihre Beine auseinander. Sie wehrte sich ein wenig und versuchte, sich zu erheben, um ihn zu umarmen, aber er kniete auf ihren Röcken, sodass sie sich kaum bewegen konnte.

Sie richtete sich auf die Ellenbogen auf und hatte die Augen weit geöffnet, als sie zusah, als er das tat, wobei sie ihn letzte Nacht beobachtet hatte. Seine Breeches klafften auseinander, und sein Schaft zuckte und glänzte vom ersten Erguss, und die Nüsse hingen schwer darunter.

Sein Atem kam keuchend, während er sich das Hemd über den Kopf zog und es neben das Bett warf. Sein Brustkorb war mit dunklen krausen Härchen bedeckt, ebenso seine Unterarme, und wieder musste sie an einen antiken Satyr denken, der dabei war, eine Waldnymphe zu entjungfern.

Er lauerte über ihr wie ein Koloss. Sein Gesicht war von Lust verzerrt, und seine maskuline Urgewalt konzentrierte sich auf Marianna. Sie konnte seine Energie fühlen, obwohl er sie bisher noch nicht berührt hatte. Es war, als hätte die Kraft seiner Hitze sie schon penetriert.

Sie konnte an nichts anderes denken, als ihn in sich aufzunehmen; sie wollte ihn locken, sie auf die harte Art zu nehmen. Sie schüttelte die Haare aus ihrem Gesicht und lächelte ihn scheu an, während sie die Beine noch ein wenig spreizte. Jetzt konnte er den verführerischen Blick auf ihre frisch rasierte Pussy lenken. Die rosigen Blütenblätter hatten sich schon leicht geöffnet, und der heiße, süße Honig ihres Begehrens sammelte sich in ihrem Inneren.

Er griff hinunter und packte ihre Oberschenkel, die er so weit wie möglich öffnete. Marianna ließ sich zurückfallen, um ihre bedingungslose Bereitschaft zu signalisieren. Sie hatte die Arme ausgebreitet und spürte, wie schnell ihr Herz vor lauter Erwartung schlug.

Calliope kletterte aufs Bett und rutschte hinüber zu Marianna. Sie kniete sich über sie und wand sich aus ihrem Seidenmantel, denn die letzte Scham war verflogen. Lächelnd strich sie die Haare aus Mariannas Gesicht und nutzte die

Gelegenheit, Wangen und Stirn der Freundin mit leichten Küssen zu versehen.

»Das habe ich mir für dich gewünscht, meine Liebe«, wisperte sie. Ihre hellen Haare fielen wie ein Vorhang vor die beiden Gesichter. »Du wirst es genießen.«

Sie blockierte Mariannas Blick auf den Earl, aber sie konnte ihn fühlen, wie er mit seinen muskulösen Händen über die zitternden Innenseiten ihrer Schenkel streichelte. Sie hielt in Erwartung ihren Atem an, bereit für seinen Schaft. Stattdessen brachte er sie völlig aus der Fassung, als er ihre Hüften anhob und sein Gesicht gegen ihre Pussy drückte. Er küsste ihre Labien mit der Gier, mit der er auch schon ihren Mund geküsst hatte.

Der volle Schopf seiner dunklen Haare wischte über ihre Schenkel, und der Schatten seines bärtigen Kinns schabte gegen ihre sanfte Haut, aber diese Empfindungen bedeuteten nichts im Vergleich zur nassen Hitze seiner Zunge in ihrer frisch rasierten Muschi.

Er strich mit der Zunge über die geschwollenen Lippen, die er wie eine exotische Frucht teilte, dann stieß er mit der Zunge in sie hinein, um ihren Saft zu schmecken. Er leckte und schluckte und nagte, und Marianna spürte tausend neue Emotionen und wälzte sich unter ihm von einer Seite auf die andere.

»Ich wusste, dass es so sein würde, meine liebe Freundin«, sagte Calliope außer Atem. Ihre Küsse wurden immer fiebriger, während sie ihre Brüste schamlos gegen Mariannas rieb. »Ich habe dir doch gesagt, wie es mit uns sein würde.«

Marianna stieß einen Schrei aus, als er den empfindlichen Lustknopf fand und ihn mit der Zunge umspielte. Er saugte ihn hart in den Mund, bis sich ihr Körper krümmte. Ihr Herz klopfte in ihrer Brust. Sie hatte sich noch nie so offen gefühlt, so nass. Der Honig floss aus ihr.

Sie suchte verzweifelt nach Halt und fand ihn bei Calliope, während sie ihr Dreieck hart gegen das Gesicht des Earls presste und wimmerte und um Erlösung bettelte. Plötzlich nahm sie wahr, dass Calliope sie ebenfalls streichelte – eine zusätzliche Tortur. Kein Wunder, dass sie die Zuckungen in ihrem Bauch spürte, denn Rogersmes Zunge trieb sie in den Wahnsinn.

Sie arbeiten für meine Lust, dachte sie mit dem letzten Rest von Verstand, der ihr geblieben war. Sie tun es für mich, damit ich ihre Wohltaten genieße ...

Als sie sicher war, dass sie mehr Lust gar nicht mehr ertragen würde, stieß er die Zunge tief in ihre Öffnung. Sie schrie wieder auf und hob erneut die Hüften an. Calliope drückte ihre zierlichen Finger gegen Mariannas schlüpfrige Klitoris, und das war der Moment, in dem sie explodierte. Der ganze Körper zuckte von der Wucht ihres Orgasmus.

Als er sie endlich losließ, rollte sie sich auf eine Seite und rang nach Atem. Sie presste die Schenkel zusammen und labte sich an den letzten Zuckungen, die ihren Körper schüttelten.

»Jetzt«, befahl Rogersme streng, und sofort legte sich Calliope neben Marianna auf den Rücken. Sie hatte kaum Zeit, die Beine zu öffnen, bevor er schon in ihr steckte. Mit einem einzigen Stoß drang er bis zum Anschlag in sie ein. Calliope schlang die Beine um seine Hüften und nahm ihn tief in sich auf.

Fasziniert sah Marianna ihnen zu. Ihre Augen mochten kaum glauben, was da in unmittelbarer Nähe geschah. Im Zimmer wurde der Moschusgeruch immer stärker, berauschend wie schwerer Wein. Ohne darüber nachzudenken, griff Marianna nach ihnen und berührte die beiden Leiber, wie auch ihr Körper von ihnen gestreichelt worden war.

Als Rogersme sich auf die Knie zurückzog und eine kurze Pause einlegte, um sich an der Hitze zu laben und an den gespannten Muskeln von Calliopes Pussy, schob Marianna ihre Finger zwischen die Leiber und strich über die Stelle, an der sie vereint waren.

»Mach mit deinen Fingern einen Kreis«, grunzte der Earl, »dann legst du sie um meinen Stab, tief unten um die Wurzel. Fester, meine Süße, fester. Ah, jetzt hast du's.«

Sie konnte den ganzen Umfang seines Schafts gar nicht umfassen, aber man merkte ihm an, dass ihre Finger ihn noch stärker erregten. Marianna spürte, wie er noch dicker wurde und noch heftiger in Calliope hineinstieß.

Seine Stöße ließen Calliope keuchen, aber auch Mariannas streichelnde, pressende Finger erhöhten ihr Entzücken, und bald spürte Marianna, wie ihre Finger klebrig von ihren gemeinsamen Säften wurden. Nach diesem unbändigen Treiben war es nicht verwunderlich, dass sie nicht lange durchhalten würden, und kurz darauf kam es ihnen. Sie brachen schweißüberströmt zusammen, ein Bündel befriedigter Lust.

Noch zweimal in dieser Nacht vergnügten sie sich miteinander, aber gegen Ende der dritten Begegnung zog es der Earl vor – obwohl er sehr robust war –, den beiden jungen Frauen zuzusehen. Er gab ihnen Anweisungen, was sie tun sollten, als wären sie zwei Schauspielerinnen, die engagiert waren, ihm eine Privatvorstellung zu geben – was sie auf gewisse Weise auch waren.

Der Himmel hellte sich langsam auf, als er sie schließlich verließ. Er küsste und herzte sie zum Abschied und kehrte nach Hause zurück.

Marianna war viel zu erschöpft, um auf ihr eigenes Zimmer zu gehen; stattdessen blieb sie in Calliopes Bett. Die beiden hielten sich fest umschlungen, so fest, wie man es von Freundinnen nach einer so frivolen Nacht erwarten kann. Bevor Marianna in einen tiefen Schlaf fiel (Calliope hielt ihre Taille mit einem Arm umfangen), wurde ihr bewusst, wie sehr sich ihr Leben zum Guten verändert hatte.

Die Mittagszeit war vorüber, als Turner ihnen ihr Frühstück ans Bett brachte – heiße Schokolade und Orangensaft, getoastete Muffins und Honig. In der teilnahmslosen Art, die sie so perfekt beherrschte, ganz egal, was sie gesehen hatte, hob sie die beiden Seidenmäntel vom Boden auf und hielt sie für Calliope und Marianna bereit.

»Ich glaube, ich laufe lieber nackt herum, als mich mit dem Anziehen zu quälen«, sagte Calliope und streckte die Arme aus, damit Turner ihr den Mantel überstreifen und vorne die Rüschchen glatt streichen konnte. »Das wäre erheblich weniger Arbeit und bringt vielleicht auch ein bisschen mehr Vergnügen. Stell dir doch mal vor, wenn ich nackt in der offenen Kutsche über die Bond Street fahre, nur mit einem Sonnenschirm ausgerüstet, damit die Strahlen mich nicht bräunen können. Ha, darüber würde sich die halbe Welt ereifern, was?«

»Bitte, Ma'am, setzen Sie sich, damit ich mich um Ihre Frisur kümmern kann«, sagte Turner, und es klang nicht wie eine Bitte, sondern fast wie ein Befehl. »Es ist ein richtiges Rattennest daraus geworden. Ich bin sicher, dass ich eine Stunde brauche, um die Haare sauber zu bürsten.«

»Es wird eine schlimme Stunde, wenn du weiter so an den Haaren ziehst«, sagte Calliope freudlos. Sie setzte sich auf einen Schemel und richtete sich aufs Schlimmste ein. Die Strapazen der vergangenen Nacht hatten tatsächlich beträchtlichen Schaden an ihrer Frisur angerichtet; die feinen dünnen Haare sahen eher wie zerzauste Zuckerwatte aus, keine Spur mehr von den feinen Locken und Schleifen, mit denen sie den Abend begonnen hatte.

»Nein, du willst bestimmt nicht splitternackt sein wollen.« Marianna warf einen Blick auf das Frühstückstablett, bevor sie eine Orange aus dem silbernen Drahtkörbchen nahm. Bevor sie Calliope kennen lernte, hatte sie noch nie eine Orange gegessen; sie waren zu kostbar und exotisch und den oberen Etagen vorbehalten; bei den Bediensteten kamen sie nicht vor. Seit sie die edlen Früchte entdeckt hatte, war sie ganz verrückt nach ihnen und griff zu, wann immer sie angeboten wurden. »Du würdest doch sicher nicht auf deinen Schmuck verzichten?«

»Der Schmuck zählt nicht, denn ich gehe nirgendwohin ohne meine Juwelen.« Verspielt nahm sie einen der Ohrringe zwischen die Finger, eine Kombination aus Perle und Saphir.

»Halten Sie still, Ma'am, bitte«, sagte Turner streng und hielt die Haarbürste angriffslustig in der Hand, als wäre sie eine auf Zerstörung ausgerichtete Hellebarde und nicht ein Teil des Toilettentischs einer Lady. »Ich kann überhaupt nichts machen, wenn Sie nicht stillsitzen.«

»Ja, schon gut, schon gut«, knurrte Calliope. Sie zog einen Schmollmund, der gut zu einer getadelten Schülerin im Klassenzimmer gepasst hätte. Dann wandte sie sich wieder an Marianna. »Auf meine Schuhe würde ich auch nicht verzichten, ebenso wenig auf meine Strümpfe und Strapse, denn sie gehören doch zum Vergnügen dazu, und außerdem habe ich so hübsche kleine Füße und Fesseln. Aber alles andere kann weg – du würdest in mir eine Schwester Evas im Paradies sehen.«

»Wenn ich etwas eigenes Geld hätte«, sagte Marianna,

»würde ich eine Summe setzen, damit ich erlebe, ob du das wirklich tun würdest.«

»Dann hättest du dein Geld verloren, als hättest du ein Loch in deiner Tasche«, sagte Calliope lachend, »denn ich würde es tun. Du weißt, dass ich es tun würde. Ohne einen weiteren Gedanken zu verschwenden, würde ich jeden Fetzen meiner Kleidung wegwerfen.«

»Wenn du das tust, wärst du der populärste Mensch ganz Englands«, mutmaßte Marianna. »Zumindest bei den Gentlemen.« Sie hatte die Apfelsine geschält und reichte Calliope eine Hälfte. »Aber alle Frauen Londons würden dich dafür noch mehr hassen, wenn das überhaupt möglich ist.«

»Erstens glaube ich das nicht, und zweitens ist mir ihr Urteil völlig egal«, sagte Calliope und fügte als Verstärkung ein verächtliches Schniefen hinzu. Sie nahm die Orangenhälfte in die Hand und löste die einzelnen Segmente mit dem Daumen, dann lachte sie verwegen. »Schau dir das an, Marianna. Bringt dich das auf irgendeine Idee?«

Sie hielt die Orange hoch, löste zwei Segmente ab, ohne sie zu teilen, strich stattdessen mit dem Daumen über die Länge der Fruchtteile, als wollte sie irgendwas andeuten. Dann hob sie die Orange an den Mund, leckte darüber und stieß die Zunge zwischen die beiden Segmente. Sie drückte sie so sehr, dass der Saft herauslief und von ihren Lippen zum Kinn rann.

Marianna kreischte vor Lachen und wiegte sich auf ihrem Stuhl vor und zurück, während sie eine Hand vor den Mund presste. »Oh, Calliope, wenn Seine Lordschaft das sehen könnte ...«

»Wenn er das sehen könnte, lägen wir beide jetzt schon wieder auf dem Rücken, die Röcke ganz nach oben geschoben, damit wir ihm wieder zu Diensten sein könnten«, sagte

Calliope und lachte ebenfalls. »Ich hätte dich in der französischen Liebe unterrichten sollen, nur zwischen uns beiden, aber ich wusste, dass Rogersme dich schmecken will, und ich dachte, es würde dir vielleicht besser gefallen, wenn er der Erste ist, mit dem du diese Variante erleben kannst.«

Mariannas Wangen wurden heiß. Scheu sah sie auf die Orange auf ihrem Teller. Sie erinnerte sich noch gut an die köstlichen Sensationen, die Seine Lordschaft mit seiner Zunge bei ihr ausgelöst hatte, und plötzlich spürte sie, wie sie überall feucht wurde. Ihre Pussy lechzte gierig nach einer Wiederholung dieses nächtlichen Sports.

»Nun schau mal an, unsere kleine Gans wird noch rot«, sagte Calliope liebevoll. »Kein Gentleman wird jemals deine Jungfernschaft bezweifeln, nicht, wenn du so charmant errötest. Aber ist die Zunge Seiner Lordschaft nicht das schärfste Ding, das du je zwischen deinen Beinen gehabt hast? Nun, sagen wir, das zweitschärfste Ding, denn ein guter steifer Schaft ist immer noch unübertroffen.«

»Es war ... wirklich wunderbar«, sagte Marianna und wusste nicht, was sie sonst noch sagen sollte. Ein Höhepunkt wie jener, den sie durch die Zunge Seiner Lordschaft erlebt hatte, ließ sie begreifen, wie viel sie noch lernen musste von all den weltlichen Dingen der fleischlichen Gelüste, und ihr war auch bewusst, wie begierig sie war, ihre Erziehung fortzusetzen.

»Oh, ja, jede Wette, dass es wunderbar war«, neckte Calliope sie und steckte einen Streifen der Apfelsine in den Mund. »Der Earl ist mit dem seltenen Talent auf die Welt gekommen, eine Frau auf diese Art zu befriedigen. Er hat eine Schwäche für die geheimen Stellen einer Frau, wie andere Gentlemen eine Schwäche für Wein, Pferde oder Gemälde haben.«

»Aber das ist doch was ganz anderes«, wandte Marianna

ein, denn sie fand, dass die seltene Vorliebe des Earls nicht mit Pferden oder Bildern verglichen werden konnte.

»Nun schimpf mal nicht gleich«, sagte Calliope und wischte sich mit dem Ärmel den Saft der Apfelsine von den Lippen. »Nicht jeder Mann ist so gut ausgestattet wie der Earl, wie du zweifellos eines Tages noch zu deiner traurigen Enttäuschung erfahren wirst. Ich muss dir noch beibringen, dich zu revanchieren. Es ist die einfachste Art, einen Mann zu deinem Sklaven zu machen – so sehr lieben sie es. Wir können es zuerst an Dildos üben, bis du herausgefunden hast, was du mit den Zähnen anfängst.«

»Dildos?«, fragte Marianna und senkte verschämt den Kopf, weil sie nicht wusste, wovon die Freundin sprach. Sie kam sich wie das dümmste Geschöpf der ganzen Christenheit vor, als sie Calliope bat, ihr das Wort zu erklären.

Nicht, dass Calliope lange zögerte. »Ein Dildo ist die Nachahmung eines Schwanzes, von geilen Italienern erfunden«, begann sie fröhlich. »Er wird aus Ebenholz gefertigt, aber es gibt auch Exemplare aus Leder. Man kann auch eine aus Holz geschnitzte Möhre nehmen, wenn man darauf steht. Jedenfalls sind es hübsche Spielsachen, wenn man das natürliche Modell nicht zur Verfügung hat, entweder, weil die Liebe fehlt, oder das Geld und die Lust.«

»Ich verstehe«, murmelte Marianna mit leiser Stimme. Ihre Vorstellung lieferte ihr den Rest der Definition. Ein Dildo musste ein großer Trostspender sein, wenn man keinen Schwanz aus Fleisch und Blut zur Hand hatte. Ihre Pussy zog sich zusammen, als sie an die neuen Möglichkeiten dachte. Sie konnte sich gut vorstellen, wie sie ein solches Gerät anwandte, wie es sie streckte und dehnte, und wie sie die Kontrolle über die lustvollen Stöße übernahm.

»Nicht, dass du oft einen Dildo brauchen wirst, wenn ich

an all die Gentlemen denke, die es nicht erwarten können, dir Freude zu bescheren«, sagte Calliope, die Mariannas Gedanken nicht lesen konnte – oder vielleicht doch. »Du, meine Freundin, bist wie Seine Lordschaft. Du hast auch ein seltenes Talent für Lust, du gibst sie gerne, und du empfängst sie gerne. Das habe ich schon am ersten Tag im Badezuber gesehen, und Seine Lordschaft hat es gestern auch festgestellt.«

Traurig erinnerte sich Marianna daran, dass Johnny Lyon das ebenfalls zu ihr gesagt hatte. Er hatte ihr geraten, mit diesem Talent nach London zu gehen, weil der Markt in der Hauptstadt größer wäre. »Du bist nicht die Erste, die mir das sagt, Calliope.«

»Und ich wette, ich werde auch nicht die Letzte sein, wenn – oh, die Pest soll diese Haarbürste holen, Turner! Musst du mir jedes einzelne Haar ausziehen? Wenn du fertig bist, werde ich kahl wie ein Ei sein.«

»Verzeihen Sie, Ma'am, aber wir sind bald fertig«, murmelte Turner ungerührt und zog die Bürste kraftvoll durch Calliopes lange, jetzt wieder seidige Haare. »Es wäre nicht so eine große Qual, wenn Sie nicht darauf bestünden, Ihre Haare mit Zucker einzureiben und mit Nadeln zu versehen, bevor Sie Seine Lordschaft begrüßen.«

»Oh, ja«, sagte Calliope, »und kannst du dir vorstellen, dass ich Seine Lordschaft in Zöpfen empfange? Die gute Zweitfrau Calliope, stets zu Diensten, Sir.«

Sie verdrehte entsetzt die Augen und versuchte, mit der ausgestreckten Hand den Teller mit den Muffins zu erreichen, während Turner ihre Haare in Besitz nahm wie irgendein Wilder im Wald, der seinen Gegner am Skalp festhielt.

»Aber es ist deine Leidenschaft, liebe Marianna, und deine Klugheit und natürlich deine Schönheit, die mich glauben lassen, dass du schließlich das Interesse von Lord Blackwood wecken wirst.«

Marianna reichte der Freundin den Muffin, auf den sie Appetit hatte. »Lord Blackwood? Erzähl mir von ihm, erzähle! Wer um alles in der Welt ist Lord Blackwood?«

Turner schniefte, was wohl als Ablehnung zu deuten war, aber Calliope ignorierte sie.

»Der Marquis von Blackwood ist ein alter Bekannter Seiner Lordschaft«, begann sie und knabberte mit zarten Bissen am Muffin. »Er ist ein Gentleman mit einem hohen Wissensstand, er hat einen ausgezeichneten Geschmack und ist ein sehr umgänglicher Mensch.«

Turner schniefte wieder, diesmal etwas lauter, aber wieder wurde sie von Calliope ignoriert.

»Lord Blackwood hat den interessantesten Bekanntenkreis, den man sich vorstellen kann«, fuhr sie fort und zählte die Vorzüge des Marquis auf, während sie einen Bissen nach dem anderen in den Mund nahm. »Einige seiner Bekanntschaften leben in seinem Palast. Er besitzt verschiedene Anwesen und Residenzen, darunter auch das große Haus auf der Nordseite des Blackwood Squares. Es ist so groß, dass der Herzog von Bedford gelb vor Neid wurde, als er es sah.«

Marianna nickte, ganz verwirrt vom Katalog der einzelnen Charakterzüge und Besitztümer, die sich alle in einem Mann vereinten. Egal, wie oft es ihre Freundin betonte, sie konnte sich nicht vorstellen, zu einem solchen Mann zu passen. Sie würden nie auf einer Stufe stehen.

»Er hat nie geheiratet«, fügte Calliope hinzu, »und das bedeutet, es gibt keine griesgrämige, unangenehme Ehefrau, die dir schon mit Blicken den Spaß am Vergnügen missgönnt. Und ja, bevor du fragst, er ist sagenhaft reich. Da liegt ein Vermögen, das nur darauf wartet, von einer besonders klugen Frau geplündert zu werden.«

»Das hätte ich gar nicht gefragt, jedenfalls nicht als erste Frage«, stellte Marianna klar. »Ich möchte lieber wissen, ob er beliebt ist. Ist Lord Blackwood ein gut aussehender Gentleman? Ist er jung und umgänglich? Ich bin nicht sicher, ob ich seine Begleitung wollte, wenn er das nicht ist.«

»Weißt du, je reicher ein Gentleman ist, desto besser sieht er aus«, sagte Calliope und ließ ein erfahrenes Lachen sehen. »Es ist ein Wunder, dass er noch zu haben ist. Und du brauchst dir um Lord Blackwood keine Sorgen zu machen. Er sieht so gut aus wie die Sünde selbst – was ist denn, Fitz?«

Der Diener trat ein, zwei mit Leder eingefasste Schachteln auf einem Tablett; es waren Behälter, wie sie von den besseren Juwelieren benutzt wurden. Wie der Vortopmann auf einer Fregatte, der die Flagge eines Schiffs erkannte, sobald es sich am fernen Horizont zeigte, konnte Calliope nicht nur erkennen, was diese Schachteln enthalten würden, sie wusste sogar, aus welchem Geschäft sie stammten. Mit einem fröhlichen Triumphgeheul starrte sie auf die Schachteln und konnte es kaum erwarten, danach zu greifen.

»Befreie mich endlich, Turner«, rief sie und duckte sich vor einem neuen Angriff der verhassten Haarbürste. Sie wartete nicht, bis der Preis zu ihr kam, sie sprang auf und rannte durchs Zimmer. Mit einem Griff hatte sie eine der Schachteln in den Händen.

»Schau mal, Marianna, ich habe dir doch gesagt, dass Rogersme großzügig ist. Ich muss ihn gestern Abend schwer beeindruckt haben, dass er mir sogar zwei Schachteln von Sandersons's schickt.«

Mit geziemender Neugier hastete auch Marianna durchs Zimmer und beugte sich über Calliopes Schulter, um den

Inhalt der Schachteln sehen zu können. Das üppigste Geschenk, das sie jemals erhalten hatte, war ein zerfleddertes Blumenbouquet gewesen, das Johnny von Lady Worthys Blumen abgezweigt hatte. Ein Geschenk von einem Gentleman, das von einem Juwelier kam, war außerhalb ihrer Vorstellung. Sie war fast so aufgeregt wie ihre Freundin, als Calliope die weiße Seidenschleife um die erste rote Schachtel löste.

»Oh, Marianna, schau doch nur, welche wunderbaren Ohrringe!«, rief sie stolz und hielt einen hoch ins Licht. Saphire und Perlen, in Silber gefasst, stellten Vergissmeinnicht dar. »Sind das nicht die perfekten Geschenke, die ein Gentleman seiner Liebsten schicken kann?«

Sie zog eine Karte aus der Schachtel heraus und las den Text laut vor.

Für meine verdorbene kleine Katze Callie, die schöner singt, wenn sie kommt, als alle Musen zusammen
Mit Liebe und Verehrung
R

»Wie lieb von ihm«, sagte Calliope mit einem tiefen Seufzer. »Vergissmeinnicht! Als ob ich Seine Lordschaft je vergessen könnte.«

Sie drückte die Karte gegen ihre Brüste und gestattete sich ein paar köstliche Augenblicke des Gedankens an die hehre Zuneigung des Earls. Es waren romantische Gefühle des Glücks.

Dann griff sie nach der zweiten, größeren Schachtel auf dem Tablett.

»Verzeihen Sie, Ma'am«, sagte Fitz, »aber die ist nicht für Sie.«

»Nicht für mich?«, rief Calliope verdutzt und zog sich sofort in eine beleidigte Haltung zurück. In ihrem auseinanderklaffenden Morgenmantel wollte das nicht so richtig gelingen. »Aber es ist von Seiner Lordschaft, deshalb muss es für mich sein.«

»Verzeihen Sie, Ma'am, aber die zweite Schachtel ist nicht für Sie«, sagte der Diener. »Der Mann, der die Sachen gebracht hat, legte großen Wert darauf, dass ich nichts verwechsle. Es gibt auch eine zweite Karte unter der Schleife, aus der müsste sich ergeben, dass dieses Geschenk für Miss Wren ist.«

»Für Miss Wren und nicht für mich?«, wiederholte Calliope ungläubig. »Von Lord Rogersme? Für Miss Wren?«

Marianna war nicht weniger entsetzt als Calliope. Ganz sicher musste ein Missverständnis vorliegen, ein ernstes Unglück, was diese Tribute der Liebe betraf.

»Ich kann das nicht glauben, Calliope«, sagte sie zögernd. »Vielleicht hat der Bote sich geirrt und ...«

»Es gibt keinen Irrtum«, unterbrach Calliope sie schroff. Die Stimme klang scharf und streng, und die Freude über die Ohrringe war gewichen. »Bitte, öffne endlich die Schachtel. Los, öffne sie schon.«

Mit Fingern, die mehr aus Mitgefühl für den Zustand ihrer Freundin zitterten und kaum aus irgendeiner Vorfreude über das Geschenk, öffnete Marianna die weiße Samtschleife und hob den Deckel der Lederschachtel so vorsichtig an, als fürchtete sie, der Inhalt könnte ihr ins Gesicht springen – und auf eine Weise, mit der Seine Lordschaft nie hatte rechnen können, sprang ihr das Geschenk auch ins Gesicht.

Die Karte lag oben auf dem Deckel. Marianna hielt sie hoch, dann lasen sie beide.

Für die göttliche Miss Wren, als Willkommensgruß in London & mit der Hoffnung, dass unsere Bekanntschaft mit jeder Begegnung wächst und immer angenehmer wird

Ihr Diener in allen Belangen

R

Es gab keinen Zweifel an der Bedeutung dieser Worte, und Marianna wusste natürlich auch, wie er sich die Vertiefung der Bekanntschaft vorstellte. Mit großer Beklommenheit ließ Marianna die Karte sinken. Sie hatte Mühe zu atmen.

Das Armband war mindestens zweieinhalb Zentimeter breit, ein gehämmerter Silberreif, mit Rubinen und Diamanten besetzt. Marianna wusste so gut wie nichts über Juwelen, aber sogar ein blinder Bettler auf der Kirmes hätte sehen können, dass es sich bei dem Armreif um eine extravagante Arbeit handelte. Man konnte auf Anhieb erkennen, dass es sich um ein exklusives, teures Stück handelte.

Marianna war völlig überwältigt und konnte nur fassungslos in die Schachtel starren. Sie fand keine Worte, um ihre Gefühle auszudrücken.

Calliope, die noch neben ihr stand, hatte keine Schwierigkeiten, ihre Sprache zu finden.

»Rubine«, sagte sie und spuckte das Wort aus, als wollte sie eine Verwünschung damit verbinden. »Es wird immer deutlicher, meine Liebe, dass du die Bekanntschaft mit Lord Blackwood machst.«

Zwölftes Kapitel

In dem Marianna die Bekanntschaft des gefeierten Gentlemans Marquis von Blackwood (ein studierter Schürzenjäger) macht & mit ihm die Kunst in jeder Form erforscht

Es war, fand Marianna, eine höchst merkwürdige Art, Bilder zu betrachten.

Die Galerie war groß wie eine Scheune, aber hier waren mehr Menschen, als Vieh in eine Scheune gezwängt werden konnte. Die Menschen gaben sich als Kunstkenner aus. An jeder Wand hingen Bilder jeder erdenklichen Richtung, übereinander aufgehängt bis hin zur Decke (die wie ein riesiges Treibhaus aus Glasscheiben bestand). Durch den Lichteinfall konnte man auch die höher hängenden Bilder gut betrachten, aber trotzdem erhielten die auf Augenhöhe zu sehenden Bilder eine viel größere Aufmerksamkeit als die oberen, bei denen man sich den Hals verrenken musste, wenn man sie studieren wollte.

Aber selbst Mariannas ungeübtes Auge konnte nicht erkennen, dass es eine Auswahl der besten oder interessantesten Gemälde gegeben hatte. Die Themen hingen wild nebeneinander, und so mussten die Porträts der Adligen – die Männer auf viel größeren Gemälden als die Frauen – mit venezianischen Sonnenuntergängen und verfallenen Schlössern um die Aufmerksamkeit der Besucher buhlen.

Beliebte Szenen mit Jagdhunden, deren Kiefer fast auf dem

Boden hing, mussten sich gegen antike Götter und Göttinnen durchsetzen, die Diademe und sonst kaum etwas trugen, und blutrünstige Schlachtfelder mit ihren Helden stellten einen Kontrast zu den rührseligen Marienbildern her, der größer nicht hätte sein können. Es gab auch ein paar Statuen, mit denen man die Ecken der Galerie ausgefüllt hatte; strotzende junge Athleten und verzückte Jungfrauen, alle im klassischen Stil.

Doch so interessant die Gemälde und Statuen auch sein mochten, die eigentliche Ausstellung bestand nicht aus dem, was an den Wänden hing und betrachtet werden sollte, sondern aus denen, die vorbeischlenderten und schauten.

Die Galerie war stark besucht von den Menschen, die dazugehören wollten, die attraktiver und schöner waren als die Porträtierten an den Wänden, und natürlich auch von denen, die sich traurigerweise eingeredet hatten, dass ein Übermaß an Geld die Abwesenheit von Stil ersetzen konnte.

Alle wanderten auf und ab, musterten sich verstohlen und begannen mit der feinen Kunst des Flirtens, der Nichtbeachtung, der Verachtung oder der schwärmerischen Bewunderung.

In diese berauschende Atmosphäre tauchten Marianna und Calliope ein; sie hatten eine spätere Stunde für die Besichtigung gewählt, weil die ersten Gäste dann schon wieder gegangen waren. Wie jeder gute General, der einen Angriff plant, hatten sie viel Zeit damit verbracht, ihr Arsenal für die Attacke auf den neuesten Stand zu bringen.

Die Haare waren ungewöhnlich hoch aufgetürmt und wurden von extravaganten breitrandigen Hüten gekrönt, mit Federn verziert, die bis zu ihren Schultern reichten. Calliope trug ihr strahlendblaues Lieblingskleid, nicht weniger brillant als irgendein exotisches Gefieder, während Marianna sich für ein Kleid mit schwarzen und weißen Streifen entschieden hatte. Es war ihr auf den Leib geschneidert worden und betonte die schlanke Taille sowie die köstliche Fülle darüber.

Wie es sich für professionelle Schönheiten gehörte, waren die Brüste stolz zur Schau gestellt, nach oben gedrückt und von der freizügigen Spitze des Halstuchs kaum bedeckt. Die Ausschnitte waren gefährlich tief gezogen, und Marianna spürte, wie sich ihre Nippel am steifen Stoffrand rieben, wenn sie ihre Arme bewegte. Sie musste die ganze Zeit daran denken, sich nicht zu schnell zu bewegen, sonst ging sie das Risiko ein, dass ihre Brüste aus dem Kleid fielen, und das wäre ein Skandal.

Auf der anderen Seite – wenn es mit Lord Blackwood so gut lief, wie sie und Calliope sich erhofften, dann wäre eine solche zufällige Indiskretion vielleicht genau das, was sie brauchten, um die Aufmerksamkeit Seiner Lordschaft zu erregen.

»Ich habe keine Ahnung, wo wir sie finden können, Marianna«, sagte Calliope mit einem Lächeln, als sie sich mühselig durch die Galerie zwängten. »Rogersme hat mir versichert, dass er und Lord Blackwood um diese Zeit hier sein würden. Rogersme hält nichts von diesen Gemälden, mal abgesehen von den lüsternen Göttinnen und den schwülstigen Badeszenen im Harem, aber Blackwood ist ein wahrer Connoisseur.«

»Ein Con-was?«, fragte Marianna erstaunt, denn das Wort hatte sie noch nie gehört. Sie hatte schon viele neue Wörter von Calliope gelernt, aber dieser Begriff war ihr unbekannt. »Hat das was damit zu tun, dass er sich mit Pussys auskennt? Ich schätze, bei seinem Ruf darf mich das nicht überraschen.«

»Das Wort heißt Connoisseur, du Gänschen«, sagte Calliope lachend und gab Marianna einen Klaps mit ihrem Elfenbeinfächer. »Das Wort bedeutet, dass sich jemand mit Kunst auskennt oder ein Feinschmecker ist. Er sammelt Kunst und kennt sich darin aus, er kauft also kein Gemälde, um einen braunen Fleck an der weißen Wand zu vertuschen. Aber was du sagst, trifft mit Sicherheit auch auf ihn zu.«

»Mr. Lyon hat auch Gemälde bewundert«, sagte Marianna und ließ den Blick zu den Angeboten an der Wand vor ihr schweifen. »Er hat mir gern seine Lieblingsbilder in den Büchern in Lady Worthys Bibliothek gezeigt.«

»Oh, das hat er getan?« Calliope hörte nur mit halbem Ohr zu, während sie sich in der Menge umschaute. »Du kannst Lord Blackwood beeindrucken, wenn du dir die Dinge merkst, die er über die Kunst erzählt. Aber achte darauf, dass du ihm nicht verrätst, woher du deine Kenntnisse von bestimmten Gemälden hast, und erwähne auch Mr. Lyon nicht. Du bist als Jungfrau viel interessanter für ihn.«

Marianna runzelte die Stirn, als sie das hörte, denn sie hielt den Gedanken, eine erneute Jungfernschaft vorzutäuschen, für albern und für eine Art Verrat. »Sind Connoisseure auch stolz auf ihre Sammlung von Jungfrauen?«

»Auf viele trifft das zu, ja«, räumte Calliope ein. »Du weißt doch, wie Gentlemen sind. Sie sind versessen darauf, der Erste in der Pussy einer Frau zu sein, und je mehr du vom Blut befleckt bist, desto besser ist es.«

»Ich verstehe nicht, warum ihnen das so wichtig ist«, sagte Marianna. »Das erste Mal hat's bei mir kaum geblutet.«

»Beim zweiten Mal wirst du bluten wie eine geschlachtete Kuh«, sagte Calliope zuversichtlich. »Das lässt sich ganz leicht arrangieren, und wenn die Zeit reif ist, werde ich dafür sorgen, dass Rot deine Lieblingsfarbe wird. Die frohlockenden Narren glauben, dass das Blut ein Beweis ihrer glorreichen Männlichkeit ist, musst du wissen, und sie prahlen endlos über ihre Eroberungen. Auf dem Gebiet ist Lord Blackwood nicht anders als alle Männer. Rogersme schwört, dass es an einem langen Wochenende in Blackwoods Club, der Abbey, für jeden anwesenden Gentleman drei Jungfrauen gibt. Das verstehen sie unter Sport.«

»Sport?« Mariannas Stimme quietschte vor Unbehagen. Die letzte lässige Bemerkung der Freundin warf eine Menge weiterer Fragen auf, und außerdem waren sie der Grund für ihre Beklommenheit. »Was ist das für ein Club? Und heißt er wirklich Abtei?«

»Du wirst es zur gegebenen Zeit erfahren«, sagte Calliope und schloss das Thema ab, ohne Rücksicht auf Mariannas Beunruhigung zu nehmen. »Außerdem würdest du nie zu jenen erwähnten Jungfrauen gehören. Das sind Mädchen aus der Provinz, die nur für eine Nacht in die Stadt gebracht werden, und um ehrlich zu sein, wahrscheinlich sind sie ebenso sehr Jungfrauen wie du und ich.«

»Aber was ist . . .?«

»Warte ab, meine Liebe, warte ab«, unterbrach Calliope sie und schlang einen Arm um Marianna, um sie näher an sich zu ziehen. »Dies ist nicht der Ort, um dir solche Dinge zu erklären. Es genügt zu wissen, dass du schön und leidenschaftlich bist und dass Lord Blackwood dich deshalb als edlen Preis ansehen wird, den man genießen kann.«

Sie senkte die Stimme noch mehr, obwohl es unwahrscheinlich war, dass in der überfüllten Galerie jemand lauschen konnte. »Ich sage dir, Lord Blackwood würde dich wie eine Königin behandeln – ja, wie eine Königin. Ganz egal, wie begeistert die anderen Gäste in der Abtei sind, er würde dich nie teilen wollen. Das trifft übrigens auch auf Rogersme zu.

Er nimmt mich nicht mit in den Club, weil er befürchtet, dass andere darauf bestehen könnten, auch mal eine Nummer schieben zu wollen. Nicht, dass ich was dagegen hätte, denn ich habe gehört, dass sie auch gut aussehende junge Kerle haben, die sie zum Einsatz bringen, wenn sie den Besuch von Damen erwarten. Alles, was zu ihrem Sport passt, verstehst du?«

Marianna musste wieder an ihren Armreif denken – ein Geschenk, das sie nur deshalb erhalten hatte, weil er ihre Pussy hatte lecken können.

»Aber ich war bei dir und Seiner Lordschaft gestern Abend, und er schien nicht abgeneigt zu sein, nicht wahr?«

»Ja, das kann man wohl sagen«, antwortete Calliope und ließ einen ungeduldigen Seufzer hören. Ihre Wangen wurden eine Spur röter unter den aufgemalten Kreisen aus Rouge. »Aber das war in erster Linie zu seinem Vergnügen gedacht, und das macht für einen Gentleman den großen Unterschied. Was dem einen recht ist, kann sich ein anderer nicht unbedingt leisten, und ich glaube auch nicht – oh, da sind ja unsere Gentlemen – da hinten gleich neben der Tür.«

Eifrig machte Marianna einen langen Hals, um über die anderen Köpfe hinwegsehen zu können, und dabei zitterte die Hutfeder durch die Luft. Sie war sterbensneugierig auf Lord Blackwood und wollte sich endlich überzeugen, ob er wirklich so gut aussah, wie Calliope gesagt hatte – attraktiv wie die Sünde.

»Marianna, bitte!« Calliope hielt sie am Arm fest und zog sie auf die Seite, fort aus dem Blickfeld der Gentlemen. »Nun mach mir keine Schande, Marianna! Man ruft Adligen nichts zu, und man starrt sie auch nicht an, als wären sie vulgäre Kneipenmädchen, die sich mit dem Metzgergesellen verabredet haben. Du lässt sie zu uns kommen, und glaube mir, das haben sie sich sowieso zu diesem Zeitpunkt vorgenommen.«

»Aber ich sehe nicht ein, warum wir ...«

»Weil es so sein muss, meine Liebe. Und lass uns jetzt dieses Thema beenden.« Calliope drückte Mariannas Arm noch einmal, diesmal sogar noch fester, als fürchtete sie, dass ihre Freundin doch noch einmal ausbrechen wollte, womit sie sich beide erniedrigen würden. »Hier, schau dir lieber dieses alberne Bild an, direkt vor uns, und lass uns darüber diskutieren, warum der Maler dem rasenden Tiger schielende Augen gegeben hat. Ja. Glaubst du, das Originaltier hatte auch diese Behinderung, oder hat der Künstler den richtigen Blick einfach nicht geschafft?«

Marianna versuchte, sich auf den Tiger zu konzentrieren, aber sie hatte nur wenig Interesse an der wilden Bestie oder überhaupt an Bildern, abgesehen von den geilen Gemäldchen, die Johnny ihr gezeigt hatte. Stattdessen versuchte sie erneut, sich Lord Blackwood vorzustellen – was genau hatte sie sich unter ›attraktiv wie die Sünde‹ vorzustellen?

»Ah, Mrs. Wiles, einen schönen guten Tag wünsche ich«, sagte Lord Rogersme, und rasch drehte sie sich um und sah ihn an. Er war tadellos gekleidet und war sehr höflich, genau der wohlerzogene englische Gentleman, der er war, und als hätte er am Abend zuvor nicht grunzend seine Zunge tief in ihre Pussy gesteckt. »Ich hatte gehofft, Sie hier zu treffen. Miss Wren, auch Ihnen einen guten Tag. Was für eine freudige Überraschung, Sie beide zu sehen.«

»Wir fühlen uns sehr geehrt, Mylord«, sagte Calliope und ließ einen respektvollen Knicks sehen. Hastig ahmte Marianna sie nach und beugte den Kopf tief hinunter, als gehörte sie noch zum Personal auf Worthy Hall. Aber im Gegensatz zu den früheren Tagen war jetzt die Hand eines Mannes da, der ihr half, sich aufzurichten. Verdutzt schaute sie hoch und starrte direkt in das Gesicht des Marquis of Blackwood.

Auf Anhieb begriff Marianna, warum ihre Freundin den Marquis als ›attraktiv wie die Sünde‹ beschrieben hatte, denn wenn die Sünde je ein gut aussehendes Gesicht hatte, dann würde es wie Lord Blackwoods Gesicht sein.

Er war groß und schlank, man hätte ihn sogar als asketisch beschreiben können, als gäbe es auf diesem Körper gar nicht die Möglichkeit, gewöhnliche Freuden zu erleben. Seine Gesichtszüge entsprachen dem, was sich die Welt unter einem Aristokraten vorstellte – gleichmäßig und ausgewogen, starkes Kinn, kräftige Nase, die Augen weit auseinander und klar.

Die Farbe der Augen war nicht so leicht zu beschreiben, ein blasses Blau, vielleicht auch manchmal grau, dann wieder eisig. Seine Haut war blass, und in seinem Gesicht gab es keinen Ansatz zur Röte, die man oft bei englischen Männern (und Frauen) vorfand – verräterische Zeichen für Lebensfreude und ein gutmütiges Naturell.

In seinem Gesicht fand man keine Spur von Humor, dafür sah man eine Intensität, die, wenn gereizt, bis zur Weißglut führen konnte. Wenn er einen anstarrte, konnte man den Fokus seines Blicks nicht brechen. Wenn er beschloss, etwas Gutes tun zu wollen, würde er heiliger sein als alle Heiligen zusammen, aber wenn er sich für garstige Verruchtheit entschied, würde er dem Teufel Paroli bieten.

»Sie müssen Mrs. Wiles' Cousine sein«, sagte er sanft, als ob Marianna und er die einzigen Menschen in einem Raum wären.

»Das ist sie in der Tat, Mylord«, sagte Calliope, die neben ihr stand, aber sie hätte auch zwanzig Meilen entfernt sein können, denn Marianna hatte sie nicht gehört. »Darf ich

Ihnen meine Cousine, Miss Marianna Wren, vorstellen? Miss Wren – Lord Blackwood.«

»Ich habe viel von Ihnen gehört, Miss Wren«, sagte er und hielt ihre Hand immer noch fest. »Aber keine der Schilderungen hat mich auf diese perfekte Schönheit vorbereiten können. Sie sehen mich in voller Ehrfurcht, Miss Wren.«

Er hob ihre Hand an seine Lippen. Im letzten Moment drehte er die Hand in seiner, und ihre Finger öffneten sich wie die Blütenblätter einer Blume. Er presste die Lippen auf ihre Handfläche, wobei ihm die dunkelbraunen Haare tief in die Stirn fielen. Sein Kuss war glühend und voller Leidenschaft, und Marianna hätte fast das Atmen vergessen. Das lag an seiner Kraft, an der Intensität, an seiner Konzentration auf sie.

Sie verlor jedes Gefühl für die Zeit, nein, sie verlor jedes andere Gefühl. Sie hörte die Leute in ihrer Umgebung sprechen, aber sie verstand nichts; sie hörte das nervöse Lachen einiger Damen und die gewagten Anspielungen verschiedener junger Herren.

Nichts war ihr wichtig. Marianna spürte, wie ihre Knie schwach wurden, ihr Rücken hielt nicht mehr durch, und ihr Blut raste wie verrückt durch ihren Körper. Ihr Herz schlug immer schneller, und ihre Pussy wurde feucht und schwoll an, als wollte sie sich auf ihn vorbereiten.

Sie war noch nie so schnell erregt gewesen, obwohl fast nichts geschehen war, und sie wusste nicht, ob sie entzückt oder alarmiert sein müsste.

»Sie können das süße Mädchen jetzt loslassen, Blackwood«, sagte Lord Rogersme grinsend. »Das Netz, das Sie um Miss Wren gesponnen haben, wird ein bisschen klebrig.«

»Ja, Mylord, hören Sie auf ihn«, sagte Calliope und schwang sich zu Mariannas Rettung auf. »Sie haben sie mächtig verunsichert, das arme Kind. Meine Cousine kommt vom

Lande, sie ist nicht an Gentlemen wie Sie gewohnt, genau wie Sie es nicht gewohnt sind, sich in der Gesellschaft so unschuldiger Dinger zu finden.«

»Wie wahr«, sagte Blackwood und gab schließlich Mariannas Hand frei. Seine Verbeugung war tief und kurz, und ein Tanzlehrer hätte seine Freude daran gehabt. Er konnte seinen Blick nicht von ihr wenden.

»Bitte, verzeihen Sie mir, Miss Wren«, sagte er dann in einer Mischung aus galantem Charme und einer unüberhörbaren Selbstbespöttelung. »Ihre Schönheit hat mich überwältigt.«

Marianna knickste wieder, um anzudeuten, dass sie die Entschuldigung annahm. Sie war nicht sicher, ob dieses Knicksen bei solchen Anlässen angebracht war, aber aus ihren Tagen als braves Dienstmädchen wusste sie, dass die eine oder andere zusätzliche Verbeugung oft die Situation entspannen konnte, und außerdem hatte sie mit einem solchen Verhalten nur gute Erfahrungen erlebt.

»Ich bin sicher, dass Sie es nur gut mit mir meinten, Mylord«, sagte sie. Ihre Stimme klang hohl in ihren Ohren. »Sie haben mich nicht beleidigt.«

»Ah, wunderbar«, murmelte er, und wieder klang der Spott in seiner Stimme durch. Er bot ihr seinen Arm an. »Wollen Sie sich die Bilder mit mir zusammen ansehen, Miss Wren?«

Sie nickte und legte die Finger auf seinen Arm, damit er sie führen konnte. Die anderen würden ihnen folgen, und in einem so überfüllten Raum würde sie immer in Sicherheit sein, und wenn sie neugierig auf die Gemälde schaute, würde ihr gar keine Zeit bleiben, ihn anzuschauen.

Sie konnte nicht leugnen, dass sie sich von ihm mehr angezogen fühlte als von allen anderen Gentlemen in der Galerie.

Sie fühlte sich wie eine Honigbiene, die zu den exotischsten Blumen im Garten fliegt. Aber zugleich fand sie sich in seiner Begleitung sehr verwundbar. Der starre Blick seiner blassen Augen machte sie benommen, sodass sie sich beinahe wirklich wie die Cousine vom Lande fühlte.

Lord Rogersme hatte von dem Netz gesprochen, das der Marquis gesponnen hatte, und tatsächlich fühlte sich Marianna wie das unglückliche Geschöpf, das sich im Netz verfangen hatte. Das passte so gar nicht zum Bild der Honigbiene, das sie eben noch im Kopf hatte.

»Schauen Sie sich gern Gemälde an, Miss Wren?«, fragte er und riss sie aus ihren Gedanken.

»Oh, ja.« Unter dem breiten Rand ihres Hutes lächelte sie ihn an, um zu beteuern, dass sie die Wahrheit sagte.

Er lächelte, um ihr zu zeigen, dass er ihr glaubte. »Das freut mich zu hören. Gemälde bedeuten mir eine Menge. Ich habe eine besondere Schwäche für die Arbeiten der italienischen Meister. Ich habe eine Reise nach Italien unternommen und einige Bilder meiner Sammlung hinzufügen können.«

»Wie schön für Sie, Mylord.« John Lyon hatte ihr viel über Italien beigebracht, unten in Lady Worthys Bibliothek, und Marianna kannte es als ein Land des Luxus und der betörenden Schönheiten. Es war auch das Land des Aretino mit seinen sexuellen Stellungen, das Land der Messalina und der Lucretia Borgia sowie der berüchtigten Kurtisanen von Venedig. Aus diesem Land stammten viele Drucke und Bilder mit so schamlosen Motiven, dass die meisten Engländer sie als Werke des Teufels verdammen würden.

Aber nicht so, wenn der Engländer Lord Blackwood hieß, der Teufel selbst, und wenn die Engländerin die stets neugierige Miss Marianna Wren war.

»Ja, es ist eine schöne Sache für mich«, betonte Lord Blackwood und sah sie streng an. »Es würde mir gar nicht gefallen, wenn Sie meine Neigung für italienische Künstler nicht ernst nähmen und sich insgeheim lustig über mich machten.«

»Dafür gibt es absolut keinen Anlass, Mylord.« Mit einstudierter Lässigkeit strich sie mit den Fingerspitzen über ihren Ausschnitt, über dieses faszinierende Territorium, auf dem ihre Brüste drohten, das Gefängnis der Fischbeinstäbe zu sprengen.

»Nein?« Er hob eine dunkle Braue, und das genügte ihr schon, um zu ahnen, dass er nicht mehr an Gemälde dachte, sondern an andere italienische Vorzüge. Er wollte sie so sehr wie sie ihn, das war ihr klar geworden. »Ich würde gern von Ihnen wissen, Miss Wren, wer Ihr Lieblingsmaler ist.«

»Es fällt mir schwer, nur einen herauszupicken, Mylord«, sagte sie und sah sich in der Galerie um, als wollte sie ihre Auswahl ein wenig einschränken. In Wahrheit kannte sie nur einen mit Namen, aber sie vermutete, dass sie ihn damit nicht beeindrucken konnte. Wie gut, dass sie ihre Lektionen in Lady Worthys Bibliothek gelernt hatte!

»Ich frage nur nach einem, Miss Wren«, sagte der Marquis ungeduldig. »Und Sie brauchen auch nicht auf meinen Geschmack Rücksicht zu nehmen. Entscheiden Sie sich für einen Italiener, ist es gut, aber Sie können auch irgendeinen englischen Künstler nennen.«

»Aber meine Wahl fällt auf einen Italiener, Mylord.« Sie lächelte ihn an und labte sich an seiner Überraschung. »Und ich habe nicht einen Favoriten, sondern gleich zwei – Correggio und Tizian.«

Er war einen Moment sprachlos und studierte sie mit neuer Wertschätzung. »Sie erstaunen mich, Miss Wren. Diese kraftvollen Künstler sind selten nach dem Geschmack der Ladys.«

»Aber sie sind nach meinem Geschmack, Mylord«, beharrte sie. »Ihre klassischen Themen faszinieren mich am meisten.«

»Meiner Erfahrung nach bevorzugen die meisten Damen Porträts.« Er beschrieb eine knappe, wegwerfende Geste, als wollte er sich abwenden von diesen anderen Damen mit ihrem hoffnungslosen Geschmack. »Ich habe immer geglaubt, dass es der Schmuck ist, der den Damen ins Auge springt. Der Schmuck und natürlich die feine Kleidung.«

»Wollen Sie damit sagen, dass alle Ladys nur auf das Äußere achten?«, fragte sie ungläubig. »Dass sie sich nur von einem bisschen Glanz angezogen fühlen?«

»Ja, angezogen von Armbändern und Broschen, von Rubinen und Diamanten«, sagte er und schaute in ihr Gesicht, um ihre Reaktion genau ablesen zu können. »Juwelen, die sie von Gentlemen als Gegenleistung für bestimmte Gunsterweisungen erhalten haben.«

Sie errötete, nicht aus Scham, sondern vor Überraschung. Sie hätte wissen müssen, dass Lord Rogersme mit seinen Erlebnissen in der vergangenen Nacht geprahlt hatte, und es hätte sie nicht verblüffen dürfen, dass er sie gerade seinem Freund Lord Blackwood erzählt hatte. Hatten sie und Calliope das nicht auch getan? Aber sie hatte noch einen Trumpf im Ärmel, und jetzt war es an der Zeit, ihn zu ziehen.

»Wie schade, dass auf den Bildern, die ich am meisten liebe, keine Armbänder zu sehen sind, Mylord«, sagte sie. »Alle diese Gegenstände, von denen Sie behaupten, dass Ladys sie sehen wollen, fehlen auf meinen Favoriten.«

»Können Sie mir diese Gemälde benennen, Miss Wren?«, fragte er. »Wenn sie wirklich von Correggio und Tizian sind, bin ich sicher, dass ich sie kenne.«

»Da bin ich mir sicher.« Sie lächelte ihn wieder an, ein ernstes, wissendes Lächeln, das sie von Calliope abgeschaut hatte. »Mein Lieblingsbild ist *Io und Jupiter* von Correggio.«

Falls er verdutzt war, hatte er sich gut im Griff, dachte Marianna.

»Es gibt keine feinere Darstellung des Geschehens als die von Correggio«, stimmte er zu. »Der Moment, in dem Io sich ihrem Geliebten hingibt, das verräterische Glühen ihres Fleisches, als sie sich öffnet, um ihn zu empfangen, ist nie vollkommener festgehalten worden.«

Sie nickte, und ihr Herz begann schneller zu schlagen, als sie sich jedes Detail des erotischen Gemäldes in Erinnerung rief. Sie erinnerte sich auch daran, wie sie selbst die Beine weit gespreizt und genau die Pose der jungen Io eingenommen hatte, während Johnny ihren Jupiter spielte. Sie warf einen Seitenblick auf Blackwood, sah ihn unter ihren Wimpern an, ein Bild der verlockenden Verführung.

Sah man ihr die Erinnerung im Gesicht an? Konnte Blackwood aus ihrem Ausdruck schließen, was sie getan hatte, woran sie sich erinnerte? Ahnte er bereits, dass sie gar nicht die Jungfrau war, die sie vorgab zu sein? Studierte er deshalb so intensiv ihr Gesicht? Ihre Augen verengten sich, als wollte sie ihn auch in den Fokus nehmen.

Er legte einen Arm um ihre Taille; eine etwas zu vertraute Geste nach einer so kurzen Bekanntschaft. Sie wusste nicht, ob es eine beschützende oder eine Besitz ergreifende Geste sein sollte.

»Sie müssen mir sagen, Miss Wren«, begann er, »wenn das Ihr Lieblingsbild von Corregio ist, was ist denn Ihr Favorit von Tizian? Vielleicht *Irdische und himmlische Liebe? Das Urteil des Paris? Venus und ...*«

»Leda und der Schwan«, unterbrach sie seine Aufzählung. Die Worte sprudelten impulsiv aus ihr heraus, aber sie zeigte

keine Spur von Scheu. »Die Gestalt der Leda ist so realistisch gelungen, dass ich ihre Ekstase fast fühlen kann, als der Schwan über sie herfällt und seine Manneskraft in ihren jungfräulichen Körper presst, bis er seinen göttlichen Samen abgibt. Ich kann genau fühlen, wie sie …«

»Hierher«, sagte er abrupt und führte sie beinahe zwingend aus der Galerie heraus. Er störte sich nicht an den anderen Besuchern, die sich neugierig nach ihnen umdrehten. Er führte Marianna eine Halle hinunter, und von dort ging es in einen anderen Saal. Obwohl seine Muskeln nicht so ausgeprägt waren wie bei Lord Rogersme, stand der Marquis ihm in nichts nach, was Kraft betraf, und Marianna zweifelte, ob es ihr gelungen wäre, seinen Griff zu lösen, wenn sie es gewollt hätte.

Sie fragte ihn nicht, wohin sie gingen oder was geschehen würde, wenn sie anhielten. Sie war über alle Maßen erregt, weil sie wusste, dass sie ihn so weit getrieben hatte; sie hatte ihn heiß gemacht, so heiß, dass er bereit war, Gewalt anzuwenden. Sie konnte seine nächsten Schritte kaum erwarten.

Schließlich zog er sie in einen kleinen, schmalen Raum, gefüllt mit hohen dunklen Schränken sowie antiken Krügen und Töpfen und anderem Geschirr, das hinter den Glasvitrinen verschlossen war. Um diese späte Stunde gab es keine Besucher mehr in dieser Abteilung, deshalb hatten sie den engen Raum nur für sich.

Lord Blackwood schob sie am Ende des Raums zwischen zwei Schränke, wo sie von zufällig vorbeischauenden Menschen nicht entdeckt werden konnten. Er drehte sie um, damit sie ihn anschauen musste.

Ihr Herz raste; natürlich erwartete sie, dass er die Situation ausnützen würde, um mit ihr private Themen besprechen zu können, oder dass er nähere Einzelheiten über den unterhaltsamen gestrigen Abend zwischen Calliope und Lord Rogersme erfahren wollte.

Aber gelegentlich geschieht es, dass auch die Erwartungen einer Romanheldin enttäuscht werden, und so widerfuhr es nun auch Marianna mit Lord Blackwood.

Denn Seine Lordschaft wollte sich nicht länger mit Konversation begnügen.

Stattdessen legte er eine Hand in ihren Nacken, wickelte die Haare um seine Finger und hielt ihren Hinterkopf in seiner Hand. Bevor sie reagieren konnte, beugte er sich tief zu ihr, unter den breiten Hutrand, und drückte seinen Mund fest auf ihre Lippen. Es war, als wollte er ihren Mund übernehmen. Er stieß gegen den Hutrand und schob ihn ungeduldig nach hinten, bis er langsam zu Boden segelte.

Er zog ihr Halstuch aus dem Mieder, und mit erfahrenen Griffen befreite er ihre Brüste. Ihr erhitztes Fleisch hüpfte aus dem Mieder. Er zog an einem Nippel, und als sie in seinen Mund stöhnte, drückte er die Warze kräftig, und ihr stockte der Atem. Er brachte sie an die Grenze von Entzücken zu Schmerz. Sie schmiegte sich an ihn, unterwarf sich den Forderungen seines Mundes, und Blackwood presste sie gegen die raue Wand. Sie spürte den Druck seiner Erektion.

Natürlich war sie erregt dank seiner konzentrierten Beachtung, und sie war sicher, dass es nicht lange gedauert hätte, bis es ihr gekommen wäre, was jeder gedacht hätte, der sie in dieser Situation sehen konnte.

Aber sosehr Blackwood auch versuchte, ihre Sehnsüchte hervorzulocken (und zwar erfolgreich), hatte sie doch das unangenehme Gefühl, dass er sich sehr unter Kontrolle hatte, und die anfängliche Kühle, die sie in seinen blassen Augen gesehen hatte, schien nun Teil seiner Liebkosungen zu sein. Sie erhielt den Eindruck, dass alles, was er tat, nur dazu diente, ihre Reaktionen zu beobachten; offenbar ging es ihm gar nicht darum, die Lust mit ihr zu teilen.

Als sie mit ihm in der Galerie geflirtet und ihn mit ihrem frivolen Gerede über Io und Jupiter und Leda gereizt hatte, war sie der Meinung gewesen, dass sie ihm Paroli geboten hatte und vielleicht sogar nach Punkten führte. Jetzt erkannte sie, was für eine Närrin sie war, denn es gab keinen Zweifel daran, dass der Marquis von Blackwood immer – ja, immer – erwartete, die Kontrolle zu behalten.

Marianna war beunruhigt und versuchte, sich zurückzunehmen, konnte es aber nicht, denn sie wurde von einem neuen Verlangen erfüllt, als sie sich gerade gegen ihn – und gegen sich selbst – wehren wollte. Oh, wie schwach sie doch war! Viel zu schwach! Erneut versuchte sie, sich von ihm zu lösen, aber sie brachte nur ein paar läppische Abwehrbewegungen ihrer Hände zustande; sie flatterten wie kleine Vögel in der Schlinge.

Mit einer Mischung aus Frustration und Verlangen stöhnte sie in seinen Mund, und das, so schien es, war genug für ihn. Er löste sich so abrupt von ihr, dass sie plötzlich rücklings gegen die Wand krachte. Hinter ihm konnte sie sich in der Glasscheibe eines Vitrinenschranks sehen; die Haare zerzaust, der Mund geschwollen, die Brüste nackt und zitternd über den Stäben, die Nippel rot wie Rubine glänzend.

Er stand da und schaute zu, wie sie ihr Kleid wieder richtete und das Mieder mit fliegenden Fingern nach oben zog. Sie bückte sich nach ihrem Hut und konnte damit ihre Haare bändigen.

»Das tut mir leid, Miss Wren«, sagte er schließlich leise, und damit überraschte er sie erneut. »Aber ich wollte mir Sicherheit verschaffen.«

Sie hielt inne, eine Haarnadel in der Hand. »Verzeihen Sie,

Mylord, aber worüber wollten Sie sich Sicherheit verschaffen?«

»Dass Sie eine Jungfrau sind, wie Sie behaupten«, antwortete er. »Rogersme hat geschworen, dass Sie noch unschuldig sind, dass er sogar Ihr Jungfernhäutchen berührt hätte, aber der Mann ist in solchen Dingen ein Ochse. Man kann sich dabei nicht auf ihn verlassen.«

»Lord Rogersme ist nicht so ein großer Ochse wie andere«, gab sie schnippisch zurück.

Er gluckste, aber was er sagte, hatte nichts Humorvolles an sich. »Warum sprechen Sie nicht deutlich meinen Namen aus, Miss Wren?«

»Weil ich Ihnen keine Schuld zuschieben kann, ohne auch mich selbst zu beschuldigen«, sagte Marianna. »Waren Sie denn zufrieden, Mylord?«

»Zufrieden mit was? Dass Sie eine Jungfrau sind oder nicht?«, fragte er. »Ich würde mal sagen, Sie sind eine.«

»Wie erfreulich, Mylord.« Sie stach ihre Hutnadel in die Strohkrone des Huts. »Ich gratuliere Ihnen.«

»Ich kann Ihnen nur empfehlen, Miss Wren«, sagte er in einem warnenden Ton, aber immer noch lächelnd, »dass Sie Ihre Zunge im Zaum halten, denn viele Gentlemen stehen nicht auf Frauen, die so scharfzüngig sind.«

»Noch einen schönen Tag, Mylord«, sagte sie und ließ sich zu keiner weiteren Replik herab, als sie sich an ihm vorbeidrückte, um zu Calliope in die Galerie zurückzukehren.

Er hielt sie am Arm fest, diesmal nicht so kraftvoll, und hielt sie zurück.

»Ich glaube, dass Sie eine Jungfrau sind«, sagte er, »obwohl es mich nicht stört, ob schon mal ein Schwanz in Ihrer Pussy steckte oder nicht. Was hat der eine oder andere Tropfen Blut schon für einen Wert? Nein, Miss Wren, es ist Ihre Seele, die rein und unberührt bleibt, noch nicht von einem Mann zerstört – das ist es, was mich viel mehr fasziniert.«

Wenn er ein Diener oder Pferdepfleger und sie noch das Spülmädchen auf Worthy Hall gewesen wäre, dann hätte sie ihn mit einem schmutzigen Schimpfnamen belegt und ihn angespuckt. Aber er war ein Adliger und ein Gentleman, und obwohl sie nicht mehr das Spülmädchen war, stand er immer noch viel, viel höher als sie, und deshalb deutete sie nur einen höflichen Knicks an und verfiel in ein verbittertes Schweigen.

Die schlimmsten Schimpfworte reservierte sie für sich, weil sie so eine Närrin gewesen war, mit sich spielen zu lassen.

»Ich kann nicht glauben, dass Seine Lordschaft so schlechte Manieren hatte, wie du sagst, Marianna«, murmelte Calliope am folgenden Nachmittag, als sie allmählich den neuen Tag begrüßten. Sie hatten in verschiedenen Betten geschlafen, genauer: Calliope war mit Lord Rogersme im Bett gewesen, und Marianna hatte sich ins eigene Bett zurückgezogen. Die beiden Freundinnen waren sich einig gewesen, dass es vielleicht nicht klug war, die Zurückhaltung des Earls auf eine zu harte Probe zu stellen. »Du wirst dich daran erinnern, dass ich dir gesagt habe, wie sehr die meisten Gentlemen großen Wert auf eine unangetastete Jungfernschaft legen.«

»Die Erwartungen selbst sind schon schlimm genug, Calliope«, sagte Marianna, »aber sie waren erst der Anfang.« Sie nippte an ihrer heißen Schokolade und war froh über jeden kleinen Trost, der sich ihr bot. Ihre Brust schmerzte noch an den Stellen, die Lord Blackwood fast brutal gezwickt hatte, und obwohl es keine bleibenden Schäden geben würde, war sie froh, die Wahrheit über ihn so früh gelernt zu haben. »Er hat mich barbarisch schlecht behandelt, und dann hat er noch die Frechheit gehabt zu sagen, er wollte nur meine Unschuld testen.«

»Ach, du armes Kind«, rief Calliope aus. »Es gibt tatsächlich Menschen auf dieser Welt, deren größtes Vergnügen darin besteht, anderen Menschen auf die verschiedensten Arten Schmerzen zuzufügen, genau wie es Menschen gibt, die sich daran laben, Schmerzen auszuhalten. Ich habe natürlich nicht gewusst, dass solche Anwandlungen zum Geschmack des Marquis gehören, obwohl ich es wahrscheinlich hätte ahnen sollen. Rogersme hat mir erzählt, dass es verschiedene Möglichkeiten in der Abbey gibt, solche komplizierten Vergnügen auszuleben.«

Marianna saß aufrecht da, sie hatte die Tasse auf ihren übereinandergeschlagenen Schenkeln abgestellt. »Da wir jetzt allein sind, möchte ich gern, dass du mir mehr über diesen Club erzählst.«

»The Abbey.« Calliope stieß einen dramatischen Seufzer aus, der offenbar zum Thema passte. »Ich könnte den ganzen Tag über diesen Club erzählen, und doch wäre es nicht alles, denn ich weiß natürlich nur das, was Rogersme und andere berichtet haben. Ich selbst war nie da.«

»Ist Blackwood der Besitzer? Liegt The Abbey auf seinen Ländereien?«

»Ja, er gehört ihm auf jede erdenkliche Weise«, antwortete Calliope und lehnte sich in die Kissen zurück. »Du weißt, dass Gentlemen solche Clubs eröffnen und regelmäßig besuchen, um sich gegen die Langeweile zu wappnen. Freunde treffen sich da, sie trinken und huren und zocken, unterhaltern sich also mit lauter nichtsnutzigen Sachen.«

Marianna schüttelte den Kopf. Himmel, sie hatte noch so viel über die Welt in der Stadt zu lernen!

»Nun, so ist es eben, und sie sind der Hort aller erdenklichen Schlechtigkeiten«, sagte Calliope voller Empörung. »Der Club, den Blackwood zunächst gegründet hatte, nannte sich ›Der Höllenhund Club‹, und zu den normalen Aktivitäten war es eine Besonderheit des Clubs, dass die Mitglieder sich zum Spott über die Kirche herunterließen; sie führten heidnische Rituale auf, die so verrucht und verdorben sind, dass die Mitglieder schwören müssen, stets über all die Praktiken zu schweigen. Rogersme war als Gast da, doch er war kein Mitglied, aber er hat mir von verkleideten Mönchen und Nonnen und von Orgien erzählt, die mehrere Tage lang dauern. Es soll dort Räume gegeben haben, in denen jedes Mitglied seine ganz speziellen Vorlieben ausleben konnte.«

»Mönche und Nonnen!«, rief Marianna. »Ist das der Grund, warum der Club heute ›The Abbey‹ heißt?«

»Das und weil es früher tatsächlich mal eine Abtei war«, fuhr Calliope fort. »Das war lange bevor König Heinrich die römische Kirche ausgeschaltet hat und auch lange bevor der Besitz in die Hände der Blackwoods überging. Aber von den Erzählungen über diesen Club weiß ich eben von Gentlemen, die ihre Lust mit Schmerz garnieren. Rogersme erzählte mal, dass sie da einige ›Nonnen‹ haben, die auf Schlagen und Peitschen spezialisiert sind, und wenn eine Sitzung im Oberhaus stattfindet, können einige Mitglieder kaum ihre Plätze einnehmen, weil ihre Hintern in The Abbey malträtiert wurden.«

»Ich glaube, das würde zu Lord Blackwood passen«, sagte Marianna nachdenklich. »Er sagte mir, an meiner Unschuld wäre er gar nicht sonderlich interessiert, sondern mehr an meiner Seele. Als wäre er der Teufel persönlich.«

»Nun, das ist absoluter Quatsch«, sagte Calliope, die immer frei heraus sagte, was sie meinte. »Kein Sterblicher kann einem anderen die Seele wegnehmen, und selbst wenn er es könnte – was will er denn damit anfangen? Aber stell dir mal vor, wie lustig es sein würde, das Habit einer Nonne zu tragen und die Titel und Namen der anderen Gäste zu ignorieren. Du könntest dich mit allen amüsieren. Ich fürchte allerdings, mich würden sie allein schon an meinen Haaren erkennen. Trotzdem, ich könnte unter den Tisch kriechen und irgendeinem Prinzen oder einer Berühmtheit einen blasen.«

Mariannas Augen weiteten sich wie immer, wenn die Neugier sie übermannte und sie Calliopes Ideen hörte. »Das würdest du tun? Du würdest in den Club gehen und dich als Nonne verkleiden? Und dich auch von fremden Männern nehmen lassen?«

»Das würde ich«, bekräftigte Calliope, »natürlich würde ich das tun. Ich wette, du würdest es auch tun, wenn du dich mit dem Gedanken angefreundet hast. Wann sonst kann eine Frau die Chance haben, so verdorben und ausgelassen zu sein wie ein Gentleman?«

Marianna nickte und spürte, wie sich die Idee in ihrem Kopf festsetzte. Für Calliope wäre es vielleicht ein großartiger Sport und sonst nichts, aber für Marianna wäre eine Woche eines solchen lasterhaften, blasphemischen Verhaltens ein gewaltiger Schritt, wobei sie noch nicht wusste, ob es ein Schritt nach vorn oder zurück wäre.

Für eine Romanheldin wäre es eine doppelte Last, denn sie hatte nicht nur dafür zu sorgen, dass die Geschichte ihren Lauf nahm, sondern musste auch mit ihrem Gewissen vereinbaren können, ein solches wildes, hemmungsloses Benehmen zu rechtfertigen.

Doch eine Woche in The Abbey konnte als natürliche Fortsetzung ihrer Reise fort von der Strenge der Lady Worthy betrachtet werden. Für Marianna, die unter diesem Namen nicht geboren worden war und deren Geschichte und Familie für immer ein Geheimnis bleiben würden, schien es keine große Überwindung zu sein, eine neue Identität anzunehmen, zumal sie der Lust dienen sollte. Und außerdem erinnerte sie sich wieder an John Lyons, der ihr dringend geraten hatte, alle Aspekte ihrer Sehnsüchte zu erforschen, um herauszufinden, was ihr am besten gefiel.

»Würde Rogersme dich mitnehmen, quasi als Gast eines Gastes?«

»Ach, du meinst wohl, du könntest dann der Gast eines Gastes eines Gastes sein, was?« Calliope lachte lauthals. »Das wird niemals geschehen, niemals im Leben. Rogersme würde mich nicht mitnehmen, weil er fürchtet, ich könnte ihm den Spaß verderben, und außerdem würde er Angst haben, dass ich einen anderen Gentleman finde, der ihn ersetzt. Nicht, dass ich das je tun würde. Außerdem habe ich gehört, dass alle Nonnen Ladys sein müssen, entweder durch Geburt oder durch Heirat. Damit wäre uns diese Möglichkeit verbaut.«

»Ich schätze, es hat auch keinen Sinn, Lord Blackwood um eine Einladung zu bitten«, sagte Marianna mit einem Seufzen. »Nach dem Geschehen vom gestrigen Nachmittag gehe ich nicht davon aus, dass er mich überhaupt noch einmal sehen will – und ich ihn auch nicht.«

»Oh, meine Liebste«, sagte Calliope und zwinkerte der Freundin zu. »Da wäre ich mir nicht so sicher. Man kann nie wissen.«

Dreizehntes Kapitel

In dem Marianna ein seltsames Geschenk erhält & gewisse Zweifel über den Schenkenden äußert, & sie und Calliope eingeladen werden

Drei Tage später stand Marianna auf einem kleinen vergoldeten Fußschemel in Calliopes Salon, die Arme zu einem anmutigen Oval gebogen, was man ihr als ›ladylike‹ beigebracht hatte, und bemühte sich, nicht zu kreischen, als die Assistentin der Schneiderin sie mit Stiften und Nadeln zwickte.

Madame de Précis huschte um Marianna herum und betrachtete stirnrunzelnd das ganze Gebilde, während sie mal hier eine Falte glättete und dort an einer Krause zupfte, alles mit dem Ziel, aus der smaragdgrünen Seide ein Kleid zu schneidern, das nicht nur dem Stil der letzten französischen Mode entsprach, sondern auch ein Augenschmaus für denjenigen englischen Lord war, der dann irgendwann ihre Rechnung erhalten würde.

Das erste Kleid für eine neue Kundin war stets das wichtigste, weil es den Grundstock für eine Partnerschaft legte, die viele Jahre und sehr viele Kleider lang anhalten konnte. Es war besonders wichtig, eine junge Frau zu gewinnen, die sich in diesen Kreisen tummeln wollte.

Aus langer Erfahrung wusste Madame du Précis, dass solche Frauen mehr Kleider bestellten als ihre respektablen Schwestern, und die Gentlemen, die sich solche Frauen hielten, zeigten sich als viel toleranter, was teure Zusatzkosten anging, also bestimmte Stickereien oder flämische Spitze. Gewöhnliche Väter und Ehemänner geizten schon mal bei solchen Dingen, selbst wenn sie bei ihrer Mätresse beide Augen zudrückten.

»Die Taille könnte ein bisschen mehr betont werden, nicht wahr?« Madame zwickte den Stoff und zog ihn zusammen, während sie überlegte, wie eng sie die Seide schneidern konnte, ohne Marianna die Luft zum Atmen zu nehmen. (Nur vom tiefen Durchatmen war abzuraten.) »Miss Wren, ist es möglich, dass Ihre Zofe Sie noch ein bisschen fester schnürt, ja? Noch zwei Zentimeter, dann hätte Miss Wren die wunderbarste Figur aller Frauen in London oder gar in ganz England ...«

»Miss Wrens Taille ist schon so schmal, dass der Rest von uns wie fette Säue aussieht«, warf Calliope dazwischen. Sie hatte sich aufs Sofa gelegt, um bequem zuschauen zu können. Ihre Füße hatte sie übereinander geschlagen, damit man ihre neuen Pantoffeln mit den roten Absätzen sehen konnte. »Foltern Sie meine Cousine nicht länger, Madame, und schaffen Sie nicht eine noch größere Schönheit aus ihr, sonst wird keine von uns überhaupt noch mit ihr sprechen können.«

Marianna lachte. Sie war froh, dass die Freundin dabei war. Es war eine Qual, sich ein Kleid auf den Leib schneidern zu lassen, auch wenn es eine Qual war, an die sie nie gedacht hatte, als sie nur ihr graues Grobleinenkleid besessen hatte.

Calliope hatte ihr versichert, dass es unverzichtbar war, ihre Kleider eng auf den Leib zu schneidern, damit die Gentlemen die figürlichen Reize auf den ersten Blick sahen. Es war, fand Marianna, kein anderer Vorgang als bei den Bauern: Auf dem Marktstand legte die Bauersfrau auch die schönsten Äpfel in die vordere Reihe.

»Als Nächstes nehmen wir die geblümte Seide«, wies Calliope die Assistentinnen an und unterdrückte ein Gähnen.

»Sputet euch. Miss Wren und ich haben noch eine Menge zu tun, und wir können nicht ... oh, ja, komm rein.«

Marianna verdrehte den Hals auf ihrem Schemel, um zu sehen, welcher Diener hereingekommen war und was er ablieferte. Ein anklopfender Diener brachte meistens aufregende Dinge ins Haus, einen Brief, eine Einladung oder – und das war am meisten willkommen – ein Geschenk.

»Für Sie, Miss Wren«, sagte Fitz und hielt das Tablett mit der Schachtel hoch, damit sie auf dem Schemel danach greifen konnte. Sie nahm die Schachtel in die Hand und sprang hinunter, während sie ungeduldig die Schleife öffnete. Die Schachtel war zu groß und zu quadratisch für ein Schmuckstück, aber auch zu klein für irgendwas anderes.

»Solange es nicht ein weiteres Geschenk für dich von Rogersme ist, bin ich zufrieden«, sagte Calliope. Sie stand vom Sofa auf und stellte sich neben Marianna, um sich Gewissheit über den Schenkenden zu verschaffen. Ihre hohen roten Absätze klackten auf dem Parkettboden. »Es gibt Zeiten, da zeigt dieser Gentleman kein Gespür für das, was sich schickt.«

Marianna setzte sich auf den Schemel und ignorierte die besorgten warnenden Blicke von Madame und den Assistentinnen, die um das Kleid fürchteten. Sie öffnete behutsam die Pappschachtel des Geschäfts und schob die Verpackung zur Seite. Darunter verbarg sich eine kleine ovale Dose aus französischem Porzellan mit vergoldeten Beschlägen.

»Was für eine süße kleine Dose«, sagte Calliope bewundernd. »Die meisten Ladys benutzen sie, um kleine schicke Aufnäher darin aufzubewahren. Ein sehr passendes Geschenk, egal, wer es geschickt hat. Du wirst sie in deinem Alter noch nicht brauchen, aber es ist trotzdem ein durchdachtes Geschenk.«

Aber Marianna hörte gar nicht zu, was Calliope über die Dose zu sagen wusste. Stattdessen starrte sie auf das Bild, das in den Deckel der Dose in Email gearbeitet worden war – und das hatte nichts mit ›passend‹ oder ›durchdacht‹ zu tun. Es verriet aber einiges über den Gentleman, von dem es kam.

Auf den ersten Blick war das Bild durchaus ansehnlich, es zeigte eine junge Frau, die in einer mit Blumen geschmückten Gartenlaube saß. Aber wenn man auf einen kleinen Knopf an der Seite des Deckels drückte, setzte ein Mechanismus ein, und das Bild veränderte sich.

»Oh, Calliope, schau dir das mal an«, rief Marianna kichernd. »Pass auf, was passiert!«

Marianna drückte auf den Knopf, und die Röcke der Lady auf dem Bild flogen hoch. Sie spreizte die Beine und ließ ihre Minipussy sehen. Marianna drückte noch einmal auf den Knopf, und ein gewaltiger Schwan tauchte zwischen den Schenkeln der Frau auf, wo eben noch die Röcke gewesen waren. Als Marianna dann den Knopf rasch hintereinander drückte, flatterten die Schwingen des Schwans, während er immer wieder zustieß, während die junge Frau auf und ab rutschte.

»Nun, das ist ein absolut lüsternes Teil, was?«, sagte Calliope, und nun lachte sie auch. »Liegt eine Karte dabei? Wer würde dir so etwas schicken?«

»Ich bin sicher, dass es Lord Blackwood ist«, sagte Marianna und suchte im Verpackungspapier der Schachtel nach einer Karte. »Wir haben von Leda und dem Schwan erzählt, als wir uns die Bilder in der Galerie angeschaut haben.«

»Darüber habt ihr gesprochen?« Calliope war für einen Moment sprachlos. »Über Leda und den infernalischen Schwan?«

Marianna nickte. »Und auch über Io und Jupiter. Wir haben über italienische Maler geredet.«

»Ja, ja, aber was sind das für Bilder!«, rief Calliope. »Das habe ich von dir, meiner Cousine vom Lande, nicht erwartet.«

»Er auch nicht«, gab Marianna zu. »Hier habe ich endlich die Karte gefunden.«

Abenteuer findet man überall

»Das klingt ja noch geheimnisvoller, als es die Dose schon ist«, sagte Calliope. »Er muss irgendwas in der Hinterhand haben, dieser Gauner. Das traue ich einem Gentleman wie Seiner Lordschaft durchaus zu, und es gibt keinen Zweifel, dass er noch für dich schwärmt.«

»Ja, das scheint mir auch so.« Marianna legte die Porzellandose vorsichtig zurück in das Verpackungspapier und stieß einen Seufzer aus. »Aber ich bin nicht sicher, ob ich noch für Seine Lordschaft schwärme – ich weiß nicht einmal, ob ich noch an ihm interessiert bin.«

Calliope war verdutzt, und auf ihrer Stirn bildeten sich Falten. Sie stemmte die Hände in die Taille, und die Spitzenärmel ihres Morgenmantels (es war ihre Angewohnheit, zu Hause immer nur einen Morgenmantel und sonst nichts zu tragen) flatterten an den Ellenbogen.

»Madame de Précis, die Anprobe ist für heute beendet«, verkündete sie. »Miss Wren ist erschöpft und muss sich dringend ausruhen. Lassen Sie uns jetzt allein, Sie und Ihre Assistentinnen, aber bitte sofort.«

Die Kleidermacherin und ihre Helferinnen sammelten ihre Arbeit ein, griffen ihre Körbe und flohen, und so waren die beiden Freundinnen allein, sie saßen nebeneinander auf dem Sofa, zwischen sich eine Schale mit süßen Keksen.

»Lord Blackwood sieht gut aus, er ist reich und klug, aber am wichtigsten ist, dass er noch so sehr an dir interessiert ist, dass er dir ein sehr persönliches Geschenk schickt«, begann Calliope und füllte die Kelche, die vor ihnen standen, mit einem gelben Likör. »Und doch behauptest du, ihn nicht zu mögen. Wieso kommt das, meine Liebe? Wieso kannst du an einem solchen Hauptgewinn zweifeln?«

Marianna schüttelte den Kopf. Sie sah besorgt aus. »Es ist sehr schwierig zu erklären, denn ich weiß selbst nicht genau, was mich an ihm stört«, sagte sie. »Als ich ihn zuerst sah, war ich über alle Maßen begeistert, und ich freute mich auf seine Gesellschaft. Seine bestimmende Art, sein ungestümes Wesen, seine Küsse und seine Berührungen haben mich erregt, als wäre ich nachts in einem Fiebertraum aufgewacht. Eine solche Erfahrung habe ich noch bei keinem anderen Mann erlebt.«

»Und warum, um alles in der Welt, willst du dich ihm verweigern?«

»Nun, je länger wir zusammen waren, desto unerfreulicher wurde die ganze Affäre«, gestand Marianna. »Ich erwarte ja nicht, dass Seine Lordschaft mich liebt, ebenso wenig, wie ich ihn nach so kurzer Zeit lieben kann. Mr. Lyon wird der Einzige bleiben, der mein Herz und meine Liebe hat. Aber wenn ich Lord Blackwoods Gesellschaft und seine Person teilen soll, dann wäre es mir lieber, dass ich ihn wenigstens mag.«

»Was ist geschehen, meine Liebste?« Sofort war Calliope bereit, sie zu verteidigen. »Was hat dieser Schurke mit dir angestellt?«

»Es geht eigentlich weniger um das, was er getan hat«, erklärte Marianna langsam, bemüht, die richtigen Worte zu finden. »Es geht eher um das, was er nicht getan hat. Als wir allein waren, hat er mich geküsst, aber ich hatte den Eindruck, dass es ihm wichtiger war, mir zu zeigen, wer der Herr ist, statt seine Lust bei mir zu finden.«

»Aber wie kann das sein?«, fragte Calliope mit verständlicher Empörung. »Welchen Sinn ergibt es, eine Frau zu erregen, wenn man keine Lust daran empfindet?«

Marianna nickte und fühlte sich elend. »Schlimmer war noch, dass er mir das Gefühl gab, die Schuld läge bei mir. Es war, als befände ich mich wieder auf Worthy Hall, wo ich meine Vorgesetzten nie zufriedenstellen konnte, ganz egal, wie sehr ich mich bemühte. Bei Seiner Lordschaft hatte ich das Gefühl, wenn ich ihm irgendwie besser gefallen hätte, könnte er seine Befriedigung bei mir finden.«

»Oh, meine liebe Freundin, das ist nicht wahr«, murmelte Calliope. Sie rutschte näher und legte einen Arm um Mariannas Schulter. »Du bist nicht nur wunderschön und voller Leidenschaft, sondern auch blitzgescheit. Welche andere Frau würde über Leda und den Schwan mit ihm reden? Das war ungeheuer klug von dir.«

»Glaubst du wirklich?«, fragte Marianna und freute sich, dass ihr schlichter Versuch, ein wenig Koketterie in den Flirt zu bringen, Erfolg hatte. »Ich habe wirklich nur auf seine Fragen geantwortet. Er hatte mich nach meinen Lieblingsbildern gefragt, und die habe ich ihm genannt.«

»Aber das sind Gemälde, die auch wegen ihrer Verruchtheit berühmt geworden sind, und du bist die personifizierte Unschuld und kennst solche Bilder. Nichts reizt einen Mann mehr als eine Jungfrau, die ohne es zu wollen einen Hang fürs Unkeusche hat.« Calliope nickte eifrig. »Du wirst es sehen. Ihm wird schon schwindlig, wenn er sich nur vorstellt, wie er dich auch auf anderen Gebieten verderben kann.«

Marianna seufzte unglücklich. »Glaubst du, dass er deshalb gesagt hat, er wolle meine Seele haben?«

»Höchstwahrscheinlich«, antwortete Calliope. »Gentlemen labern manchmal blödes Zeug. Dass er an dir festhalten will, erkennst du an diesem besonderen Geschenk. Er will dir beweisen, dass er deiner wert ist, Marianna. Das darfst du nie vergessen, meine Liebe.«

»Ja, stimmt.« Marianna schniefte, was verriet, wie nahe sie den Tränen war. »Es liegt an mir, das Beste aus meinen Geschenken zu machen. Das war es auch, was Johnny mir gesagt hat, und er ist klug und hat Recht.«

»Ja, er hatte Recht, dir das zu sagen«, bestätigte Calliope und reichte ihrer Freundin ein mit Spitze umrandetes Taschentuch. »Aber ich nehme an, das hast du selbst schon herausgefunden, sonst hättest du nie gewagt, Worthy Hall zu verlassen.«

»Ja, das habe ich geschafft.« Marianna nickte wieder, und ihre Selbstsicherheit kehrte langsam zurück. »Ich habe es wirklich geschafft.«

»So ist es«, stimmte Calliope zu. »Und nun musst du entscheiden, was dir Freude macht, sonst wird es dir nicht gelingen, anderen eine Freude zu bereiten. Obwohl ich annehme, dass Seine Lordschaft mit seinem Vermögen eine unversiegbare Quelle besitzt, aus der er immer wieder schöpfen kann, um dir Freude und Lust zu verschaffen.«

Marianna hob ihr Kinn. »Seine Lordschaft mag ein immenses Vermögen besitzen, aber mich nicht – es sei denn, ich wünsche es mir eines Tages.«

»Ja, gut gebrüllt, Löwe«, sagte Calliope, dann sah sie Marianna an, und ihre Brauen hoben und senkten sich wie immer, wenn sie was Schelmisches im Schilde führte. »Es sei denn, dass er deine heimliche Schwäche erkennt und eine

Möglichkeit findet, sich in einen großen schwarzen männlichen Schwan zu verwandeln und im Laufe eines Nachmittags im Park über dich herzufallen. Also, das wäre ein richtiges Abenteuer! Es gibt keinen sichereren Weg, dass ganz London von dir spricht – oh, was ist denn jetzt schon wieder, Fitz?«

Der Diener trat ein, diesmal mit zwei großen Bündeln im Arm. »Sie wurden an der Tür abgegeben, Ma'am«, sagte er. »Eins ist für Sie, das andere für Miss Wren.«

»Es gibt also doch noch einen Gentleman in dieser Stadt, der uns beide belohnen will.« Ungeduldig (oder begierig) wie immer, hastete Calliope durchs Zimmer und nahm dem Diener die Bündel ab. Eins warf sie Marianna zu, das andere öffnete sie ungeduldig. »Ich schätze, es ist ein bisschen klumpig, unser Geschenk. Was kann es sein?«

»Ich habe keine Ahnung.« Marianna hielt den Inhalt ihres Bündels hoch – eine lange Robe aus weißem Satin, an den Manschetten mit roten Flammen bestickt, mit einer Kapuze versehen, sowie eine rote Halbmaske aus Satin. »Ich schätze, wir sind zu irgendeiner Maskerade eingeladen.«

»Oh, meine Liebe, das ist kein gewöhnliches Kostüm für irgendeine Maskerade«, sagte Calliope und griff nach der Karte, die aus den Satinfalten herausgefallen war. Auf der Karte war ein bellender Hund mit einer gewaltigen Erektion zu sehen, von weiteren roten Flammen umgeben. »Marianna, wir sind in die Blackwood Abbey eingeladen und auch zum nächsten Treffen des Clubs der Höllenhunde.«

»Das gefällt mir nicht«, sagte Lord Rogersme und schlug den Kragen seines Mantels hoch. Vom Fluss stieg feuchte Kälte auf. »Es gefällt mir absolut nicht.«

Es war fast zehn Uhr, lange nach der Stunde, in der ehrliche Leute unterwegs sind, um Feste zu feiern. Die Nacht war ungewöhnlich dunkel; die Wolken hingen sehr tief und verbargen den Mond und die Sterne. Der Lichtschein ihrer Laternen blieb blass und kaum erwähnenswert, und der tief hängende Nebel, der vom Fluss aufstieg, schwächte den Schein noch mehr.

»Oh, Mylord, bitte, knurren Sie nicht«, sagte Calliope und griff mit den Händen unter seinen Mantel, um den Mann in bessere Stimmung zu bringen. »Das soll doch ein großer Spaß werden, keine Beerdigung.«

»Man fordert das Schicksal nicht heraus«, sagte er und starrte in die Schatten, die sie umgaben. »Ihr hättet in der Kutsche bleiben sollen, bis das Boot beladen wird.«

»Oh, wir halten schon durch«, sagte Calliope zuversichtlich. »Meinst du nicht auch, Marianna?«

»Aber natürlich halten wir durch«, stimmte Marianna zu und bebte vor Aufregung, aber auch vor Kälte. Sie hatte so etwas noch nie unternommen, aber sie teilte die hohen Erwartungen Calliopes. Bald würden sie die letzte Etappe beginnen. Die Männer hatten das Boot fast schon mit ihren Reisekoffern voller Umhänge, Masken und anderen Dingen beladen, die sie in dieser Nacht brauchen würden.

Die meisten anderen Gäste waren längst unterwegs zur Abbey. Lord Blackwood hatte eigens sein scharlachrot lackiertes Boot nach London geschickt, aber Rogersme hatte darauf bestanden, dass sie sich auf eigene Weise auf die Reise begaben, und behauptete, auf dem scharlachroten Boot ginge es viel zu verdorben zu für Calliope und Marianna.

Die beiden Frauen hatten über diesen Vorwand heimlich gekichert – warum sollte man sich an Äußerlichkeiten aufhalten, wenn sie unterwegs zu einem Fest waren, das ganz sicher als Orgie enden würde?

Aber vielleicht hatte der Earl gewichtige Gründe, seine beiden Frauen zu schützen. Er hatte schon früher an den Festivitäten der Abbey teilgenommen, deshalb wusste er, was er zu erwarten hatte, während Marianna und Calliope als Novizinnen sich die Einzelheiten nur vage vorstellen konnten. Kein Wunder, dass Marianna sich kaum noch zurückhalten konnte und aufgeregt auf und ab sprang.

Der Bootsmann half ihr, aus der Schlange zu treten und ins Boot zu steigen, dann setzte sie sich neben Calliope.

»Ich weiß nicht, wodurch Goodleigh aufgehalten wird«, sagte der Earl. »Ich weiß genau, dass ich ihm die richtige Uhrzeit genannt habe.«

»Goodleigh?«, rief Calliope entsetzt. »Oh, Mylord, Sie haben mir nicht gesagt, dass Colonel Goodleigh mit uns unterwegs sein wird.«

»Ich sage dir auch nicht alles, Callie«, gab der Earl spitz zurück. »Goodleigh ist mein Freund und gleichzeitig ein gern gesehener Gast von Blackwood, und außerdem freue ich mich in einer so dunklen Nacht einen tapferen Gentleman an meiner Seite zu wissen.«

»Was ist denn los mit diesem Colonel Goodleigh?«, flüsterte Marianna. »Warum möchtest du nicht, dass er uns Gesellschaft leistet?«

»Ich weiß nicht, was mit ihm los ist«, sagte Calliope und knurrte auch ein bisschen wie vorher der Earl. »Colonel Goodleigh ist eben kein Gentleman, das ist alles. Er ist ein rüstiger Soldat, der seinen Dienst in den Kolonien geleistet und die Wilden und die Franzosen geschlachtet hat. Nicht, dass ihm was anderes übrigblieb. Er ist erst der vierte Sohn eines Viscounts und hat kein Vermögen. Übrigens, du hast keine Verpflichtung, besonders nett zu ihm zu sein. Du bist eine Woche lang für einen Marquis vorgesehen, und nicht für einen Kerl wie Goodleigh, und ich … oh, da ist er.«

Marianna schaute hoch, als der Earl hastig die Vorstellungen übernahm. Im schwankenden Licht der Laterne erhielt sie nur einen flüchtigen Blick auf das Gesicht des Colonels – breit, gerötet und kleine Pockennarben auf den Wangen. Er hatte hellrote Haare. Aber sein Lächeln war angenehm fröhlich und sein Verhalten nicht annähernd so derb, wie Calliope angedeutet hatte, und als er mit Lord Rogersme ins Boot kletterte, räumte sie ein, dass es vermutlich gar nicht so schlecht wäre, einen Offizier in ihrer Gesellschaft zu haben, der erfahren war im Umgang mit kämpfenden Wilden und Franzosen.

»Ich weiß, dass es Mrs. Wiles' erster Besuch in der Abbey sein wird«, sagte der Colonel, als sich das Boot in Bewegung gesetzt hatte. »Was ist mit Ihnen, Miss Wren? Haben Sie schon mal an den Riten teilgenommen?«

»Nein, Sir«, sagte Marianna, »auch für mich ist es der erste Besuch.«

»Oh, Marianna«, kicherte Calliope. »Er versucht herauszufinden, ob er dich schon mal bestiegen hat oder nicht.«

»So ist es in der Tat«, gab der Colonel zu. »Wenn die Masken aufgesetzt sind und der Wein wie Wasser fließt, ist es eine schwierige Aufgabe, eine Nonne von der anderen zu unterscheiden. Auch wenn die Roben nicht lange anbehalten werden. Das schreiben die Rituale vor. Ich habe gehört, dass in der Hitze des Gefechts schon mal ein verzweifelter Bruder bei seiner Schwester gelandet ist, oder, schlimmer noch, dass irgendein armer Wicht draußen im Garten sich mit der eigenen Frau amüsieren musste.«

»Miss Wren hast du jedenfalls noch nicht gehabt«, verriet der Earl. »Sie gehört zu jenen raren Geschöpfe, die man als *bona fide*-Jungfrau bezeichnet.«

»Eine Jungfrau?« Der Colonel verrenkte den Hals, um sich Marianna noch einmal anzusehen. Er betrachtete sie mit einer echten Neugier, als hätte er ein Kalb mit zwei Köpfen vor sich. »Hier?«

»Halt dich zurück, Goodleigh«, warnte der Earl. »Miss Wren ist keine dieser wahllos ausgesuchten Jungfrauen, die zur Unterhaltung engagiert worden sind. Wenn du sie einmal im Licht betrachten kannst, wirst du das sofort erkennen. Calliope hat sie unter ihre Fittiche genommen und will herausfinden, wer den höchsten Preis für ihre Unschuld zu zahlen bereit ist. Das ist etwa so, als wollte man die preisgekrönte Stute auf den Markt bringen, verstehst du?«

»Oder wie die stolzen Mamas, die mit ihren Töchtern an den Hof gehen, um dort einen Ehemann zu suchen.« Der Colonel hob die Schultern. »Jedenfalls ist Miss Wren ehrlich, was ihre Absichten angeht, obwohl ich wetten möchte, dass sie wie ein Teufel auf der Hut sein muss, um sich ihrer Haut bei dieser geilen Gesellschaft zu erwehren.«

»Die geile Gesellschaft interessiert mich nicht, Colonel«, sagte Marianna stolz. »Ich folge einer ausdrücklichen Einladung des Lord Blackwood.«

»Blackwood!«, rief der Colonel und zog ein verdutztes Gesicht. »Sie haben es aber auf einen absoluten Höchstpreis abgesehen, was, Missy?«

»Ja, Blackwood«, sagte der Earl und reichte dem Colonel eine kleine silberne Flasche. »Das kommt davon, wenn man ein reicher Krösus ist. Wenn es genug Beute gibt, sind die Ladys bereit, alles andere zu übersehen.«

»Nun, ja, ich jedenfalls wünsche Ihnen bei Ihrem Vorhaben viel Spaß, Miss Wren«, sagte der Colonel, hob die Flasche wie zum Salut und fuhr fort: »Und auch viel Glück. Sie mögen zwar als Jungfrau in die Abtei gehen, aber Blackwood wird sein verdammt Bestes geben, dass sie nicht als Jungfrau zurückkehren.«

»Falls mir Seine Lordschaft gefällt«, warf Marianna rasch ein. »Zuerst muss er sich meine Zuneigung verdienen.«

Der Earl schnaufte. »Sie müssen *ihm* gefallen, Miss Wren. Sie müssen sich *seine* Zuneigung verdienen. Er ist es, der über diesen immensen Reichtum verfügt. Wenn Sie ihn gut unterhalten, wird er Sie zur Königin machen.«

Marianna nickte und fügte seinen Ratschlag zu allen anderen hinzu, die sie erhalten hatte. Eine Königin zu sein war ihr liebster Wunsch, wegen dieses Wunsches hatte sie Worthington verlassen, und jetzt war die Zeit vielleicht gekommen. Sie und Calliope hatten endlos darüber diskutiert, wie sie es anstellen musste, zur richtigen Zeit das Richtige zu tun, um den Marquis für sich zu gewinnen.

Sie war auch gut vorbereitet. Sie und Calliope hatten sich gegenseitig rasiert, denn sie wollten sichergehen, dass nicht der geringste Makel an ihren glatten, weichen Möschen haftete. Die letzten beiden Tage hatte sie in einer Wanne mit Alaunwasser gesessen, was ihre Passage so eng werden ließ, dass sie kaum den eigenen Finger hineinzwängen konnte.

Und in ihrem Koffer hatte sie ein Fläschchen mit Schweineblut mitgebracht, dazu einen kleinen Schwamm, den sie damit tränken würde, um das blutige Spektakel der Entjungferung so echt wie möglich zu gestalten.

Calliope hatte auch festgelegt, wie sie ihre Rolle spielen sollte – sie hatte einfach an alles gedacht. Ganz egal, wie sehnsüchtig sich Marianna auch fühlen mochte, sie durfte keine Schwäche zeigen, keine Anzeichen ihrer Lust. Sie musste sich zur Wehr setzen und in Tränen ausbrechen, und erst dann konnte sie allmählich ihr Zögern aufgeben.

Laut Calliope war eine Entjungferung, um die ein Mann hart hatte kämpfen müssen, das Beste, was einem Mann passieren konnte, deshalb hatte die verlorene Unschuld auch einen so hohen Stellenwert. Deshalb war es so wichtig, dass Marianna sich so lange zierte. Die Entjungferung musste quasi eine Vergewaltigung sein, erst dann würde sie für das zerstörte Häutchen üppig belohnt werden.

Aber je öfter Calliope ihr versicherte, dass die Dinge auf diese Weise ablaufen mussten, desto größer wurde Mariannas Unbehagen. Calliope konnte ihr raten, was sie wollte, aber sie hatte bisher nur nette, fröhliche Gentlemen wie den Earl kennen gelernt. Sie war noch nie mit der Intensität der blassblauen Augen Lord Blackwoods konfrontiert gewesen, und sie hatte auch noch keine blauen Flecken nach seinen brutalen Griffen auf der Haut gehabt.

Nun, bei den vier oder fünf Gelegenheiten, bei denen Marianna den Marquis seither gesehen hatte – in einem Geschäft, beim Ritt durch den Park, in der Lobby eines Theaters –, war er das Modell eines Gentleman gewesen, die Manieren tadellos, der Humor ansteckend.

Als er die Habits geschickt hatte, war ein sehr charmant formulierter Brief der Einladung beigefügt, in dem er ihr nicht enden wollendes Vergnügen versprochen hatte.

Man konnte den Eindruck haben, dass er sie in sein Haus auf dem Lande einlud, um die blühenden Rosen zu sehen, am Mühlenteich entlangzuspazieren und ein paar Tage voller Romantik zu verbringen – nichts klang nach dekadenten, blasphemischen Ritualen, nach Ausschweifungen und wer weiß, was sonst noch.

Marianna kuschelte sich tiefer in ihren Mantel und bemühte sich, nicht daran zu denken, was sie erwarten könnte. Aber sie ahnte, dass sie ihre fünf Sinne beisammenhalten musste und dass sie jedes Quäntchen von dem Glück brauchte, das Colonel Goodleigh ihr eben gewünscht hatte.

»Hinter der nächsten Biegung des Flusses können Sie einen ersten Blick auf die Abbey werfen«, sagte der Earl. »Sie werden diesen Anblick nicht so schnell vergessen. Ich muss zugeben, dass Blackwood genau weiß, wie man Dinge inszeniert.«

Marianna beugte sich auf der Bank vor und griff nach Calliopes Hand, als bräuchte sie deren Schutz.

»Oh, meine liebe Freundin«, wisperte sie, und die Stimme zitterte vor Erregung, »wir sind bald da.«

Das Boot glitt mit der Strömung an den letzten Bäumen vorbei, und die Ruderer hielten die Riemen flach. Marianna hielt die Luft an und drückte Calliopes Hand.

The Abbey erhob sich vor ihnen, ein langgestrecktes Gebäude aus grauem Stein mit vorspringenden Teilen und spitz zulaufenden Fenstern. Einige Teile hatte man verfallen lassen, Steine lagen übereinander, und Säulen ragten in bizarren Winkeln in die dunkle Nacht.

Laternen hingen an sorgsam ausgewählten Plätzen, einige warfen ihren Schein von den Bäumen aufs Gebäude, andere standen unterhalb der Fenster und schufen geheimnisvolle Schatten, die den Effekt eines Albtraums noch verstärkten. Die Kapelle war von innen hell erleuchtet, aber die Originalfenster waren durch blutrote Scheiben ersetzt worden. Sie sahen wie riesengroße Rubine am Ende der Abtei aus.

Fetzen ernster, feierlicher Musik wehten ihnen entgegen, Trommelwirbel und Chorgesang. Ein paar Gestalten waren im Schein der Laternen zu sehen, sie trugen lange Roben wie jene, die Calliope und Marianna erhalten hatten. Die Kapuzen waren tief in die Gesichter gezogen.

Ihr Boot hielt auf die Anlegestelle der Abbey zu. Mehrere

Männer, ebenfalls in den weiten Roben mit Kapuzen, standen zur Begrüßung da.

Zwei lebensgroße Statuen zierten Anfang und Ende der Anlegestelle, jede war mit einer flammenden Fackel als Leuchtfeuer ausgestattet – eine nackte Nymphe mit gewaltigen Brüsten, und gegenüber ein begierig schauender Satyr mit den Ohren einer Ziege und einem enormen ausgefahrenen Phallus, der auf die Nymphe zeigte.

»Oh, là, là«, wisperte Calliope voller Begeisterung. »Ich schätze, jetzt gibt es kein Zurück mehr, was?«

»So ist es«, murmelte Marianna, aber mit deutlich geringerem Enthusiasmus, als man üblicherweise von einer Heldin erwartet. »Ja, so ist es.«

Vierzehntes Kapitel

In dem Marianna mehr über die seltsamen Sitten von Blackwood Abbey erfährt & in dem Lord Blackwood ein stimulierendes neues Juwel aus Gold und Rubinen zeigt

»Die Roben werden ohne was drunter getragen, Ma'am.« Die Zofe der Lady gehörte zu den Angestellten der Abbey. In der Vergangenheit hatte es gewisse Probleme gegeben, weil die Gäste eigenes Personal mitgebracht hatten und manche der Dienerinnen nicht willens gewesen waren, die Ausschweifungen mitzumachen. Die Zofe selbst trug auch eine lange Robe, aber sie war aus Leinen genäht und nicht aus Satin, damit man das Personal von den Gästen unterscheiden konnte.

Obwohl die Hälfte des Gesichts der Zofe hinter einer einfachen schwarzen Maske verborgen war, schätzte Marianna, dass die andere Frau kaum älter war als sie. Sie hatte einen hübschen Mund, und unter der Robe zeichneten sich volle Brüste ab. Marianna fragte sich, ob alle Dienstmädchen in die sexuellen Spiele einbezogen wurden.

»Kein Schmuck, keine verzierten Haarspangen«, fuhr die Frau fort. »Nichts, was Sie von anderen Frauen unterscheidet oder woran andere Gäste Sie erkennen könnten. Erlaubt sind nur weiße Seidenstrümpfe, die mit einfachen weißen Bändern gehalten werden. Man darf auch Slipper tragen, weil sie die Schönheit der Beine unterstreichen. Das sind die Richtlinien für die Kleidung der Ladys in der Abbey, Ma'am.«

Marianna runzelte die Stirn, als sie auf ihre Robe in den

Händen der Zofe sah. Ihr war nicht bewusst gewesen, dass sie darunter nackt sein sollte, und ihr hatte auch niemand gesagt, dass alle anderen Gäste ebenfalls fast im Naturzustand sein würden.

»Es dauert nicht lange, bis man sich daran gewöhnt hat, Ma'am«, sagte die Frau. Sie klang jetzt freundlicher. »Zuerst schämt man sich, das weiß ich aus eigener Erfahrung, aber dann erfreut man sich der Freiheit. Wenn Sie möchten, Ma'am, helfe ich Ihnen, die Schnüre zu lösen.«

»Danke, sehr gern.« Marianna wandte ihr den Rücken zu. Während die Zofe begann, die Schnürbänder zu entknoten, sah sich Marianna neugierig in ihrem Schlafzimmer um. Während Calliope und Lord Rogersme zu ihrem Zimmer geführt worden waren, hatte man ihr dieses Einzelzimmer zugewiesen.

Doch sie erwartete nicht, auf ihrem Zimmer in Ruhe gelassen zu werden. Lord Rogersme hatte sie gewarnt, dass es einen Generalschlüssel gibt, der alle Schlösser öffnen konnte. Er hatte auch gesagt, dass es Gucklöcher zwischen den einzelnen Zimmern gab, damit sich die Gäste zur gegenseitigen Erregung bespannen konnten. Aber weil später zahlreiche öffentliche Kopulationen stattfinden würden, vermutete er, dass es kaum jemand nötig hatte, auf die diskrete Art ins Nachbarzimmer zu schauen.

Ob nun Gucklöcher oder nicht – das Zimmer unterschied sich kaum von anderen Gastunterkünften in irgendeinem gut geführten Landhaus. Die Möblierung hatte wahrscheinlich eine bessere Qualität. Aber je länger Marianna sich umschaute, desto mehr kleine oder große Unterschiede fielen ihr auf.

Der Spiegel zum Beispiel war viel größer als normal und direkt neben dem Bett angebracht, worüber Marianna lächeln musste. Die gerahmten Holzschnitte an den Wänden waren nicht die gewöhnlichen Szenen aus der Geschichte oder vom Theater, sondern es handelte sich um die berüchtigten *Stellungen* des Aretino. Muskulöse, bärtige Männer, im Sex verbunden mit nicht weniger athletischen Frauen.

Marianna beugte sich vor, um sich den ersten Holzschnitt aus der Nähe anzusehen. Ihr Herz begann, schneller zu schlagen, als sie auf den steifen Penis des Mannes starrte, der in die Pussy der Frau eindrang. Die dicken Schamlippen waren deutlich herausgearbeitet. Die Frau hatte ein Bein hoch über die Schulter des Mannes gestreckt, sodass man einen ungehinderten Blick auf das Geschehen genießen konnte. Penetration und Besitz, wunderschön gezeichnet. Unbewusst strich Mariannas Zunge über die Lippen, während sie das Bild betrachtete.

Es war jetzt über einen Monat her, dass sie das letzte Mal mit John geschlafen hatte, damals zwischen den Gittern im Gefängnis von Worthington. Sicher, Calliope hatte ihr manch erregenden Ersatz geboten, aber sie hatte es satt, die Jungfrau zu spielen. Sie lechzte nach einem Männerschaft, sie wollte unbedingt von einem Mann genommen werden. Wie würde sie diese Woche des fleischlichen Treibens überleben, wenn ihr nur eine Zuschauerrolle blieb?

Die Zofe bemerkte Mariannas Interesse an den Bildern, und auch ihr Atem kam schneller.

»Ah, Sie werden diese Nacht genießen, Ma'am, da bin ich mir sicher«, sagte sie verständnisvoll. Als sie um Marianna herumreichte, um die Stäbe aus dem Korsett zu ziehen, tauchte sie mit den Händen von vorn unter Mariannas Unterhemd und legte die Hände wie aus Versehen auf ihre Brüste. Mit zarten Fingern rieb sie Mariannas Nippel, bis sie zu kleinen steifen Spitzen geschwollen waren.

Marianna hielt keuchend die Luft an. Die Liebkosung kam völlig überraschend für sie.

»Sie haben ein warmes Temperament, Ma'am«, sagte die Zofe, zog die Hände zurück und hob die Stäbe über Mariannas Kopf. »Dafür kann man Sie beneiden, vor allem, da Sie ja noch jung an Jahren sind. So viele dieser jungen Frauen sind viel zu grün, um wahre Lust zu empfinden.«

Sie legte die Stäbe zusammen mit Mariannas Kleid in den Kleiderschrank, und für einen Moment lang hatte Marianna das Gefühl, dass sie damit auch ihr bisheriges Alltagsleben abgestreift und weggeschlossen hatte.

»Fast alle Gäste sind inzwischen eingetroffen, Ma'am«, fuhr das Dienstmädchen fort, »achten Sie also bitte auf die Glocke. Wenn sie anschlägt, werden alle nach unten in die große Halle gerufen, in der Seine Lordschaft die Riten dieser Session vorträgt. Jetzt Ihr Unterhemd, Ma'am, bitte.«

Sie zog das feine Leinenhemd über Mariannas Kopf und legte es zu den anderen Sachen in den Schrank. Dann griff sie nach der Kapuzenrobe.

»Was für eine Schande, einen so schönen Körper zu verstecken, Ma'am«, sagte sie mit einem Seufzer, während sie Marianna in die Ärmel half. »Aber ich glaube nicht, dass Sie lange bekleidet bleiben. Die Gentlemen werden ganz verrückt nach Ihrer rasierten Pussy sein, und außerdem sind sie immer scharf auf die Novizinnen. Das erkennt man an diesen Stickereien hier, die hellen Zeichen auf den Manschetten verraten, dass Sie das erste Mal bei den Höllenhunden sind. Sie werden heute Abend einige Leute sehen, deren Ärmel fast ganz mit roten Stichen bedeckt sind, sie kommen schon seit vielen Jahren hierhin.«

Marianna nickte und strich die Seide auf ihrem Körper glatt. Die Robe war so geschnitten, dass sie bis auf den Boden fiel, aber sie war offen vom Hals bis zur Taille und enthüllte die Kurven von Mariannas Brüsten.

Die weiße schlüpfrige Seide schien mit Mariannas nacktem Fleisch zu verschmelzen, und als sie sich im Spiegel betrachtete, erkannte sie, wie der dünne, fast durchscheinende Stoff ihre Nacktheit eher betonte als verhüllte. Die Seide verstärkte noch die hüpfenden Bewegungen der Brüste bei jeder Bewegung, und die hart erregten Nippel waren deutlich zu sehen.

Der Stoff schmiegte sich an die fließenden Kurven von Taille und Hüften, und man sah auch die leichte Delle des Nabels. Die Seide glitt lüstern in das Tal zwischen den Schenkeln und über den unbehaarten Venushügel; sogar die leicht gewölbten Labien wurden angedeutet.

Sie drehte sich einmal um die eigene Achse, und die Seide schwebte von ihr weg, ehe sie sich wieder an sie schmiegte, diesmal in die Kerbe ihrer Pobacken, und jede Halbkugel sah aus, als würde sie oben vom Mondlicht beschienen.

Das Dienstmädchen schaute zu und schnalzte mit der Zunge. »Da sehen Sie es, Ma'am. Haben Sie jemals so einen Augenschmaus gesehen?«

Marianna starrte auf ihr Spiegelbild, völlig verblüfft, in einem täuschend schlichten Kleidungsstück so verführerisch auszusehen. Würden die Gentlemen sie auch so verführerisch sehen? Bemerkten sie das eifrige Verlangen, das diese weiße Seide in ihr auslöste?

»Ich habe mich noch nie so gesehen«, sagte sie leise. »Vielleicht bin ich auch nie so gewesen.«

Die Zofe lachte wissend. »Oh, aye, Ma'am, das ist durchaus möglich«, sagte sie. »Wenn Sie Ihren Honigtopf ein bisschen zum Köcheln bringen wollen, bevor es mit den Riten losgeht, dann finden Sie ein paar lustige Spielsachen in der Kiste auf dem Sideboard.«

»Spielsachen?« Neugierig wandte sich Marianna der großen Kiste zu, wobei es sich um eine reich mit Schnitzereien verzierte Wurzelholzkiste handelte. Ein Silberdraht war in den Deckel eingelassen. Marianna öffnete den Deckel und bekam große Augen.

Ja, das waren tatsächlich lustige Spielsachen. In einem Nest aus rotem Samt lagen sechs Dildos aus Elfenbein. Sie wusste sofort, um was es sich handelte, weil Calliope ihr die künstlichen Phalli beschrieben – und später demonstriert – hatte.

Sie waren herrlich geschnitzt, getreu bis ins kleinste Detail, von den protzigen Eicheln zu den großen verschrumpelten Hodensäcken. Die Dildos waren nach Größe sortiert, von groß bis größer bis zu einem Maß, das einem Hengst zur Ehre gereicht hätte.

»Sie finden auch ein Fläschchen mit süßem Öl in der Kiste, Ma'am«, erklärte das Mädchen so offen und ungehemmt, als sprächen sie über gestärktes Leinen oder über die Zubereitung eines Tees. »Das Öl ist hilfreich, weil es den Weg für die größeren Geräte ebnet, oder wenn jemand ein bisschen Sodomie versuchen will. Es gibt auch Ladys, die beide Öffnungen gleichzeitig bedienen wollen, entweder mit echten Ständern oder eben mit diesen falschen Liebhabern. In der Abbey gibt es nichts, was es nicht gibt, Ma'am. Kann ich sonst noch etwas für Sie tun, Ma'am?«

»Nein, du kannst gehen.« Marianna wartete, bis sie hörte, wie hinter ihr die Tür ins Schloss fiel, bevor sie anfing, die verschiedenen Dildos zu berühren. Es amüsierte sie, die Geräte in einer Reihe zu sehen, man konnte glauben, es wären an Ordnung gewöhnte Soldaten, die der Betrachterin ihre Schwänze zeigen wollten.

Sie nahm jeden einzelnen Phallus in die Hand und ließ ihre

Gedanken schweifen von den Soldaten zu dem bärtigen Mann in dem Holzschnitt von Aretino. Sie würde das Öl nicht brauchen, denn ihr Honigtopf brodelte jetzt schon. Ihre Oberschenkel waren feucht von ihren Säften. Sie würde vielleicht einen Dildo einsetzen, bevor die Glocke sie nach unten in die Halle rief – ein kurzer schneller Höhepunkt würde ihr vielleicht die Ängste vor dem Geschehen in dieser Nacht nehmen.

Ihre Finger griffen nach dem Penis, der Johnnys Glied am ähnlichsten war. Es war nicht der größte, aber auch nicht der kleinste. Dann rief sie sich in Erinnerung, dass sie an diesem Ort noch als Jungfrau betrachtet wurde und dass sie die Woche über gelitten hatte, um die Pussy so eng wie möglich zu machen. Sie war nicht sicher, ob sie diese Größe überhaupt aufnehmen konnte, und wenn doch, ob sie es genießen würde. Mit einem bedauernden Seufzer griff sie nach dem kleinsten Penis.

Sie stellte sich wieder vor den Spiegel und fuhr mit dem Dildo durch die Öffnung der Robe. Sie strich verträumt über ihre Brüste und folgte den Kurven der Unterseiten. Das Elfenbein wärmte sich durch die Hitze ihrer Haut und fühlte sich in ihren Händen immer realistischer an, als sie die Augen schloss und sich auf die Sensationen konzentrierte.

Sie stellte sich vor, mit Johnny in diesem Zimmer zu sein. Sie lagen im Bett und hatten die Position eingenommen, die auf dem Holzschnitt des Aretino zu sehen war. Sie hakte ihren Fuß an Johnnys Schulter fest, wodurch ihr Schlitz sich enger um seinen Schaft schmiegen konnte, und er hielt sie an den Hüften fest und dirigierte ihren Körper, bis er langsam in sie eindrang. Er stieß tief in sie hinein, und sie spürte jeden einzelnen Stoß, mit dem er sie dehnte und streckte, als sie ...

»Hallo, Miss Wren«, sagte Lord Blackwood mit seinem trockenen Humor, »ich habe den Eindruck, dass ich genau den richtigen Moment abgepasst habe, um Ihr Jungfernhäutchen vor diesem Teil eines Elefantenrüssels zu retten.«

Sie fuhr herum und starrte ihn an, ihr Gesicht scharlachrot, den belastenden Dildo noch von den Fingern umkrampft. Sie war gewarnt worden, dass die Türen nicht abgeschlossen blieben, und nun war seine Anwesenheit der Beweis dafür.

Er trug eine Robe, die ähnlich geschnitten war wie ihre eigene, aber sie bestand aus schwarzem Satin. Die Kapuze hatte er lässig nach hinten geworfen. Üppige Stickereien in Dunkelrot und Gold zierten seine Ärmel, zweifellos äußere Zeichen seiner hervorgehobenen Stellung und Erfahrung, wie das Dienstmädchen ihr erklärt hatte.

»Mylord.« Sie beugte beschämt den Kopf und zeigte zerknirscht einen tiefen Knicks. Die weiße Seide bildete eine Lache zu ihren Füßen.

Als er diesmal tiefer ins Zimmer trat und vor ihr stehenblieb, griff er nicht nach ihrer Hand, um Marianna aufzurichten. Stattdessen löste er ihre Finger vom Dildo und hielt ihn hoch, als müsste er über etwas nachdenken.

»Sie haben sich ein bescheidenes Maß ausgesucht, Miss Wren«, sagte er und wies auf die Größe des Dildos. »Oder sind Ihre Erwartungen nicht größer?«

Er hielt den Phallus unter seine Nase und atmete tief ein. »Mir scheint, dass dieser arme Dildo ebenso jungfräulich ist wie Sie selbst. Jetzt weiß ich, dass ich zu früh gekommen bin. Wie schade für uns beide.«

»Ja, Mylord.« Langsam erhob sie sich, die Hände fest umklammert. Er war ein Adliger, aber keiner von der königlichen Familie, deshalb sah sie nicht ein, dass sie die ganze Zeit gebeugt vor ihm stehen sollte. Er hätte es wahrscheinlich lieber so gehabt, doch das war schon Grund genug, nicht länger in dieser devoten Haltung zu verharren. »Ja, es ist schade.«

Er hob eine Augenbraue, amüsiert von ihrer leicht trotzigen Reaktion. Er bewegte den Kopf in ihre Richtung, und dabei fiel eine Halskette aus der Robe und schwang hin und her. Es war ein goldenes Pendel eines Zähne fletschenden Hundes mit glitzernden rubinroten Augen und einer Erektion mit rubinroter Spitze – das Symbol der Höllenhunde.

»Dann möchte ich mich dafür entschuldigen, dass ich Sie gestört habe«, sagte er. Er warf den Dildo beiseite und bückte sich zu einer spöttischen Verbeugung. »Ich werde mein Bestes versuchen, um Ihnen Wiedergutmachung anzubieten.«

»Ja, Mylord«, murmelte sie, und die Vorfreude in ihren Worten war schamlos und unüberhörbar.

Er freute sich über ihren Eifer und lächelte. »Die Robe der Novizin steht Ihnen gut, mein Lämmchen«, sagte er sanft. Er tastete den Körper unter der weißen Robe mit seinen Blicken ab. Sein Ausdruck veränderte sich kaum, aber seine blassblauen Augen verrieten ein hungriges Begehren, das sie bisher noch nicht bei ihm gesehen hatte. »Ich kann mich an keine andere Frau erinnern, der die Robe so gut gestanden hat.«

»Ich danke Ihnen, Mylord.« Es gefiel ihr, dass er sie so intensiv gemustert hatte, und es gefiel ihr auch, dass er sie offenbar haben wollte. Als Reaktion darauf fühlte sie, wie eine Welle der Erregung sie erfasste. Vielleicht war er doch leidenschaftlicher, als sie zuerst geglaubt hatte – aus Fleisch und Blut und allem, was dazugehört.

Und Knochen. Sie riskierte einen Blick auf seine Robe. Die Seide enthüllte seinen Körper, genau wie bei ihr. Sein Schaft war lang und schmal und voll erigiert, die Kuppe näherte sich seinem Nabel. Der Stamm erhob sich unter der schwarzen Seide wie ein Stängel, der aus dem Boden ans Licht drängt.

»Gefällt Ihnen, was Sie sehen, mein Lämmchen?«

»Ja.« Sie wusste nicht, was ihn veranlasste, sie Lämmchen zu nennen. War es nur ein Kosewort, mit dem Gentlemen ihre Frauen belegen, die ihnen gefallen? Oder deutete er damit etwas Geheimnisvolles an? Schwang da so etwas wie Opferlamm mit? Sie hatte nichts dagegen, ein Lämmchen zu sein, aber sie wollte nicht zum Opfer werden. »Wie Sie schon sagten, Sie haben mir viel anzubieten.«

»Für eine Jungfrau reden Sie mit verblüffender Offenheit.«

»Verzeihen Sie, Mylord«, sagte sie, »aber man hat mir gesagt, dass Offenheit zu den Regeln dieses Hauses gehört.«

Er lächelte wieder. »Ja, so ist es auch. Hier können wir ohne die engstirnige Moral leben, die für den Rest der Welt offenbar so wichtig ist. Wenn es Ihnen gelingt, sich von diesen bürgerlichen Engstirnigkeiten zu befreien, werden Sie hier in der Abbey größtes Vergnügen empfinden.«

»Sie sind ein höchst angenehmer Gastgeber, Mylord«, sagte sie.

»Und Sie sind ein höchst angenehmer Gast.« Er streckte eine Hand aus und schlüpfte damit in den Halsausschnitt ihrer Robe. Mit den Fingern strich er über ihr Schlüsselbein, wobei er die Seide von ihrer Schulter schob. Er schaute zu, wie sie den Arm hinunterrutschte und über die linke Brust, langsam, ganz langsam, bis sich der Nippel seinen Blicken anbot. Es war eigenartig, aber es war viel frivoler, nur eine Brust entblößt zu sehen, während die andere verhüllt blieb. Marianna spürte, wie ihre Erregung zu blühen begann.

Sie wusste, dass dies der Ort war, an dem sie laut Calliopes Empfehlung die empörte, ängstliche Jungfrau spielen sollte, wo sie schimpfen und protestieren und ihre Robe anbehalten sollte. Wenn sie das nicht befolgte, riskierte sie das Gelingen des sorgsam ausgeheckten Tricks – und ihre Aussichten auf eine Freundschaft mit dem reichen Lord Blackwood waren gleich null. Und doch stand sie jetzt da und zuckte nicht einmal, als er ihre Brust entblößte. Stolz und kühn nahm sie die lüsterne Betrachtung des Marquis hin.

Nun wäre es ja höchst bewundernswert, wenn Marianna ihren geänderten Kurs in ehrenwerter Absicht eingeschlagen hätte, wenn sie beschlossen hätte, alle Falschheit ihrer restaurierten Jungfräulichkeit abzustreifen und im Umgang mit dem Marquis zur puren Wahrheit zurückzukehren. Denn weil sie eine Heldin war, hätte man ein so ehrbares Verhalten erwarten oder auch verlangen können.

Aber leider, als Heldin war Marianna nicht ohne Makel, wie alle sterblichen Frauen. Sie hatte ihre Schwächen, ihre Fehler, und ebenso das Feuer der Leidenschaft in ihrem Blut. Sie legte die Rolle der unglücklichen, ängstlichen Jungfrau ab, ja, aber sie tat es nicht aus Wahrhaftigkeitsgründen, sondern weil sie mehr Lust aus ihrer Kühnheit bezog als aus falscher Keuschheit.

So war das also mit Marianna. Und um ehrlich zu sein, der Marquis hatte nichts dagegen.

»Wunderschön«, sagte er mit ehrlicher Bewunderung, während er die eine entblößte Brust anstarrte, cremig blass neben dem weißen Satin. »Was wäre, wenn ich anordne, dass Sie sich genau so vor den anderen präsentieren, damit Sie Ihre Schönheit mit ihnen teilen können? Würden Sie mir gehorchen?«

Es war eine sehr merkwürdige Frage, vor allem in der Formulierung. Aber Marianna wusste, dass die Lust dazu führte, Männer (und auch Frauen) zu eigenwilligen Dingen zu bewegen, sie ließen sich auf Spiele ein, die auf andere vielleicht komisch wirkten, ihnen aber die höchste Lust bescherten.

Sie brauchte sich nur daran zu erinnern, wie sehr sie es genossen hatte, auf Lady Worthys Esstisch genommen zu werden, um das zu begreifen. Wohlhabende, verwöhnte Gentlemen wie Lord Blackwood würden noch viel anspruchsvoller sein. Wenn er diese Riten und Rituale und die langen Seidenroben brauchte, um eine solche beeindruckende Erektion zu erhalten, warum sollte sie etwas dagegen haben?

Aber wie das Schicksal so spielt, besonders im Leben unserer Heldin, zeigte sich nicht so sehr durch Lord Blackwoods Frage, sondern an dem Zufall, dass er die eine von Mariannas Brüsten entblößt hatte und nicht die andere. In diesem Fall war es die linke, also die mit dem herzförmigen Muttermal.

Wie Mariannas Schicksal sich verändert hätte, wäre dieses Muttermal an diesem Abend so öffentlich gezeigt worden! Wie ganz anders (und viel kürzer) wäre ihre Geschichte verlaufen, wenn Seine Lordschaft den anderen Ärmel nach unten gezogen und verlangt hätte, sich in diesem Aufzug in der großen Halle sehen zu lassen.

Aber er tat es nicht, und sie tat es auch nicht, und so setzte sich die Geschichte unserer Heldin wie vorgesehen fort. Sie stand immer noch da, die eine wunderschöne Brust, makellos und durch nichts gezeichnet, enthüllt, seinen Blicken ausgeliefert.

»Ich würde Ihnen gehorchen, Mylord«, sagte Marianna. Sie würde es auch zu ihrem eigenen Vergnügen tun, nicht nur zu seinem. Und sie wusste auch, dass es sie erregen würde. »Weil Sie es befehlen, würde ich mich den anderen auf diese Weise zeigen.«

»Was für ein gehorsames Lämmchen«, sagte er. »Kein

Wunder, dass ich eigentlich keine Lust habe, dich heute Nacht mit den anderen zu teilen.«

»Dann tun Sie es nicht, Mylord«, sagte sie, als ob das die einzige Antwort wäre.

»Das würde Ihnen gefallen, was?« Er schlüpfte mit einer Hand unter die Brust und rieb mit dem Daumen über ihren Nippel. »Zu wissen, dass Sie mir allein gehören?«

»Sie sind unser Gastgeber, Mylord«, sagte sie, schlang die Arme um seinen Nacken und rieb ihren Körper gegen seinen. Sie liebte das Gefühl der Seide, der einzigen glitschigen Substanz zwischen ihnen. Durch den Stoff konnte sie immer noch die Wärme seiner Haut spüren und das harte Versprechen seines Penis.

Sie neigte den Mund, um ihn zu küssen. Sie konnte das schwere Pendel seiner Halskette spüren, das gegen ihre Brust drückte. Oh, ja, sie würde diesen Höllenhund nehmen, wenn er sie haben wollte. Als sie die Zunge zwischen seine Lippen stieß, begann sie, die Seide wegzuziehen, die ihre Pussy von seinem einsatzbereiten Schaft trennte.

»Sagen Sie mir, Mylord«, raunte sie in einem heiseren Flüstern, während ihre Finger sich um die Kuppe seiner Männlichkeit drückten. »Wie könnte ich mich denn nicht geehrt fühlen, wenn ich bei Ihnen bin?«

»Du wirst geehrt, mein Lämmchen«, sagte er. »Du wirst mehr geehrt, als du ahnst.«

Mit einem sanften Griff zog er ihre Robe hinunter zur Taille. Seine Hand tauchte noch tiefer und umschloss ihren Venushügel. »Sie sind rasiert«, stellte er überrascht fest. »Da hat jemand gute Arbeit geleistet.«

»Ich dachte, es würde Ihnen gefallen, Mylord.« Sie öffnete die Beine noch etwas weiter und war sicher, dass er es ihr jetzt und hier besorgen würde. Er hatte ihr Wiedergutmachung versprochen, nachdem er ihr den Dildo weggenommen hatte, und sie konnte es nicht erwarten, dass er sein Versprechen einlöste.

Seine Hand glitt zwischen ihre Beine, und ein Finger tauchte in die Spalte. Sie seufzte verhalten und hoffte, dass ihn das zu mehr ermutigte.

»Du bist nass«, sagte er, offenbar zufrieden. Er fand den geschwollenen Knopf ihres Lustzentrums und strich mit dem Daumen darüber. Sie zitterte und schmiegte sich an ihn.

»Das gefällt dir.« Es war keine Frage.

»Oh, ja«, keuchte sie. »Bitte.«

»Sogar deine Oberschenkel sind nass«, fuhr er fort. »Du bist eine feurige Natur.«

»Oh, ja, ja«, rief sie und rieb sich kräftiger an ihn. »Für Sie bin ich feurig, Mylord.«

Er schob einen Finger in ihre Passage und erregte sie noch mehr. »Nass und eng. Teufel, sind Sie eng!«

Sie wand sich lüstern gegen ihn, besessen davon, mehr als nur diesen einen frustrierenden Finger zu spüren. Sie kämpfte gegen ihre Anspannung an, gegen die Lust, denn sie wollte nicht auf diese Weise kommen.

»Ich gehöre Ihnen, Mylord. Wenn wir die paar Schritte zum Bett gehen könnten, würde ich Ihnen gern die Tiefe meiner Zuneigung ...«

»Nein, mein Lämmchen, nein«, sagte er, die Stimme gepresst von der selbst auferlegten Zurückhaltung. »Wenn ich Sie nehme, wird es mit der Umsicht und der Feierlichkeit geschehen, die Sie verdienen. Ich habe bereits beschlossen, dass Sie meine Priesterin in dieser Nacht sein werden. Jetzt glaube ich, dass Sie einen noch größeren Ruhm verdienen. Jeder Mönch soll Sie in dieser Nacht verehren. Ich selbst werde das überwachen. Sie werden von den anderen Frauen beneidet werden.«

Ohne weitere Erklärung löste er sich von ihr und wandte sich ab. Sie blieb zitternd vor unerfülltem Verlangen zurück. Ihre Pussy pochte schmerzlich. Es schien nicht fair zu sein, ihr auf diese Weise zu entsagen, denn sie hatte doch gespürt, wie sehr er sie begehrte. Sie war verwirrt. Was für ein Gentleman musste er wohl sein, dass er ein solches Angebot, wie sie es ihm gemacht hatte, einfach abschlug?

Sie sah ihm nach, wie er das Zimmer durchquerte und zum Tisch ging, auf den er beim Eintritt eine flache, in Leder gefasste Schachtel gelegt hatte. Schmuck, dachte Marianna sofort, geschult durch Calliopes Blick für wertvolle Geschenke. War das die Wiedergutmachung, von der er gesprochen hatte, der kalte Trost von Edelsteinen statt der warmen Wohltat eines harten Schwanzes?

Als er die Schachtel öffnete, sah sie auf den ersten Blick, dass ihre Vermutung richtig gewesen war. Sie erkannte den kostbaren Glanz von Gold und geschliffenen Steinen. Aber einen solchen Schmuck hatte sie noch nicht gesehen.

»Ich möchte Sie als unsere Hohepriesterin auszeichnen«, sagte er. »Ich will, dass alle, die Sie heute Abend sehen, sofort wissen, dass Sie mir gehören.«

Er hielt das erste Stück in der Hand, damit sie es betrachten konnte. Es war das Pendant zu dem Anhänger seiner Halskette. Sie hatte zwar nicht Calliopes Auge für den Wert von Schmuck, aber auch sie konnte sich vorstellen, dass er sehr kostbar war, das Design eines goldenen Hundes mit rubinroten Augen. Er wand sich geschickt und biss sich in den eigenen Schweif. Dazu gab es eine schlenkernde Kaskade von kleineren Hunden und Rubinen in der Form von Tränen.

Die hängenden Edelsteine reihten sich zu tief aneinander, denn als Ohrgehänge würde es ihr bis auf die Schulter fallen, aber wenn er es wünschte, würde sie es natürlich tragen. Wenn er erreichen wollte, dass alle Notiz von ihr nahmen, würden die beiden Schmuckstücke dafür sorgen.

»Tragen Sie das, mein Lämmchen«, sagte er, »dann wird kein anderer Mönch es wagen, Sie anzufassen. Sie sind allein für mich reserviert. Kommen Sie, ich helfe Ihnen.«

Sie drehte den Kopf und beugte sich vor, um ihm das Ohr anzubieten. Zu ihrer Überraschung griff er stattdessen an ihre Brust und befestigte den schlangenförmigen Ring um ihren Nippel. Dann bückte er sich und saugte hart an der goldumrandeten Warze.

Sie fühlte sofort, wie der Nippel vor Erregung anschwoll, wodurch der Ring sich fester um die Kuppe schmiegte und Marianna noch mehr stimulierte. Sie keuchte, verdutzt durch einen Schwall unbekannter Sensationen. Seine kunstvoll schnipsende Zunge, das Gold, das sich in den Nippel drückte, das Gewicht der anderen Teile, die leicht gegen ihre Rippen pendelten – wer hätte jemals eine solche Fülle von lustvollen Gefühlen erlebt?

»Da«, sagte er schließlich, erhob sich und betrachtete zufrieden seine Arbeit. »Solange Sie in einem Zustand der Erregung bleiben, hält der Ring seinen Platz. Denken Sie also an mich und mein Gemächt, und daran, wie ich Sie in dieser Nacht vor Lust zum Schreien bringen werde, dann bleibt der Nippel hart, und der Ring verrutscht nicht.«

Er drehte sie herum und führte sie zum Spiegel, damit sie das provozierende Bild sehen konnte, das sie dem Betrachter bot: Ihre cremige Brust mit dem kleinen harten Nippel, weinrot vor Geilheit, umgeben vom goldenen Ring, darunter die glitzernden Juwelen und Talismane.

Ihre Lider waren schwer, ihre Wangen glühten mit verführerischer Sehnsucht und unverhohlener Lust. Ihre Robe war bis zur Taille gerutscht, als er ihre Pussy getestet hatte, aber wenn jemand Marianna in diesem Zustand gesehen hätte, wären er oder sie davon ausgegangen, dass es nicht beim Testen der Pussy geblieben war.

Es war gut, dass die anderen Gentlemen den Nippelring sehen konnten und die Warnung verstanden, sich ihr fernzuhalten, dachte sie, denn wenn sie so verlockend wirkte, wie sie es im Spiegel wahrnahm, würden die Gentlemen sie umschwärmen, sobald sie sich sehen ließ. Ihnen würden die Zungen heraushängen, und ihre Schäfte würden ungeduldig auf ihren Einsatz warten.

Blackwood schnipste gegen die baumelnden Juwelen und ließ sie hin und her schwingen, und sie keuchte. Er belächelte beide Reaktionen.

»Sie sehen wie eine Priesterin und Göttin zugleich aus, mein Lämmchen«, sagte er, »Ihre Brüste fließen über, und der köstliche Nippel versprüht kristallene Milch, die darauf wartet, von Ihrer Nachkommenschaft gesaugt zu werden.«

Sie sah einer heidnischen Göttin so ähnlich, dass sie von seinem Spiel entflammt und zugleich verängstigt wurde. Wie weit sollte sie gehen, was erwartete er von ihr? Und was würde er noch von seiner Priesterin verlangen?

Sie ertappte sich dabei, wie sie auf den Glockenschlag wartete, von dem das Dienstmädchen gesprochen hatte, damit sie sich zu den anderen gesellen konnte. So unterhaltsam der Hokuspokus des Marquis auch gewesen sein mochte, sie hatte jetzt genug davon. Sie sehnte sich nach der fröhlichen Gesellschaft von Calliope und Lord Rogersme und dem Colonel Goodleigh, für den die Reise den Fluss entlang nicht mehr als eine lustige Abwechslung gewesen war.

Sie wollte wieder die muntere, leichtfüßige junge Frau sein, die so gern lachte, herumtobte und neckte, ohne auf den Charakter irgendeiner dunklen, launischen Priesterin oder Göttin Rücksicht zu nehmen. Am meisten noch wünschte sie, sich von der geheimnisvollen Intensität zu befreien, die sie in Lord Blackwoods Nähe spürte.

Vielleicht ahnte er in diesem Moment ihre Gefühle, denn ein Schatten von Besorgnis legte sich über seine Augen, als er sie im Spiegel anstarrte.

»Auch wenn Sie so ein lüsternes Geschöpf sind, mein Lämmchen, sorge ich mich um Sie«, sagte er und setzte die baumelnden Juwelen wieder in Bewegung. »Sie sind noch so jung, und dies ist eine schwere Last, die Sie tragen müssen. Wenn Sie den Fokus verlieren sollten und den Gedanken an mich und meine Männlichkeit verdrängen, werden Sie ins Taumeln geraten, fürchte ich, und der Ring wird rutschen und von Ihrem Körper auf den Boden fallen.«

»Das wird nicht geschehen, Mylord«, sagte sie mit perfektem Selbstvertrauen. Wie hätte sie in ihrem jetzigen Zustand auch zweifeln können? »Ich schwöre Ihnen, er wird dort bleiben, wo Sie ihn platziert haben.«

»Kein Wunder, dass Sie meine Priesterin sind.« Er lächelte herzlich, und das erste Mal glaubte Marianna, dass er wirklich erfreut war. Er wischte mit dem Handrücken über ihre Wange, eine Geste, die Marianna vertraut war; sie hätte von jedem Mann stammen können, wenn er einer Frau zeigen wollte, dass er sie mochte.

Sie lächelte auch und drehte sich zu ihm um. Der Juwelenring auf ihrem Nippel schwang auf eine sehr verlockende Weise. »Wenn Sie gestatten, Mylord, ich habe noch eine Frage. Ich weiß natürlich, was von einer Geliebten erwartet wird, aber bitte, was erwartet man von einer Priesterin?«

»Das wissen Sie nicht?«, fragte er überrascht. »Niemand hat es Ihnen gesagt?«

»Kein Wort.« Sie schlüpfte mit ihren Händen in die weiten Ärmel seiner Robe und schaute lachend zu ihm hoch. »Vielleicht weiß es auch niemand in meiner Umgebung. Schließlich läuft einem nicht jeden Tag eine Priesterin über den Weg.«

Er lachte laut auf, und ihr fiel ein, dass sie ihn in ihrer Gesellschaft noch nicht lachen gehört hatte.

»Da mögen Sie Recht haben«, stimmte er zu. »Selbst in London laufen keine Priesterinnen herum.«

»Und was soll ich ...?«

»Zur gegebenen Zeit, mein Lämmchen«, sagte er und legte einen Finger auf ihren Mund, um sie zum Schweigen zu bringen. Während er das tat, hörte sie die Glocke vom Turm der Abbey läuten, worauf sie so gespannt gewartet hatte. Jetzt sollten alle Gäste in die große Halle kommen. »Ah, jetzt müssen wir gehen. Es gehört sich nicht, die anderen warten zu lassen.«

Er reichte ihr eine weiße Halbmaske aus Satin, dann legte er seine eigene schwarze Maske an. Er zog die Kette aus der Robe, damit jeder den Anhänger mit dem Höllenhund sehen konnte, dann zog er die Kapuze vor, um sein Gesicht in den Schatten zu legen.

Marianna verknotete die Bänder der Maske und wob die Enden in ihre Haare. Sie versuchte, auch die Kapuze nach vorn zu ziehen, aber dadurch wurde die Brust wieder bedeckt.

»Sie können auf die Kapuze verzichten«, sagte er, als er ihre Bemühungen sah. »Es ist wichtiger, dass Sie die Edelsteine und den Ring um den Nippel zeigen. Ich will nicht, dass irgendein Gast sich an Sie heranmacht und das beansprucht, was mir gehört.«

»Sehr gern, Mylord«, sagte sie, und sie glühte vor Erwartung. Stolz nahm sie seinen Arm und ließ sich in die Halle führen. Die Rubine schwangen provozierend hin und her.

Wenn er sie später in der Nacht nehmen würde, hätte sie stundenlang auf den großen Moment gewartet.

Fünfzehntes Kapitel

In dem Marianna genug ungewöhnliche Dinge sieht, die für ein Leben reichen & zu ihrer Freude entdeckt, dass ein jüngerer Sohn nicht weniger Mann ist

Vom Fluss aus hatte Marianna gedacht, dass Blackwood Abbey den vielen Klöstern und Kirchen und Abteien ähnelte, die über ganz England verstreut lagen und sich in den verschiedenen Stadien des Verfalls befanden. Aber während das Äußere noch ganz respektabel gewirkt hatte, war das Innere nach Lord Blackwoods Anweisungen alles andere als respektabel, und die Aktivitäten, die dort innerhalb der steinernen Mauern stattfanden, noch viel weniger.

Die bleiverglasten Fenster, die man vom Fluss aus so schillernd gesehen hatte, zeigten nun, bei näherem Hinsehen, keine heiligen Figuren sondern verschiedene Kopulationsszenen, diverse nackte Männer, die sich mit ebenso nackten Frauen vergnügten, Gruppen von Frauen, die sich gegenseitig mit Zunge und Dildo Lust verschafften.

Jeder Kerzenhalter, jeder Leuchter und jeder Türgriff waren ausgetauscht und durch Neuschöpfungen aus Messing ersetzt worden, und alle waren dem Thema der fleischlichen Genüsse gewidmet.

Die Decke war mit Göttern und Göttinnen bemalt, die in den Wolken herumtollten und auch eifrig an allen erdenklichen Perversionen teilnahmen. Die Szenen waren so gemalt, als hätte der Künstler unten gestanden.

Aber die Szenen an der Decke schienen zahm zu sein im Vergleich zu denen, die sich vor Mariannas erstaunten Augen abspielten. Lord Blackwood war mit ihr auf der Galerie stehengeblieben, um sich die Festivitäten, die längst begonnen hatten, anzuschauen, bevor sie sich der Halle näherten und sich unter die Gäste mischten.

Etwa vierzig Mönche nahmen an den Feierlichkeiten teil, alle in ihren schwarzen Satinroben und Halbmasken, viele mit Weinbechern bewaffnet, die von Dienern ständig nachgefüllt wurden. An einem Ende der Halle trat eine Gruppe von Fiedelspielern auf, die versuchte, sich über dem Gemisch von Stimmen, Gelächter, Schreien und Luststöhnen Gehör zu verschaffen.

Es gab weniger Nonnen, deren weiße Satinroben sich deutlich abhoben. Marianna suchte vergeblich nach Calliope. Vielleicht hatte der Earl in seiner Besitzgier in letzter Minute beschlossen, dass sie auf ihrem Zimmer blieben. Marianna war ziemlich sicher, dass sie sonst ihre Freundin Calliope als eine der aktivsten Beteiligten erkannt hätte.

Um die geringere Zahl von Nonnen auszugleichen, befand sich eine Gruppe von Frauen in nicht ganz so weißen Roben von einer geringeren Stoffqualität in einem abgesperrten Bereich, der früher einmal als Podium für die Musiker oder für den Chor genutzt worden war.

Jetzt war der Bereich die Domäne der Novizinnen, die den Mönchen zur Verfügung standen. Jede von ihnen musste ihre Robe fallen lassen und sich nackt auf einen leicht erhöhten Aufgang stellen, damit man sie überprüfen und bewundern konnte. Einige posierten eifrig und winkten in die Menge, andere verharrten scheu und resigniert.

Ein heiserer Mönch, dessen dröhnende Stimme an anderen Tagen im Oberhaus zu hören war, verdingte sich als eine Art

Auktionator. Er betatschte volle Brüste, klatschte auf üppige Hintern, um die Mädchen zum Lachen zu bringen, und spreizte ihre Beine, damit die Gäste einen Blick auf die Pussys werfen konnten. Die Mönche begannen zu bieten und sicherten sich die Novizinnen, die ihnen am besten gefielen.

Wenn ein Mädchen ersteigert worden war, bückte es sich nach der Robe und ging mit dem Mönch davon. Oft nahmen sie nur einen kurzen Weg – bis zu den Liegen, die an den Wänden standen. Dort trieben es die Mönche, wie es ihnen gefiel, während andere zuschauten und ihnen geile Vorschläge zuriefen.

Die meisten Mönche nahmen nicht viel Rücksicht auf ihre Partnerin, sie nahmen sie ohne langes Vorspiel. Andere waren entschlossen, vor dem Publikum einen guten Eindruck zu hinterlassen; sie brachten die jungen Frauen in exotische Positionen oder luden Freunde ein, sich an der fleischlichen Beute zu beteiligen.

Die Nonnen in ihren Satingewändern wollten sich nicht übertreffen lassen. Nachdem sie sich einen Mönch ausgesucht hatten, nahmen sie am Treiben teil. Auf einer Liege hatte eine Frau ihre Robe abgestreift und ließ sich von ihrem Mönch die Brüste verwöhnen, während ein anderer zwischen ihren Schenkeln kniete und eifrig die Pussy leckte.

Eine andere Frau hatte sich die Robe über die Hüften gelegt, beugte den Oberkörper vor, hielt sich mit den Händen an einem Steinpfeiler fest und genoss die treibenden Stöße eines Mönches mit einem prächtigen Schaft. Eine andere Frau lag auf einem Sofa, während zwei Männer ihre Beine gespreizt hielten, damit der dritte Mann ungehindert in sie eindringen konnte. Sie schrie vor Entzücken.

»Es gefällt mir, wenn ich den Mönchen bei ihrem Vergnügen zuschauen kann«, sagte der Marquis mit der gleichen

Befriedigung, die ein Landjunker äußern würde, wenn er die Zuchtbullen bei der Arbeit erlebte. »Es ist gut, dass sie gleich zu Anfang ihrer Lust frönen können, dann brauchen sie sich später nicht zu schämen, wenn ihnen keine Frau mehr zur Verfügung steht.«

»Brauchen sie sich denn für ihr jetziges Verhalten nicht zu schämen, Mylord?«, fragte Marianna, lehnte sich über das Treppengeländer und schüttelte sich, als sie sah, wie drei Kerle sich an einer Frau zu schaffen machten. »Ich meine, dann weiß ich nicht, was Sie unter Scham verstehen.«

Er lachte. »Mit Scham erreicht man nichts, mein Lämmchen«, sagte er sanft. »Scham ist wie Schuld ein nutzloser Kräfteraub der menschlichen Psyche. Sie verzehren Energie, die viel sinnvoller eingesetzt werden kann.«

»Wollen Sie mir denn sagen, dass dieser Gentleman da unten sich nicht schämen sollte, wie er da herumgackert und mit dem Dildo in seinem Gesäß wackelt, während diese goldhaarige Schlampe ihren Mund ...«

»Sie ist eine Novizin, mein Lämmchen, keine Schlampe«, unterbrach er sie leise, aber bestimmt. »Eine der Jungfrauen in dieser Nacht.«

Sie hob überrascht die Augenbrauen. Vom schamlosen Verhalten einiger der Frauen in den Leinenroben hatte sie angenommen, dass jemand ein Bordell am Covent Garden für die Nacht engagiert hatte und dass Jungfräulichkeit für die Bewohner des Bordells eine vage Erinnerung war. Nicht, dass ausgerechnet sie sich in ihrer Lage über diese Frauen erheben wollte.

Die Augen des Marquis beobachteten sie genau hinter seiner Maske.

»Sie sind doch nicht plötzlich scheu geworden, mein Lämmchen?«, fragte er mit einer Besorgtheit, die sie ihm nie zugetraut hätte. »Dies ist nicht die Zeit zu zaudern, besonders nicht, wenn man so zauberhaft aussieht wie Sie.«

Sie lächelte über seine Sorge. Vielleicht passten sie ja besser zusammen, als sie vermutet hatte. »Ich bin nicht scheu«, versicherte sie ihm, »und ich werde auch nicht zaudern. Sie werden erleben, dass ich Sie nicht enttäusche.«

»Das habe ich auch nicht wirklich befürchtet«, antwortete er. »Als ich gesehen habe, dass Sie diesen hübschen Vorrat an Dildos entdeckten und sich gleich damit beschäftigten, ohne dass jemand Sie dazu aufgefordert hätte – und als ich Sie berührte und bemerkte, dass die Säfte schon Ihre Schenkel entlangrannen – nun, da wusste ich endgültig, dass Sie meine Priesterin in dieser Nacht sein würden.«

»Sehr gern, Mylord«, sagte sie leise, dann wurde ihr Blick noch einmal von den Exzessen unten in der großen Halle angezogen. »Das freut mich sehr.«

Nein, scheu fühlte sie sich nicht, aber in ihrem Kopf rauschten die Bilder der Lasterhaftigkeit vorbei. Zu sehen, dass so viele Gentlemen (und nicht wenige Ladys) so begierig darauf waren, hemmungslos Sex zu haben, verdutzte sie, aber es erregte sie auch. Erwartete Blackwood, dass sie mit ihm vor den anderen kopulierte? Als Priesterin würde sie vielleicht sein Schmuckstück für die Nacht sein, genau da unten auf einem der Sofas.

Sie konnte es sich in allen schockierenden Details ausmalen, wie sie ihre Robe ablegte und ihren nackten Körper mit den Edelsteinen präsentierte, damit all die maskierten Gentlemen sie lüstern betrachten konnten.

Sie würde ihre liederlichen Kommentare hören, während Blackwood ihre blassen Schenkel öffnete und sie fühlen ließ, wie er mit seinem eleganten langen Schaft ihre angebliche Jungfernschaft nahm.

Sie stellte sich vor, auf dem Rücken zu liegen und über seine Schultern hinweg auf das geile Spiel der gemalten Götter und Göttinnen zu schauen. Sie schlang die Beine mit den langen Strümpfen um seinen Rücken und nahm ihn tiefer in sich auf. Sie begann zu stöhnen und fühlte die unaufhaltsame Wucht ihres Orgasmus, als ihre Pussy sich um seinen Schwanz spannte, und dann würde sie ihre Erlösung laut herausschreien, umzingelt von starrenden, lechzenden, neidischen Männern, während es ihr kam und kam und ...

»Sollen wir hinuntergehen, mein Lämmchen?« Seine Lordschaft lächelte, nahm ihre Hand und drückte sie in seine Armbeuge, als führte er sie zu einem festlichen Abendessen. Dann bückte er sich und stieß mit der Zunge gegen den von Gold umringten Nippel. Seine Zähne nagten kurz an der zarten Haut, die sich rötete und wieder anschwoll, und Marianna keuchte, als die Lust durch ihre Venen strömte.

»Ja, Mylord«, sagte sie außer Atem. »Lassen wir die anderen nicht länger warten.«

Er führte sie eine Wendeltreppe hinunter, dann durch einen kurzen Gewölbegang und hinein in die Menge. Da sie nicht ganz sicher war, wie sich eine Priesterin verhalten sollte, lächelte Marianna und überließ Seiner Lordschaft die Begrüßungen. Von allen Seiten verbeugten sich die Gentlemen und riefen ihm zu, selbst jene, die gerade mit Partnerinnen beschäftigt waren, und die Frauen knicksten, was ein seltsamer Anblick war, denn die meisten hatten bereits ihre Roben abgelegt, aber sie verbeugten sich tief und hielten die leeren Hände an den Seiten, als wollten sie Röcke heben, die sie nicht trugen.

Während der Festlichkeit sollten Titel und Rang keine Rolle spielen, damit die Anonymität gewahrt blieb, aber in der Praxis ließ sich das nicht durchziehen, denn jeder wusste, wem eine Verbeugung oder ein Knicks zustand und wem nicht.

Aber für Marianna, die außer ihrem Namen weder Titel noch Rang vorzuweisen hatte, bedeutete dieser Auftritt viel, viel mehr. Zum ersten Mal im kurzen Leben unserer Heldin wurde sie von allen bewundert und von vielen begehrt.

Wie Seine Lordschaft versprochen hatte, gaben ihr die Rubine, die von ihrer Brust baumelten, eine seltene Macht, und deshalb (und weil sie sich am Arm des Marquis festhielt) traute sich kein Mann, nach ihr zu greifen oder auch nur süße Verlockungen in ihr Ohr zu hauchen. Denn in dieser Nacht war sie die Hohepriesterin, reserviert für den Hohepriester, eine Position, die sie nicht durch Geburt ausfüllte, sondern durch ihre Schönheit und Sinnlichkeit verdient hatte.

Als sie und Lord Blackwood die Halle durchquerten, gab es keinen Mann, der sie beim Vorbeigehen nicht anstarrte. Die bloße Luft schien vor Lust und Hunger zu vibrieren. Ihre provozierend veränderte Robe mit der einen verzierten unverhüllten Brust war erotischer als die nackten Leiber der Frauen, die es nicht hatten erwarten können, sich von der Robe zu befreien.

Jeder Mann, ob alt oder jung oder dazwischen, bewunderte sie, begehrte sie und würde seine Seele dem Teufel verschrieben haben, um sie ficken zu können, vor allen anderen in der großen Halle. Sie fühlte sich tatsächlich wie eine Göttin, und das war ein Gefühl, das ihr zu Kopf stieg.

»Marianna!«

Calliope zwängte sich durch die Menge auf sie zu; ihre Robe befand sich in einem arg mitgenommenen Zustand, und ihre Haare hingen ihr über den Rücken. Der Earl war nicht weit hinter ihr. Ihre Wangen glühten rosig, die Augen leuchteten hell, woraus Marianna schloss, dass ihre Freundin die Freuden der Nacht schon genossen hatte. Wie Calliope vorhergesagt hatte, war sie eindeutig an ihren silbrigen Haaren zu erkennen, auch wenn die Maske noch Teile des Gesichts verhüllte.

»Ich bin es, deine Calliope«, rief sie aufgeregt und griff Mariannas Arm. »Oh, ich habe dich noch nie so feierlich ausgestattet gesehen.«

»Sie hat eine gewisse Aura, nicht wahr, Mrs. Wiles?«, meldete sich Lord Blackwood zu Wort, und etwas verspätet fiel Calliope ein, dass sie ihn mit einem Knicks begrüßen musste.

»Mylord«, sagte sie und schenkte ihm ihr gewinnendes Lächeln, »Mylord, ich kann Ihnen gar nicht sagen, wie sehr ich begeistert bin, meine liebe Cousine in dieser Nacht in Ihrer Gesellschaft zu sehen. Ich bin sicher, Sie haben beide allergrößte Freude aneinander.«

»Ich bin es, der sich bei Ihnen bedanken muss, weil Sie Ihre wunderbare Cousine zu meiner Kenntnis gebracht haben«, sagte er. Er küsste Calliopes Hand, dann zog er sie näher und küsste sie auf den Mund, und das vollzog er mit einer solchen Intensität, dass Marianna an einen Mann erinnert wurde, der sich kopfüber in eine hohe Welle stürzt.

Calliopes Augen weiteten sich, und ihre Arme fuchtelten durch die Luft.

»He, Blackwood, jetzt ist es aber genug«, rief Lord Rogersme, zog Calliope aus den Griffen des Marquis und stellte sich schützend vor sie. »Ich weiß, es soll heute Abend freizügig hier zugehen, aber zeigen Sie ein bisschen Respekt für den Besitz eines Freundes.«

»Aber ich zeige Ihrem Besitz genau den Respekt, den ich für sie empfinde, Rogersme«, verteidigte sich der Marquis. Das Lächeln hinter der schwarzen Halbmaske blieb ohne Humor. »Den höchsten Respekt überhaupt.«

Aber es war klar zu erkennen, dass der Anblick von Mariannas mit Juwelen verzierter Brust den Lord Rogersme fast um den Verstand brachte.

»Sie haben sich also Marianna ausgesucht?«, fragte er und starrte auf den deutlich erregten Nippel, fasziniert wie jeder andere Mann. »Sie ist ein junges Mädchen. Ist sie nicht zu jung, um heute Nacht Ihre ... eh ... Ihre Priesterin zu sein?«

»Wir haben uns gegenseitig Ehre und Gunst erwiesen, ja«, sagte der Marquis und lächelte Marianna strahlend an. »Sie weiß, dass sie später üppig belohnt wird.«

»Natürlich habe ich zugestimmt, als Seine Lordschaft mich gefragt hat«, sagte Marianna voller Stolz und schob ihre Hüfte gegen die Seite des Marquis, wodurch die hängenden Rubine zu schwingen begannen und den Nippel in köstlichen Tumult versetzten.

Was die Belohnung anging – nun, bei einem Gentleman so reich wie Blackwood, war der Himmel die Grenze. Eine Kutsche wie Calliopes, ein eigenes Haus, Kleider und Juwelen oder Geld, alles war möglich. »Für ein Mädchen wie mich gibt es keine schönere Aufgabe, als Lord Blackwood Freude zu bereiten«, fügte Marianna noch hinzu.

»Sind Sie mit dieser Aussage zufrieden, Rogersme?« Blackwood legte eine Hand um Mariannas entblößte Brust, hob sie leicht an und sah, wie das weiche weiße Fleisch seine Finger vergrub. »Sie ist alt genug, eine solche Entscheidung zu treffen. Oder haben Sie Skrupel gehabt, als Sie und Mrs. Wiles sie mit ins Bett genommen haben?«

Marianna hielt die Luft an, denn diese Frage war an Frechheit kaum zu überbieten. Sie hatte noch nie zwei Männer – von Gentlemen ganz zu schweigen – erlebt, die sich um sie stritten. Sie wollten sie beide in ihrem Bett haben, und keiner von ihnen wollte aufgeben. Andere Männer bildeten einen Ring um sie, angezogen vom Blutdurst, der über dem Streit lag. Sie wollten sich die Frau aus der Nähe anschauen, die eine solche Wut auslöste. Es waren alberne Auseinandersetzungen dieser Art, die zu Kämpfen oder gar Duellen führten, und manch ein Gentleman war dabei schon getötet worden.

Verblüfft wurde Marianna bewusst, dass solche Albernheiten auch faszinierend erregend waren. Wer hätte je ahnen können, dass ihre Pussy diese Leidenschaften auslösen könnte? Wer hätte voraussagen können, dass zwei Adlige des Reiches sich um unsere bescheidene Heldin streiten?

In Rogersmes Gesicht zuckte es verdächtig, sein fassartiger Brustkorb schwoll vor Aggressivität unter dem schwarzen Satin an. »Verdammt, Blackwood, Sie haben kein Recht ...«

»Aber dieses Recht habe ich, Rogersme«, unterbrach Blackwood ihn. »In dieser Nacht gehört sie mir, und ich kann mit ihr anstellen, was ich will. Sie können sie nicht beide haben. Dafür sind Ihre Taschen nicht tief genug.«

»Er würde uns beide auch nicht wollen, Lord Blackwood«, sagte Calliope mit fester Stimme und zwängte sich zwischen die beiden Streithähne. »Er hat mich, und Sie haben meine Cousine, und damit hat es sich. Mein lieber Darling Rogersme, ich habe einen schrecklichen Durst. Du wärst mein Retter, wenn du mir ein Glas Wein besorgst, sonst falle ich vor Schwäche hier um.«

Rogersme starrte sie an. Er wollte nicht nachgeben. Wenn er ein Mitglied der Höllenhunde wäre, würde er den Streit fortsetzen, aber dann wandte er sich ab, um Calliopes Bitte zu erfüllen. Er stieß die Umstehenden aus dem Weg.

Blackwood gluckste angewidert. »Sie müssen die Eier des armen Kerls fest im Griff haben.«

»Was ich im Griff habe, ist die Kunst, Lord Rogersmes

Leben zu schützen und ihn gelegentlich vor seiner charmanten impulsiven Art zu bewahren.« Calliope lächelte ihn süß an, dann legte sie einen Arm um Marianna und zog sie beiseite. »Wenn Sie gestatten, Mylord, ich muss Ihnen für kurze Zeit meine Cousine entführen.«

Bevor Blackwood protestieren konnte, zog Calliope die Freundin von dem Mann weg und führte sie hastig in einen der kleinen Alkoven an der Seite der Halle.

»Oh, Calliope«, begann Marianna, die es nicht erwarten konnte, alles zu berichten, was sie erlebt hatte, seit sie allein auf ihrem Zimmer war. »Du wirst nicht erraten ...«

Calliope ließ nicht zu, dass Marianna ihr Erlebnis erzählen konnte. »Was für eine Dreistigkeit war das denn?«, fragte sie streng. »Du wolltest die beiden aufeinanderhetzen, damit du deinen Spaß haben kannst! Du willst sehen, wie die beiden sich um dich verprügeln?«

»Noch nie hat sich jemand um mich gestritten«, bekannte Marianna. »Ich fand es sehr ... aufregend.«

»Es wäre wahnsinnig aufregend gewesen, wenn sie sich im Morgengrauen mit Pistolen unten am Fluss duelliert und sich gegenseitig getötet hätten. Dann hätten wir beide ziemlich dumm ausgesehen, was?«, sagte Calliope hitzig. »Wenn du in diesem Leben erfolgreich sein willst, darfst du einen Gentleman nie eifersüchtig oder neidisch machen. In deinen Gedanken müssen sie immer an erster Stelle stehen, denn du brauchst sie für dein Überleben. Was du getan hast, war so schlimm, als hättest du einen Gentleman verjagt, bevor du einen neuen gefunden hast.«

»Es tut mir leid«, sagte Marianna zerknirscht, aber die Regel, dass sie den Gentleman stets an erste Stelle setzen musste, ganz egal, ob er es verdient hatte oder nicht, würde ihr schwerfallen. »Ich habe es nicht böse gemeint.«

»Du hättest aber beinahe Böses verursacht.« Calliope seufzte und sah auf Marianna Nippel mit dem Goldring. »Ich wüsste gern, ob Rogersme mir auch so einen schönen Ring kauft, wenn ich daran denke, wie gierig er auf deinen gestarrt hat«, sagte sie. »Ich würde mich jedenfalls ...«

»Hier ist dein Wein, Callie.« Rogersme reichte ihr das Kelchglas und hob seine Maske hinauf bis zum Haaransatz. »Wir gehen jetzt. Ich habe genug von diesem verdammten Ort und erst recht von Blackwood.«

»Aber Sie müssen wegen der Riten bleiben, Mylord«, protestierte Marianna. »Sie müssen mich als Priesterin sehen.«

»Lieber würde ich uns alle in der Hölle sehen«, sagte er barsch. »Callie, komm jetzt. Miss Wren, Colonel Goodleigh wird sich um Sie kümmern.«

Der Colonel stand plötzlich vor Marianna. Mit seinen roten Haaren war er ebenso wenig zu übersehen wie Calliopes helles Blond.

»Verzeihen Sie, wenn ich es so unverblümt sage, Miss Wren, aber wir müssen sofort gehen.« Seine Stimme klang tief und dringlich. Als sie vorher zusammen auf dem Boot gewesen waren, hatte sie seine militärische Art, sein selbstbewusstes Auftreten, nicht wahrgenommen, aber jetzt war es nicht zu übersehen, während er den Blick verächtlich über die Wüstlinge in der Halle schweifen ließ. Er sah so aus, als hätte er seine Satinrobe abgelegt und ein fürchterlich gefährliches Schwert herausgenommen. Sie konnte ihre Überraschung nicht unterdrücken.

Er starrte über ihren Kopf hinweg und schaute immer wieder auf die wogende Menge, eine nie endende Wachsamkeit. »Wir haben nicht viel Zeit. Blackwood wird kommen und Sie wieder in Beschlag nehmen.«

»Vergeben Sie mir, Sir, aber Sie müssen sich irren«, wandte

Marianna ein. »Ich habe nicht die Absicht, die Veranstaltung zu verlassen.«

Er schüttelte ungläubig den Kopf. »Miss Wren, ich muss darauf bestehen«, sagte er. »Ihre Situation hier ist viel gefährlicher, als Sie ahnen, und Sie …«

»Ah, hier sind Sie.« Lord Blackwood stand plötzlich neben ihnen. Er wurde von zwei hoch aufgeschossenen Männern flankiert, entweder Wächter oder Diener, und auch eine ebenso beeindruckende Dienerin trat in seinem Gefolge auf. »Ich habe mich schon gefragt, ob Sie mich verlassen haben.«

»Nein, Mylord«, sagte sie mit einem Blick auf den Colonel, als wollte sie ihm eins auswischen, weil er sich eingemischt hatte. »Eine Priesterin kann doch nicht so feige sein.«

»Nein, das kann sie nicht«, stimmte er zu und lächelte herzlich. Er ignorierte den Colonel, als wäre er gar nicht da. Er küsste Marianna auf jede Wange, dann voll auf den Mund, und während er das tat, drückte er kurz gegen den Satin zwischen ihren Beinen und legte eine Hand auf den Venushügel, als wollte er seine Besitzansprüche demonstrieren.

Er presste den dünnen Stoff zwischen die Lippen ihrer Pussy und rieb über die Klitoris. Die unerwartete Intensität seiner Liebkosung ließ Marianna vor Entzücken schwanken. Die Lust, die sie plötzlich spürte, war siedend heiß, und sie musste sich an seiner Schulter festhalten, um nicht umzukippen.

»Es ist Zeit, sich auf die Riten vorzubereiten, mein Lämmchen«, flüsterte er ihr ins Ohr. »Ich muss Sie an Ihre Zofe weitergeben, wie es einer Priesterin zusteht, und dann kann ich Sie endlich zu meiner Geliebten machen.«

»Oh, ja«, murmelte sie eifrig, aber als sie ihn umarmen wollte, wich er vor ihr zurück. Der Satin fiel wieder glatt an ihr hinunter, und sie empfand eine schmerzende Leere zwischen den Schenkeln. Sie schaute an sich hinab und sah einen peinlichen feuchten Fleck auf ihrer Robe.

Jetzt war es die Zofe, die sie stützte. Sie legte eine Hand wie eine Klammer um Mariannas Arm und zeigte dabei eine stämmige Kraft, die Marianna von den Frauen kannte, die auf Worthy Hall auf den Feldern gearbeitet hatten. Mit ihrer Kraft konnten sie es mit manchen Männern aufnehmen, wusste Marianna.

»Sie sollen mit mir zur Kapelle kommen, Miss«, sagte sie. »Hier geht's lang.«

Marianna warf einen Blick zurück über die Schulter und sah gerade noch, wie der Colonel ihr nachschaute. Er hatte die Maske auf die Stirn geschoben, deshalb konnte sie sehen, dass sein Ausdruck alarmiert und besorgt schien. Auch unsere Heldin beschlich das Gefühl, alarmiert sein zu sollen – aber das war wohl zu spät.

»Wohin gehen wir?«, fragte sie, denn ihre Beklommenheit wuchs. Über ihnen schlug eine Glocke an, die offenbar alle Gäste zusammenrief, aber diesmal wurde Marianna das Gefühl nicht los, dass ihre Stunde schlug. Deshalb fragte sie noch einmal: »Wohin bringst du mich?«

»Ich habe Ihnen doch gesagt, Miss, dass es zur Kapelle geht.« Die Eile der Frau führte dazu, dass Mariannas Füße sich in ihrer Robe verhedderten. Sie geriet ins Stolpern, wurde von der Zofe aber wieder kraftvoll aufgefangen. »Zuerst müssen wir in den Ankleideraum gehen, wo Sie für Seine Lordschaft vorbereitet werden, wie es die Riten vorschreiben.«

Endlich erreichten sie einen kleinen Raum, in dem einige Kerzen brannten. Er war kaum größer als eine Kleiderkammer, aber es gab einen Spiegel, ein paar Kosmetikartikel und Erfrischungsgetränke. An einer Wand hingen zusätzliche schwarze Roben aus grobem Leinen, von Wäscheklammern auf einer Leine gehalten. Sie sahen wie schlafende Fledermäuse aus. Die Zofe nickte den beiden Wächtern zu, die sie bisher begleitet hatten, dann schlossen sie die Tür und zogen sich zurück.

»Da sind wir jetzt, Miss. Setzen Sie sich.« Die Zofe drückte Marianna auf einen derb gezimmerten Schemel, dann schenkte sie aus einem Krug einen Becher voll und reichte ihn Marianna. »Sie müssen durstig sein, Miss. Seine Lordschaft sagte, Sie hätten auch noch nicht gegessen.«

»Ja, das stimmt.«

Marianna nahm den Becher und einen tiefen Schluck. Bei Calliope hatte sie einen Geschmack für Wein entwickelt, und dieser Tropfen war gut, obwohl er süß war. Aber was sie in ihrer vertrauensseligen Unschuld noch nicht gelernt hatte, war die Tatsache, dass es Gentlemen gab, die sich das schwache Geschlecht gefügig machen wollten und den Getränken zu diesem Zweck verschiedene Drogen und Gifte beimengten.

So war es auch mit diesem Wein und mit Lord Blackwood. Der Wein war gerade durch Mariannas Kehle geflossen, als sie schon die Wirkung spürte. Eine seltsame Gelassenheit übertrug sich auf ihren Körper, ihre Glieder wurden schwer, und zugleich spürte sie ein sehnsuchtsvolles Ziehen in ihrer Pussy, das immer stärker wurde. Sie rutschte unruhig auf dem Schemel herum, seufzte und presste ihre Schenkel zusammen, um sich Erleichterung zu verschaffen.

»Ah, Miss, ich sehe, dass es Ihnen jetzt schon besser geht, nicht wahr?« Die Frau brachte Schminke und Pinsel herbei, wie sie auf dem Toilettentisch vieler Ladys zu finden waren, und dann fing die Zofe an, Mariannas Lider mit dunkler Farbe zu schminken und die Lippen und Wangen mit Rouge zu neuem Glanz zu bringen. Gefügig vom Wein, blieb Marianna still sitzen, sie hob das Gesicht und wandte es nach rechts oder nach links, als sie dazu aufgefordert wurde. Sie kicherte, als die Pinselhärchen über ihre Wangen glitten.

»Was ist das für ein Geruch?«, fragte sie in einer Stimme, die sie kaum als ihre eigene erkannte.

»Weihrauch«, sagte die Zofe, als wäre der schwere, unangenehme Duft, der den ganzen Raum ausfüllte, eine Selbstverständlichkeit in jedem Haushalt. »Seine Lordschaft verbrennt ihn zu den Ritualen. Hören Sie jetzt auch den Gesang? Er engagiert die Männer für den Chor, denn die Mönche haben zu tief in ihren Becher geschaut, um noch singen zu können. Der Chorgesang macht die Riten noch feierlicher. Jetzt wird man Sie bald abholen.«

Sie legte den Pinsel auf den Tisch und bückte sich, um sich aus der Nähe Mariannas Augen anzusehen. »Wie geht es Ihnen, Mädchen?«, fragte sie freundlich. »Fühlen Sie sich locker und entspannt?«

Marianna nickte.

»Das ist gut.« Die Frau seufzte und legte die Schminksachen weg. »Sie sind noch sehr jung, um die Priesterin zu spielen. Gewöhnlich sind die Ladys älter.«

»Ich bin alt genug«, sagte Marianna spröde und erinnerte sich an die Diskussion zwischen Lord Blackwood und Lord Rogersme. »Er hat mich gefragt, und ich habe zugestimmt.«

»Ja, Miss, das glaube ich Ihnen gern«, gab die Frau zurück. »Seine Lordschaft könnte die Sonne vom Himmel holen, wenn er es darauf anlegte. Ich hoffe, er wird Sie liebevoll behandeln, da Sie ja noch eine Jungfrau sind, und dass er Sie anschließend mit Öl übergießt. Das soll helfen, all die anderen ertragen zu können, die nach ihm kommen.«

»Die anderen?«, fragte Marianna durch die Wolken in

ihren Gedanken – Wolken, die zum Glück nicht ganz so dick waren, wie die Zofe offenbar glaubte.

Die Frau nickte. »Ich weiß, dass Seine Lordschaft Ihnen genau erklärt haben wird, was die Aufgaben einer Priesterin sind. In erster Linie sind es Dinge, die sie hinzunehmen hat. Sie werden auf einen Tisch gelegt, und Ihre Arme und Beine werden mit samtenen Bändern gefesselt. Die Mönche murmeln alle möglichen Dinge vor sich hin, meistens in Französisch und Latein, vielleicht auch noch in anderen Sprachen. Dann bedient sich Seine Lordschaft an Ihnen, während die anderen um den Tisch herumstehen und gaffen. Danach kommen die Mönche an die Reihe, wenigstens diejenigen, die nach all dem Alkohol noch zu einem Ständer fähig sind. Das werden in dieser Nacht nicht so viele sein, höchstens zwanzig oder so.«

Höchstens zwanzig oder so. Dieser Satz reichte, um all die Wolken zu vertreiben. Marianna hatte sich damit abgefunden, dass Lord Blackwood sie vor den anderen nehmen würde; sie hatte sich sogar darauf gefreut. Aber sie hatte nicht damit gerechnet, dass sie gefesselt sein würde, und sie wollte auch nicht, dass alle zwischen ihre gespreizten Schenkel starren konnten, als wäre sie eine widerstrebende Stute vor der ersten Hengstbegattung. Und danach noch zwanzig andere? Das waren zu viele. Sie wollte nicht, dass fremde betrunkene Männer sie begrabschten und stießen und ihren Samen in ihre arme kleine Pussy ergossen.

Sie erinnerte sich an den nackten Hunger, den sie auf den Gesichtern der Männer in der Halle gesehen hatte. Sie hatten voller Geilheit auf sie gegeifert. Kein Wunder, dass Blackwood sie ihr Lämmchen genannt hatte – gab es noch eine größere Närrin, die sich freiwillig zu ihrem Schlachter begab? Sie fühlte, wie sich ihr Magen umdrehte, als sie auch nur daran dachte, was sie unten in der Halle erwartete. Ihr ganzer Körper zitterte. Ihr war hundeelend.

Was hatte Calliope ihr mit auf den Weg gegeben? Dass die Wünsche eines Gentlemans stets vor ihren eigenen Wünschen kommen. Nun, an diesen Ratschlag würde sie sich in dieser Nacht nicht halten, nicht einmal bei Lord Blackwood. Nicht, wenn er vorhatte, sie so zu behandeln. Es gab keine Kutsche und kein Haus auf der ganzen Welt, die einen so fürchterlichen Preis wert waren.

»Darf ich Ihr Glas wieder nachfüllen, Miss?«, fragte die Frau und griff nach dem Krug.

Marianna schüttelte den Kopf. Sie musste aus diesem Raum verschwinden, bevor sie kamen, um sie abzuholen, und dann musste sie sich in aller Hast aus der Abbey verdrücken. Zu spät erinnerte sie sich an Colonel Goodleigh. Völlig unüberlegt hatte sie sein Hilfsangebot abgelehnt. Aber vielleicht war es noch nicht zu spät – wenn sie ihn erreichte und sich ihm anvertraute, würde er ihr bei der Flucht helfen.

»Sind Sie sicher, dass Sie keinen Durst mehr haben, Miss?« Das Gesicht der Frau verriet ihr eigenes Unbehagen über die Aufgabe, die man ihr aufgetragen hatte. »Sie sagen, dass der Wein die einzige Möglichkeit ist, das Erlebnis ertragen zu können, und wenn die Mönche erst einmal begonnen haben, ihre Wollust auszutoben, bleibt keine Zeit mehr für einen weiteren Schluck.«

Wieder schüttelte Marianna den Kopf. »Trinken ist im Moment nicht mein Problem«, sagte sie, »viel dringender brauche ich einen Nachttopf.«

Die Frau runzelte die Stirn und sah sich im Ankleidezimmer um. »Meistens steht hier einer herum«, sagte sie. »Kann ich Sie einen Moment allein lassen, damit ich einen holen kann?«

Marianna versuchte, erschöpfter auszusehen, als sie war. Sie gähnte ausgiebig. Sie lehnte sich gegen die Wand und schloss die Augen. »Vielleicht schlafe ich ein bisschen, bis du mit dem Topf zurückkommst.«

»Ich bin sofort wieder da«, versprach die Frau, ging aus dem Ankleidezimmer und – besser noch – ließ die Zimmertür weit offen stehen.

Sofort war Marianna wieder auf den Füßen, wenn sie auch ein wenig schwankte. Benommen oder nicht, sie hatte keine Zeit zu hadern. Sie zog ihre weiße Satinrobe über den Kopf und ersetzte sie durch eine schwarze aus derbem Leinen. Nachdem sie ihren feinen Umhang versteckt hatte, setzte sie ihre schwarze Halbmaske auf und war froh, dass sie das frische Rouge der Wangen bedeckte. Sie zog die Kapuze tief über den Kopf, um das Gesicht noch mehr zu verbergen.

Sie begann am inzwischen verhassten Nippelring zu fummeln, aber dann überlegte sie es sich anders. So beschämt, wie sie auch war, wenn sie daran dachte, wie sie an den Ring geraten war, so würde es doch ein kostbares Schmuckstück sein, und jeder Juwelier würde es ihr liebend gern abkaufen.

Sie schaute zur offenen Tür, ob die Frau schon zurückkehrte. Der Flur war leer, aber sie konnte die Stimmen des Chores hören, und daraus schloss sie, dass die Riten begonnen hatten. So leise wie möglich schlüpfte sie durch die Tür und hielt sich in Richtung Halle. Sie hielt den Kopf gebeugt und die Hände in den Ärmeln versteckt. Sie spürte das Kratzen des schwarzen Leinenstoffs auf der nackten Haut.

Unter der Robe schwangen die Kette und die Rubine gegen ihre Rippen; sie quälten sie immer noch, aber jetzt nahm Marianna sie als spöttische Erinnerung wahr, wie nahe sie ihrem Ruin gekommen war. Sie zwang sich, nicht in Panik zu geraten, denn am liebsten wäre sie so schnell sie konnte gerannt. Aber eine weglaufende Dienstmagd wäre bestimmt aufgefallen.

Seit sie ihren Plan gefasst hatte, war ihr Kopf wieder klar geworden. Sie konnte wieder denken, und als sie zwei leere Flaschen an einer Wand bemerkte, bückte sie sich nach ihnen und sammelte sie ein: Es sah so aus, als hätte sie was zu tun.

Die Mönche und Nonnen bewegten sich allmählich hinüber zur Kapelle; niemand schien es eilig zu haben, und die meisten konnten wohl auch nicht schneller gehen. Marianna suchte in der Menge nach den roten Haaren des Colonels. Es war natürlich möglich, dass er die Abbey schon entsetzt verlassen hatte, dass er sich Lord Rogersme und Calliope angeschlossen hatte, wohin sie auch immer gegangen waren. Es konnte auch sein, dass er schon die Kapelle erreicht hatte.

»Junge, hier«, rief ein betrunkener Mönch, der sich auf eine kichernde Nonne stützte, die aber selbst Mühe hatte, sich auf den Beinen zu halten. Er schwenkte ein leeres Glas in der Hand, schwenkte es hin und her, als wollte er es am liebsten auf den harten Steinboden werfen. »Du sammelst doch so was, oder? Schließlich gehört es sich nicht, mit einem Glas in der Hand in die Kapelle zu gehen.«

Marianna lief zu ihm und erinnerte sich im letzten Moment daran, dass sie nicht knicksen durfte, sondern sich verbeugen musste. Als sie nach dem Glas griff, fiel ihr auf, dass die Kapuze des Mönchs nach hinten gerutscht war, sodass sie das unübersehbare rote Haar von Colonel Goodleigh erkannte, auffallend wie ein Leuchtturm. Endlich die Rettung, schoss es Marianna durch den Kopf. Sie legte das Glas zu den beiden Flaschen und fiel in seinen Schritt ein.

»Was ist mit Ihnen, Sir?«, fragte sie und versuchte, mit einer tieferen Stimme zu sprechen. »Kann ich Ihnen irgendwas besorgen, Sir?«

»Schleich dich, du Spitzbube«, schimpfte er. »Ich brauche nichts mehr in diesem Haus.«

»Aber Sir«, sagte Marianna, und Verzweiflung kroch in ihre tiefe Jungenstimme. »Entschuldigung, Sir ...«

»Ich habe dir gesagt, Junge, dass ich nichts ...« Er brach abrupt ab, drehte sich ihr zu und begriff plötzlich, wer sie war. Er nickte, aber sein Gesichtszug war immer noch grimmig. »Irgendein Wüstling hat drüben im Korridor gekotzt. Komm, ich zeige dir, wo es ist, damit du es wegwischen kannst.«

Sie folgte ihm und hatte Mühe, auf ihren unsicheren Beinen mit ihm Schritt zu halten. Sobald sie aus der Sichtweite der anderen heraus waren, hielt er inne und packte sie an den Armen.

»Ich kann Ihnen gar nicht sagen, wie dankbar ich bin, Sie noch einmal zu sehen, Miss Wren«, flüsterte er eindringlich. »Wie ist es Ihnen gelungen, ihm zu entkommen?«

»Oh, mein lieber, lieber Sir«, rief sie leise und fiel vor Freude und Erleichterung in seine Arme. »Egal, wie es mir gelungen ist. Jetzt ist nur wichtig, dass ich hier verschwinde und dass Sie, mein lieber Colonel, bereit sind, den Helden für mich zu spielen, auch wenn ich das gar nicht verdient habe.«

Er drückte sie an seine Brust, hielt sie fest und lächelte auf sie hinunter.

»Das ist doch selbstverständlich, Miss Wren«, sagte er, und in seiner Stimme schwangen Entschlossenheit und Courage mit, was Marianna als großen Trost empfand. »Das ist doch selbstverständlich«, wiederholte er.

Sechzehntes Kapitel

In dem Marianna den beherzten Colonel besser kennen lernt & überlegt, ob es besser ist, Muse zu sein oder Göttin

Wie genau Marianna und Colonel Goodleigh es schafften, Blackwood Abbey zu verlassen, hätte die Vorlage für einen wundersamen Abenteuerstoff liefern können, mit Schwertkämpfen, Liebeleien, kühnen Fenstersprüngen und der Flucht auf galoppierenden Hengsten.

Marianna ist unsere Heldin, und da sie eben erst den Colonel zu ihrem Helden erklärt hatte (nicht *der* Held, das ist ein feiner, aber wichtiger Unterschied, was aufmerksamen Lesern schon aufgefallen sein wird), kann man davon ausgehen, dass ihre Flucht ihren Rollen entsprechend gelang.

Aber wie Marianna in der Vergangenheit oft genug gezeigt hatte, neigte sie eher dazu, eine gewöhnliche Frau aus sterblichem Lehm zu sein als eine strahlende, überirdische Heldin, und so geschah es auch auf ihrer Flucht mit dem Colonel aus der Abbey. Keine Schwerter wurden gekreuzt, keine Pistolen gezogen, kein Blut wurde vergossen, und zu keinem Zeitpunkt schlug Marianna die Arme über dem Kopf zusammen, bevor sie wirkungsvoll in Ohnmacht hätte fallen können.

Nein, um es kurz zu machen, der ganzen Abreise fehlte das Abenteuer. Da der Colonel sich schon vorher einen Plan der Abtei besorgt hatte, konnte er Marianna hastig zu einer der hinteren Treppen führen, auf der man in die Küche gelangte, und von dort gab es einen Ausgang zum Hinterhof, zu den Ställen und anderen Nebengebäuden.

Von dort erreichten sie die Gärten, die sie durchlaufen mussten, bis sie die Straße nach London fanden. Sie gingen höchstens eine halbe Meile die Straße entlang, bis sie eine große Taverne vor sich sahen, in der sie freundlich empfangen wurden. Über ihre ungewöhnliche Kleidung wurde nicht gesprochen, denn es schien, dass sie nicht die ersten Gäste der Blackwood Abbey waren, die es sich in der Mitte der Nacht anders überlegt hatten und in der Taverne Unterschlupf fanden.

Auch wenn er eine schwarze Mönchskutte trug, war ein Colonel in der Armee Seiner Majestät und der Sohn eines Viscounts (auch wenn es sich um den vierten Sohn handelte) immer der hochwillkommene Gast eines Tavernenbesitzers. Ein solcher Gentleman kann davon ausgehen, dass ihm Essen, Trinken und ein Kleiderwechsel angeboten wird, und so geschah es auch in dieser Nacht.

Kurz darauf fuhr eine Kutsche vor, die der Wirt für seinen Gast bestellt hatte. Vor dem ersten Morgengrauen befanden sich Marianna und der Colonel auf dem Weg zurück nach London.

»Wo wohnen Sie, Miss Wren?«, fragte der Colonel, immer noch freundlich und besorgt, wie er es seit Beginn der Flucht aus der Abbey gewesen war. »Ich muss dem Kutscher eine Adresse nennen.«

Marianna stieß einen Seufzer aus und legte den Kopf zurück ins Polster. Sie trug ein bescheidenes Kleid aus grobem Leinen, ein Notbehelf, den ihr eines der Dienstmädchen in der Taverne gebracht hatte.

Sie fühlte sich eigenartig und traurig, und fast kam es ihr so vor, als wäre sie dahin zurückgeworfen worden, wo sie ihre Reise begonnen hatte, als wären die letzten fröhlichen Wochen nur ein Traum gewesen, aus dem sie brutal aufgeweckt worden war. Wenn sie wenigstens auf Worthy Hall aufgewacht wäre, hätte sie ein Dach über dem Kopf, und in der Küche würde ein Frühstück auf sie warten.

Jetzt, so schien es ihr, hatte sie weniger als nichts – nichts außer der außergewöhnlichen Freundlichkeit des Gentlemans, der ihr gegenübersaß. Für eine so einfallsreiche Heldin wie Marianna bot diese Tatsache nicht nur eine kleine Möglichkeit.

Colonel Goodleigh war von der Natur nicht mit einer männlichen Schönheit ausgestattet worden. Seine Nase war groß und krumm, mehrfach gebrochen in lange zurückliegenden Gefechten, und seine Gesichtshaut war von kleinen Pockennarben und den Nachwirkungen eines Lebens in der kolonialen Wildnis verunziert. Sein Kinn ging weich in den Hals über, und seine unglückliche Haarfarbe wurde schon erwähnt.

Auf der anderen Seite hatte Marianna festgestellt, dass er recht humorvoll war, und seinen gesunden Menschenverstand sah man auch in diesem gezeichneten Gesicht, Eigenschaften, die man häufig bei Männern seiner Erfahrung antraf, wie Marianna schon gelernt hatte.

Obwohl er fast doppelt so alt war wie Marianna, war er schlank geblieben, und er bewegte sich mit einer Gewandtheit, die sie beeindruckte. Vor allem aber hatte er sich als ein Mann der Ehre erwiesen, als er sie in der Nacht aus einer Situation gerettet hatte, die sie allein nicht gemeistert hätte. An diesem Morgen bedeutete ihr das sehr viel, viel mehr als eine glatte Nase und ein festes Kinn.

»Ich habe keine eigene Wohnung, Sir«, gestand sie. »Ich bin als Gast von Mrs. Wiles nach London gekommen, und seither habe ich bei ihr gewohnt.«

»Sie ist Ihre Cousine, nicht wahr?«

Marianna zögerte und fragte sich, ob sie noch das Recht hatte, es bei diesem Verwandtschaftsgrad zu belassen.

»Ja«, sagte sie schließlich. »Aber Mrs. Wiles ist auf die Großzügigkeit von Lord Rogersme angewiesen, und da ich nicht sicher bin, welche Gefühle Seine Lordschaft mir nach dem Geschehen gestern Abend entgegenbringt, weiß ich nicht, ob es klug wäre, dahin zurückzukehren. Ich möchte meiner Cousine keine Sorgen bereiten.«

»Rogersmes Großzügigkeit«, sagte Goodleigh trocken. »Das ist eine hübsche Formulierung.«

»Sie können nicht abstreiten, dass er großzügig zu ihr war«, sagte Marianna, und ihre Augen öffneten sich weit vor Verwunderung. »Sehr großzügig sogar.«

»Deutlich großzügiger als zu der Gräfin.«

»Aus dem, was ich gehört habe, Sir, schließe ich, dass Mrs. Wiles sich erheblich mehr um Seine Lordschaft kümmert, als Ihre Ladyschaft es tut, und außerdem ist meine Cousine eine sehr schöne Frau.«

»Also, da stimme ich zu.« Der Colonel lachte, ein angenehmer Klang in Mariannas Ohren. »Sie sind sehr ehrlich, Miss Wren.«

»Ich versuche es, Sir«, sagte sie, neigte den Kopf zu einer Seite und lächelte ihn freundlich an. Natürlich hatte sie gerade eine Lüge wiederholt, denn wir wissen, dass sie nicht Calliopes Cousine war, aber Ehrlichkeit und Wahrhaftigkeit sind nicht immer gleich. »So bin ich erzogen worden, Sir.«

Er nickte. »In London schämt man sich meistens seiner Ehrlichkeit.«

»Ja, Sir«, sagte sie und bemühte sich um einen nachdenklichen Ausdruck. »Das habe ich schon erfahren.«

Er beugte sich vor, rückte näher an sie heran. »Was hat

Lord Blackwood Ihnen eigentlich über die Dinge erzählt, die bei den Riten in der Abtei ablaufen würden? Ich weiß, dass Sie bereit waren, daran teilzunehmen, aber wussten Sie, was von Ihnen erwartet wurde?«

»Oh, Sir.« Sie brauchte ihre Schmach nicht vorzutäuschen, denn die war real. »Es gibt sicherlich keine größere Närrin, als ich eine war.«

»Keine Närrin, Miss Wren, nur ein unschuldiges Mädchen, das sich geirrt hat«, sagte er. »So hatte ich es mir schon gedacht.«

Sie senkte den Blick auf ihren Schoß. »Ich glaubte, eine Art Maskerade fände statt, und dort würde Seine Lordschaft mich zu seiner Favoritin erklären. Ich hätte nie für möglich gehalten, dass er mir einen Wein einschenken lässt, der mich vergessen lassen soll, dass ...«

»Blackwood hat Sie unter Drogen gesetzt?«, unterbrach er sie.

Sie nickte. Sie hatte schon geahnt, dass er gern den galanten Beschützer spielte. »Ich war nicht ich selbst, Sir. Ich habe nie für möglich gehalten, dass er von mir erwartete, auch alle anderen Gentlemen zu bedienen. Ich sollte barbarisch gefesselt und brutal benutzt werden und ...«

»Sie brauchen nicht weiterzusprechen«, sagte er und setzte sich rasch neben sie. Er legte einen Arm um ihre Schultern, um sie zu trösten. »Ich will Ihnen nicht noch mehr Schmerzen zufügen. Es ist genau der Ablauf, den ich mir gedacht habe.«

Sie schniefte ihre Tränen zurück und setzte sich aufrecht hin, weg von seinem Arm, um ihm zu zeigen, wie tapfer sie war. Sie griff in ihr Mieder und an die Stelle, wo der Rubinschmuck noch an ihrem Nippel befestigt war.

»Hier, Sir, hier«, sagte sie und zog das Mieder auseinander, um ihn den Schmuck sehen zu lassen, aber dabei entblößte sie auch die volle cremige Brust, gekrönt mit dem rosigen, aufgerichteten Nippel, reif und verführerisch wie eine Beere. »Seine Lordschaft hat mir den Schmuck selbst angehängt, um mich als die Seine zu markieren. Und nun kann ich das beschämende Ding nicht von meinem Körper lösen.«

»Bitte, erlauben Sie.« Er griff sofort ein, wie sie es sich ausgerechnet hatte, und nahm dabei das feste Fleisch ihrer Brust in seine Hand. Er strich mit dem Daumen zart über den Nippel, dann begann er mit größter Umsicht, den Ring zu entfernen. Sie verzog das Gesicht.

»Ich will Sie nicht leiden lassen«, sagte er ernst. »Das würde ich nie wollen. Es ist nur ...«

»Ich muss ganz tapfer sein«, sagte sie mit zittriger Stimme. In Wahrheit waren seine Berührungen alles andere als schmerzvoll, und dass der Ring sich noch immer um den Nippel schmiegte, lag ausschließlich an ihrer fast stetigen Erregung, die nun schon seit zwölf Stunden anhielt. »Wenn Sie ihn irgendwie befeuchten könnten, löst sich der Ring von selbst.«

»Ah, ja, gut, das ist eine Möglichkeit.« Mit großem Eifer beugte er sich über sie und begann, den Nippel zu lecken. Er streckte seine Zunge aus und presste sie flach gegen das Fleisch, sodass er nicht nur den Nippel befeuchtete, sondern den ganzen Warzenhof. Es fühlte sich köstlich an. War es da ein Wunder, dass sie die Augen schloss und seufzte, um besser genießen zu können?

»Ich glaube, er ist schon lockerer geworden«, flüsterte er, mehr zu ihrer Brust als zu ihr.

»Ja«, hauchte sie. »Oh, ja, Sir, das ist genau das, was ich brauche.«

Zu ihrem Vergnügen (aber auch zu ihrem Bedauern)

schaffte er es, den Ring nur mit dem Mund zu lösen. Schließlich zog er ihn mit den Zähnen vom Nippel.

»Hier, Mädchen«, sagte er und hielt den baumelnden Schmuck wie eine Trophäe in der Hand. »Jetzt sind Sie endlich von der Leibeigenschaft dieses Bastards befreit. Lassen Sie uns dieses Ding wegwerfen, damit die Erinnerungen an die heidnischen Praktiken für immer gelöscht sind.«

Er öffnete das Fenster der Kutsche und streckte den Arm aus, um die Schmuckkette wegzuwerfen.

»Nein!«, rief sie und warf sich über ihn, um seinen Arm zu greifen. Ganz egal, was sie damit in Verbindung brachte, das Ding war Geld wert, viel mehr Geld als alles, was sie je besessen hatte. »Wissen Sie, Sir, ich möchte es lieber behalten und es als Mahnung bewahren, als Talisman, um mich daran zu erinnern, nie wieder eine solche Närrin zu sein.«

Er sah sie mit nachdenklicher Überraschung an und ließ die Hand sinken. In ihrer Hast, den Arm festzuhalten, war sie auf ihm gelandet, die Arme auf seinen Schultern, ihre Beine um seine gespreizt, und ihre nackten Brüste (denn die andere Brust hatte sich jetzt ebenfalls aus dem losen Mieder befreit) stießen gegen seinen Brustkorb. Sein Gesicht war dicht unter ihrem, und wenn sie gewollt hätte, hätte sie die kupferfarbenen Härchen des Kinnbarts zählen können.

»Das ist eine interessante Begründung«, sagte er, den Blick auf die Brüste fokussiert, die seinem Mund so verführerisch nahe waren. Zum ersten Mal bemerkte er ihr Muttermal und runzelte dabei die Stirn. »Hat Blackwood Ihnen das auch angetan?«, wollte er wissen.

»Oh, nein, nein, Sir«, rief sie. »Damit bin ich geboren worden, ein Geschenk von Venus selbst, so sagt man, als Zeichen eines liebenden Naturells.«

»Ein liebendes Naturell, und nun kommt auch noch Venus

ins Spiel«, sagte er. »Sie hören sich weise an für Ihr junges Alter, Miss Wren.«

Sie lächelte charmant, als wollte sie ihm zeigen, dass sie wirklich noch nicht alt war.

»Oh, Sir, das haben Sie aber lieb gesagt.« Sie rutschte auf seinem Schoß herum, als wollte sie zurück auf ihren Platz gehen, aber dabei verlor sie das Gleichgewicht, weil die Kutsche plötzlich nach vorn ruckte.

Sofort umklammerte er ihre Hüften mit den Händen und hielt sie dort, um sie auch vor dem nächsten Balanceverlust zu bewahren. Sie ließ ihre Hände tiefer sinken, von seinen Schultern über seine Brust, und dort spürte sie das heftige Klopfen seines Herzens.

»Ich glaube, ich werde nie weise sein, Sir«, murmelte sie. »Clever vielleicht, aber nicht weise.«

Er sah lächelnd zu ihr hoch und fragte mit leiser Stimme: »Sind Sie jetzt gerade clever, Mädchen?«

»Vielleicht.« Ihr Flüstern klang heiser und einladend. Sie sank ein wenig tiefer auf ihren Knien, sodass sie jetzt direkt auf dem Schoß seiner Breeches saß. Ah, da war es, dachte sie glücklich, erfreut, dass auch er eine Einladung vorzuweisen hatte. Sie rutschte einmal kurz gegen die dicke Beule. »Vielleicht sollten Sie es mir sagen, Sir.«

»Oh, ich bin davon überzeugt, dass du sehr clever bist.« Er ließ seine Hände vom Rücken auf ihren Po gleiten und füllte jede Handfläche. »Besonders für ein Mädchen vom Land.«

»Und ich weiß, wie es auf dem Land zugeht«, sagte sie, wölbte den Rücken und rieb ihren Po gegen seine Hände. Sie langte zwischen ihre Körper und öffnete die Knöpfe seiner Jacke, einen nach dem anderen. Sie neckte ihn mit einer quälenden Langsamkeit. »Und auf dem Land sind wir gewohnt, die Dinge ganz einfach zu halten, ohne viel Brimborium.«

»Beurteile nicht alle Männer nach Blackwood«, sagte er, schob ihre Unterröcke hoch und kroch mit den Händen darunter. Er hatte warme Hände, sie waren sogar wärmer als ihr nackter Hintern. »Die meisten von uns brauchen nicht irgendwelche Tricks, um bei einer so hübschen jungen Frau wie dir einen Ständer zu bekommen. Deine ländlichen Gepflogenheiten sind mir höchst willkommen.«

»Das freut mich, Sir«, murmelte sie und schlang ihre Beine ein wenig fester um ihn, um ihn noch stärker zu ermuntern. Er stieß durch ihre Beine hindurch und fand ihre Spalte. Seine Brauen hoben sich, als er den fein rasierten Venusberg berührte.

»Eine vorzügliche Barbierarbeit, wie ich sie in London kennen gelernt habe«, erklärte sie und blinzelte ihm zu. »Ich schätze, ich könnte sie auch wieder wachsen lassen, dann habe ich wieder ein Petersilienbeet an dieser Stelle.«

»Tu's nicht«, sagte er mit einem tiefen Grunzen, und das war alles, was sie hören wollte – ihre nackte Pussy erregte ihn über alle Maßen.

Fasziniert strich er sanft darüber, um Feuchtigkeit aufzufangen, und sie ließ langsam die Hüften kreisen als direkte Reaktion des zunehmenden Drucks seiner Berührungen. Die Enge nach dem langen Alaunbad, das ihre Jungfernschaft wiederherstellen sollte, hatte allmählich nachgelassen, und so öffnete sie sich für ihn, und die Lippen ihrer Ritze schwollen an.

Als sie den letzten Knopf seiner Breeches geöffnet hatte, wurden sie beide durch das Herausspringen seines Schwanzes belohnt, ein feiner, stattlicher Rüssel, der ihre Hand füllte. Sie labte sich am samtenen Gefühl, als sie immer wieder über die stahlharte Länge strich. Sie sah fasziniert auf die kleine Träne auf der glänzenden Spitze.

»Ah, schauen Sie mal, Sir, der Stier ist aus dem Stall ausgebrochen.«

Er gluckste zufrieden, und sie nahm wahr, wie die Eichel gegen ihre Hand ruckte. »Wenn du mich fragst, will der Stier zu den Kühen auf die Weide.«

»Aber ich gebe erst seit kurzem Milch«, wandte sie grinsend ein und streichelte ihn vom Nest der krausen roten Härchen bis zur Kuppe. Himmel, es war eine lange Zeit her, seit sie ein so schönes Exemplar in der Hand gehalten hatte. »Das ist ein prächtiger Riemen, den Sie vorzuweisen haben, Sir. Es wäre eine Schande, ihn verkommen zu lassen.«

Er hielt ihre Hand fest, und sein Lächeln schwand. »Glaube bloß nicht, dass du das tun musst«, knurrte er. »Ich habe keine Belohnung für meine Hilfe erwartet.«

Lächelnd rutschte sie wieder näher an ihn heran, um ihn zu küssen. Ihre Zunge grub sich tief in seinen Mund.

»Ich habe das nie als Belohnung für Sie angesehen, Sir«, sagte sie, und in der leisen Stimme klang ihr Verlangen durch. »Ich betrachte es eher als Preis für mich.«

Sie schob ihre Petticoats zur Seite und langte nach unten, um ihre Labien zu öffnen. Die weißen Leinenröcke bauschten sich wie eine Wolke zwischen ihnen auf. Sie spreizte die Beine und ließ sich auf seinen harten Schaft nieder. Sie genoss die quälende Glückseligkeit, von ihm geöffnet und gefüllt zu werden. Zentimeter für Zentimeter ließ sie sich sinken.

Goodleigh packte sie hart an den Hüften, und seine Finger gruben sich in ihr Fleisch, als er sie tiefer auf sich zog, bis die Invasion komplett war.

Sie warf den Kopf zurück in den Nacken und begann, ihn zu reiten. Ihre Schenkel spannten sich an, und ihre Brüste hüpften. Die Haare flogen ihr um den Kopf, von der Frisur war nichts mehr übrig.

Er rammte von unten gegen sie und trieb sich immer wieder voller Lust hinein. Der Rhythmus ließ einiges zu wünschen übrig, weil man das Ruckeln und Schaukeln der Kutsche nicht vorhersehen konnte, aber Marianna störte das nicht, und auch der Colonel nahm es hin.

Er grölte plötzlich und kam zuerst, mahlte in sie hinein und stieß ein letztes Mal so heftig zu, dass sie fast von seinem Schoß geflogen wäre. Der Stoß genügte, um auch sie zum erfolgreichen Ende zu bringen, und mit einem lauten Schrei spürte sie, wie ihre Pflaume um den Schaft zuckte und ihn noch tiefer in sich aufsog. Dann wurde sie wie von kräftigen Händen geschüttelt. Sie schwankte erschöpft gegen ihn.

So begann eine höchst angenehme, sehr befriedigende Beziehung zwischen Marianna und Colonel Goodleigh. Nach Calliopes Ansprüchen war er nicht reich, aber nach den Ansprüchen fast aller Engländer war er wohlhabend, und glücklich ohne die verzehrenden Klagen einer Ehefrau und ohne die Belastung eines Großgrundbesitzes.

Er konnte sich natürlich eine Mätresse halten, und innerhalb einer Woche hatte er Marianna eine Wohnung in einem Stadthaus im West End zur Verfügung gestellt, und bald galt sie in ihrem Umfeld als Mrs. Wren.

Calliope war entsetzt, weil Marianna sich ihrer Überzeugung nach einem vierten Sohn eines Viscounts an die Brust geworfen hatte, wenn sie einen Herzog hätte haben können. Aber Marianna war glücklich. Ihr gefiel der Colonel, sowohl im Bett wie außerhalb. Er war nur nett zu ihr und sagte ihr ohne Umschweife, was er mochte und was nicht, und nach ihren missverständlichen Erwartungen, die Blackwood so verklausuliert vorgetragen hatte, war seine Direktheit sehr willkommen.

Am besten aber gefiel ihr, dass der Colonel nie von Liebe oder gar Heirat sprach, wofür sie ihm sehr dankbar war. Sie liebte es, mit ihm im Bett zu liegen und immer wieder zu erleben, wie er ihrem willigen, bebenden Körper endlose Lust bescherte, aber sie liebte ihn nicht. Sie konnte es nicht. Ihr Herz gehörte immer noch John Lyon, und wie das eben so ist mit vergebenen Herzen, würde es ihm immer gehören.

Was aber nicht heißen soll, dass es nur Frieden und Ruhe in Mariannas Leben gab. Ihre hastige Flucht aus Blackwood Abbey hatte ihrem Namen einen Hauch von Skandal angehängt. Man erzählte sich, dass Lord Blackwood weiß vor Wut geworden war, als er von ihrer Flucht gehört hatte, er hatte sich in der Kapelle vor sinnlosem Zorn auf den Boden geworfen, er hatte die Augen verdreht wie ein Wahnsinniger, und Schaum hatte vor seinem Mund gestanden.

Sein Auftritt war eine solche spektakuläre Schau gewesen, dass einige Gäste sogar applaudiert hatten, weil sie glaubten, seine Vorstellung wäre für ihre Unterhaltung gedacht. Ihr Vergnügen hatte nicht lange gedauert, denn als sie erfuhren, dass die Jungfrau geflohen war, begriffen sie, dass sie nun nicht am Entjungferungsritual teilnehmen konnten, was verdammt ärgerlich war.

Am anderen Tag war der Marquis, blass und leblos, auf einer Pritsche nach Frankreich gebracht worden, begleitet von zwei Ärzten und einem Anwalt. Offiziell wurde bekannt, dass Seine Lordschaft das Land verlassen hatte, um seine angeschlagene Gesundheit zu kurieren, aber andere Stimmen meinten, die hastige Abreise hätte den Zweck, Fragen zum Geschehen in der Abtei zu vermeiden.

Es schien fast so, als hätte die Nachricht vom Skandal London schon erreicht, bevor Marianna mit dem Colonel in der gemieteten Kutsche eingetroffen war. In der Stadt sprach man tagelang über nichts anderes.

Wieso auch nicht, denn im Mittelpunkt der Geschichte standen ein Adliger, der für seine Perversionen berüchtigt war, und unsere Heldin, die nun nicht nur wegen ihrer Schönheit eine Bekanntheit errang, sondern auch wegen ihrer Kühnheit, einer so abscheulichen Situation entkommen zu sein.

Wenn das neue Paar, Marianna und Goodleigh, nicht unentwegt mit seinen Flitterwochen beschäftigt gewesen wäre, die es im Bett des Colonels verbrachte, hätte Marianna keine Möglichkeit gehabt, das Haus zu verlassen, ohne von einer Menge mit Gezeter und Geheul verfolgt zu werden.

Aber selbst der saftigste Skandal ebbt irgendwann ab, und als Marianna und der Colonel sich wieder blicken ließen, waren die Zungen genug gewetzt worden, und andere Indiskretionen und Missetaten drängten in den Vordergrund.

Der Colonel war kein Mann von Welt, er hielt auch nichts von Exzessen, nein, er war ein Offizier mit einer beträchtlichen Reputation, der nun stolz darauf war, seinem König nicht mehr auf dem Schlachtfeld zu dienen, sondern in den langweiligen Bürostuben von Whitehall, und wie hätte ein solcher Hintergrund zu Klatsch und Tratsch führen können?

»Du kannst nicht so einfach aus der Gesellschaft verschwinden, meine Liebe«, sagte Calliope, sobald Marianna in ihrer neuen Wohnung Besuch empfing. Seit Blackwood Abbey war ein Monat vergangen. Obwohl Lord Rogersme sich allmählich beruhigte, blieb er verärgert über Mariannas Fehlverhalten (denn er als Adliger, der immer alles zur Verfügung hatte, was er brauchte, betrachtete ihre Beinahe-Vergewaltigung durch seine Freunde als genau das – ein Fehlverhalten, und außerdem sah er in Marianna das Mädchen, das den anderen den Spaß verdorben hatte), und Calliope war dazu gezwungen, ein Treffen der beiden unbedingt zu verhindern.

Sie lehnte sich auf ihrem Stuhl vor. »Ich habe es dir immer wieder erklärt, meine Liebe. Du musst damit beginnen, einen Ersatz für Colonel Goodleigh zu suchen, solange er noch ganz vernarrt in dich ist.«

»Oh Mann«, sagte Marianna und leckte die heiße Schokolade vom Löffel ab. Sie fühlte sich viel zu träge, um darüber nachzudenken, was sie tun musste und was nicht. Der Colonel war die Nacht über bei ihr gewesen, und sie hatten beide mehrfache Orgasmen erlebt, und davon wollte sie sich an diesem Tag bis zum Abend erholen. »Solange ich ihn glücklich machen kann, ist er zufrieden, und ich bin es auch.«

»Das wird nicht immer so sein«, sagte Calliope grimmig voraus. »Du wirst es erleben. Er wird deiner überdrüssig, oder du wirst bald genug von ihm haben – oder er wird heiraten und gezwungen sein, dich aufzugeben.«

»Das wird er nie tun«, antwortete Marianna mit perfekter Selbstsicherheit. »Er ist fast vierzig, Calliope. Wenn er bis zu diesem hohen Alter ein Junggeselle geblieben ist, nehme ich an, dass er es bis zum Grab bleibt.«

»Dann musst du dich jetzt auf den Zeitpunkt vorbereiten, den er festlegt, um dich zu verlassen«, sagte Calliope. »Du kannst damit nicht warten, meine Liebe. Ein Gentleman findet nichts schlimmer als eine verhärmte, verzweifelte Frau, die ihren Beschützer verloren hat.«

Geistesabwesend spielte Marianna mit einer Haarlocke zwischen den Fingern. »Was soll ich denn deiner Meinung nach tun? Durch den James Park spazieren mit einem Schild auf dem Rücken?«

»Du musst dich sehen lassen«, sagte Calliope und wedelte

mit den Armen in der Luft, um ihren Worten Nachdruck zu verschaffen. »Fahre in einer offenen Kutsche durch den Park, oder setze dich in die erste Theaterloge, oder lass dich einfach mit mir zusammen sehen! Du musst all das tun, was wir zusammen unternommen haben, als du in London eingetroffen bist. Die Gentlemen sollen dich sehen und über dich sprechen.«

Marianna rümpfte die Nase. »Man kann nicht sagen, dass wir damit schrecklich erfolgreich waren, oder?«

»Vielleicht nicht mit Lord Blackwood«, gab Calliope zu. »Aber wenn du nicht zu ihm gegangen wärst, hättest du auch deinen Colonel nicht kennen gelernt.«

Marianna seufzte wehmütig. »Was ich mir am meisten wünsche, ist die Rückkehr meines Johnny. Dann brauche ich über nichts anderes mehr nachzudenken.«

»Aber hast du deinem Johnny nicht versprochen, dass du in London eine Göttin werden willst?«, erinnerte Calliope sie. »Während er bei den Heiden ist und für sein Vermögen schuftet, musst du deine Rolle spielen und dich in London so gut einrichten, wie es nur geht. Für deine Zukunft zu sorgen und eine Göttin für Mr. Lyon zu sein – du kannst beides erreichen.«

Doch während es Marianna offenbar an Calliopes brennendem Ehrgeiz mangelte, ihr Leben zu verbessern, lief ihr auf ungewöhnliche Weise das Glück über den Weg – wie es einer Heldin gebührt.

Es gab zwei weitere Bewohner in ihrem Stadthaus, einmal die Vermieterin, eine gutmütige ältere Frau, die Gedichte schrieb und Katzen hielt, und zum anderen einen italienischen Gentleman namens Signor Amoroso aus der fernen Stadt Venedig.

Marianna wohnte noch nicht lange im Haus, als sie diesen

Gentleman auf der Treppe traf und zu ihrem Entzücken erfuhr, dass er ein Maler war. Rasch dachte sie sich einen Vorwand aus, um sich seine Malerwerkstatt anzusehen, die er sein Studio nannte. Eines Nachmittags im Herbst stieg sie die Treppe hoch und entdeckte die Kunst.

Oder besser und akkurater formuliert – die Kunst (in der sterblichen Hülle von Signor Amoroso) entdeckte Marianna.

Sie konnte sich nur schwer vorstellen, dass Signores Studio im selben Haus lag, denn seine Zimmer waren völlig anders als ihre. Überall atmete die Kunst einen an. An den Fenstern gab es weder Gardinen noch Vorhänge, damit das Sonnenlicht ungehindert hereinfließen konnte, das er so dringend für seine Arbeit benötigte. Seine Staffelei stand in der Mitte des größten Zimmers, und Palette, Pinsel und Farben lagen auf dem farbenverschmierten Tisch daneben.

Gegenüber gab es eine kleine Erhöhung, eine Art Podium, und er erklärte ihr, dass seine Modelle dort für ihn posierten. Weil er sich nicht nur auf Porträts spezialisiert hatte, sondern auch allegorische Szenen aus der Antike, sammelte er ausgefallene Kostüme, Samtkleider, Federn, Schwerter aus Blech, Kronen aus billigem Material, alles Dinge, die er in Truhen aufbewahrte, damit er seine Modelle ausstaffieren konnte.

Aber was Mariannas Interesse mehr anzog als alles andere, waren die Bilder, Beispiele von Amorosos Arbeit, die überall in den Zimmern zu sehen waren; sie hingen an den Wänden oder standen auf den Fußböden. Marianna besaß kein geschultes Auge für Kunst, aber sie erkannte sein Talent. Weil er sein Handwerk im sonnigen, sinnlichen Italien gelernt hatte, zeigten seine Bilder viele Motive des weiblichen Körpers. Die meisten Frauen hatte er wunderbar im Zustand von Mutter Eva gemalt.

Auf einer Seite hatte er Gemälde zusammengestellt, auf

denen er Frauen dargestellt hatte, die vom Göttervater Jupiter verführt wurden. Ganz egal, welche Verkleidung sich der launenhafte Gott für seine Eroberung ausgedacht hatte, die Frauen waren immer schön und nackt und wurden meist im Moment der höchsten Ekstase eingefangen.

Weil Marianna bei diesen Bildern an ihre erste Berührung mit der Kunst unter der Führung von Mr. Lyon erinnert wurde, war sie besonders von dieser Thematik fasziniert. Sie verstand, warum der Signore so erfolgreich war und warum so viele wohlhabende Kunden den Weg in sein Studio fanden.

Sie verstand auch sehr gut die schönen jungen Frauen, die über die Treppe nach oben stiegen und sicher ein wenig nervös überlegten, welche Pose sie dieses Mal als Modell einnehmen würden. Zweifellos dienten sie dem charmanten Signor Amoroso auch noch auf andere Weise, denn sein zerwühltes Bett stand nur ein paar Schritte von der Staffelei entfernt.

»Ganz egal, wie sehr ein Engländer sich am Gemälde einer nackten Frau erfreut, Mrs. Wren«, erklärte er, während er Tee aus einer türkischen Kanne einschenkte, »kann er sich nicht dazu überwinden, diese Freude in Gesellschaft zu zeigen. Stattdessen muss er in der nackten Frau eine Göttin oder eine Heilige sehen, das gibt ihm einen Vorwand, eine Entschuldigung, der nackten Haut zu huldigen. Ist das nicht eigenartig?«

»Oh, ja«, stimmte Marianna rasch zu, obwohl sie seine Theorie nicht ganz verstand, aber weil sie seine Gesellschaft genoss, gab sie vor, seiner Meinung zu sein.

Der Signore war ein schlanker Mann, vielleicht vierzig Jahre alt, aber das fiebrige Feuer seiner Inspiration schien ihn zum Glühen zu bringen, als ob er von innen beleuchtet würde. Seine großen dunklen Augen funkelten, und lebhaft waren seine Gesten. Selbst die dichten schwarzen Haare schienen die Natur einer flackernden Flamme angenommen zu haben, denn sie bewegten sich bei jeder Kopfbewegung wie ein dunkler Nimbus der Kreativität.

»Sicherlich haben Sie das Phänomen auch schon wahrgenommen«, fuhr er fort. »In England wird eine leidenschaftliche Frau als verdächtig angesehen. Aber sobald ich sie als Aphrodite male, die aus dem Meer aufsteigt, wird sie zur Göttin und zur Verehrung freigegeben.«

Sie nickte eifrig. »Ich verstehe sehr gut, Signore. Meine Freundin Calliope und ich werden auch mit schamloser Verachtung betrachtet, nur weil wir nicht hässlich sind und von den Herren bewundert werden.«

»Ich könnte Sie verwandeln, Mrs. Wren.« Er lehnte sich näher zu ihr und betrachtete sie aus verengten Augen. »Ich könnte Sie als Aphrodite malen, und kein Stofffetzen würde Ihre Reize verbergen, und ich würde das Bild in der Akademie aufhängen, wo es die ganze Welt bewundern kann.«

»Aphrodite!«, rief sie, ganz benommen von der Möglichkeit. »Oh, Signore.«

Er faltete die Arme über der Brust zusammen, neigte ein wenig den Kopf und sagte listig: »Sie sind zu schüchtern, um mir zu posieren, Mrs. Wren? Auch Sie sind beladen mit dem leeren Schamgefühl der Engländer? Oder sind Sie sich Ihrer Schönheit nicht so sicher, um sie vor mir und der Welt zu enthüllen?«

»Überhaupt nicht«, sagte sie rasch. »Es ist nur ... nun, ich wollte schon immer eine Göttin sein, und von Ihnen als eine Göttin gemalt zu werden – oh, Signore, ich fühle mich sehr geehrt.«

»Sehr gut. Wir können heute schon beginnen. In dieser

Minute.« Er schlug mit der flachen Hand voller Begeisterung auf eine Tischecke, dann entstand eine Pause, und seine Stirn kräuselte sich. »Ihr Liebhaber, der rothaarige Offizier, der das große Schwert an der Hüfte trägt – wird er keine Einwände haben, dass Sie das tun? Oder wird er mir mit diesem Riesenschwert den Krieg erklären, weil ich seine Freundin mit dem Auge eines Künstlers betrachte?«

»Solange Sie nur Ihr Künstlerauge einsetzen«, sagte Marianna, »und nicht Ihre Künstlerhände oder -lippen, glaube ich nicht, dass Colonel Goodleigh etwas dagegen hat.«

Er presste die Handflächen gegeneinander und lächelte erleichtert und dankbar.

Sie hob einen Finger, um ihm zu zeigen, dass sie noch nicht alles gesagt hatte. »Aber Sie sollten noch etwas wissen, Signore. In letzter Zeit bin ich mit dem einen oder anderen Skandal in Verbindung gebracht worden, sodass es vielleicht unklug ist, mich so freizügig malen zu lassen.«

»Was ist denn, wenn ich mich für eine Pose entscheide, in der Sie Ihr Gesicht mit einer Maske abdecken können, um Ihre Identität zu wahren?« Er sprang auf die Füße und nahm selbst eine Pose ein, er stand mit dem Rücken zu ihr, den Kopf abgewandt, den Hintern herausgestreckt und das Gesicht im Schatten des erhobenen Arms. »Wenn ich Sie so zeige, wette ich zehn Guineas, dass niemand Ihr Gesicht betrachten wird.«

Sie nickte eifrig. »Aber wenn Sie das Bild in der Öffentlichkeit zeigen, müssen Sie sich hüten, meinen Namen damit in Verbindung zu bringen.«

»Natürlich«, sagte er, griff nach einem Blatt Papier, das er für die erste Skizze benutzen wollte. »Wir erfinden einen neuen Namen für Sie. Das ist gar nicht so ungewöhnlich. Wie sollen wir Sie nennen? Madame Leidenschaft? Madame

Bliss? Dieser Name wäre sehr zutreffend, denn Sie bringen den Menschen Glückseligkeit. Ja, das hört sich am besten an. *Madame Bliss als Aphrodite, Göttin der Liebe.*«

»Madame Bliss«, wiederholte Marianna nachdenklich und stellte sich schon vor, wie sich eine Menge vor ihrem Bild versammelte. Calliope wollte, dass Gentlemen über sie sprachen – konnte es ein besseres Thema geben? »Ja, der Name gefällt mir.«

»Er passt zu Ihnen, Ma'am.« Er sah sie erwartungsvoll an. »Sind Sie bereit?«

»Natürlich bin ich bereit«, antwortete sie grinsend. An den meisten Tagen hatte sie nichts anderes zu tun, als auf den Colonel zu warten, der ihr oft beim Essen Gesellschaft leistete. Sie erhob sich und betrat das kleine Podium, und sofort begann sie mit ihrer Entkleidung.

»Soll ich meine Haare aufgetürmt lassen, oder soll ich sie offen tragen?«, fragte sie, als sie nur noch ihre Perlenohrringe sowie die Nadeln in den Haaren trug. »Was passt eher zu Aphrodite? Wenn ich wirklich die Göttin der Liebe wäre, würde ich sie so lassen, wie sie jetzt sind. Aber Gentlemen ziehen es vor, wenn ich die Haare fließen lasse, auch wenn sie bei lebhaften Spielen oft störend wirken. Vor allem, wenn es sich um einen Gentleman handelt, der stark schwitzt.«

Amoroso lachte, entzückt von ihrer Freimütigkeit. »Dann lassen Sie sie aufgetürmt«, sagte er und nahm seinen Platz vor der Staffelei ein. »Heben Sie jetzt einen Arm und drehen Sie sich ein wenig zu mir. Ja, das ist genau die Positur, die ich mir vorgestellt habe. *Madre de Dio,* was für eine Schönheit. Und Ihr Po – ich wette, Sie bringen Männer zum Weinen. Ich habe gehofft, eine neue Muse für meine Inspiration zu finden, und nun habe ich Sie, die Sie mir ganz nah sind. Muse und Göttin in einem Wesen.«

»Ich danke Ihnen«, sagte sie scheu, aber darüber hinaus empfand sie keine Schüchternheit. Es war seltsam; wenn sie sich erinnerte, dass sie sich vor Johnny keinem Menschen ohne Kleidung gezeigt hatte. Das schien schon so lange her zu sein. Wie sehr wünschte sie sich, ihn jetzt zu sehen, während sie nackt im Sonnenlicht stand, bereit für ihren Maler.

Wenn er aus Indien zurückkehrte, vielleicht so reich, wie er ihr versprochen hatte, könnte er das Bild von Signor Amoroso kaufen, und sie würden es über den Kaminsims ihres Salons hängen, so wie Lady Worthy das Porträt ihrer Großmutter über den offenen Kamin gehängt hatte.

Signore blinzelte sie mit verengten Augen an und konzentrierte sich mit all seiner künstlerischen Macht auf sie. »Was für ein hübsches Mal Sie auf Ihrer wunderschönen Brust haben, Mrs. Wren«, sagte er. »Es ist ein perfektes kleines Herz, nicht wahr?«

»Es passt zur Göttin der Lust, finden Sie nicht auch?« Sie lachte und nahm sich zusammen, damit sie sich nicht bewegte. »Das habe ich seit meiner Geburt. Ich schätze, Sie sollten es nicht malen, denn es gibt einige, die es schon gesehen haben, und die würden mich daran erkennen.«

»Und die anderen würden sagen, ich hätte es mir zu einfach gemacht, wenn ich ein Herz auf Aphrodites Brust male, um sie als Göttin der Liebe darzustellen. Wenn ich fertig bin, werden Sie auch ohne das Herz eine Göttin sein.«

»Madame Bliss, die Göttin der Liebe«, sagte sie und wunderte sich wieder einmal über die seltsamen Wege des Schicksals. »Wer hätte das gedacht?«

Siebzehntes Kapitel

In dem vieles enthüllt wird & andere Dinge verschleiert werden. Ernste Konsequenzen für Marianna & ihr Glück

»Kannst du das Bild sehen, Calliope?«, wisperte Marianna der Freundin zu. Sie selbst hatte sich hinter einen schwarzen Witwenschleier versteckt, sodass sie kaum einen Meter weit sehen konnte, ganz zu schweigen von den vielen Gemälden an den Wänden der Galerie. Es war der erste Tag der neuen Saison, und die Besucher stürmten in alle Ausstellungsräume. »Es muss hier sein. Der Signore hat mir gesagt, dass es einen der besten Plätze erhält, weil das Bewilligungskomitee das Bild so gut fand.«

»Ich habe es gefunden«, raunte Calliope und lenkte Marianna durch die Menge. »Aber ich glaube nicht, dass wir nahe genug herankommen, um es zu betrachten. Da haben sich mehr Gentlemen vor deinem perlweißen Po eingefunden als vor den Wettständen beim Pferderennen in Epsom.«

»Du machst Witze!«, rief Marianna und hob den Schleier ein wenig an, um sich selbst zu überzeugen. Was Calliope ihr gesagt hatte, traf zu: Das erste Gemälde, das Amoroso von ihr angefertigt hatte, die Aphrodite, hatte den besten Platz in der Galerie erhalten; es hing an der Wand, die dem Eingang gegenüberlag. Dort hielt ihr nacktes Ich (oder vielleicht ihr nacktes göttliches Ich) Hof mit einer Menge aus männlichen Anhängern, die in ihrem Eifer, Mariannas Reizen zu huldigen, jedes andere Bild in der Galerie ignorierten.

»Komm, komm, Calliope, wir müssen näher heran«, sagte sie und ging einen Schritt auf die Gentlemen zu. »Ich will hören, was sie über mich sagen.«

Aber Calliope fasste ihren Arm und hielt sie zurück. »Willst du wirklich hören, was sie zu sagen haben? Nur eine falsche Reaktion von dir, und du hast dich verraten. Es ist gefährlich genug, dass ich dich mitgenommen habe, aber noch schlimmer wird es, wenn du wie eine läufige Hündin mitten unter die Gentlemen stürmst. Außerdem weißt du doch schon, was sie sagen: Du hast einen sensationellen Arsch.«

Marianna lachte und ließ den Schleier wieder fallen. Die Pose, für die sich Amoroso schließlich entschieden hatte, konzentrierte sich tatsächlich auf ihren Po, die üppigen Backen und die verlockende Kerbe dazwischen, sowie auf die elegante Länge ihres Rückens und die cremige blasse Haut.

Kurz gefasst konnte man sagen, dass es viel Schönes und Entzückendes in dieser Pose zu sehen gab, deshalb fiel den Betrachtern auch erst später auf, dass sie ihr Gesicht zur Seite gewandt hatte und es im Schatten lag, wo es so gut wie nicht zu erkennen war.

»Signore hatte eine Menge Arbeit mit meinem Körper«, murmelte Marianna.

Calliope schniefte. »Die Mutter, die dich geboren hat, wird mehr Arbeit gehabt haben. Dein Po gehört dir, meine Liebste, und deshalb wirst du immer unter deinen Bewunderern die große Auswahl haben, wenn du dich jemals verbessern willst.«

»Ich sage dir doch, dass ich den Colonel nicht verlassen will.« Tatsächlich hatte das Bild den Colonel zu neuen Höhen der Lust inspiriert. Weit davon entfernt, verärgert zu sein, weil sie sich auf so provozierende Weise hatte malen lassen, war er stattdessen begeistert gewesen. Er hatte sie ins Studio begleitet, um den Signore bei der Arbeit zu studieren, und dabei trank er das eine oder andere Glas Rotwein, und wenn die Sitzung beendet war, hastete er mit ihr die Treppe hinunter und arbeitete seine Erregung in ihrem Schlafzimmer ab. Der Colonel hatte Amoroso sogar ermuntert, Marianna auch in Zukunft als Modell zu benutzen. Er hatte drei weitere Bilder angefangen, und es gab auch schon Skizzen für weitere Motive. »Ich bin wirklich sehr, sehr zufrieden mit ihm«, betonte Marianna.

»Und ich habe dir gesagt, dass sich das mit der Zeit ändern wird.« Wie die Gentlemen hinauf zum Gemälde starrten, so starrte Calliope die Gentlemen an. »Da sind Sir Thomas Stark und Lord Richardson, und der kräftige Mann mit der Brille ist einer der reichsten Männer der Stadt.«

»Aha«, sagte Marianna, wenig beeindruckt.

Aber Calliope ließ sich nicht entmutigen. »Schau mal, Marianna, präge dir den großen Burschen vorn in der ersten Reihe ein. Das ist der Herzog von Morrich, der gerade von einer Rundreise vom Kontinent zurückgekehrt ist. Er ist sehr anständig. In London sagt man, dass jede Mama hinter ihm her ist, um ihn als Schwiegersohn zu gewinnen. Und wer kann es ihnen verdenken? Hast du je einen Gentleman gesehen, der besser aussieht?«

Ja, dachte Marianna und sah das Gesicht ihres Darlings Mr. Lyon vor sich. Aber Mr. Lyon befand sich auf der anderen Seite der Welt, und der Herzog war hier, und so betrachtete sie ihn ausgiebig. Ein hoch aufgeschossener Gentleman mit welligen schwarzen Haaren und ungewöhnlich blauen Augen, und natürlich war er viel attraktiver als ihr Colonel.

Er stand dicht vor dem Bild und betrachtete es (oder den Hintern) mit großer Konzentration, was Marianna erfreute und schmeichelte. Wenn die gemalte Version ihrer Rückseite ihn schon so sehr faszinierte, wie sehr musste ihn dann die reife, warmblütige Realität packen? Es gab nur wenige Erfahrungen, die mehr Spaß brachten, als das Blut eines ›anständigen‹ Gentlemans zum Kochen zu bringen.

»Oh, ja, ich weiß, du bist nicht interessiert«, sagte Calliope listig. »Wie köstlich, dass Seine Hoheit von dir umso mehr begeistert ist. Ich wette, dass der Signore ein Angebot für das Gemälde hat, bevor der Tag zu Ende geht.«

»Vielleicht«, murmelte Marianna, die nur mit halbem Ohr zuhörte, da sie hinüber zum Herzog schaute, der über etwas lachte, was sein Freund gesagt hatte. »Vielleicht.«

»Ach, geh mir weg mit deinem Vielleicht«, schimpfte Calliope. »Du hast mir überhaupt nicht zugehört.«

»Doch, habe ich«, wehrte sich Marianna, obwohl sie sich immer noch nicht vom Anblick des Herzogs losreißen konnte.

»Hast du nicht, meine Liebe, aber das macht nichts.« Calliope legte ihre Hand auf Mariannas und lehnte sich zu ihr, um ihr vertraulich zuzuflüstern: »Du musst jetzt Signor Amoroso überzeugen, dich noch öfter zu malen. Wenn er das tut, glaube ich, dass deine Zukunft gesichert ist.«

Aber Marianna wusste bereits, dass sie den Maler nicht mehr zu überzeugen brauchte. Amoroso hatte sich nach einer Muse gesehnt, und seit er Marianna gefunden hatte, war er wie ein Besessener geworden, als ob es sonst keine andere Frau auf der Erde gäbe.

Während der nächsten achtzehn Monate zeichnete und malte er sie als jede nur halbwegs bekannte Göttin der Antike, und er fügte auch ein paar eigene Motive hinzu. Er zeigte sie als Bacchantin, als Nymphe, als Fee, als Dirne, als jede wilde Kreatur, die ihm die Möglichkeit gab, ihre Schönheit festzuhalten, ohne sie in Kleider stecken zu müssen.

Bild auf Bild verließ sein Studio, und trotzdem konnte die Öffentlichkeit nicht genug von Marianna bekommen. Von den Gemälden wurden Gravierungen angefertigt, die in jedem Geschäft am Strand zum Kauf angeboten wurden. Bald waren ihr Gesicht und ihr Körper nicht nur an den Wänden der Galerien und eleganten Salons zu sehen, sondern auch in Schnapsläden und Gasthäusern, in Armeelagern und auf Schiffen der Marine – überall gab es Kunstliebhaber, und es schien, dass jeder mit einer Seele (und einem Schwanz) das besondere Genie von Signor Amoroso zu schätzen wusste.

Bei so vielen Bewunderern war es nicht verwunderlich, dass das Geheimnis um Mariannas Identität bald gelüftet wurde. Nach dem Erfolg der Aphrodite hatte sie dem Maler die Genehmigung gegeben, auch ihr Gesicht und nicht nur ihren Körper zu zeigen, und wie wir wissen, war es ein Gesicht, das man nicht leicht vergessen konnte, wenn man es einmal gesehen hatte.

Ein Schreiberling in einem wöchentlichen Klatschblatt war der Erste, der enthüllen konnte, dass Madame Bliss niemand anders war als die bemitleidenswerte Jungfrau, die aus Blackwoods Abbey geflohen war, und damit wurden die Flammen der Gerüchte neu entfacht. Andere Gerüchte machten die Runde, eines abwegiger als das zuvor; sie war eine russische Prinzessin oder ein Zigeunerkind, sie war vor den Nachstellungen des preußischen Königs ebenso geflohen wie vor Lord Blackwood, und wie Colonel Goodleigh ihr echter Beschützer war, auserwählt, auf sie zu achten, nachdem sie als Spionin für die Regierung gearbeitet hatte.

Marianna fand die Geschichten nur amüsant. Aber dann kam zu ihrem Leidwesen das Ende, genau wie Calliope es vorausgesagt hatte.

Während sie auf die Ankunft des Colonels wartete, war sie

eingeschlafen, und die Kerzen im Zimmer waren heruntergebrannt. Es war spät, sehr spät, als er endlich erschien und sie weckte. Er trug noch die scharlachrote Uniformjacke, und sein Gesicht war so lang, dass sie sofort wusste, was jetzt kommen würde.

»Mein Liebling!«, rief sie, die Stimme noch träge vom Schlaf. »Was ist geschehen? Was stört dich?«

»Die Franzosen und die Mohawks stören mich, mein Schatz«, antwortete er, und man hörte ihm sein Bedauern an. »Die Generäle haben beschlossen, dass ich ihnen mehr in New England nutze als hinter meinem Schreibtisch in London. Innerhalb einer Woche segle ich nach Boston, um gegen die Wilden zu kämpfen. Ich fürchte, ich muss dich freigeben, wenn ich dich verlasse.«

Sie weinte mehr, als sie für möglich hielt, einmal um den Mann, den sie verlor, und zum anderen um sich selbst. Das war das zweite Mal, dass sie einen Geliebten verlor, und auch dieser Abschied würde ihr nicht leichtfallen.

Dann trocknete sie die Tränen, wie es Heldinnen tun müssen, und holte sich Rat bei Calliope.

»Wir müssen uns etwas Großes für dich einfallen lassen«, sagte Calliope, als sie zusammen im kleinen Garten hinter ihrem Haus saßen. »Du bist Madame Bliss, meine Liebe, und die Neuigkeit, dass du endlich vom Colonel befreit bist, wird sich wie ein Lauffeuer in den Clubs der Gentlemen verbreiten.«

»Ich kann meine Wohnung bis zum Jahresende behalten«, sagte Marianna und zog ihren Fuchspelz ein bisschen höher um die Schultern. Es war nicht so, dass es kühl war im Garten, denn im September gab es noch viele schöne Tage, aber die praktischen Schlussfolgerungen, die sie ziehen sollte, kühlten sie mehr ab als jede Brise. »Der Colonel hat mich großzügig unterstützt«, sagte sie. »Er hat meine Rechnungen gezahlt und hat der Bank einen hübschen Abschiedsgruß hinterlassen.«

»Schön«, sagte Calliope, und ihrer wegwerfenden Handbewegung konnte man entnehmen, dass sie das Thema abschließen wollte. »Er war so großzügig, wie er es sich erlauben konnte, ja, aber nun ist es an der Zeit, einen Gentleman zu finden, der dich verdient hat. Wann wird der Signore das neue Gemälde ausstellen?«

»Das Urteil des Paris?«, fragte Marianna. »Er hat gesagt, dass es nächste Woche gezeigt wird.«

Die neue Leinwand war das größte und ehrgeizigste von Amorosos Bildern. *Das Urteil des Paris* zeigte zwei andere seiner Modelle als Hera und Athena, während Marianna ihre Rolle als Aphrodite behielt. Die drei jungen Frauen waren herrlich entkleidet, abgesehen von den Diademen in ihren Haaren und den Juwelen, die von den Ohren herabhingen.

So attraktiv die beiden anderen Frauen auch waren (die eine mit kastanienbraunen Haaren, sie trat als Tänzerin im Theater auf, wenn sie nicht als Hera posierte, und die blonde Athena, die ihren Lebensunterhalt als Schneidergehilfin verdiente), es war Marianna, die ihnen die Schau stahl. Wie ein glänzender Diamant, umgeben von zwei nicht so perfekten Edelsteinen. So fiel Alexander (er wurde von Amorosos gut aussehendem Neffen dargestellt) und Hermes, der ihn beriet, (im täglichen Leben der Assistent des Malers) die Wahl nicht schwer. Um genau zu sein – es war eine sehr leichte Aufgabe.

Aber hinter der atemberaubenden Schönheit des Gemäldes lag mehr, als die Galeriebesucher ahnen konnten. Marianna lächelte versonnen und erinnerte sich an einen bestimmten Nachmittag im Sommer. Die Sonne schien ins Studio, und es wurde sogar den unbekleideten Modellen zu warm. Großmütig hatte Amoroso seinen besten Rotwein aufgetischt und spendierte ihn für alle. Bald schon sorgte die Kombination von Wein, der unerträglichen Hitze und den Posen der nackten Modelle, nicht zu vergessen die Schönheit und Jugend der Mädchen und Jungen für eine zu Kopf steigende unwiderstehliche Atmosphäre.

Was als neckisches Flirten begann, setzte sich rasch mit Küssen und Kosen fort, die Männer fingerten die Pussys, und die Frauen fielen über die strotzenden Schafte her, bis sie sich alle auf dem Studioboden austobten. Man sah kräftige muskulöse Arme und lange Beine, saftige Pfläumchen und eifrige Riemen, und man hörte feuriges Seufzen und leidenschaftliches Stöhnen.

Die ganze Zeit zeichnete Amoroso wie besessen die einzelnen Szenen, er hielt in Bildern fest, was seine Kreide und Stifte hergaben, und das lüsterne Vergnügen dieses Tages zeigte sich auch im fertigen Gemälde, dessen provozierender Unterton nicht zu übersehen war.

Es war eine wilde ausgelassene Tollerei gewesen, mehr nicht, und alle setzten ihre Rollen als Gott oder Göttin fort. Für Marianna bedeutete es das erste Mal, dass sie sich nach zwei Jahren mit einem anderen Mann als dem Colonel eingelassen hatte. Es war ein jüngerer, besser aussehender Mann gewesen, und die Wirkung auf ihre Sinne hatte sie benommen gemacht.

Wie ein Fruchteis den Gaumen eines Gourmets reinigt und für weitere Gerichte, die noch kommen werden, vorbereitet, so half dieser ergötzende Nachmittag, dass Marianna sich mit der Trennung vom Colonel abfand und ihren Appetit auf andere Gentlemen anregte.

»Es ist ein betörendes Bild geworden«, sagte sie zu Calliope. »Du wirst das auch so sehen.«

Calliope schaute sie aus schmalen Augen an. »Das ist das Bild, das zu der Orgie führte, nicht wahr? Du und diese beiden anderen Ladys und die köstlichen Jungs aus Venedig.«

Marianna lächelte still vor sich hin und hob die Schultern. »Ich habe dir doch gesagt, meine Liebe, dass du und jeder, der das Bild sieht, sofort Bescheid weiß.«

»Was ich sehe, Marianna, hat mit deiner Zukunft zu tun«, stellte Calliope fest und klopfte mit den Knöcheln auf den Tisch. »Wir lassen jedem eine Woche Zeit, sich das Gemälde anzusehen. Dann lade ich die interessantesten Gentlemen in mein Haus ein, um das Werk von Signor Amoroso zu feiern, und als besondere Unterhaltung der Gäste stelle ich mir ein *tableau vivant* vor, in dem du und die anderen Modelle das Bild nachstellen.«

»Angezogen wie auf dem Gemälde?« Mariannas Grinsen verbreitete sich auf dem ganzen Gesicht. Das würde ein Spaß werden, ernst und nackt als Aphrodite vor einer Schar Gentlemen zu stehen, die ihre Münder vor Staunen nicht mehr schließen konnten.

Diesmal würde sie nicht als Spielzeug eines Gentlemans dastehen wie damals in der Blackwood Abbey, sondern als Madame Bliss, die Göttin ihrer eigenen Schönheit. Sie würde sich die Gentlemen genau ansehen, und sie allein würde festlegen, wer ihr nächster Geliebter sein würde.

Der Gedanke erfüllte sie mit einem Gefühl von Macht. Die Möglichkeit allein reichte schon, um die Erregung in ihrem Bauch heftig pulsieren zu lassen, als ob der noch unbekannte Geliebte sie schon küsste, streichelte und mit seinem Schaft füllte, bis sie vom süßen Entzücken zu stöhnen begann. »Genau wie auf dem Gemälde?«

»Oh, ja, wenn du und die anderen zustimmen.« Calliope nickte ernst, aber ihre Augen strahlten in trunkener Vorfreude, die nicht geringer war als Mariannes. »Ich überlege, ob ich mich nicht auch als Nymphe verkleiden soll, ich könnte einen griechischen Chiton tragen, der die Brüste unbedeckt lässt. Das würde zur Stimmung des Abends passen. Ich bin sicher, dass Signor Amoroso uns helfen wird.«

»Ich werde dir sagen, was du ihn fragen musst.« Marianna lehnte sich näher, um flüstern zu können, denn sie traute sich nicht, ihre Idee laut auszusprechen. »Während wir Göttinnen mit den Göttern an jenem Nachmittag ... eh ... beschäftigt waren, hat er alles gezeichnet. Wirklich alles. Es gibt bestimmt drei große Blätter, die er mit seinen Skizzen gefüllt hat, aber er behält sie für sich, der alte Satyr. Wahrscheinlich zeigt er sie nur seinen besten Kunden.«

Calliope musste schlucken, ehe sie fragen konnte: »Hast du sie gesehen? Sind es richtig schmutzige Skizzen?«

»Ja, darauf kannst du dich verlassen. Alles, was du dir vorstellen kannst, wenn drei Frauen und zwei Männer zusammen sind«, sagte Marianna lachend. »Du musst den Signore bitten, sie dir zu zeigen, dann kannst du eine illustrierte Einladung für den Abend verschicken. Ich glaube, Amoroso wird nur zu gern behilflich sein. Eine Zeichnung oder zwei in dieser klassischen Tradition geben der Einladung einen feierlichen Rahmen.«

Calliope lachte mit ihr. »Oh, Madame Bliss, du bist tatsächlich zur geilsten aller Göttinnen geworden.«

»So ist es«, sagte Marianna, hob einen Arm und schnipste über dem Kopf mit den Fingern. »Aber ich verspreche dir, Calliope, dass dies erst der Anfang von dem ist, was ich noch alles werden will.«

Es war eine tapfere, kühne Erklärung unserer Heldin, aber mit mehr Prahlerei und Humor, als solche Voraussagen gewöhnlich ertragen. Aber selbst Heldinnen können schon mal über die Wahrheit straucheln, ob gewollt oder nur zufällig, und so sollte es auch bei Marianna der Fall sein.

Denn wie hätte sie jemals voraussagen können, was das Schicksal als Nächstes für sie geplant hatte und was sie tatsächlich werden würde?

»Da kommt schon die erste Kutsche«, sagte Marianna, als sie durch die Vorhänge von Calliopes Schlafzimmer hinunter auf die Straße blinzelte. Sie war schon früh zum Haus der Freundin gekommen, um sich für die Party zu kleiden und um die letzten von Signor Amorosos Vorbereitungen für das *tableau vivant* zu verfolgen. »Wer hätte gedacht, dass jemand zu der Zeit kommt, die auf der Einladung steht?«

»Einige wären bestimmt noch früher gekommen, wenn sie sich getraut hätten.« Calliope betrachtete sich ein letztes Mal im mannshohen Spiegel, strich die Röcke glatt und fuhr sich behutsam über die Haare. »Also, was sagst du zu mir, meine Freundin? Ich weiß, dass die meisten Augen heute Abend auf dich gerichtet sein werden, aber ich werde dir ein paar Blicke stehlen, glaubst du nicht auch?«

»Mehr als nur ein paar, möchte ich wetten.« Marianna wandte sich vom Fenster ab, schritt durchs Zimmer und stellte sich neben Calliope vor den Spiegel. Amoroso hatte ihre Kleidung für den Abend entworfen und ihnen versichert (wenn auch mit ein bisschen Geflunker), dass sie genauso angezogen wären wie die Frauen im antiken Athen.

Marianna glaubte ihm keinen Augenblick lang, aber es war ihr egal, denn ihre Kleider schmeichelten ihnen sehr. Ihres war aus einem so feinen pinkfarbenen Leinen, dass es von ihrem Körper mehr verriet als verhüllte, sobald sie sich bewegte. Schlanke rote Bänder betonten die Taille und den

Raum zwischen den Brüsten. Unter dem Hauch von Stoff trug sie weder Mieder noch Unterröcke oder Strümpfe, und ihre Füße steckten in silbernen Ledersandalen.

Als ob der fast durchsichtige Stoff nicht schon skandalös genug wäre, hatte das Gewand keine Ärmel, und das Oberteil war über eine Schulter gebündelt, während die andere nackt blieb. Calliopes Kleid war ähnlich geschnitten, aber aus blauem Leinen.

»Wenn man uns anschaut, werden die Kenner sagen, dass wir zwei klassische Hetären darstellen«, murmelte Calliope, drehte sich leicht auf den Zehenspitzen und beobachtete, wie der durchsichtige Stoff vom Körper wegwehte und ihre nackten Beine zeigte. »Hinreißend«, urteilte sie. »Ich kann nur hoffen, dass Rogersme keinen Schlaganfall erleidet, wenn er mich in diesem Aufzug sieht.«

»Seine Lordschaft wird in jedem Fall leiden«, sagte Marianna und strich über den Stoff auf der Brust. Die Nippel schimmerten dunkelrosa und drückten sich durch das Leinen. »Aber nur, weil er dich nicht sofort von den Gästen wegschleppen und dich nicht nach oben ins Bett bringen kann.«

»Wer wartet schon auf ein Bett?«, fragte Calliope. »Ich wette einen Guinea, wenn ich in der Nacht ein Bett sehe, dann nur, um darin zu schlafen. Komm jetzt, ich will dir die Blumen zeigen, die sie um die Bühne für das Tableau dekoriert haben.«

Sie liefen die Hintertreppe hinunter, um den ersten Gästen auszuweichen, die sich schon in der Halle versammelt hatten. Marianna spürte, wie die Aufregung durch ihren ganzen Körper wogte, als sie die ersten murmelnden Männerstimmen hörte. Es war jetzt einen Monat her, dass Colonel Goodleigh aus ihrem Leben gesegelt war, und es war zwei Jahre her, dass sie zuletzt in einer so großen männlichen Gesellschaft gewesen war.

Sie wusste, dass sie vor allen Gentlemen als Aphrodite stehen würde, und wenn sie daran dachte, erwärmte sich ihr Blut, und ihr Körper begann zu glühen. Sie fühlte sich lüstern und bereit für einen neuen Gentleman, als wäre sie wirklich die Göttin der Liebe, und unter ihrem flatternden kurzen Kleid fühlten sich die Brüste schon schwer an. Sie sehnten sich nach den Lippen und Fingern eines Geliebten. Ihre Pussy war geschwollen und wartete auf jemanden, der mit ihr spielte.

»Ah, Aphrodite, meine liebe Cousine!«

Sie drehte sich um und stieß beinahe mit Billy Hodges zusammen, ihrem Modell-Kollegen, aber nicht als Amorosos Lehrling bekleidet, sondern wieder als Götterbote Hermes. Er trug eine kurze Tunika, darüber ein weites Gewand, und dazu noch den geflügelten Helm.

Er kam vom Land, genau wie Marianna, und deshalb sah er mit seinen großen Händen und Füßen wie der Bauernsohn aus, der er war, und weniger wie der Sprössling eines Gottes, aber Marianna sah ihm das gern nach, denn er lachte schnell und oft. Er fasste sie bei der Hand und zog sie zurück in den Schatten eines Durchgangs. Er hielt sie dort fest, während Calliope weiterschritt.

»Hast du nicht einen kleinen Kuss für deinen Cousin übrig, der gerade vom Berg Olymp herabgestiegen ist?«, neckte er sie, bückte sich und versuchte, sie zu küssen, ohne dass sein Helm Schaden nahm. »Nur für mich, Liebling Dite?«

»Nicht jetzt, Billy«, sagte sie und stieß beide Handflächen gegen seine Brust, um ihn auf Distanz zu halten. Aber in ihrer momentanen ausgelassenen Stimmung musste sie über die alberne Situation lachen. Die beiden in ihren lächerlichen Kostümen fummelten aneinander herum, während nur ein paar Schritte von ihnen entfernt die reiche Creme des englischen Adels in den besten Abendanzügen wartete. »Außerdem bist du gar kein richtiger Gott. Hermes war nur der Götterbote, der Nachrichten überbrachte. Amoroso hat mir das gesagt.«

»Amoroso soll hängen«, flüsterte er fröhlich und schob sie gegen die Wand, während er sich erneut bückte und an ihrem Hals knabberte. »Ich weiß Dinge über die Göttin der Liebe, die der alte Bursche nie erfahren wird.«

»Du weißt nichts«, sagte sie und lachte immer noch. Sie wusste, dass sie eine Menge riskierte, weil sie sich so lange mit ihm abgab, und wenn man sie hier erwischte, konnte sie sich abschminken, die Mätresse eines der Gentlemen zu werden, die in der Halle auf sie warteten.

Sie sollte an diesem Abend als Göttin auftreten, und Göttinnen schäkerten nicht im Verborgenen mit Lehrlingen herum. Aber sie mochte Billy, und ihr gefiel es, wie er seinen großen, derben Körper an sie presste und sie wieder an den Nachmittag auf dem Studioboden erinnerte. »Was weißt du denn schon von der Göttin der Liebe?«

»Ich weiß, dass sie das hier mag.« Er bedeckte ihre ganze Brust mit seiner Hand und begann rotierend zu reiben. Dabei zupfte er am Nippel, bis er ganz hart geworden war.

»Hör auf damit«, flüsterte sie, aber er hatte Recht. Es gefiel ihr, und es gefiel ihr auch, wie er seine Hüften gegen ihre stieß. Durch die dünne Tunika konnte sie die harten Konturen seiner Erektion spüren. Sie erinnerte sich noch gut an seinen Schwanz, denn dessen Ausmaße hatten gut zu seinen großen Händen und Füßen gepasst. Als Junge vom Lande wusste er ziemlich genau, wie er seinen Samen säen konnte.

»Bist du verrückt, Billy?«, fragte sie, als sie sich vorstellte, was wohl geschehen würde, wenn einer der Gentlemen in den Durchgang kommen würde. Es war ein schauriges Bild, obwohl sie zugeben musste, dass es sie auch erregte. Er hatte ihr Gewand nach oben gezogen, und sie ritt, die Beine um Billys Hüften geschlungen, in wilder Hingabe seinen Schaft. »Wir können das hier nicht machen, Mann. Nicht jetzt.«

»Ich kann mich auch an andere Dinge erinnern, die diese Göttin mag«, sagte er und ignorierte ihre schwindenden Proteste. »Ich erinnere mich, dass sie es liebt, wenn man zwei Finger in ihre Pussy steckt, damit ihre Säfte zu fließen beginnen, bevor sie mit ihrem Ritt beginnt, und wie sie ...«

»Oh, ich bitte höflich um Entschuldigung«, sagte ein Gentleman, der sich gleich wieder zurückzog. »Ich konnte ja nicht ahnen ...«

»Eure Hoheit.« Marianna schaute über Billys Schulter und sah in das verblüffte Gesicht des Herzogs von Morrich. Er war nun der Letzte, der sie in dieser Situation sehen sollte. So schnell sie konnte, schob sie Billy zur Seite und knickste so anmutig, wie es ihr unter diesen Umständen möglich war. »Bitte, verzeihen Sie uns, Eure Hoheit. Hermes wollte gerade gehen.«

Des Herzogs saures Lächeln verriet sein Unbehagen. »Fliegt er zurück zum Berg Olymp?«

»Aye, Eure Hoheit.« Billy tippte an seinen Helm. »Ich muss Jupiter ein paar Briefe und andere Dinge bringen.«

»Dann kannst du gehen«, sagte der Herzog, ohne den Blick von Marianna zu wenden. Zögernd zog Hermes sich zurück, während der Herzog fragte: »Sie sind Mrs. Bliss, nicht wahr?«

»Ja, das ist richtig«, antwortete sie und trat aus dem Schatten, damit er mehr von ihr sehen konnte, denn es machte keinen Sinn, sich zu verstecken. »Ich fühle mich sehr geehrt, Eure Hoheit, wirklich sehr geehrt.«

Seine Augen wurden größer, als er ihr Gewand sehen konnte und die Brüste, die dank Billy geschwollen und erregt waren und gegen den hauchdünnen Stoff stießen. Sie hatte vergessen, wie blau seine Augen waren, so blau wie ihre eigenen, und ihre Hoffnung stieg, während sie sich fragte, ob das ein Zeichen dafür war, dass sie sich gut verstehen würden.

»Ich glaube nicht, dass wir uns schon kennen gelernt haben, Mrs. Bliss«, sagte er und zwang sich, den Blick seiner blauen Augen auf ihr Gesicht zu richten. »Jedenfalls nicht richtig. Und doch fühle ich irgendwie, dass wir uns schon mal gesehen haben.«

»Das liegt bestimmt an den Bildern, die Signor Amoroso von mir gemalt hat«, sagte sie. »Er hat mir erzählt, dass Sie ein großer Bewunderer seiner Arbeiten sind und schon einige Bilder von ihm gekauft haben.«

»Ich bin ein Bewunderer, das stimmt«, sagte er. Er hielt die ganze Zeit seine Hände auf dem Rücken gefaltet, als hätte er Angst, dass sie sich sonst selbständig machten und über ihren Körper streicheln würden. »Ich ordne Amorosos Bilder mit den mythologischen Themen zu den anderen Meistern ein, die ich im Ausland erworben habe. Die Bilder von Ihnen sind ihm ... eh, besonders gut gelungen.«

»Ich freue mich, dass sie Ihnen gefallen.« Marianna lächelte ihn an und bemühte sich, dass ihr Lächeln mehr engelhaft als aphroditemäßig herüberkam. Sie hätte schwören können, dass der Herzog errötete, und jetzt erinnerte sie sich daran, dass Calliope ihn als anständigen, bescheidenen Gentleman beschrieben hatte, der seine Verantwortung für Familie und Grundbesitz sehr ernst nahm.

Eigentlich passte das nicht zusammen, dachte Marianna. Jemand, der Amorosos Kunst liebte, konnte nicht anständig und bescheiden sein. Aber Calliope hatte auch geglaubt, dass er heute Abend nicht kommen würde, weil er sich in frivoler Gesellschaft angeblich nicht wohl fühlte.

»Das Talent des Signores ist wirklich herausragend«, sagte Marianna.

»Ich habe die Bilder nicht wegen seines Talents gekauft, Mrs. Bliss«, warf er rasch ein. »Ich habe sie wegen Ihnen gekauft.«

»Oh, Eure Hoheit«, raunte sie leise, und sie brauchte sich nicht zu bemühen, ihre Stimme zum Schmelzen zu bringen, als sie das Kompliment eines so hohen Herrn hörte. »Ich bin geehrt.«

»Es ist die Wahrheit, Mrs. Bliss«, bekräftigte er. »Bilder von Ihnen erfreuen mich mehr als alles andere. Ich wäre heute Abend nicht hergekommen, wenn Sie nicht anwesend wären.«

»Jetzt bin ich erst recht geehrt, Eure Hoheit«, sagte sie und hätte gern gewusst, ob es die unzüchtige Zeichnung auf der Einladung war, die ihn hergelockt hatte.

»Ich versichere Ihnen, dass es so ist, Mrs. Bliss.« Er verbeugte sich vor ihr – vor ihr – ein Herzog! – , dann schaute er in den Korridor, durch den Billy verschwunden war. »Sollen wir uns zu den anderen gesellen?«

Als Antwort hakte sie sich bei ihm unter und achtete darauf, dass ihre Brust gegen seinen Arm drückte, was ihr geschickt gelang – er musste glauben, es wäre zufällig geschehen.

Ob Zufall oder nicht, er hatte nichts gegen ihre Kühnheit (womit sie auch nicht gerechnet hatte) und schaute grinsend auf sie hinab, glücklich und froh, wie ein Mann nur schauen konnte. Er legte seine Hand auf ihre. »Dieser andere Bursche – wird er zu Ihnen zurückkommen?«

»Das ist doch nur Hermes«, sagte sie. »Vermutlich hat er sich eine der Nymphen gegriffen. Wussten Sie, dass er gar kein richtiger Gott ist, obwohl er sich zwischen all den Göttern und Göttinnen auf dem Olymp herumtreibt? Er ist nur ihr Botenjunge.«

»Davon habe ich gehört, ja«, sagte er und drückte ihre Hand, und dabei berührten seine Knöchel ihre Brust, als wäre es zufällig geschehen. »Aber ich nehme an, dass auch Göttinnen ab und zu einen Bedarf an Boten haben, nicht wahr?«

Sie lächelte und blickte durch den Schleier ihrer Wimpern zu ihm auf.

»Ich brauche gelegentlich einen Boten, aber es gibt da jemanden, den ich dringender brauche«, sagte sie, »und das, Eure Hoheit, ist ein Herzog.«

Achtzehntes Kapitel

In dem eine Mätresse zur Lady wird
& eine Göttin zur Ehefrau
(aber beide nicht auf die normale Art),
& alles wendet sich zum Guten für unsere Heldin

Das *tableau vivant* sollte in Calliopes Salon stattfinden. Wandschirme waren hereingebracht worden, um den hinteren Teil während des frühen Abends abzusperren, damit die Überraschung und die Neugier der Gäste erhalten blieben.

Signor Amoroso hatte die Oberaufsicht über das Tableau, und weil es das erste Mal war, dass eines seiner Bilder auf diese Weise zum Leben erweckt wurde, arbeitete er nicht wie ein strenger Aufseher, sondern wie ein schlimmer Tyrann. Er war entschlossen, jedes noch so kleine Detail zu diktieren. Zwei Männer, die Blumen und Pflanzen in Töpfen lieferten, wurden von ihm derart angeschnauzt, dass sie lieber gingen, als mit ihm zu arbeiten. Die Hälfte von Calliopes Personal drohte, es ihnen gleichzutun, und auch Billy Hodges, sein Lehrjunge, wäre am liebsten geflohen, aber er dachte natürlich an seine Ausbildung.

Aber alle, die später das Ergebnis der Anstrengungen sahen, stimmten überein, dass Amorosos Anspruchsdenken ein weiteres Meisterwerk geschaffen hatte, diesmal jenseits von Papier oder Leinwand. Er hatte sein phantasievolles Gemälde in diesem Zimmer entstehen lassen, das Troja des Paris in einem Salon in Mayfair.

Jetzt endlich hatten die Teilnehmer ihre Plätze eingenommen, sie standen genau wie auf dem Gemälde. Es gab keinen Text zu sprechen, keine Lieder zu singen, keine Tänze zu tanzen. Der einzige Sinn eines *tableau vivant* bestand darin, einen Moment der Geschichte zur Erbauung und Bewunderung festzuhalten, und mit den drei nackten Schönheiten ganz vorn gab es für die Gentlemen eine Menge zu bewundern.

Marianna hatte natürlich den besten Platz in der Komposition; sie stand in der Mitte, und die beiden anderen Göttinnen flankierten sie, aber etwas nach hinten versetzt. Die Szene hielt genau den Moment fest, nachdem Paris ihr den goldenen Apfel überreicht hatte, das Symbol für die schönste und begehrenswerteste Frau der drei Grazien.

Sie stand da, die Arme anmutig erhoben, und der Apfel glänzte triumphierend in ihrer Hand. Ein scharlachrotes Seidengewand wehte von ihrem anderen Arm – eine Pose, die ihre Figur besonders vorteilhaft zur Schau stellte. Ihre Brüste boten sich in dieser Position als wahre Perfektion an, und wenn der goldene Apfel in ihrer Hand die Preisfrucht war, dann musste der ganze Körper mit den wunderschönen Rundungen, die unter dem gehobenen Arm leicht zitterten, der am meisten ersehnte Preis sein.

»Signore, hier«, wisperte sie und rief ihn hinter dem Vorhang zu sich, als sie ihren Platz eingenommen hatte. Sie wies auf die Seite, die sie den Zuschauern zeigen würde. »Ich habe mein Muttermal vergessen. Sie haben es auf den Bildern nie gezeichnet – aber jetzt ist es da. Ich wollte es unter einem Puder verstecken, aber das habe ich vergessen.«

»Nun, jetzt ist es zu spät, nicht wahr?« Der gehetzte Künstler schüttelte den Kopf. »Ach, es ist egal. Das Schlimmste, was passieren kann, ist der Vorwurf, dass ich das hübsche Ding auf der Leinwand ignoriert habe. Vielleicht zwingt man mich sogar, es nachträglich in jedes Bild einzufügen. Seid ihr bereit, meine Engel? Jeder atmet tief und lange ein, und wenn ich das Zeichen gebe, öffnet sich der Vorhang.«

Marianna hob wieder die Hand mit dem Apfel und streckte sich, um die eleganteste Linie einzunehmen, wie der Maler es ihr beigebracht hatte. Ihr Herz raste, und sie war überrascht, wie aufgeregt sie war.

Das lag wahrscheinlich an Morrich, der ganz dicht am Vorhang saß und es kaum noch erwarten konnte. So ein charmanter, gut aussehender Gentleman, dachte sie, wenn auch ein bisschen zurückhaltend, aber vielleicht erwartete man das von Herzögen. Mit ihm in ihren Gedanken, war sie sicher, dass sie genau den richtigen Gesichtsausdruck hatte.

»Hallo, Dite«, flüsterte Billy, der schräg hinter ihr saß. Er spitzte die Lippen zu einem lüsternen, echten Kuss und schmatzte ihn durch die Luft. Die beiden anderen Göttinnen kicherten. Marianna musste an sich halten, um nicht zu lachen, und dann fiel plötzlich der Vorhang, und sie musste sich auf den goldenen Apfel in ihrer Hand konzentrieren.

Aus allen Kehlen drang ein entzücktes Seufzen, dann folgten einige Ausrufe der Überraschung, des Staunens und des Lobes, unterbrochen nur von lautem Applaus. Für Marianna war es ein wunderbarer Moment, ein köstlicher Augenblick, als sie spürte, wie die Zustimmung und Bewunderung der Gäste sie wie eine hohe Welle umspülte.

So süß es begonnen hatte, drehte sich die Stimmung plötzlich in etwas Bitteres.

Der Herzog von Morrich kletterte auf die Bühne, und in seiner Hast warf er seinen Stuhl um, und beim Klettern stieß er mehrere Vasen mit Blumen um, die Vasen zerbrachen, die Blumen lagen verstreut auf dem Boden. Die anderen Göttinnen kreischten und flatterten davon, während drei andere Gentlemen nach vorn stürzten, um den Herzog zurückzuhalten.

Aber der Herzog setzte sich durch und stellte sich neben Marianna auf die Bühne. Seine Augen brannten wie Feuer, seine Wangen waren fahl, und alles an ihm deutete auf einen Mann hin, der unter extremer Belastung stand.

»Madam«, sagte er, dann musste er nach Luft schnappen, »Madam, um alles in der Welt, ich muss wissen, wann Sie Geburtstag haben.«

»Mein Geburtstag?«, wiederholte sie, das Gesicht ungläubig. Sie hatte sich alles Mögliche vorgestellt, was er sagen würde, aber damit hatte sie nicht gerechnet. Bestimmt hatte er seinen Verstand verloren, und vielleicht würde der Abend für ihn in einer Zwangsjacke in Bedlam enden. »Mein Geburtstag?«

»Ich verspreche Ihnen, Madam, das ist kein dummes Geschwätz«, beharrte er. »Ich muss es wissen.«

»Ich kann es Ihnen nicht sagen, Eure Hoheit.« Sie trat einen Schritt von ihm zurück, weil sie um ihre Sicherheit fürchtete. Ihr fiel auf, wie still es im Salon geworden war, denn alle lauschten angestrengt, um zu hören, was sie sagte, als wäre diese schreckliche Szene nichts anderes als eine Fortsetzung der Schau.

»Ich war eine Waise, Eure Hoheit«, fuhr sie fort, »man fand mich im Graben einer Straße in Devonshire, nicht weit entfernt von einem Dorf namens Worthington. Eine christliche Lady hat mich gefunden und aufgenommen. In ihrem Haushalt bin ich aufgewachsen.«

»Wissen Sie, zu welcher Jahreszeit Sie gefunden wurden?«

»Es war Sommer«, sagte sie. »Sonst hätte ich die Zeit im Straßengraben wohl nicht überlebt. Ich bin im Juli gefunden worden, und man nimmt an, dass das auch mein Geburtsmonat war.«

»Juli!«, sagte er. Das Wort klang hohl in der Luft zwischen ihnen. »Mein Gott!«

Lord Rogersme trat vor und legte eine Hand leicht auf Morrichs Schulter. Zwei kräftige Diener blieben hinter ihm stehen.

»Kommen Sie, Eure Hoheit, kommen Sie«, sagte er gedämpft. »Lassen Sie die arme Mrs. Bliss in Ruhe. Seien Sie vernünftig.«

Aber der Herzog schüttelte die Hand ab. Er wollte nicht gehen, und er konnte den Blick nicht von Marianna wenden.

»In welchem Jahr, Madam?«, fragte er mit heiserer Stimme. »Wie alt sind Sie jetzt?«

Sie schlang sich in das scharlachrote Gewand, als könnte die hauchdünne Seide sie vor seinen Fragen schützen. »Ich bin achtzehn Jahre alt, Eure Hoheit.«

»Achtzehn!«, murmelte er, und diesmal wurde seine Stimme brüchig. »Dann ist es so, wie ich gedacht habe.«

»Was ist so, Eure Hoheit?«, fragte Lord Rogersme lauernd. »Um was geht es?«

»Ja, Eure Hoheit, bitte«, fügte Marianna hinzu. »Sagen Sie uns, was Ihre Andeutungen zu bedeuten haben.«

Der Herzog nahm einen tiefen, quälenden Atemzug und begann. »Als ich selbst noch ein Kind war, gebar meine Mutter eine Tochter, meine jüngste Schwester, ein wunderbarer Säugling, der auf den Namen Frances getauft wurde. Aber zum unsäglichen Kummer meiner Familie wurde das Baby geraubt, und zwar von einem Dienstmädchen, das wegen Trunkenheit und Diebstahl entlassen worden war. Vorher hatte sie Teller von unserem Sideboard gestohlen, und jetzt stahl sie das Kleinkind aus der Wiege. Sie können sich das Leiden meiner Eltern gar nicht vorstellen. Ich hörte oft das

Schluchzen meiner Mutter, und mein Vater unternahm mit unserem Personal eine Suche in der ganzen Grafschaft.«

»Wurde das Kind je gefunden, Eure Hoheit?«, fragte Lord Rogersme. Es war die Frage, die alle im Raum beantwortet hören wollten. »Wurde das Dienstmädchen gefasst und seiner gerechten Strafe zugeführt?«

»Nicht wirklich, nein«, sagte er, und man hörte seinen Gram. »Die Leiche der Übeltäterin wurde ein paar Wochen später aus einem Mühlenteich gezogen. Man glaubte, dass sie sich selbst ertränkt hatte, um den Sünden in diesem Leben zu entkommen, aber auch im nächsten Leben würde sie nur Verdammnis finden. Das Kind, das sie raubte, wurde nie gefunden. Man glaubte, dass es tot war. Meine arme Mutter erholte sich nie wieder von diesem Schicksalsschlag, sie starb kurz darauf, und leider folgte ihr mein Vater bald danach. Aber jetzt, glaube ich, ist der Fluch, der auf meiner Familie lag, gebannt, und das schreckliche Verbrechen kann wiedergutgemacht werden, denn meine Schwester wäre im vergangenen Sommer achtzehn Jahre alt geworden.«

Marianna hatte dem traurigen Bericht des Herzogs gelauscht, und nun wirbelten die Gedanken in ihrem Kopf. Ihr Mund fühlte sich trocken an, während um sie herum alle stöhnten und den Kopf schüttelten. Sie blieb schweigend stehen, zu benommen, um etwas sagen zu können, aber sie schaute auf die helle Haut des Herzogs und auf seine dunklen gewellten Haare, und seine blauen Augen hätten ihre sein können. War es möglich, dass das gleiche Blut in seinen Adern floss, dass sie dieselben Eltern hatten? Konnte er ihr Bruder sein, von dem sie bis zu diesem Moment nichts gewusst hatte?

Mehr noch – hatte sie ihren Bruder wirklich fleischlich begehren können? Sie schüttelte sich vor Grauen, als sie an diese Möglichkeit dachte. Was wäre geschehen, wenn sich die Dinge so fortgesetzt hätten, wie sie am Abend begonnen hatten? Wäre sie mit dem Herzog ins Bett gegangen? In der Hitze ihrer Leidenschaft hätte er ihr Muttermal wahrscheinlich gar nicht bemerkt oder erst, als es zu spät gewesen wäre.

Wie gut, dass es nicht dazu gekommen war, dass sie ihn nicht geküsst hatte. Wie gut, dass er sie nicht genommen und dass sie ihn nicht gesaugt hatte – alles Dinge, die sie sich im ersten Moment erträumt hatte.

»Bitte um Vergebung, Eure Hoheit«, sagte Lord Rogersme, und in seiner Stimme schwangen vorsichtige Zweifel mit, »aber leider gibt es viele ausgesetzte Waisen in unserer Welt, und ohne Nachfragen bei ihrer ersten Gönnerin und weiteren Erkundungen können Sie doch nicht davon ausgehen, dass Mrs. Bliss wirklich Ihre Schwester ...«

»Ich gehe nicht davon aus, Lord Rogersme«, erklärte der Herzog voller Selbstvertrauen, während er begann, aus den Ärmeln seiner Jacke zu steigen. »Ich habe den absoluten körperlichen Beweis.«

Mariannas Hoffnungen zerschellten. Sie war jetzt überzeugt davon, dass die Ausführungen Seiner Hoheit nichts anderes waren als Phantasien eines Verrückten. Oder gab es eine andere Erklärung dafür, dass er sich die Jacke vom Körper riss, dann die Weste, und mit fast nacktem Oberkörper dastand, als wollte er beim Tableau mitmachen?

»Bitte, Eure Hoheit, bitte, bitte«, sagte Amoroso, der langsam auf den Herzog zuging, um ihn daran zu hindern, sich noch weiter zu entblößen, denn später würde er sich dafür schämen. »Dies ist nicht der richtige Ort für Sie, hier unter den Göttinnen, meinen Sie nicht auch?«

»Nein, ist es nicht«, stimmte Morrich zu, »und es ist auch nicht der richtige Ort für meine Schwester.«

Noch während er sprach, riss er sein Hemd aus den Breeches und zog es über seine linke Seite. Marianna hatte einen direkten Blick auf seine schlanke Taille und den flachen Bauch, und die Muskeln seines Brustkorbs waren ein Schmaus für die Augen, und dann wurde sie von einem Anblick schockiert, der alle anderen Gedanken verdrängte.

Denn dort, auf der linken Seite seiner Brust, befand sich ein herzförmiges Muttermal, so perfekt geformt und gleich groß wie ihr eigenes, als hätte es ein Künstler gemalt. Wieder ging ein ungläubiges, verdutztes Raunen durch die umstehenden Zuschauer, und jetzt fiel ihnen auch die große Ähnlichkeit zwischen Marianna und dem Herzog auf, jedenfalls zweifelte niemand mehr an der Verwandtschaft der beiden.

»Jeder in meiner Familie hat dieses Muttermal«, sagte er, »es ist seit vielen Generationen überliefert. Es ist der untrügliche Beweis für das Blut der Welbornes.«

Marianna trat näher, die Augen voller Tränen. »Oh, Eure Hoheit«, murmelte sie überwältigt. »Ich bete mit ganzem Herzen, dass Sie sich keinen grausamen Scherz mit mir erlauben und dass Sie es ernst meinen.«

»Meine liebe Lady Frances«, sagte er, offenbar verunsichert, dass sie ihm misstraute, »wenn du mich so gut kennen würdest, wie es zwischen Geschwistern üblich ist, würdest du begreifen, wie sehr mich ein solcher Verdacht schmerzt.«

»Dann will ich Gewissheit haben«, sagte sie. »Vergleichen wir unsere Muttermale direkt nebeneinander, damit jeder sehen kann, dass es keinen Zweifel gibt.«

Sie wollte ihr Gewand fallen lassen und sich wieder entblößen, aber der Herzog hielt ihre Hand fest.

»Das ist nicht erforderlich, meine Liebe«, sagte er ernst. »Die Anwesenden sind meine Zeugen, wenn ich schwöre, dass du nie wieder bei einer solchen Schau mitmachen musst.«

Er bückte sich nach seiner Jacke, legte sie beschützend um ihre Schultern und sagte: »Komm mit mir, Lady Frances. Ich hole dich aus diesem unmoralischen Haus, fort von diesen Menschen. Komm mit mir nach Hause.«

Es war eine betörende Vorstellung. Wie kann man an einem einzigen Tag von einem Beinahe-Nichts zur Tochter eines Herzogs erhöht werden und zur Schwester eines weiteren Herzogs? Wer kann sich der Verlockung einer solchen Geschichte entziehen?

Die große Veränderung in Mariannas Leben hatte damit begonnen, dass sie Worthy Hall verließ und sich Calliope Wiles anschloss, aber dieser Wechsel war nichts im Vergleich zu der jetzigen Transformation, die unter dem wachsamen Auge ihres neu gefundenen Bruders George Welborne, Herzog von Morrich, stattfand.

Sie war wiedergeboren und konnte nun das Leben leben, wie es von Anfang an hätte sein sollen. Sie war Lady Frances Welborne, und Madame Bliss (und mit ihr auch Marianna Wren) war verschwunden und weggefegt, als hätte sie nie existiert.

Lady Frances lebte in einem Haus (eines der fünf, die ihrem Bruder gehörten, erfuhr sie), das sie einen Palast nannte, aber es war größer als der Palast, in dem Seine Majestät lebte. Ihr Schlafzimmer war größer als alle ihre anderen Schlafstätten zusammen, und das war erst der Anfang.

Ihr wurden Bedienstete vorgestellt, deren einziger Auftrag war, sie mit den Umgangsformen einer Lady bekanntzumachen, die sie so plötzlich geworden war. Sie erhielt einen

Tanzlehrer, einen Gesangslehrer, einen Französischlehrer. Jemand brachte ihr die Anstandsregeln bei, damit sie eines Tages bei Hofe vorgestellt werden konnte.

Eines Tages erhielt sie Besuch von einem älteren Theologen, der dafür verantwortlich war, dass ihre angeschlagene Seele zurück zur Erlösung geführt wurde. Die besten Schneider wurden für sie engagiert und die bekanntesten Juweliere, und ihr Bruder bezahlte anstandslos ihre Rechnungen. Sie konnte alle eleganten Kutschen des Bruders benutzen, jede mit dem goldenen Wappen der Welbornes auf den Türen.

Ja, es schien ein Haus zu sein wie geschaffen für eine Heldin, süß und sanft wie ein Federbett mit bestreuten Rosen. Aber für unsere Heldin, die daran gewohnt war, ihre eigenen Launen und Vergnügungen zu leben, war dieses reiche neue Dasein nur wenig besser als das härteste Gefängnis.

Sie hatte sich immer eine Familie gewünscht, und jetzt hatte sie eine, aber die Familie wollte sie nicht haben. Ihre beiden älteren Schwestern – Caroline, Gräfin von Forthright, und Barbara, Marquise von Covets – blieben distanziert und ablehnend. Niemand vom Rest der Familie hatte es für nötig befunden, sich bei ihr zu melden oder sie zum Tee oder sonst was einzuladen. Mit traurigem Herzen akzeptierte sie das, denn hochmütige Ladys sind überall gleich und verteidigen ihre Rechte und Privilegien wie eine Katzenmutter ihren Wurf.

Aber die Kälte ihres neu gefundenen Bruders war die größte Überraschung, die ihr am meisten ins Herz schnitt. Oh, er war großzügig, was die materiellen Vorteile anging, die er ihr gewährte, sie erhielt jede Perlenkette und jedes Kleid, das die Tochter eines Herzogs haben sollte. Aber in anderen Dingen erwies er sich als ausgesprochen geizig.

Er informierte sie darüber, dass ihr früheres Leben nie

irgendwo erwähnt werden durfte. Er verbot ihr, Calliope oder eine der früheren Bekanntschaften wiederzusehen, und setzte Diener ein, die darauf zu achten hatten, dass sie sich an seine Anweisungen hielt.

Die charmante Aufmerksamkeit, die er ihr an jenem Abend geschenkt hatte, war einer eisigen, verächtlichen Höflichkeit gewichen, die sie sehr schmerzte. Sie konnte verstehen, dass ihm seine frühere Schwärmerei für sie Unbehagen bereitete, und schließlich hätten sie beinahe (wie unbeabsichtigt auch immer) eine unverzeihliche Sünde begangen, denn sie selbst empfand auch dieses Unbehagen.

Aber nichts war geschehen, und ihrer Meinung nach war es allerhöchste Zeit, diese kurze Episode der möglichen gegenseitigen Verführung zu vergessen und festzulegen, wie sie ihr Bruder-Schwester-Verhältnis mit Leben erfüllen könnten.

Es gehörte sich nicht, eine Heldin so zu behandeln, und nach einem besonders unerfreulichen Frühstück, zu dem der Herzog nur einen ›Guten Morgen‹ über die Lippen gebracht hatte, bevor er sich hinter seine Zeitungen zurückzog, beschloss Marianna, dass sie genug hatte. Mit beiden Händen hob sie den französischen Porzellanteller hoch und ließ ihn aus der Höhe auf den Tisch fallen. Der Teller zerbrach, kleine Porzellanteile flogen herum, und mit Marmelade bestrichene Toastscheiben rutschten über das blütenweiße Tischtuch.

Er ließ die Zeitung auf einer Seite sinken, um Marianna anzusehen und den Schmutz auf dem Tischtuch zu bewerten. Er seufzte kurz, aber sein Gesichtsausdruck veränderte sich nicht.

»Jamison«, sagte er zu einem Diener, der an der Wand stand, »Lady Frances hat einen Teller zerbrochen. Bring bitte einen neuen Teller.«

»Ist das alles, was du sagen kannst, George?«, fragte sie ungläubig. »Dass mein Teller kaputt ist?«

Er blinzelte, die stärkste Reaktion, zu der er fähig war. »Ist er etwa nicht zerbrochen, Frances?«

»Nenne mich nicht so!«, fauchte sie. »Mein Name ist Marianna, und ich will nicht, dass du ihn ebenso in den Müll wirfst wie den kaputten Teller.«

»Ich habe nie die Absicht, dich in den Müll zu werfen, Frances«, sagte er eisig. »Ich versuche nur, den Wünschen unserer Eltern zu entsprechen und dich wie ihre Tochter zu behandeln, mit allen Rechten und Privilegien, die du durch deine Geburt erworben hast.«

»Oh, ja, die Privilegien«, sagte sie düster. »Mir wäre es lieber, du hättest mich da gelassen, wo ich war. Da habe ich zwar nicht so großartig gewohnt, aber ich war frei, mein Leben mit Menschen zu verbringen, die mich mögen und die ich mag.«

Er errötete und faltete seine Zeitung, wobei er die Blätter sorgsam zwischen Daumen und Zeigefinger nahm.

»Du wirst bald einen Ehemann haben, der deine niederen Bedürfnisse stillt«, sagte er, immer noch mit dem Falten der Zeitung beschäftigt, damit er ihr nicht in die Augen sehen musste. »Ich wollte es dir erst heute Abend sagen, wenn wir uns als Familie treffen, um die Neuigkeit bekanntzugeben. Ich habe ein Angebot für deine Hand erhalten, und ich habe akzeptiert.«

»Du hast einen Ehemann für mich?«, rief sie voller Überraschung, während der Diener die zerbrochenen Porzellanstücke vor ihr wegräumte. John Lyon war der einzige Mann in ihrem Leben, den sie als Ehemann in Betracht zog, der einzige Mann, den sie je geliebt hatte, und er befand sich auf der anderen Seite der Welt. »Wer ist es, George? Hast du einen uralten Kerl aufgetrieben, der schon so senil ist, dass er so eine Schlampe wie mich heiraten will?«

»Absolut nicht«, sagte George und ging nicht weiter auf ihre Verbitterung ein. »Er ist ein noch junger Gentleman und macht einen sehr potenten Eindruck, um eine Frau zu befriedigen und einen Erben zu zeugen. Er steht in einem so hohen Rang, dass mich sein Angebot überrascht hat. Als Marquise von Blackwood wirst du im Rang über deinen Schwestern stehen.«

»Blackwood?«, wiederholte sie mit echtem Entsetzen. Mehr als zwei Jahre waren vergangen, seit sie mit Colonel Goodleigh aus Blackwood Abbey geflohen war, aber sie hatte das üble Abenteuer mit dem Marquis nie vergessen. »Wie konntest du meiner Eheschließung mit Blackwood zustimmen? Weißt du, wozu er mich zwingen wollte?«

»Ja, das weiß ich«, sagte er ohne Rührung. »Auch wenn ich es nicht gewusst hätte – er hat es mir selbst erzählt. Er hat sich seit dieser Zeit verändert, Frances, und jetzt empfindet er nur Bedauern und Reue darüber, wie er dich missbrauchen wollte. Ich kann mir keinen besseren Weg vorstellen, wie er seine Reue beweisen kann, als dich zu heiraten – die Frau, die seinen unredlichen Absichten widerstanden hat.«

Was Marianna sich vorstellen konnte unterschied sich ganz beträchtlich davon. Sie hatte mit Sicherheit mehr von der dunklen Seite der Gentlemen gesehen und erlebt als ihr Bruder, der Herzog, der auch nicht ahnen konnte, zu welchen Bosheiten der Marquis fähig war.

Sie selbst konnte nicht so vertrauensselig sein wie ihr Bruder. Sie hatte gerüchteweise gehört, auf welche Weise Blackwood seine Zeit in Frankreich verbracht hatte, und nichts davon hatte etwas mit Zerknirschung und Gewissensbissen zu tun.

»Du kennst Seine Lordschaft nicht so wie ich«, beharrte sie. »Wenn er mich heiraten will, dann aus Rachsucht und nicht als Wiedergutmachung.«

»Du klingst dramatisch, Frances.« Der Herzog stieß einen Seufzer aus. »Es stünde dir besser zu Gesicht, auch Reue zu empfinden. Reue über dein Verhalten und über deine Sünden in der Vergangenheit. Es ist viel angenehmer, eine Frau wie Maria Magdalena zu sehen als eine schrille Hexe, an die du mich in deinem jetzigen Benehmen erinnerst.«

»Es gab eine Zeit, da hast du mich am liebsten als Aphrodite gesehen«, sagte sie. Sie war sicher, dass ihn deshalb sein Gewissen quälte. »In meinem Leben gibt es nichts, wofür ich mich schuldig fühlen müsste, George. Ich brauche mich auch für nichts zu schämen, wenn ich zurückschaue. Ich habe getan, was ich wollte, mit wem ich es wollte, und ich habe nichts zu bedauern oder zu bereuen.«

»Du wirst Blackwood heiraten«, sagte der Herzog, die Stimme fester als bisher. »Ich werde meine Meinung nicht ändern.«

Der Diener stellte einen neuen Teller vor Marianna hin, und er tat es so leise, dass dabei nicht das geringste Geräusch entstand. Sie starrte auf das runde, cremefarbene Porzellan, auf den Goldrand und die beiden scharlachroten Drachen in der Mitte, direkt über dem Wappen der Welbornes.

Sie könnte diesen Teller ebenso zerschmettern, und der Diener würde einen neuen bringen, und wenn sie auch diesen zerschmetterte, würde wieder ein neuer kommen. Für den Herzog war alles zu ersetzen, und schon herrschte wieder Ordnung.

Auch mit der Schwester.

»Wenn du irgendwelche geschwisterlichen Gefühle für mich hast«, sagte sie langsam, »oder den Respekt für unsere

Eltern erhalten hast, dann tust du mir das nicht an, George. Du kannst das nicht wollen!«

»Ich kann es wollen, und ich will es«, sagte er und langte nach seinem Tee. »Ich bin dein Bruder und dein Vormund, Frances. Das Gesetz schreibt vor, dass ich bei allen Entscheidungen dein Wohlergehen im Auge behalte. Die Anwälte bereiten eine Vereinbarung vor, und der Erzbischof hat eine Ausnahmebewilligung erlassen und eine schnelle Eheschließung erlaubt.«

Sie starrte ihn an, zu erschlagen, um weinen zu können. »Wie kannst du vorgeben, mein Bruder zu sein, und mich ins Verderben schicken?«

»Weil ich dein Bruder bin«, sagte er. »Es ist meine Pflicht, das Beste für dich zu erreichen. Am Donnerstag wirst du Blackwood heiraten, und damit ist das Thema beendet.«

An den folgenden drei Tagen kam der Marquis vorbei, um Marianna zu besuchen, und an allen Tagen weigerte sie sich, ihn im Salon zu empfangen. Am vierten Tag, dem Tag vor der Hochzeit, verzichtete der Herzog auf die Einhaltung der Anständigkeit und ließ zu, dass der Marquis sie in ihrem Zimmer überraschte. Sie konnte sich nicht länger verstecken.

Sie saß an ihrem Toilettentisch und sah ihn im Spiegel, wie er das Zimmer betrat. Sie hielt den Atem an, aber sie stieß keinen Schrei aus und drehte sich langsam auf ihrem Stuhl, um ihn anzusehen. Irgendwie hatte sie mit Schrecken an diese Möglichkeit gedacht.

»Meine liebe Marianna«, sagte er sanft und verbeugte sich vor ihr. »Du bist noch schöner als in meiner Erinnerung.«

»Mylord«, gab sie zurück, »auch Sie haben sich nicht verändert.«

»Du schmeichelst mir.« Er lächelte und gab ihrem Dienstmädchen zu verstehen, sie allein zu lassen. Er sah noch fast so aus wie vor zwei Jahren, schlank, elegant und gut gekleidet; sein Anzug war aus perlgrauer Seide. Was ihr am meisten auffiel, war sein Gesicht, das von seinen Ausschweifungen erzählte. Und falls er versuchte, sie davon zu überzeugen, dass er ein besserer Mensch geworden war, so sah man ihm das nicht an. »Aber du wirst herausfinden, dass ich mich sehr verändert habe, meine teure Braut.«

»Ja, das hat mein Bruder mir schon gesagt«, antwortete sie. Sie blieb auf der Hut. Sie traute ihm durchaus zu, sie rücklings aufs Bett zu werfen und sie gegen ihren Willen zu nehmen. »Ich glaube ihm nicht, und Ihnen auch nicht.«

»Das solltest du aber«, sagte er. »Ich habe während meines Aufenthalts in Paris viele Dinge gelernt. Sie sind außerordentlich kundig, was die verschiedenen Arten der Vergnügungen angeht, die Franzosen. Sie verstehen, wie man die Befriedigung intensiviert, indem sie sie als Belohnung betrachten, nicht als Erwartung. Und sie wissen, wie die süße Qual des Leidens und des Schmerzes die Lust noch erhöht. Ich habe viele raffinierte Spielsachen mitgebracht, großartig ausgedachte Geräte. Ich glaube, du wirst sie ebenso schätzen wie ich.«

Er brauchte nicht mehr zu erklären. Sie wusste, was er meinte. Sie hatte von jenen gehört, die eine Schwäche dafür hatten, die Lust durch die Zufügung von Schmerzen zu steigern, und sie hatte auch einige der Folterinstrumente gesehen, mit denen diese Schmerzen hervorgerufen wurden. Diese Kerle machten sich einen Sport daraus, ihre Partnerinnen zu brechen. Der Marquis hatte schon angedeutet, dass er Geschmack an Perversionen gefunden hatte, und wenn sie jetzt hörte, dass er diese Abart noch intensivieren wollte, wurde ihr ganz übel.

»Ah, ich sehe, dass du interessiert bist, richtig erregt, nicht wahr?« Er trat ein paar Schritte näher. »Weißt du, ich kenne dich. Wenn ich jetzt deine Röcke höbe und deine Ritze frei legte, wenn ich dich streichelte, dass du schnurren müsstest, dann wärst du gleich wieder nass für mich, nicht wahr?«

»Nein«, sagte sie. Das Nein bezog sich auf alles, was mit ihm zu tun hatte, und auf alles, was er ihr anbot. »Nein.«

Er legte den Kopf ein wenig schief, und eine dunkle Braue hob sich, wie sie es schon von ihm kannte. »Ja, du kannst es abstreiten, wenn du willst. So gehört es sich für feine Ladys, meine Lady Frances. Ich verstehe das sehr gut. Ich werde dein Jungfernhäutchen in der Hochzeitsnacht nicht bekommen können, aber ich bin sicher, dass ich noch die eine oder andere Art finde, die für dich das erste Mal sein wird. Wir sind uns sehr ähnlich, du und ich, und ich freue mich schon, dir das zu beweisen.«

Sie betrachtete ihn gleichgültig, wich seinem Blick nicht aus und blinzelte auch nicht. Sie zeigte die Entschlossenheit und die Courage einer Heldin.

Wenn auch die fromme Welt sie anders beurteilen mochte, so wusste sie doch, dass sie anders war Blackwood. Sie hatte ihr Vergnügen immer mit Liebe und Freude gefunden, nicht mit Unterdrückung und Schmerzen. Egal, was der Marquis behauptete, sie hatte kaum etwas mit ihm gemein, und sie würde nie, nie seine Frau werden.

Sie erhob sich von ihrem Platz und strich die zerknüllten Röcke ihres Morgenmantels glatt. »Meine Antwort bleibt gleich, Lord Blackwood. Ich werde Sie nicht heiraten. Sie können jetzt gehen, wie Sie gekommen sind – wie ein Dieb in der Nacht.«

»Meine Braut«, sagte er lächelnd und blies ihr einen Kuss zu. »Bis morgen.«

»Nein«, sagte sie leise, als sich die Tür hinter ihm geschlossen hatte. In diesem kleinen, entscheidenden Wort würde sie die Kraft finden, wieder diejenige zu sein, die sie in Wirklichkeit war, und nicht, was andere aus ihr machen wollten. Sie würde sich für Freude und Leidenschaft entscheiden, die ihre Seele prägten, und alles andere würde sich finden.

Sie war Marianna Wren und Madame Bliss, und diesmal würde sie nicht nachgeben.

Der Herzog hielt ihren Arm fest an sich gedrückt, als sie draußen vor der Tür der Kapelle von Westminster standen. Alle Welbornes wurden in dieser Kapelle getraut. Marianna trug ein sehr helles blaues Satinkleid, in dem sie zugleich wie eine Elfe und wie eine Braut aussah, und in ihren zitternden Händen hielt sie ein Bouquet mit weißen Rosen.

Um den Hals trug sie die Saphire, die ihr Bruder ihr als Hochzeitsgeschenk gegeben hatte, und am Finger fiel der enorme quadratische Diamant auf – Blackwoods Verlobungsring. Nie zuvor hatte sie lieblicher ausgesehen, und nie zuvor hatte sie sich unglücklicher gefühlt.

Auf der Straße waren sie von vielen Gratulanten und neugierigen Menschen erwartet worden, und wahrscheinlich hatten sich auch einige in die Kapelle geschlichen. Nicht einmal die Welbornes konnten sich ihrer erwehren.

Die Zeitungen hatten in den letzten Tagen über kaum etwas anderes geschrieben. Einer so skandalträchtigen Nachricht konnte niemand widerstehen – eine junge Frau von großer Schönheit, bekannt geworden durch ein ominöses Geschehen in Blackwood Abbey, Modell von zahlreichen erotischen Gemälden, die lange verloren geglaubte Tochter eines Herzogs, die lange als Mätresse eines hoch dekorierten Offiziers gelebt hatte, heiratete nun den berüchtigten Marquis von Blackwood, und der Erzbischof von Canterbury würde die Hochzeitszeremonie leiten.

In der Kapelle begann die Musik zu spielen, und zwei Diener öffneten die Seitenflügel der Tür. Die Bankreihen waren alle besetzt, und alle Augen waren erwartungsvoll auf die junge Braut gerichtet.

Ihr Bruder gab ihr einen Klaps auf den Arm.

»Sei tapfer, Frances«, sagte er. »Ich weiß, dass es hart für dich ist, aber du musst mir vertrauen, und was gleich geschehen wird ist das Beste für dich.«

Sie nickte. Ihr Herz raste wie das eines Pferdes, das sein Geschirr abgeworfen hatte. Was gleich geschehen würde musste das Beste für sie sein, denn sie hatte es so vorbereitet.

Sie schritten den Mittelgang entlang, dem feierlichen Ereignis angemessen. Marianna hatte Calliope entdeckt, die ziemlich weit hinten stand. Sie trug einen breitrandigen Hut mit extravagantem Gefieder und hielt ein Taschentuch in der Hand, um die Tränen aufzufangen.

Auch Signor Amoroso war da, umgeben von seinen Modellen und von Billy, seinem zungenerprobten Lehrling. Weiter vorn, unter den Freunden des Herzogs, sah sie Lord Rogersme mit seiner langweiligen Ehefrau an der Seite, und außer den Schwestern und deren Ehemännern auch andere Mitglieder der Familie Welborne.

Auf den Anblick dessen, den sie dann sah, hätte sie gern verzichten können. Der Marquis von Blackwood stand vor dem Altar und wartete auf sie, den Mund zu einem Lächeln verzogen, in dem mehr Triumph mitschwang, als schicklich war. Ihr Bruder reichte ihre Hand an Blackwood weiter, und der drückte ihre Finger so fest, dass sie beinahe aufgeschrien hätte.

Sie wurde bewegt, als wäre sie eine gut angezogene Puppe. Stell dich hierhin, dreh dich zur Seite, aufstehen, knien. Sie schien an einem Spiel teilzunehmen, dessen Regeln sie nicht kannte; ein Spiel, in dem sie auch keine Rolle spielte, obwohl es ihr Leben verändern würde.

Zu diesem Zeitpunkt in unserer Geschichte wäre es leicht für unsere Heldin gewesen, sich in ihr Schicksal zu ergeben. Sie hätte bisher unentdeckte Meriten im Leben von Lord Blackwood wahrnehmen können, die ihn als Ehemann annehmbarer hätten machen können.

Oder sie hätte beschließen können, dass es gar nicht so schlecht war, eine Marquise zu werden, oder dass sie Seine Lordschaft nach der Hochzeit reformieren und zähmen könnte, wie es zahlreichen Bräuten mit widerspenstigen Männern oft gelingt. Oder sie hätte zu dem Schluss kommen können, die Zügellosigkeit ihres neuen Ehemanns hinzunehmen und seine Partnerin in all den schlechten Dingen zu werden.

Aber während Marianna den ernsten, feierlichen Worten der Zeremonie lauschte, die über sie hereinbrachen, wusste sie, dass sie all diese Alternativen nicht gutheißen konnte, ganz egal, wie vernünftig sie schienen. Solche feierlichen, inspirierenden Worte sollten einer Vereinigung aus Liebe und Vertrauen vorbehalten bleiben, nicht dieser boshaften Abmachung, die ihr aufgezwungen worden war. Tränen quollen in ihren Augen auf, als sie nur daran dachte. Es war falsch, es war sündig, und sie konnte es nicht zulassen.

Sie hatte an genug Hochzeiten teilgenommen, um genau zu wissen, wann der entscheidende Moment kam. Sie wusste, dass der Skandal größer sein würde als alles, was sie bisher überstanden hatte, aber sie konnte es nicht still über sich ergehen lassen. Sie hätte es ihr Leben lang bereut.

Bald schon, bald. Sie bemühte sich, den Tränenfluss aufzuhalten, und versuchte, sich auf die Goldfäden im Messgewand des Erzbischofs zu konzentrieren. Sie würde sich der Barmherzigkeit Gottes anvertrauen, um den Ruin ihrer Seele zu verhindern. Sie nahm einen tiefen Atemzug und bereitete sich auf den entscheidenden Moment vor.

»Wenn einer von euch einen gerechten Grund kennt, warum die beiden die Ehe nicht eingehen können, der möge jetzt reden«, sagte der Erzbischof, als ob er sich nur an sie wandte, an sie allein in dieser großen, heiligen Kirche, »oder er soll für immer schweigen.«

Sie öffnete den Mund, denn die Worte lagen auf ihrer Zunge bereit, aber in diesem Moment erhob sich eine andere Stimme als ihre, eine andere Stimme, von der sie befürchtet hatte, sie nie wieder hören zu können, und nie hatte sie sich so lieb und süß angehört wie jetzt.

»Ich habe einen gerechten Grund«, sagte John Lyon so laut und klar wie Gabriels goldene Trompete. Er stand mitten im Gang, und seine goldenen Haare wurden in einem Lichtstrahl gebadet, der durch eines der hohen Kirchenfenster fiel. »Diese Hochzeit kann nicht stattfinden.«

In der Kapelle entstand ein Aufruhr, Menschen stießen Schreie aus. Schreie der Ungläubigkeit, Schreie des Zorns. Der Marquis fluchte laut, selbst da, wo er stand, unmittelbar vor dem Altar, und quetschte ihre Finger noch etwas kräftiger.

Aber Marianna konnte nur starr geradeaus schauen. Sie traute sich nicht, dem Beweis von Augen und Ohren zu glauben. War es möglich, dass er ausgerechnet an diesem Tag zurückgekehrt war? War er zurückgekehrt, um sie zu retten? Als sie ihn am dringendsten brauchte? War es möglich, dass große Not, eindringliches Bitten und göttliche Fügung so nah beieinanderliegen konnten?

Mitten in den Tumult hinein fragte der Herzog: »Wer sind Sie? Was fällt Ihnen ein, uns bei dieser Zeremonie zu stören?«

»Ja, Sir, wenn Sie uns das bitte erklären wollen«, sagte der Erzbischof mit ungewohnter Schärfe. »Erklären Sie sich und den Grund für diese Störung.«

»Dem komme ich gern nach«, sagte John mit männlicher Anmut, und fast jede Frau in der Kapelle seufzte auf und beneidete Marianna um ihr Glück, einen solchen Beschützer zu haben. »Ich liebe diese Frau schon seit einigen Jahren aus ganzem Herzen, und obwohl wir auf die brutalste Art und Weise vom Schicksal und unseren Feinden getrennt wurden, weiß ich genau, dass sie mich auch mit Hingabe und Leidenschaft liebt und ihr Herz keinem anderen Mann geben wird. Diese Liebe hat mich geführt wie der Polarstern in der Nacht, bis ich den Weg aus Kalkutta in Indien zurückgefunden habe. Jetzt will ich ihr den letzten Beweis meiner Liebe geben und Miss Mary Wren bitten, meine Frau zu werden.«

»Schon einverstanden, mein treuester Mann!«, rief Marianna, löste sich von Lord Blackwoods Griff und rannte den Mittelgang hinunter und warf sich an John Lyons Brust. »Ich kann es nicht erwarten, deine Frau zu werden. Liebe mich, und nichts soll uns je wieder trennen.«

Es gab viel zu erzählen von John Lyons Abenteuern in Indien, von seinen gefährlichen Reisen, seinen Begegnungen mit wilden Tieren und üblen Banditen, von seiner Verführung durch die schöne Tochter eines Maharadschas, von seinem hartnäckig verfolgten Ziel, ein Vermögen zu verdienen, indem er sich im Handel mit Rubinen und Saphiren betätigte, und schließlich von seiner unsterblichen Liebe zu der weit entfernten Mary Wren im alten England.

All dies könnte erzählt werden, und die Erlebnisse verdienten es auch, für die Nachwelt festgehalten zu werden, aber da diese Seiten unserer Heldin vorbehalten sind und nicht ihrem geliebten Helden, müssen wir seine Vergangenheit ruhen lassen, damit seine Abenteuer in einem anderen Buch von einem anderen Autor erzählt werden können.

Für unsere Geschichte ist nur wichtig zu erwähnen, dass John Lyon als wohlhabender Gentleman nach London zurückkehrte, als sehr wohlhabender Gentleman sogar. Selbst der Herzog von Morrich war beeindruckt von John Lyons Vermögen und seinen Verbindungen.

Unter diesen Umständen, aber auch wegen Mariannas tief empfundenen Wunsches, gab der Herzog nach. Er verschob sein Einverständnis vom Marquis zu Mr. Lyon, denn in Wahrheit lag ihm das Glück seiner Schwester sehr am Herzen, auch wenn sie erst spät in sein Leben getreten war.

So wollen wir nur noch eine letzte Szene unserer Heldin auf der Hochzeitsreise mit Mr. Lyon schildern, um dem geneigten Leser zu versichern, dass sie in dauerhafter Freude und Zufriedenheit lebte.

Sie hatten die schönsten und größten Zimmer im schönsten und größten Hotel in Brighton gebucht. Sie hatten die Fenster weit geöffnet, damit sie aufs Wasser schauen konnten und sehen konnten wie die Wellen an den Strand schwappten. Sie hatten auch die Bettvorhänge geöffnet, damit die Brise mit den Härchen auf ihrer erhitzten Haut spielen konnte, während sie den Nachmittag vertrödelten.

Seit drei Tagen hatten sie nun das Zimmer nicht verlassen, und sie hatten auch niemanden hereingelassen, mal abgesehen von den Kellnern, die ihnen das Essen und den Wein brachten. Sie hatten genug mit ihrer eigenen Gesellschaft.

Johnny knabberte an der Innenseite von Mariannas Knie, was sie hoch gehoben und auf seine Schulter gelegt hatte. Sie lachte leise über seine albernen Versuche, über sein unrasiertes Gesicht und den zerzausten Schopf seiner Haare.

»Lach nicht«, tadelte er sie, obwohl auch er herzhaft lachte. »Kein Mann mag es, wenn eine Frau ihn auslacht, obwohl er sein Bestes gibt.«

»Ich kann nicht anders«, sagte sie und wand ihren Körper in süßer Verlockung unter ihm. »Ich bin viel zu glücklich, um nicht zu lachen.«

»Ah, dann liegt es an mir, das zu ändern«, sagte er. Er ließ ihre Beine über seine Arme zu den Ellenbogen gleiten, und dabei spreizte er sie weiter. Er bückte sich und wischte mit der Zunge über ihre Spalte, hielt sie weit geöffnet und saugte an dem Lustknopf, bis ihr ganzer Unterleib gegen ihn vibrierte. Er packte ihre Hüften und hob sie hoch wie eine Opfergabe, dann trieb er seinen Schaft tief in sie hinein.

Sie gab einen durchschüttelnden Seufzer von sich, als sie spürte, wie tief er in ihr versank. Sie schlang die Beine um seine Hüften; praktisch eine doppelte Umarmung. Sie wand sich unter ihm und labte sich an ihrer gemeinsamen Leidenschaft. Ihre Pussy begann, sich zusammenzuziehen; es würde nicht mehr lange dauern, bis es ihr kam.

Seine Vorhersage erwies sich als richtig – sie hatte nicht länger das Bedürfnis zu lachen, nicht, wenn er sie so komplett und so perfekt ausfüllte. Sie hielt ihn fest umschlungen und schrie auf, ruckte von unten gegen ihn und spürte, wie er seine eigene Befriedigung fand.

Später, als sie ermattet und glücklich waren, feucht und glitschig vom Schweiß, lag Marianna auf dem Rücken, die Arme träge über dem Kopf, während John neben ihr lag, aufgestützt auf einen, Ellenbogen, und mit einer Fingerspitze über das kleine Herz auf ihrer Brust strich, das vor einigen Wochen für so viel Unruhe in ihrem Leben gesorgt hatte.

»Ich kann dich nicht als Frances ansprechen«, murmelte er. »Erst recht nicht als Lady Frances.«

Sie lachte, und ihre Brust spannte sich unter seinen Berührungen. »Mir genügt es, wenn du mich als Marianna wahrnimmst.«

»Oh, ja«, sagte er. »Mary war zu schlicht für dich, viel zu schlicht. Du brauchtest einen ausgefallenen Namen, der sich ein wenig extravagant anhört, und mit Marianna hast du den Nagel auf den Kopf getroffen. Marianna Lyon hat einen angenehmen Klang.«

Sie schob die Haare hinter ihr Ohr und lächelte hoch zu ihm. Wer hätte ahnen können, dass Leidenschaft und Liebe diese großen Gefühle bewirken, während das eine so leer ist ohne das andere oder so verzaubert, wenn beide sich begegnen?

»Und was ist mit Madame Bliss?«, fragte sie neckend, und während sie diese Frage stellte, griff sie ihm zwischen die Beine, um ihn zu einer neuen Runde zu überreden. »Hast du sie auch verbannt?«

»Ich werde immer einen Platz in meinem Herzen für Madame Bliss haben«, sagte er und rollte sie neben sich, bevor er sich auf sie legte. »Am liebsten habe ich sie genau in dieser Position.«

Sie lachte wieder, vor Glück, vor Freude und vor Glückseligkeit. Gibt es einen besseren Moment als diesen, um unsere Heldin in ihrem Glück zu verlassen?

Ende